LOS VIGILANTES DE LOS DÍAS

ALBERTO GRANADOS

LOS VIGILANTES DE LOS DÍAS

ESPASA

ESPASA 🄴 NARRATIVA

© Alberto Granados, 2011
© Espasa Libros, S. L. U., 2011

Diseño e imagen de cubierta: más!gráfica

Depósito legal: M. 13.800-2011
ISBN: 978-84-670-3620-6

Espasa, en su deseo de mejorar sus publicaciones, agradecerá cualquier
sugerencia que los lectores hagan al departamento editorial por correo
electrónico: sugerencias@espasa.es

Impreso en España/Printed in Spain
Impresión: Unigraf, S. L.

Espasa Libros, S. L. U.
Paseo de Recoletos, 4
28001 Madrid
www.espasa.com

Capítulo 1

El sumo sacerdote levantó al aire las manos empapadas de sangre aún caliente que goteaba a lo largo de sus brazos. Las miles de personas que se congregaban bajo la pirámide gritaban enfervorecidas, sin importarles que junto al monumento se acumularan los cadáveres decapitados y sin corazón de muchos de sus hermanos. Cada sacrificio provocaba en el gentío un estado de excitación que rayaba en la locura.

Jaleado por su pueblo, el sacerdote comenzó a moverse. Daba pasos inseguros, temeroso de resbalar en el suelo de piedra bañado de sangre. Volvió a lanzar los brazos al aire con más fuerza, incitando el griterío de su pueblo. Se acercó al borde de la pirámide y vociferó con la mirada perdida:

—¡Poderoso Kukulkán, cuya furia podría arrastrar esta tierra al olvido, permítenos aplacar la ira con este sacrificio para ensalzarte en tu gloria...!

Sus ayudantes se acercaron hasta el siguiente elegido, que, al igual que yo, iba pintado con un tinte azul que le cubría todo el cuerpo. Sus piernas temblorosas apenas podían sostenerle en pie.

El sacerdote se aproximaba a la multitud animado por los gritos enloquecidos. El humo lo inundaba todo mientras los tambores acompasaban con más fuerza la ceremonia provocando un ruido ensordecedor. Observé cómo a mi hermano de clan lo tumbaban sobre una losa fría. Temblaba como un animal desprotegido. Yo también me estremecí temiendo ser el siguiente en ocupar su puesto.

El sumo sacerdote recibió de uno de sus discípulos un tosco puñal tallado en piedra y la muchedumbre levantó sus manos hacia él reclamándole más sangre. Con el puñal apretado fuertemente entre sus dedos, continuó gritando:

—¡Para que nuestro pueblo sea próspero! ¡Para ser dignos en tu regreso! Guerrero valeroso y voluntario... ¡Con tu sangre renuevas el mundo! ¡De edad en edad! ¡Gracias te sean dadas!

En ese momento, el sacerdote estrechó aún más el puñal entre sus manos, lo elevó hacia el cielo y, cerrando los ojos, lo impulsó con todas sus fuerzas hundiéndolo en el pecho de mi amigo. La sangre salpicó alrededor dejando algunas gotas granates en la cara del sacerdote. A pesar de tener el cuchillo clavado en su pecho, mi hermano siguió pataleando furiosamente con los últimos hálitos de vida que le quedaban.

A continuación, metió el puño en la hendidura recién abierta y, con un tirón brusco, extrajo el corazón aún palpitante. Lo levantó en su mano y se lo enseñó a la multitud. El gentío rugía, borracho de sangre. Acercó el corazón hasta una copa que le ofreció otro de sus ayudantes y éste a su vez lo lanzó sobre las brasas incandescentes depositadas sobre una bandeja de metal. El olor a carne quemada se hizo insoportable. El sacerdote que acababa de recibir el corazón lo recogió de las brasas y automáticamente entró en trance. Sus ojos bailaban al ritmo de una extraña letanía que comenzó a recitar repetidamente.

Abajo, las miles de personas llegadas de todos los rincones de la región esperaban ansiosas que el sacrificio continuara.

Otro de los oficiantes, tocado con un vistoso gorro repleto de piedras preciosas y plumas de animales, agarró algo parecido a un hacha y lo lanzó sobre el cuello de mi hermano. Le arrancó, de un certero tajo, la cabeza del cuerpo. Fue terrible presenciar cómo el sumo sacerdote recogía del suelo la cabeza agarrándola por los pelos y la arrojaba por las escaleras de la pirámide. Parecía como si todos se hubieran vuelto locos. El gentío levantaba los brazos para recibir el sangriento trofeo que se precipitaba rodando por los escalones de piedra gritando y bailando, como si no le importaran las vidas de los sacrificados. No satisfechos con haber lanzado la cabeza de mi hermano, cogieron el cadáver mutilado por las manos y los pies y lanzaron por las mismas escalinatas lo que quedaba de aquel cuerpo inerte.

Yo no podía soportar tanto dolor. Intentaba respirar con normalidad, pero no lo conseguía, tenía que realizar un gran esfuerzo para llenar los pulmones de aire. De pronto, noté que mis captores apretaban con un poco más de fuerza mis brazos sudorosos. Aquel simple gesto era la confirmación de que yo sería el siguiente. Por mi cabeza comenzaron a desfilar cientos de imágenes: mi mujer y mi hijo recién nacido abandonados en una oscura gruta que les servía de escondite. Casi podía escucharla diciéndome: «¡Vuelve conmigo!».

Los dos guardianes me condujeron hacia la piedra del sacrificio y me tumbaron con violencia sobre ella.

Los tambores comenzaron a sonar cada vez más fuerte. El sumo sacerdote se acercó y, aunque intenté soltarme de mis captores, enseguida me di cuenta de que el esfuerzo era inútil: me tenían sujeto con todas sus fuerzas. Mi respiración se aceleró, el sudor me caía abundantemente, empapando todo mi cuerpo, y lancé un tímido quejido que me quemaba la garganta. Observé aterrorizado cómo el sacerdote apretaba el puñal con sus dos manos y lo levantaba hacia el cielo. En ese momento, mis músculos se tensaron esperando el contacto con la fría piedra del puñal. El arma asesina comenzó a bajar a gran velocidad...

—Riiinnggggg... riiiiiinnnggggg... riiiiiinnnggggg...
El teléfono del apartamento de Richard sonó con insistencia.

Nueva York, lunes 27 de febrero de 2012

—¡Dios santo! ¡Qué susto me he llevado! —Richard buscó torpemente sobre la mesilla el mando a distancia de su DVD, pero todo lo que encontró cayó violentamente al suelo. A tientas, consiguió localizarlo y apretar el stop. Ahora quedaba otra penosa tarea para alguien recién despertado: recorrer la cama hasta la otra mesilla y levantar el auricular.

—¿Dígame?

—¿Richard? —preguntó una voz al otro lado.

—¿Qué pasa, Charlie? ¡Qué susto me has dado, joder!

—Tuvo que coger unas bocanadas de aire para recuperarse y poder seguir hablando.

—¿Por qué? ¿Pasa algo?

—¡No, qué va! Me he debido de quedar dormido mientras veía *Apocalypto*. Estaba soñando que le iban a arrancar el corazón a un maya y ese pobre era yo... ¡Ufff!

Richard se desperezó intentando prestar atención a su compañero.

—¿Tú también estás obsesionado con el año 2012? ¡Dios! No sé qué os pasa a todos —replicó Charlie, divertido.

—No, hombre, no. Pero ¿qué dices? ¿Qué somos? ¿Marines o princesitas? —contestó Richard—. Anoche, aprovechando que estaba solo, comencé a documentarme para los reportajes.

—Por eso te llamo —apuntó Charlie—. Necesito que te pases por la redacción para que vayamos ultimando todo lo que necesitas para el viaje. ¿Te parece bien que te acompañen Marc y Rul?

—Sí, Marc es un buen cámara y, si está libre, me gusta siempre trabajar con él. Con Rul, lo mismo para el sonido. Inténtalo.

—¡Perfecto! ¡Me pongo a ello! Te espero para almorzar. No tardes, que tengo una jauría de perros en el estómago, je, je...

—¡Vale! Me ducho y voy para allá. Un abrazo.

—¿Un abrazo? ¡Mejor un besito, princesita! —Charlie colgó entre carcajadas.

Richard saltó con energía de la cama. Abrió el armario, sacó un banco para hacer abdominales y lo colocó bruscamente en el centro de la habitación. Se quitó la camiseta, enganchó los pies en el extremo y comenzó a inclinar su cuerpo con fuerza, una y otra vez. Aunque no era un tipo que se machacara constantemente en el gimnasio, le gustaba mantenerse en forma. Todos los días intentaba robar unos minutos a las intensas jornadas laborales para correr por el cercano Central Park. Las trescientas abdominales diarias se habían convertido casi en su particular ritual sagrado que ofrecía a los dioses como ofrenda. A cambio, sólo les solicitaba que no le pesaran demasiado sus cuarenta y cinco años, algo difícil de conseguir porque era un apasionado de la buena mesa. Conocía decenas de restaurantes en Nueva York y gracias a sus constantes viajes también había visitado centenares en todo el mundo, de los que escribía, en sus ratos libres, en un conocido portal de Internet.

Richard ya era prácticamente uno más en la ruidosa y desbordante ciudad de Nueva York. Había desembarcado en el ajetreado aeropuerto John F. Kennedy hacía quince años y rápidamente se había integrado en la descomunal urbe de los rascacielos y las oportunidades. Un contrato en el prestigioso canal televisivo CNN había conseguido arrancarlo de la redacción del periódico madrileño en el que trabajaba hasta ese momento. Durante toda su vida en España, Nueva York se había convertido en una obsesión y en cuanto la oportunidad llamó a su puerta, no la desaprovechó.

Había llegado a la redacción de la reputada televisión gracias a su perfecto dominio del inglés. Su madre, que era americana, por fin vería recompensados los esfuerzos que en su momento realizó, porque, desde sus primeros días de vida, todo su empeño consistía en que su hijo hablara su lengua natal. Al pequeño Richard este doble idioma le provocó un cierto retraso que le hizo hablar más tarde que cualquier niño de su edad, pero cuando lo consiguió, el castellano y el inglés comenzaron a fluir con total naturalidad. A su padre, español, se dirigía en un perfecto castellano y a su madre, en un inglés impecable.

—Doscientas noventa y ocho... doscientas noventa y nueve y ¡trescientas! Bufff. ¡Cada día me cuestan más! —suspiró Richard con sus últimas fuerzas.

Inmediatamente se dirigió hacia el baño, abrió el grifo del agua caliente y se sumergió bajo el chorro. Sintió cómo se iban relajando todos sus músculos poco a poco, hasta que un pequeño giro provocó que empujara con el codo varios de los envases que se apilaban en el estante de la pequeña ducha. El más lleno se le cayó justo encima de los pies.

—¡Diosss! ¡Otra vez! ¡Mira que le he dicho a Paula que no ponga tantos botes! —se quejó.

Paula era su mujer, una neoyorquina de cuarenta años, resultona, coqueta y obsesionada con los productos de belleza. Gastaba una buena parte de su sueldo de periodista en adquirir las últimas novedades corporales y entre sus numerosas manías había una que exacerbaba de manera especial a Richard: jamás usaba el mismo champú dos días seguidos. Eso provocaba una masificación de envases en las pequeñas baldas que hacía imposible darse una ducha sin que alguno de los botes terminara cayendo. Al principio, Richard lo había asumido como un juego entre ellos, pero hacía tiempo que simplemente le molestaba.

El agua caliente terminó de tranquilizarlo. Salió de la ducha cojeando y con el pie algo enrojecido por el golpe.

Tenía la suerte de vivir en una cómoda casa en la calle 71, a unos quince minutos andando del trabajo. Había pasado su primer año en Nueva York en un modesto piso que compartía con otro periodista. A los pocos meses conoció a Paula. Sus dos sueldos les permitieron comprar una pequeña casa de tres alturas con una escalera de acceso con barandilla, el sueño de Richard. Su blanca fachada hacía que destacara entre los dos edificios de ladrillo que la flanqueaban. A pesar de tener tres pisos, no era una casa muy grande. Las plantas no tenían demasiados metros cuadrados, pero eran ideales para un matrimonio sin hijos.

Esa mañana lucía el sol. A Richard le encantaba bajar las escaleras de la entrada de su casa y en medio de los peldaños dejar que los rayos le inundaran la cara. Para llegar a la redacción de CNN recorría andando parte de la avenida Broadway. Adoraba pasear y esta despejada avenida, con un bulevar central repleto de árboles, era el decorado perfecto para hacerlo.

Caminó a buen ritmo hinchando sus pulmones con esa mezcla de aire puro procedente de Central Park y el humo de motores y chimeneas del vecino Harlem. El bullicio del tráfico le acompañaba a cada paso, pero no le importaba. Amaba Nueva York y al final del trayecto encontraría su recompensa: el supermercado Whole Foods Market, situado en la misma plaza Columbus en la que estaba CNN.

Desde que habían puesto aquel impresionante supermercado, Richard disfrutaba como un niño recorriendo los pasillos abarrotados de productos de todo tipo. No había comida de ningún lugar del mundo que no se pudiera encontrar allí, para gozo de los más sibaritas, y tenía habilitadas en la entrada unas mesas muy agradables.

Richard se tomaba un zumo de frutas y un sándwich y observaba con deleite cómo devoraban la comida los clientes de las mesas vecinas. Desde tallarines con pollo a platos indios o *sushi*, sus estanterías eran una auténtica mezcla de aromas y sabores. Aquella mañana atrajo su atención un grupito de coreanos que se habían hecho fuertes en un rincón. Habían dispuesto varias sillas alrededor de una de las mesas, que estaba abarrotada con bandejas de arroz, tallarines y algunos platos coloridos que no distinguía muy bien desde la distancia. En pocos minutos revolucionaron el ambiente con sus gritos y con la velocidad con la que devoraban.

Sonó el móvil y volvió a sus asuntos.

—¿Sí? —Richard contestó sin mirar la pantalla.

—¡Hola, Richard! ¿Dónde andas? —La voz de Paula, su mujer, se escuchó al otro lado.

—¡Ah! ¡Hola, cariño! ¿Sabes que todavía tengo el pie enrojecido por uno de tus botecitos de champú?

Paula se defendió al otro lado del teléfono.

—¡Venga, no seas crío! ¡No haces más que quejarte! ¡Escúchame! Te llamo para decirte que no me esperes a cenar, llegaré tarde.

Se hizo un silencio. Paula esperaba el reproche de su marido.

—Más bien querrás decir que hoy *tampoco* vienes a cenar. ¡Vaya una novedad! —se quejó Richard.

—Mira, no empieces. Aún es temprano y no quiero tener ya la mañana. Un beso. —Paula colgó el teléfono dejando al periodista con el sermón en los labios.

El matrimonio de Richard no pasaba por sus mejores momentos. Era consciente de que su relación nada tenía que ver con la de hacía unos años. Paula cada vez estaba menos en casa y en su periódico, curiosamente, la enviaban con más frecuencia a realizar reportajes fuera de la ciudad. Pesaban los catorce años juntos y, sobre todo, sus trabajos. Aún eran los bichos raros de la profesión. Era poco habitual ver una pareja de periodistas casados durante tanto tiempo.

El móvil volvió a sonar.

—¡Diosss! ¡Cualquier día lo tiro! —Esta vez sí miró la pantalla: CNN.

—¿Síííí? —preguntó Richard imaginando quién le llamaba.

—¿Dónde andas? ¿Vienes ya o qué? —gruñó Charlie.

—Sí, estoy abajo. Espérame. Lo que tarde en subir. —Richard colgó. Recogió los papeles y envases de su mesa y se marchó.

La redacción de CNN estaba situada en la plaza Columbus, en uno de los edificios más emblemáticos de la lujosa zona: el Time Warner Center. Impresionaban sus dos enormes rascacielos, ya no solamente por sus medidas, sino porque el edificio se había convertido, después del terrible atentado del 11 de septiembre, en uno de los más significativos de la Gran Manzana.

Richard aún recordaba la entrevista que le había hecho a un multimillonario de uno de los áticos que pudieron comprar unos pocos privilegiados a los que les sobraban treinta y seis millones de dólares. En este caso, había sido el regalo de aniversario para una rubia explosiva que se había encaprichado con el suntuoso apartamento, desde el cual se dominaba la ciudad entera.

Cuando no tenía que hacer ningún reportaje, Richard iba al Time Warner. Se apelotonó con el resto de visitantes dentro del ascensor. Sacó del bolsillo la acreditación y se la colgó. Antes de acceder a la redacción tenía que enseñarla en el control de seguridad de la entrada.

—¡Buenos días, señor Cappa! —le gritó el guardia.

—¡Buenos días, Alfred! ¿Qué? ¿Cuántos donuts te has comido hoy? —bromeó Richard.

—Hoy solamente siete, señor... ¡Estoy a dieta! —le contestó el agente frotándose divertido la enorme barriga.

Richard pasó a la redacción entre risas. Le encantaba bromear con todo el que se cruzaba en su camino y le divertía sobremanera reírse de los neoyorquinos, que no terminaban de entender su irónico humor español. Estaba claro que no les hacían gracia las mismas bromas.

La redacción de CNN era una enorme sala repleta de mesas alineadas y pantallas de televisión. En cada puesto había un teléfono, un ordenador y montañas de papeles, el orden era poco habitual en las mesas de los periodistas. Había un bullicio constante, sobre todo en horas de máxima audiencia, y esto se complicaba porque los estudios donde se realizaban algunos directos estaban muy cerca. No era extraño ver a redactores y reporteros pegándose alocadas carreras, esquivando mesas y compañeros.

Richard divisó a Charlie a lo lejos. Llevaban trabajando juntos mucho tiempo y se compenetraban perfectamente. Charlie era el productor jefe del área de reportajes, la persona encargada de que todo saliera adelante: billetes de avión, hoteles, material... todo pasaba por su control. En el caso de que Richard necesitara un elefante rosa para uno de sus reportajes, y siempre que dispusieran de presupuesto, se lo localizaría o pintaría, llegado el caso.

Aunque tenían una gran complicidad, ganada a base de años, no significaba que productor y periodista se trataran como hermanitas de la caridad. Si era necesario, se batían en interminables discusiones: Richard intentando conseguir más y mejores medios para sus reportajes y Charlie ajustando al máximo las necesidades para suavizar el presupuesto final.

—¡Venga, dormilón! ¡Llevo dos horas esperándote! ¡Cada día llegas más tarde! —le gritó Charlie, recriminándolo.

—¿Y en todo ese tiempo has hecho algo aparte de ver chavalas desnudas en Internet? —le preguntó al productor intentando enrabietarlo—. Yo ya me he hecho mis trescientas abdominales diarias. —Richard se levantó la camisa y le enseñó a su amigo el torso desnudo—. ¡Mira, mira! Hazme una foto y se la enseñas a tu mujer para que sepa lo que es un hombre.

—¡Venga, déjame, loco mexicano!

—¿Yo mexicano? —le preguntó Richard—. ¡Pues ven aquí, manitoooo! —En ese momento apareció en la sala el jefe de redacción, Daniel.

—¡Venga, chicos! ¡Vamos a trabajar, que parecéis críos! —Aunque no lo reconocía ante ellos, al jefe le divertía observar las bromas que siempre se dedicaban los dos amigos, le hacía gracia lo gamberro que era Richard.

—¿Cómo va lo del viaje a México? —preguntó Daniel.

—¡Muy bien! —contestó Richard—. Precisamente, ahora íbamos a ultimar todos los detalles.

—¡Perfecto! Luego me cuentas. No os vayáis de la redacción sin pasaros por mi despacho —les ordenó.

Los dos amigos permanecieron tranquilos hasta que el jefe desapareció de su vista.

—¡Cualquier día me buscas la ruina! —A Charlie no le gustaban nada las bromas delante del jefe.

—¡Venga! ¡Vamos a trabajar! —le contestó Richard.

Charlie y Richard se dirigieron hacia el rincón de la sala donde se encontraba la mesa del periodista. Había conseguido hacerse con la esquina más apartada del despacho del jefe. Aquel rinconcito era como su santuario. Las enormes cristaleras le dejaban divisar Central Park. Y justo detrás de él tenía un enorme corcho en la pared atiborrado de papeles y fotografías de sus múltiples viajes. La mesa estaba repleta de carpetas, documentos y periódicos y, junto a la pantalla del ordenador, se amontonaban algunos recuerdos.

Charlie cogió un marco de la mesa y miró la foto. Richard estaba frente a la Gran Pirámide, en El Cairo, con su mujer.

—¿Qué tal con Paula? ¿Cómo va todo? —El productor estaba al día de la situación del matrimonio. En muchas ocasiones había sido el paño de lágrimas de su amigo y sus mujeres eran íntimas amigas.

—¡Bueno! Ahí vamos. Ayer no durmió en casa y hoy tampoco viene a cenar, la tienen muy liada en su trabajo o, al menos, eso dice ella. —Richard le arrancó a Charlie el marco de las manos y lo volvió a poner en la mesa, esta vez un poco ladeado para no ver a su mujer.

—Bueno, vamos al tajo. —El periodista intentaba huir de la incomodidad—. ¿Me has conseguido a Marc y a Rul para el viaje?

—Sí, no te preocupes —contestó Charlie—, los dos están libres esos días y encantados de viajar contigo... ¡No sé qué les das! —Sonrió pícaro.

—Pues ya sabes... No les hago madrugar mucho, les tengo nadando en alcohol y les dejo mi agenda de teléfonos... ¡Te recuerdo que tengo muy buenos contactos! —Richard sonrió poniendo cara de interesante.

—¡Sí! ¡En los geriátricos! —contestó Charlie—. La edad media de esa agenda ronda los setenta años.

—¡A ver, señor huraño! ¿Dónde nos alojas esta vez? Espero que no sea en una de esas pensiones repletas de chinches, como haces habitualmente.

—Aunque no te lo mereces, os he conseguido el hotel que a ti te gusta —contestó Charlie, orgulloso.

—¿El Majestic, al lado del Zócalo? —preguntó Richard, expectante.

—¡El mismo!

A Richard se le iluminó la cara.

—¡Qué grande eres! ¡La de margaritas que me he tomado en esa terraza disfrutando de las vistas de la impresionante plaza! ¡Qué gozada!

—Sí, no hace falta que lo jures —le reprochó Charlie—. Es a mí a quien entregas esas facturas que después tengo que camuflar como puedo.

—Ya sabes, querido Charlie, que en México hay muchos amigos a los que hay que tratar bien si quieres trabajar sin problemas. Bueno, cuéntame cuál es el plan del viaje —señaló Richard, que, cuando se trataba de trabajo, dejaba de lado las bromas. Ya centrado y con su Moleskine negra abierta, escuchaba atento a su amigo.

—Te cuento: Obama tiene previsto volver a visitar México el 15 de marzo. Eso significa que durante toda la semana y los dos días que permanezca allí tendremos que dar cobertura del evento y lucirlo un poco.

—¿Me va a tocar hacer conexiones en directo?

—No, de los directos se encargará Harris. A ti te dejamos el resto. Tendrás que hacer lo mismo que durante el último viaje del presidente, algunos reportajes de apoyo para que nuestros espectadores conozcan un poquito más la cultura mexicana —explicó el productor.

—Yo había pensado en un par de reportajes de gastronomía, alguno de arqueología, un par de ellos de ambiente en general, ya sabes, calle, compras, gente... Y tengo algo que en el otro viaje no pude hacer: si queremos mostrar cómo es el pueblo mexicano en toda su autenticidad, hay que hablar del culto a la muerte. Me gustaría localizar la iglesia de la Santa Muerte... —Richard se fijó en la cara de extrañeza que había puesto su compañero, pero no le dejó abrir la boca—. Está en el peor barrio de México D.F. y, al parecer, en ella rinden culto a una calavera a la que visten y veneran como si fuera una virgen auténtica.

La cara del productor cambió de golpe.

—¿Has dicho la Santa Muerte?

—Venga, Charlie... ¡No empieces!

—¡No, Richard, no empieces tú! Quiero que este viaje sea tranquilito. No quiero que te busques ningún lío. ¿Me oyes? —Charlie había empezado a alterarse y a respirar violentamente.

—¡Venga, cálmate! Te prometo que en este viaje seré un buen chico.

—Bueno... ¡sigamos! El jefe ha propuesto que hagas algo relacionado con el fin del mundo. En la calle y en los medios se comenta lo de la profecía maya, se supone que quedan pocos meses para que llegue el fin del mundo y nosotros casi no le hemos dado cobertura.

—Ya sabes que si lo pide el jefe... Aunque ya conoces mi opinión de semejante chorrada...

—Sí, lo sé... ¡Tú mismo! Bueno, te dejo, que tengo que preparar muchas cosas. Cuando comamos, me cuentas qué vas a necesitar para el viaje.

—Venga, perfecto, luego te veo... ¡Espero que puedas estar un par de horas sin mí! —Mientras se marchaba, y sin darse la vuelta, Charlie le enseñó el dedo corazón a su amigo a la vez que meneaba las caderas como si se encontrara desfilando en la mejor pasarela de París.

Richard encendió el ordenador, buscó la carpeta «México» y la abrió. Localizó el archivo de «contactos» y echó un vistazo a los nombres que tenía apuntados, compañeros y amigos mexicanos dispuestos a echarle una mano siempre que lo necesitara y negociara un precio adecuado.

—¡Aquí está! —Había encontrado el teléfono de Fernando, un periodista amigo suyo que trabajaba para Televisa, una de las televisiones mexicanas más importantes.

Richard se había valido de su amigo en innumerables ocasiones y, aunque hacía algún tiempo que no visitaba la capital mexicana, estaba convencido de que el periodista le ayudaría en todo lo que hiciese falta.

Levantó el teléfono y marcó su número.

—¿Fernando? —preguntó Richard.

—¿Sí? Fernando al aparato. ¿Quién llama?

—¡Soy Richard! De CNN. ¿Cómo te va, amigo?

—Heyyy, güey, me alegro de saber de ti. ¡Gringo mamón! En cuanto me enteré de que venía de visita tu presi me imaginé que no tardarías en llamar. ¡Serás chingón! Esto te va a costar unos cuantos margaritas.

—¡Eso está hecho! Estaré allí el próximo viernes. Resérvame un hueco en tu agenda, cenamos y te ahogo en tequila. ¿Te parece?

—¡Cómo sois los jodidos capitalistas! Pensáis que los pobres mexicanitos no tenemos otra cosa que hacer más importante que esperar al gran amo americano para servirle —le contestó Fernando provocándole—. Bueno, cuenta, ¿qué necesitas? —A pesar de las bromas sabía que los margaritas tendría que ganárselos.

—Esta vez no te voy a dar mucho trabajo. Quiero hacer un reportaje sobre la iglesia de la Santa Muerte y otro sobre Teotihuacán. Eso es lo más complicado, el resto, imagínatelo: un poco de ciudad, ambiente, algo de gastronomía...

—¡Sin problema! —contestó el mexicano—. Mándame ahorita un mail contándome lo que necesitas y, sobre todo, los días de grabaciones y me organizo para tenértelo todo preparado. ¡Ahhh! Ponme también tu número de vuelo, si puedo, te pasaré a buscar al aeropuerto. ¿Dónde te alojas?

—En el Majestic del Zócalo —contestó Richard.

—¡Qué pendejo! ¡Hay que chingarse con lo bien que vives!

—¡Venga, venga! ¡No te quejes! Ya sabes que luego yo me gasto todas las dietas dándote de beber —le aclaró Richard, divertido—. En cuanto pueda te envío un mail y nos vemos el viernes... ¡Cuídate!

—¡Hasta el viernes, amigo! ¡Cuídate tú, gringo!

Richard abrió su Moleskine y comenzó a apuntar todo lo que necesitaría para luego pasárselo a Charlie y a Fernando. Anotó los días que requeriría de montaje para que le fueran reservando equipo y horas en Televisa, ya que desde hacía un año CNN se había visto forzada, por la crisis, a cerrar algunas corresponsalías, entre ellas la de México. También apuntó que tenía que pedir permisos para grabar en Teotihuacán y en un par de restaurantes mexicanos. Además, tenía intención de patrullar una noche con la policía. Quería que los espectadores de CNN supieran cómo eran las calles de D.F. cuando la ciudad dormía.

Mientras estaba apuntando todo esto, el ordenador le avisó de que había recibido un mail. Fernando le había enviado un artículo. El asunto era: «El barrio que venera a la Santa Muerte». No había duda de que Fernando era el mejor contacto que se podía tener en aquella alocada capital mexicana. El artículo continuaba: «Bienvenidos a Tepito, en el centro de México D.F. Uno de los barrios más peligrosos de América. Bautizado como "fábrica de delincuentes". Una explosiva mezcla de contrabandistas, narcos y comerciantes piratas con algo en común: su culto a una Virgen calavera». Pinchó en responder y escribió: «Gracias, amigo, ya te has ganado el primer tequila. Abracts».

Richard continuó en su mesa buceando en Internet para recabar información sobre los reportajes que realizaría en D.F. y anotó en su libreta teléfonos, datos, direcciones, enlaces curiosos, etcétera. El teléfono, sepultado bajo los papeles, comenzó a sonar.

—Richard Cappa. ¿Dígame?

—Richard, me voy en cinco minutos... ¿Tienes algo? —Era la inconfundible voz de su jefe.

—Sí, Daniel. Ahora mismo voy y te cuento. Dame un segundo.

Cogió su libreta y atravesó la redacción rumbo al despacho. Esquivó a algunos compañeros que ya preparaban el informativo y bromeó con dos redactoras hasta que escuchó la voz de Daniel reclamándole para la reunión. Richard entró en el despacho. Allí ya le esperaba, sentado también, Charlie.

En cuanto se sentó Richard, el jefe les preguntó:

—Bueno, contadme... ¿Qué tenemos preparado para vestir la visita del Gran Jefe? —Con ese mote cariñoso se referían entre ellos a Barack Obama.

—Pues tenemos proyectados varios reportajes —comenzó Richard—. Haremos dos sobre gastronomía y otros dos sobre cultura general. Tenía pensado visitar dos de los mercados más importantes de D.F., uno, el que está junto a la catedral, donde principalmente hay recuerdos para turistas, y el otro, el de Sonora. Es un mercado enorme dedicado a productos relacionados con la santería, tienen desde amuletos a santos, vírgenes, bebedizos e incluso animales. Muchos los utilizan luego para sacrificios.

—De momento vas bien, sigue. —Daniel parecía satisfecho.

—Luego había pensado, obviamente, realizar uno sobre la basílica de Guadalupe, otro sobre la ciudad azteca de Teotihuacán y luego un par de ellos sobre temas de seguridad. Por un lado, estoy gestionando patrullar una noche con un vehículo de la policía y, por otro, voy a intentar grabar en la Santa Muerte, una curiosa iglesia a la que acuden delincuentes, narcos y gente pobre en un peligroso barrio llamado Tepito. Puede ser interesante.

—¿Y todos esos reportajes en cuantos días? —preguntó el jefe, incrédulo.

—Pues me marcho este viernes y estaré...

—¡Hasta el domingo 18! —le interrumpió Charlie, que ahora ejercía de productor—. En total, estará diecisiete días. Creo que habrá tiempo suficiente.

Daniel deslizó su silla y comenzó a recoger algunas cosas de la mesa. Eso significaba que la reunión había terminado.

—¡Por cierto! —apuntó—. Deberíamos hacer algo sobre el 2012. Esta mañana se han suicidado otros diez tipos en Guatemala; al parecer, pertenecían a una secta que cree que este año va a ser el último. Al menos, para ellos sí que lo ha sido.

—Sí, ya lo he hablado con Charlie. Creo que aprovecharé mi visita a Teotihuacán para hablar de las profecías mayas —señaló Richard tranquilizando a su jefe.

—Muy bien, pues nada, veo que está todo controlado. Imagino que no tendré que contarte nada más. —Clavó la mirada en la de Richard.

—Estoooo, ehhhh, ¡no, por supuesto! ¡Todo en orden!

—¡No quiero sorpresas! ¿Me oyes, Richard?

—¡Perfectamente! Seré un buen chico. Gracias por confiar de nuevo en mí. El jefe le interrumpió, no era muy dado a expresar sentimientos.

—¡Bueno, bueno! Ah, por cierto... cualquier cosa que necesites... ¡pídesela a Charlie! —Daniel se marchó sonriente y satisfecho por haber podido colarles un chiste a los dos amigos.

La hora de comer sorprendió a Richard recopilando datos sobre México como si de un disco duro se tratara. Cuando comenzaba a trabajar se abstraía y las horas pasaban por su mesa sin que fuera consciente de ello. Aunque Charlie le llamó para que almorzaran, según habían acordado, se conformó con un frío sándwich de la máquina para no interrumpir su concentración. Después de varias horas, Richard se desperezó en la silla. El dolor de espalda fue el aviso de que la jornada había terminado. Miró el reloj. Si se daba prisa, aún podía hacer sus cuarenta y cinco minutos de *footing* por Central Park sin que hubiera anochecido.

Los dos días siguientes, Richard estuvo trabajando en su despacho de casa. Paula y él apenas habían coincidido. Ella estaba haciendo un reportaje para su revista y la tenía abducida, pero le prometió que el día antes de su viaje cenarían juntos y dormiría en casa.

Richard mandó el último mail de la mañana y cogió su chaqueta. Había quedado para comer con Charlie, le tenía que dar toda la documentación para el viaje. Habían quedado en verse en uno de sus locales favoritos, el JG Melon, un coqueto restaurante situado entre la Tercera Avenida y la calle 74, decorado al estilo irlandés, donde se comían unas de las mejores hamburguesas de la ciudad.

Cuando entró, le recibió la sonrisa de una de sus cameras.

—¡Hola, Richard! ¿Cómo te va? ¡Nos tenías abandonadas!

—¡Sí, lo sé! He decidido cuidarme un poco y estoy tomándome con calma lo de las hamburguesas —contestó dándose un par de palmadas en los abdominales.

—Ya sabes que estás estupendo. —La camarera le lanzó una mirada que le recorrió todo el cuerpo—. Además, nuestras hamburguesas son *extra light* —dijo sonriente—. Bueno, ya has visto que te tengo reservada tu mesita junto a la ventana. ¿Vas a comer con Charlie?

—Sí, es mi buena acción en la vida: cuidarle, protegerle y hacerle compañía.

—¿Esperas con una cerveza?

—¡Por supuesto! Si caemos en la tentación, hay que hacerlo con todas las consecuencias —dijo guiñando un ojo a la apuesta camarera.

—Pues ahora mismo te traigo tu Budweiser.

No había pasado ni un minuto y Richard ya tenía la cerveza helada sobre el mantel a cuadros blancos y verdes tan representativo del local. Abrió su Moleskine y comenzó a repasar sus notas. Un fuerte golpe en el cristal le sobresaltó. Charlie le dedicaba unos cuantos gestos obscenos desde el otro lado de la ventana. Nada más entrar, cumplió con la obligación de besar a todas las camareras que le salieron al paso.

—¿Qué tal? —Charlie le abrazó.

—Pues, sinceramente... ¡mejor que tú!

—¡Ya empezamos...!

La camarera le acercó una cerveza a Charlie.

—¡Chicos! ¿Qué os pongo? ¿Dos hamburguesas con todo, como siempre?

Los dos colegas se miraron y sonrieron.

—¡Por supuesto! ¡Somos marines! —Charlie y Richard brindaron con sus botellas como dos colegiales haciendo novillos. La camarera se marchó moviendo las caderas convencida de que los dos amigos le estaban mirando el trasero.

—¡Antes de nada! —Charlie pasó a la acción—: Te paso todos los papeles que te he traído. —Sacó de una carpeta varias hojas—: Aquí tienes los billetes de los tres, los bonos para el hotel, la reserva del coche de alquiler y todo lo que puedas necesitar. Fírmame aquí, que es el recibí para el dinero. En el sobre tienes tres mil dólares. Te paso también una Visa por si te quedas sin dinero. El pin te lo he enviado a tu correo electrónico.

Richard guardó toda la documentación. Habían llegado las hamburguesas. Cogió con fuerza la jugosa mezcla de carne, lechuga, tomate, diferentes quesos y pan recién horneado y hundió sus fauces deleitándose con su característico olor a brasas. El primer bocado lo masticó lentamente, saboreando con cada mordisco la preciada combinación. La salsa se le escapaba por los dedos y tuvo que coger varias servilletas.

—Mañana llegas a D.F. sobre las nueve de la noche. ¿Necesitas que te recojan en el aeropuerto? —preguntó Charlie.

—Me escribió Fernando para decirme que me recogía él. Me da la impresión de que tiene ganas de tequila y creo que yo también.

—Hablando de tequila... —Charlie endureció su rostro—. ¡Tenemos que hablar!

—¿Otra vez, Charlie? ¡No puedo con otra charla!

—No, te lo digo en serio. Ya sabes lo que me ha costado que vayas a este viaje. No van a consentir ni una más de tus locuras. ¿Está claro? Prométeme que no te meterás en líos.

Charlie le agarró por el hombro.

—¿De qué líos me hablas, querido amigo?

—¿Tengo que recordártelos todos? ¿Te recuerdo el más gordo? Porque gracias a ti se escapó uno de los narcotraficantes más buscados de México.

—Sí, pero yo pensé que era un pobre hombre perseguido por la policía. Cualquiera habría hecho lo mismo. —Observó el semblante de su amigo—. Bueno, cualquiera menos tú.

—Richard... ¡Es la última oportunidad!

—Esto es muy injusto, llevo mucho tiempo siendo un buen chico. ¡Confía un poco en mí!

—Creo que eso es lo que estoy haciendo.

Charlie se dedicó de lleno a su hamburguesa. Durante un buen rato, los dos amigos sólo lanzaron algún sonido gutural, deleitándose con la genial mezcla de carne y panecillo.

—Por cierto, hablando de todo un poco... ¿Qué tal Paula? ¿Habéis hablado? —Charlie intuía que las ganas de tomar tequila de Richard tenían algo que ver con su mujer.

—Vamos a salir a cenar esta noche. Quiero irme a México con la cabeza tranquila.

—Sí, ya me imagino.

A la hamburguesa le siguieron un *cheesecake* y el café. Richard consultó su reloj y se despidió de su amigo. Central

Park le estaba esperando para cobrarse las calorías ingeridas. Los dos colegas se fundieron en un cálido abrazo y quedaron para cenar y contarse todas las historias el día que Richard regresaba de México.

Cuando Richard llegó a casa, encontró una nota en la entrada. Era de Paula.

Querido Richard:
Me ha surgido un reportaje en el último momento. He llegado a casa pensando que te encontraría. Te he llamado y me ha saltado tu buzón. Estaré cinco días en París. Pásatelo muy bien en México.
Llámame.

Richard aplastó con todas sus fuerzas la nota y la arrojó contra la pared. Cogió el móvil y vio que, efectivamente, tenía una llamada perdida. No lo había oído con el ruido del restaurante. Fue directo a la cocina. Abrió la nevera y sacó una Budweiser. El día había terminado para él.

Capítulo 2

Richard observaba a través de la ventanilla del avión la impresionante mole iluminada de la capital de México. Llevaba varios minutos mirando las lejanas luces de los edificios y seguían sin acercarse al aeropuerto. Retrasó su reloj una hora para adecuarse al horario mexicano y despertó a Marc y a Rul, su cámara y su ayudante, que seguían durmiendo como troncos.

—¡Venga, chicos! ¡Ya estamos llegando! ¡Vaya siesta os habéis pegado!

Los dos comenzaron a desperezarse. Las cinco horas de vuelo empezaban a pasar factura a los castigados huesos.

A los pocos minutos aterrizaron.

Después de atravesar los desesperantes controles de aduanas se acercaron al mostrador de equipajes especiales para recoger el trípode de la cámara, las maletas con las luces y el resto del material que iban a utilizar para la grabación de los reportajes. Antes de salir del aeropuerto cumplieron con un último trámite ineludible: saber si sus maletas tenían que ser inspeccionadas. Pulsaron un botón que accionaba las luces de un semáforo. ¡Verde! La fortuna se había aliado con ellos. Si se hubiera iluminado el rojo, tendrían que haberse acercado con el equipaje hasta una mesa contigua y allí los funcionarios se lo habrían revisado.

Ya había anochecido en la capital mexicana y, sin embargo, no se notaba una menor actividad en el abarrotado aeropuerto. A lo lejos, Richard pudo distinguir a Fernando, que movía los brazos con grandes aspavientos. Llevaba una banderita americana.

—¡Gringoooo! ¡Gringooooo! ¡Aquí! —Fernando gritaba sin miedo al ridículo mientras daba pequeños saltitos. Se

Dibujos de la Moleskine de Richard

acercó a Richard y los dos se fundieron en un fuerte abrazo—. ¡Gringo cabrón! ¿Cómo te va, güey? ¡Te ves muy bien!

Fernando era el mexicano típico: delgado, piel morena, pelo negro y con un aire algo chulesco que le imprimía carácter. Trabajar en un medio de comunicación le daba seguridad y se manejaba con soltura y desparpajo en todas las situaciones.

—¿Te gustó el detalle? —Fernando le mostró la banderita—. Casi me abren la trasera por hacer la broma. —Richard le dedicó una carcajada.

Fernando les ayudó a transportar el equipaje. Era un trabajo laborioso intentar avanzar entre la muchedumbre. A cada paso que daban les ofrecían llevarles a la capital en un taxi distinto. Había decenas de conductores ávidos de pasajeros a los que sacarles unos cuantos pesos, necesarios para redondear la caja del día.

Richard observó divertido una furgoneta de Televisa aparcada sobre la acera con las luces de emergencia en funcionamiento.

—Veo que sigues buscándote la vida muy bien —dijo señalando la furgoneta. No había duda de que su amigo la había tomado prestada en su trabajo.

—Ya ves, güey. Estoy en misión oficial. Ahorita mismo estoy realizando un reportaje sobre lo mamones que son los gringos. —Fernando le tenía cogida la medida a Richard—. Bueno... ¿dónde quieren los señores que les lleve? ¿Al Majestic, no?

—Sí, Charlie se ha portado bien esta vez.

—¡Pues venga! ¡Vamos a colocar aquí atrás el equipaje!

Mientras cargaban el material, Richard no pudo evitar llenar con fuerza sus pulmones. Cada país que visitaba tenía un aroma diferente y México era una explosión de olores. El aire transportaba esencias de comida especiada, humo de coches sin refinar, tabaco, sudor y agua estancada. Pero aquella explosiva mezcla no era desagradable, al revés, a Richard le proporcionaba energía, era como recargar las pilas en cada pútrida exhalación.

La furgoneta quedó cargada hasta los topes y se dirigieron al corazón de la ciudad. Era una pena que ya se hubiera escapado la luz del sol. A Richard le encantaba divisar el paisaje que se iba encontrando desde el aeropuerto hasta el centro de D.F. Aun así, volvió a sorprenderse, como siempre hacía, con el tráfico de la capital.

—¿Qué pasa? ¿Que en esta ciudad nunca se duerme? ¿O qué?

—¡Ya lo sabes bien! Al mexicano le gusta vivir en la calle y dormir poco.

Fernando intentaba dar una explicación a la marea humana que deambulaba a esas horas por las aceras o pegada al volante de miles de carros de todos los modelos, tamaños y edades imaginables. Por la ventanilla se veían puestos callejeros, mujeres y hombres paseando ataviados con vivos colores, vendedores clandestinos que intentaban endosar, en cada semáforo, los productos más inverosímiles, y cientos de bolsas de basuras amontonadas para su recogida.

Después de recorrer entera la avenida Fray Servando Teresa de Mier y casi toda la ciudad llegaron por fin a su destino.

—¡Venga! ¡Ya llegamos! —Fernando se subió en la acera y conectó de nuevo las luces de emergencia. Parecía que las normas de circulación no iban con él.

Descargaron el equipaje y se acreditaron en la confortable recepción del Majestic.

—Fernando... ¿Quedamos en veinte minutos en la terraza del hotel? Necesito darme una ducha rápida. Si quieres, puedes ir tomándote un tequila a mi salud.

Richard subió apresuradamente su equipaje. La habitación era mucho más lujosa de lo que habría podido esperar: una cama enorme tamaño *king size,* un confortable sillón, un lujoso baño con el suelo y la encimera de mármol y una gran bañera que sin ninguna duda disfrutaría durante su estancia sin que ningún molesto y pesado champú se le cayera encima.

Miró a su alrededor y localizó el pequeño armarito que, con toda seguridad, albergaba el minibar. Lo abrió y comprobó que estaba lleno de cervezas frías. Le arrancó la chapa a una y dio un gran trago mientras observaba desde su ventana el trasiego de la bulliciosa plaza del Zócalo. Las impresionantes vistas y la terraza del hotel eran las razones por las que intentaba, siempre que el presupuesto lo permitiera, alojarse allí. A pesar de que la habitación estaba insonorizada, se escuchaban los incesantes cláxones y los gritos lejanos de algún vendedor callejero. A Richard le subía la adrenalina aquella visión.

—¡Dios, me encanta México!

Apuró la cerveza de un trago y comenzó a deshacer el equipaje. Colgó en perchas todo lo que se podía arrugar y se regaló una ducha. Un pantalón caqui, una camisa blanca y unos mocasines... ¡Ya estaba preparado para la noche mexicana!

Descolgó el teléfono y marcó el número de la habitación de sus compañeros. Marc y Rul no quisieron apuntarse a la cena, al día siguiente tenían mucho trabajo y preferían descansar. A Richard le resultaba imposible recluirse en su habitación tan rápido, y más el primer día. Subió a la terraza. Su amigo ya le estaba esperando y, ¡cómo no!, en la mejor mesa.

La terraza estaba rodeada de una barandilla de piedra, encalada de blanco, en la que algunos turistas se apoyaban con su bebida para observar las impresionantes vistas. El espacio era amplio, con unas veinte mesas y una pequeña barra coronada con un techo de paja, estilo caribeño. Richard se acercó a la barandilla. Se emocionó al ver la catedral iluminada. La torre del campanario se mostraba majestuosa y sonrió satisfecho por haber conseguido alojarse en aquel hotel tan cargado de historia. Los más de setenta años que llevaba abierto lo dotaban de una solera especial.

Fernando, que ya tenía controlado el perímetro, levantó la mano en cuanto vio a su amigo y el camarero, que estaba atento a sus indicaciones, sirvió un tequila y se lo acercó rápidamente a la mesa.

—¡Querido Fernando! No sé por qué me sigo sorprendiendo de la velocidad con que controlas la situación... veo que tienes ya a tu servicio al camarero.

—¿Cómo lo llaman ustedes...? ¿Arte? ¡Vamos a brindar, gringo! —le propuso Fernando.

El mexicano levantó su vaso. Los dos amigos se miraron a los ojos y golpearon con fuerza sus tequilas.

—¡Salud! ¡Para que tengas unos reportajes bien chingones, amigo! —Richard se tomó de un trago su Don Julio Reposado. Aquel líquido color miel arramplaba con todo lo que encontraba a su paso.

—¿Nos damos una vuelta por el Zócalo? —Richard estaba impaciente por disfrutar del ambiente—. Ya sabes que esa plaza me tiene embrujado.

—¡Tú mandas, amigo! Si te parece, nos podemos comer unos tacos en alguno de los puestos de la calle. Se me hace que tengo un jodido pendejo dentro de mis tripas que no hace más que quejarse.

—¡Pues vamos a llenar el estómago!

Para llegar a la populosa plaza solamente tenían que cruzar una calle. Richard se paró para contemplar la gigantesca bandera mexicana que ondeaba en el centro de la monumental explanada. En cada rincón de la plaza había un grupito que llamaba la atención de los viajeros y, sobre todo, de los forasteros: por un lado, indígenas ataviados con sus ropas rituales que al son de la flauta y el tambor danzaban en círculo rememorando la época de sus antecesores intentando conseguir alguna moneda de los curiosos espectadores. Si uno se concentraba solamente en aquel espacio, tenía la impresión de haber retrocedido en el tiempo miles de años. Por otro, un numeroso grupo de mariachis que mostraban orgullosos su repertorio tratando de que alguien les contratara para su próxima fiesta o celebración, algo que, para el mexicano, sobre todo el adinerado, era muy habitual. Vendedores ambulantes, chamanes, parejas de enamorados, familias numerosas, militares... todo se mezclaba en la concurrida plaza.

Fernando veía la cara de asombro de su compañero.

—¡A mí también me impresiona!

—¡Sí, es alucinante! Parece mentira que en este espacio convivan tantas culturas diferentes. Allí, en un extremo, el Templo Mayor, donde realizaban sus rituales los aztecas, ahí enfrente, la huella de los conquistadores españoles y, por allí —Richard señalaba los edificios modernos—, todo lo que vosotros habéis construido.

Los dos periodistas recorrieron la plaza. De repente, se miraron. Habían divisado a lo lejos a un chamán que esperaba paciente a que alguien se acercara para hacerle alguna ceremonia de purificación.

LA CATERRAL DEZ D.F.
EN LA PLAZA DEZ
ZÓCALO

LA BANDERA MEXICANA
(SIEMPRE EN LA PLAZA)

—¿Vas a cumplir con la tradición? —preguntó el mexicano, al que se le había dibujado una sonrisa.

—¡Por supuesto!

Richard, cada vez que llegaba a México, comenzaba su estancia haciéndose una limpieza ritual. Esa ceremonia siempre le traía suerte.

—¡Disculpe! ¿Me haría una purificación?

El chamán movió afirmativamente la cabeza. Llevaba una larga melena gris recogida en una coleta con una calavera y de su cuello colgaban numerosos collares. Tenía el torso desnudo y tan sólo se cubría con una especie de taparrabos de cuero negro adornado con multitud de remaches metálicos y de unas tobilleras hechas con caracoles que cada vez que daba un paso sonaban como si fueran cascabeles. Era curioso observar su rostro: en algunas ocasiones parecía un anciano y en otras un hombre joven, aunque sus arrugas delataban que debía de tener más de setenta años. A pesar de su edad, llevaba los pies desnudos. Recogió del suelo un recipiente de barro del que se escapaba un intenso humo. En la otra mano sostenía lo que parecía un manojo de ramas secas.

Richard se situó frente al chamán, con sus brazos a lo largo del cuerpo y sin moverse. Pronto comenzó a notar el calor del recipiente de barro que el brujo le restregaba por todo el cuerpo. Los ojos del chamán empezaron a moverse a gran velocidad con unos giros imposibles, movió la cabeza varias veces y, finalmente, su expresión se relajó. Parecía que había rejuvenecido veinte años. De pronto, comenzó a danzar y a entonar un canto repetitivo alrededor de Richard sin dejar de esparcir el humo que agitaba con las ramas secas sobre el cuerpo de éste. Sus movimientos eran ágiles y su voz cambiaba de entonación con cada vuelta. Parecía que dentro del brujo convivían varias personas.

Richard no lograba entender lo que decía. Tan sólo cogía algunas palabras sueltas al azar: fuerza, salud, poder... Cerró los ojos, a causa del humo, y se concentró en la musiquilla repetitiva que escuchaba ya tenuemente hasta que perdió la consciencia. Las imágenes se agolpaban en su cerebro a gran velocidad sin orden ni concierto. Eran *flashes* de escenas sin ninguna coherencia.

El chamán pasó la ardiente mano por su rostro y la mantuvo sobre su cara unos segundos. Cuando Richard notó que todo había acabado, abrió lentamente los ojos. Se sentía relajado y feliz. Sonrió al chamán, pero éste, en cambio, le devolvió una mirada de terror, parecía que había visto al mismo demonio. De hecho, y sin ninguna explicación, recogió sus enseres y se alejó. Ni siquiera quiso los dólares que Richard le ofreció generosamente.

—¿Qué ha pasado? ¡El brujo ha salido huyendo a los pedos! —Fernando no podía creer que el chamán no hubiera cogido al menos la propina. A Richard le temblaban las manos por la emoción vivida.

—Pues... ¡no lo sé! Todo ha sido muy extraño. Me ha parecido vivir un sueño. Durante unos segundos he perdido la consciencia y me han empezado a llegar un montón de imágenes extrañas a la cabeza. ¡Uffff! Pensaba que estaba dentro de la película *Apocalypto* y que era uno de los mayas a los que iban a sacrificar. ¡Dios! ¡Qué angustia!

Fernando se reía divertido.

—¡Gringo cabrón! ¡Tienes que dejar de ver esas peliculitas!

La madrugada les sorprendió en un puesto callejero. Una mexicana enorme con un delantal de colores chillones les había adoptado como si fueran sus hijos hambrientos. Richard ni siquiera llevaba la cuenta de los tacos que se había comido y menos de las cervezas que obligadamente habían tenido que beber para tragar la pesada mezcla. En aquel rato, Fernando había puesto a Richard al día de todo lo que había acontecido en la ciudad el último año, el tiempo que llevaban sin verse.

—¡Bueno, es hora de recogerse! Mañana he quedado con el equipo en que iríamos al mercado de Sonora.

Richard y Fernando se dirigieron hacia el hotel.

—¿A qué hora paso por ustedes?

—¿Por qué? ¿No trabajas mañana?

—¡No! Me agarré unos diítas libres para estar con vosotros. ¡Esto no me lo pierdo!

Richard era consciente de que el mexicano ganaba más dinero con ellos que trabajando el mes entero en la redacción, por eso no puso inconveniente.

—Pues si te parece nos tomamos a las ocho un café en el hotel y salimos desde allí hacia el mercado de Sonora.

Se fundieron en un cálido abrazo.

—¡Heyyy, güey! Cuidadito con esos restregones, que yo soy puro macho...

Fernando se marchó con la sonrisa en los labios.

Richard se desplomó en la cama. No tuvo fuerzas ni para quitarse los zapatos. El sueño le venció rápidamente. No fue una noche tranquila. No paró de revolverse entre sueños y el sudor frío le empapó la camisa. Las escenas de un corazón palpitante bañado en sangre comenzaban a estallarle en la cabeza.

—*I said you wannaaaa be startin' somethin... You got to be startin' somethinnnn... I said you wanna be startinnnn' somethinnnn...*

Michael Jackson sonaba a todo volumen en el móvil de Richard. El periodista apagó la alarma y comprobó que eran las siete de la mañana.

—¡Te voy a terminar odiando, Michael!

Saltó de la cama. Se despojó de la ropa empapada de sudor y, sin pensárselo dos veces, se tumbó en el suelo, enganchó sus pies a un lateral de la cama y comenzó su tortura diaria. No terminó hasta que no consiguió llegar a las trescientas abdominales. Un día más, había conseguido superar la pereza. Se duchó, se vistió con unos pantalones militares y un polo blanco, cogió su Moleskine y bajó a desayunar. Marc y Rul le estaban esperando.

—¿Qué tal, jefe? ¿Cómo fue la noche?

Los compañeros de Richard estaban deseosos de escuchar alguna historieta picante.

—Nada que destacar. Todo muy tranquilo. Nos dimos una pequeña vuelta por la plaza y después cenamos en un puestito tres mil quinientos tacos. Eso sí, con tanta comida he tenido unas pesadillas terribles. ¿Qué estáis desayunando? —preguntó, mirando asombrado los dos platos enormes de comida que tenían sus compañeros.

—Pues, imagínate... unas cuantas calorías. ¡Aquí hay que ser puro macho para meterse estos desayunos!

Richard miraba la comida casi asqueado. Todavía tenía el regusto de la cena de hacía unas horas.

—Creo que tomaré algo de fruta. —Se sirvió unas cuantas piezas de papaya y un yogur. Tenía que compensar los excesos de la noche anterior.

—¿Vamos hoy entonces al mercado que dijiste? —El cámara ya quería ir controlando la situación.

—Sí, en un ratito vendrá Fernando a buscarnos. Tardaremos en llegar al mercado como unos cincuenta minutos. Haré una entradilla, haremos varios totales y luego tendréis que tomar bastantes recursos.

—¡Piiiiiii! ¡Piiiiiii!

Dos fuertes pitidos anunciaban a Richard que había recibido un mensaje. Miró el teléfono. Era Paula.

Hola, Richard ¿Cómo va todo? Yo sigo en París con mi reportaje. Todo bien. ¿Cuándo regresas? Cuídate. Tq

Pulsó la teclea «responder». Tomó aire y escribió: *Querida Paula.*

Se paró a pensar y, tras unos segundos en blanco, accionó la tecla «cancelar». La mañana acababa de comenzar y no quería amargarse el día. Un camarero se acercó hasta él.

—Disculpe, señor Cappa, el periodista mexicano les espera en la puerta con el carro preparado.

Richard se sonrió. Estaba claro que Fernando tenía controlado a todo el servicio del hotel.

—¡Muchas gracias! ¡Enseguida vamos! ¡Venga, chicos, comienza la jornada!

Si la capital mexicana no descansaba por la noche... ¡qué decir durante el día! Llegar hasta el famoso mercado de Sonora fue una tarea bastante complicada y no por la distancia, porque tan sólo tenían que atravesar la calle Corregidora hasta la Circunvalación y llegar hasta la plaza de la Merced. Ese trayecto sin tráfico se hubiera podido realizar en tan sólo diez minutos, pero a esas horas de la mañana tardaron casi cincuenta. No había manera de poder pasar la aguja del velocímetro de los veinte kilómetros por hora. Parecía que todo México se había puesto de acuerdo para acudir ese día y en ese preciso instante a comprar al populoso mercado.

—¡Espera un segundo, Fernando!

Richard, emocionado por la cantidad de puestos callejeros y gente deambulando por los alrededores, le pidió a Marc que grabara algunas tomas de los alrededores del mercado. Marc preparó la cámara, bajó la ventanilla y sacó medio cuerpo fuera del coche. Rul le agarraba fuertemente del cinturón para que no se cayera.

—¿Te has traído algún CD de Los Tigres del Norte? Me apetecería hacer una toma con la música de los mexicanos sonando de fondo. —Richard sabía que el recurso de imágenes con música como sonido ambiente solía funcionar bien en un reportaje.

—¡A huevo, gringo! Soy un profesional y, además, conozco bien sus gustos.

Fernando deslizó su mano hasta la bandeja, sacó varios CD y escogió uno. El equipo lo tragó con fuerza y comenzaron a sonar a todo volumen Los Tigres...

—*Unaaa camionetaa grisss con plaaaacas de Californiaaaaa... la traían bien arregladaaaaa... Pedro Márquez y su noviaaaa muchos dólares llevabaaaannn... para cambiarlos por drogaaaaaa.*

La gente que circulaba por allí se quedaba mirando a aquellos excéntricos periodistas que grababan con la música a tope.

—*Traíaaaa llantas de carreraaaa... con los rines bien cromaaaados... motor grandeeee y arreglaaaaaado... Pedro se sentíaaaa seguro-ooo... no hay federaaal de caminos que me alcanceeee, te lo juroooo...*

Richard iba atento, señalándole a su compañero algunas escenas poco habituales para el público norteamericano: puestos callejeros repletos de carátulas de CD descoloridas por el sol, furgonetas destartaladas, bicicletas cargadas hasta los topes conducidas por algún chiquillo descalzo, jaulas de madera con animales vivos, mujeres y hombres cargando con las más increíbles mercancías... Los alrededores del mercado eran lo más parecido a un plató cinematográfico cargado de extras preparados para participar, sin ellos saberlo, en un reportaje.

Richard estaba señalando a Marc que grabara a un hombre descargando de un carromato unos cuantos bloques de hielo cuando el sonido de una sirena les interrumpió. Por el espejo comprobó que detrás de ellos había dos motoristas de la policía indicándoles que pararan a un lado.

Fernando bajó la música y detuvo el coche.

—¡Lo de siempre! —le dijo a Richard, que se esperaba lo peor—. ¡Déjame hablar a mí!

Uno de los policías se acercó a la ventanilla de Fernando. El otro, que vigilaba desde la parte trasera del coche, descansaba su mano en la culata del revólver.

—¡Buenos días, joven! ¿Su licencia, por favor?

—¡Cómo no, señor agente! —Fernando sacó su carné de conducir y un papel doblado que llevaba en la cartera.

—Aquí tiene también el permiso para grabar, firmado por la Delegación.

Richard observó que dentro del papel había también unos cuantos dólares.

El policía miró el papel, se guardó el dinero y les saludó militarmente.

—¡Bien, señores! ¡Todo en regla! ¡Pueden continuar! ¡Y no me armen mucho escándalo!

Fernando arrancó.

—¡Ya pasó todo, güey! ¿Seguimos grabando?

Richard confirmó, una vez más, que Fernando era la mejor inversión de todo el viaje.

—¿Has podido conseguir algunos planos? —preguntó Richard al cámara.

Marc movió la cabeza afirmativamente.

—Sí, sí... Si no necesitas mucho, por mí vale.

—Pues nada, vamos a aparcar y a sumergirnos en esta locura.

Pasaron toda la mañana grabando en el inmenso mercado dedicado a la santería. Sus abarrotadas calles centrales ofrecían cualquier producto que uno se imaginara dedicado al culto, y no sólo a las divinidades habituales, como la Virgen de Guadalupe, a la que todos veneraban, sino también centenares de artículos destinados a la adoración de la Santa Muerte. La famosa calavera vestida con túnica acechaba en cada esquina del mercado esperando las ofrendas de los fieles. No era extraño ver algunas de aquellas cadavéricas imágenes con cigarros encendidos, vasos de tequila y algunos pesos dejados por los más devotos. Richard siempre llevaba a los viajes una pequeña videocámara con la que grababa algunos planos que solían servir para insertarlos como apoyo de los reportajes o para los *making of*. Le gustaba cómo quedaban esas tomas y cómo se complementaban con las imágenes más profesionales. El mercado le dio al periodista muchos minutos de curiosas escenas.

Richard entrevistó al dueño de un puesto en el que se vendían todo tipo de objetos relacionados con esa macabra Virgen, desde velas a figuritas, pasando por perfumes, amuletos o escapularios. Todos los artículos que se compraban se metían en una bolsa y el santero hacía con ella una curiosa ceremonia: rezaba una oración, la rociaba con el humo de un puro y con algunas semillas y terminaba el proceso escupiendo sobre la bolsa un líquido que acababa de ingerir de un trago, seguramente tequila. Richard observaba satisfecho la cara de felicidad de su cámara grabando tan buen material.

Tan sólo habían parado en todo el día para tomarse unos tacos con una cerveza en un puesto cercano, la jornada había dado sus frutos y tenían minutos suficientes para un buen reportaje.

Mientras abandonaban el mercado, Richard llamó la atención de Fernando.

—¡Mira! —señaló un puesto lejano—. ¿No es aquél el chamán de anoche?

—¡Creo que sí!

Richard se dirigió con rapidez hacia el puesto. Su mirada y la del chamán se cruzaron. Automáticamente, el brujo desapareció dentro del puesto. Cuando Richard llegó, no había ni rastro de él y el dueño le aseguró que no conocía a nadie que respondiera a su descripción. El periodista no entendía por qué el chamán se comportaba con él de un modo tan misterioso.

El día había sido agotador y decidieron irse directamente al hotel. Al día siguiente querían grabar en Teotihuacán, la ciudad sagrada de los aztecas, y tenían que madrugar. Fernando no les podía acompañar y alquilaron un coche para un par de días. Si el conserje del hotel había seguido sus indicaciones, lo tendrían aparcado en el garaje.

Fernando les acercó hasta el hotel, en dos días volverían a verse. Richard le dio doscientos dólares.

—Toma, amigo, para gastos y gasolina, aunque ya sabes que me tendrás que buscar alguna facturita por ahí para el pesado de Charlie.

—¡Eso está hecho, gringo! El próximo día que nos veamos te la traigo. Bueno... ¡no sean chingones y pórtense bien en Teotihuacán! Ya sabes que allí tienes que preguntar por Rosa, una arqueóloga que trabaja para el doctor Cabrera. Ella les enseñará todo.

Fernando guiñó un ojo a Richard.

—¡Venga, lárgate!

Mientras metían el material en el hotel escucharon el chirrido de las ruedas de la furgoneta de Televisa, el claxon y unos cuantos insultos. El sonido del automóvil se alejó rápidamente.

En cuanto entraron en el vestíbulo, el conserje salió a saludar a Richard.

—¿Qué tal, señor Cappa? ¿Han tenido un buen día?

—Sí, aunque estamos cansados. Ha sido largo. ¿Pudo hacer la reserva del coche?

—Sí, señor. Aquí están las llaves. Es un todoterreno azul. Está parqueado en el garaje, junto a los ascensores. La documentación la tiene en la guantera.

—¡Muchas gracias!

El periodista recompensó la gestión del conserje con unos cuantos dólares.

El equipo se despidió. Quedaron para el día siguiente a las seis de la mañana en recepción.

Richard miró el reloj. Eran ya las siete de la tarde. Decidió subir a la terraza para tomarse la penúltima cerveza del día. Se sentó en una mesa cercana a la barandilla para poder observar de lejos la plaza del Zócalo. Sacó el móvil del bolsillo. Tenía varias llamadas perdidas de Charlie. Le llamó para ponerle al día de todas las incidencias y, sobre todo, para darle envidia por la maravillosa cerveza que se estaba tomando frente a una de las mejores vistas de la capital mexicana. Después de comerse un sándwich para no tener que cenar, se dio un relajante baño en la habitación, consultó algunos datos y los correos en su portátil y se arrastró hasta la cama.

Se hundió en un profundo sueño. A las pocas horas, comenzó a moverse inquieto en la cama. De nuevo, un sudor frío empezó a empapar su cuerpo. Corría y corría por las estrechas calles de un bazar persiguiendo al chamán que se había cruzado en su camino. Cuando estaba a punto de alcanzarle, las piernas le empezaron a fallar y el suelo que pisaba había cambiado. Parecía que estaba andando sobre un material mullido y pegajoso. Bajó la mirada y lanzó un grito aterrador: el suelo estaba lleno de corazones latiendo y expulsando sangre caliente. Comenzó a hundirse en ellos. La sangre y las vísceras le llegaban a la altura del pecho. Intentaba agarrarse a la gente que deambulaba por el mercado sin prestarle atención, pero no podía alcanzar a nadie, parecía que nadie le veía. Siguió hundiéndose lentamente. La sangre caliente le llegaba al cuello. Justo en el momento en el que estaba a punto de sumergirse del todo, escuchó una música conocida que le devolvió al mundo real.

—*I said you wannaaaa be startin' somethin... You got to be startin' somethinnnn... I said you wanna be startinnnn' somethinnnn...*

Capítulo 3

Teotihuacán, domingo 3 de marzo de 2012

A pesar del madrugón no consiguieron evitar el atasco que diariamente se producía en las carreteras de salida de la capital. Richard ya era uno más en aquel maremágnum de coches cambiando de carril sin orden, haciendo tronar sus cláxones a cada segundo y dedicándose todo tipo de gestos obscenos por la ventanilla. Aquel tipo de conducción tan arriesgada le recordaba su infancia en España y los famosos autos de choque en los que se montaba siempre que había una feria, aquellos cochecillos metálicos que iban soltando chispas en cada curva, los terribles golpazos de frente con los amigos, las atronadoras canciones de Los Chichos y, finalmente, alguna reyerta con los macarras que siempre estaban al acecho.

Marc y Rul apenas hablaban. Richard sabía que hasta que no se tomaran un café bien cargado no serían personas. Decidió parar a desayunar en una gasolinera a medio camino entre la capital y la famosa ciudad sagrada, que se encontraba a unos treinta kilómetros del D.F. Richard grabó cómo desayunaban sus compañeros; sin duda, sería un toque divertido para el *making of* final.

Con el estómago lleno, ya se dibujaban levemente en la cara de sus compañeros algunas muecas que, poco a poco, se fueron transformando en sonrisas. Richard arrancó el todoterreno y encendió la radio. En ese momento hablaban de la visita de Obama a México D.F.

Y se espera que el presidente americano se reúna también con un grupo de empresarios de nuestra capital. Todo está dispuesto para la visita, aunque algunos colectivos han comen-

zado a manifestarse contra la llegada de Obama recordando
que, al mismo tiempo que visitó con anterioridad el presi-
dente americano nuestro país, comenzó a brotar la gripe A,
que tan malas consecuencias tuvo para el pueblo mexicano...

—¡Vaya chorrada! ¡Cómo somos los periodistas! Ahora intentando justificar la gripe A con la visita del presi... Bueno,
esto lo arreglo yo con Los Tigres. —Sacó de la mochila unos
cuantos CD que le había dejado Fernando. Puso el primero
que cogió.

—*Que es lo que andaaaan pregonandoooo... rataaaas de mil*
agujeeeeros cuando se notaaaa la envidia se les sale por el cueroooo
y para no envenenaaaarse tienen que hacer lo del perroooo... Di-
meeee de lo que presumeeen y les diréééé qué careceeeen... el sol por
más que calienta en las noches no apareceeee, pero aquellos vanido-
sos ni el diablo los favoreeeece...

La música de Los Tigres les acompañó hasta el recinto de
Teotihuacán. Se acreditaron en la entrada y dejaron aparcado
el todoterreno. A partir de ese momento, la jornada tendría
que discurrir a pie. Antes de poder grabar nada, Richard se
acercó hasta las oficinas para abonar el importe solicitado
para las grabaciones.

—¿Cincuenta dólares por el trípode? ¿Qué pasa? ¿Me ves
cara de turista o qué?

A Richard le indignaba que le sacaran dinero hasta por
respirar.

—¡No se me altere, licenciado! ¡Son las normas! Yo cumplo
órdenes. ¡Ah, se me olvidaba...! Les acompañará un funcionario para indicarles dónde pueden poner el tripié y dónde no,
porque hay algunos lugares que se pueden deteriorar. Además, les hará de guía. —Sonrió socarrón—. ¡Y gratis!

Richard respiró... ¡y pagó! En la puerta de las oficinas les
esperaba el joven que les acompañaría durante toda la jornada.

—¡Bueno, chicos, vamos a empezar! —Richard comenzó a
organizar a su equipo—. En principio, he quedado con la arqueóloga a las once, por lo que tenemos tiempo para hacer
una entradilla y unos cuantos recursos. Vamos a coger el material del coche y comenzamos antes de que apriete más el
sol. Hoy va a ser un día duro.

Rul cargaba con el trípode y la mochila para el sonido, Marc con la cámara y Richard con su mochila, donde llevaba algunos apuntes sobre la ciudad sagrada, su videocámara y su inseparable Moleskine con sus dibujos. Comenzaron a caminar escoltados por el joven guía bajo un sol abrasador. A cada pisada se levantaba el polvo de la árida explanada y en sus ropas se empezaron a dibujar las marcas de sudor. Después de andar unos cuantos metros divisaron a lo lejos una de las pirámides escalonadas.

El complejo azteca estaba dominado por dos grandes pirámides: la del Sol y la de la Luna, separadas por una gran avenida de unos cuatro kilómetros, llamada avenida de los Muertos. A ambos lados de la amplia calle había diseminadas decenas de construcciones de lo que debieron de ser en tiempos pequeños templos de piedra. Richard ya había visitado en un par de ocasiones el impresionante complejo. Ahora miraba divertido la cara de sorpresa de sus compañeros. Teotihuacán realmente fascinaba cuando se visitaba por primera vez. Sobre todo, llamaba la atención el laborioso trabajo de conservación que durante años se había llevado a cabo en la ciudad sagrada. Pocos monumentos antiguos en el mundo se encontraban en tan buen estado.

—Disculpe, licenciado. —El guía se acercó hasta Richard—. Si ustedes quieren tener una buena toma de toda la ciudad, ahorita mismo yo les puedo llevar hasta allí enfrente. Ese elevado es el mejor lugar para que ustedes puedan reportear.

—¡Pues hale! —dijo Richard, divertido—. ¡Vamos allí a reportear!

El guía había acertado. Desde el pequeño alto se divisaba por completo todo el complejo azteca con claridad. Richard recorrió con la mirada las construcciones de piedra, que seguían intactas a pesar de que por ellas habían discurrido miles de años. A esas horas ya deambulaban bastantes grupos de turistas que se afanaban en superar los elevados escalones de las dos pirámides deseosos de llegar a la cima y librarse así de los insistentes vendedores ambulantes. Muchos de los que allí subían se quedaban exhaustos a los pocos escalones: la medida de los peldaños y la altitud hacían que la ascensión se convirtiera en toda una proeza.

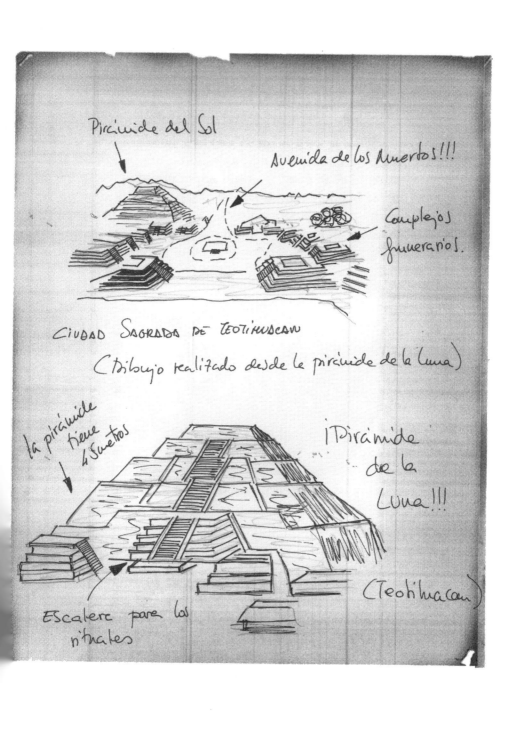

Pirámide del Sol

Avenida de los Muertos!!!

Complejos funerarios.

CIUDAD SAGRADA DE TEOTIHUACAN

(Dibujo realizado desde la pirámide de la Luna)

la pirámide tiene 4 suelos

¡Pirámide de la Luna!!!

(Teotihuacan)

Escalera para los rituales

Richard observó durante unos segundos más la impresionante construcción. «Seguramente, por estas inclinadas pendientes habrán rodado cientos de cabezas arrancadas para los rituales que en su día se celebraron aquí», pensó. De repente, se le presentó la imagen de los corazones palpitantes de su terrible sueño.

—Marc, ¿te parece si montamos aquí el trípode y hago una entradilla con las dos pirámides de fondo?

—¡Me parece perfecto! —Marc se giró para preguntar al guía—: ¿Aquí se puede instalar el trípode? —El joven contestó afirmativamente con la cabeza.

Richard repasó sus notas mientras se colocaba bien la ropa y se peinaba con los dedos su frondoso pelo castaño, que siempre, como buen reportero televisivo, llevaba arreglado lo suficiente para tenerlo largo pero que, a la vez, no necesitara mucho peine. Trucos de televisión. Rul le colocó el micrófono inalámbrico mientras Marc buscaba el mejor plano. El cámara pidió a su ayudante que cogiera un reflector para captar mejor la potente luz que el sol les regalaba. Cuando todo estuvo preparado, comenzaron a grabar.

Richard se situó justo donde le señaló el cámara. Marc levantó la mano.

—¡A mi señal cuentas cinco y dentro!

Richard contó mentalmente hasta cinco y comenzó.

—¡Bienvenidos a Teotihuacán, la llamada morada de los dioses por la civilización azteca! Por esta avenida de los Muertos paseará en breve nuestro presidente, al igual que hace dos mil años lo hicieran los habitantes de una civilización desaparecida misteriosamente, un enigma que aún, hoy en día, siguen investigando infinidad de arqueólogos llegados de todos los lugares del mundo.

»Justo detrás de mí se pueden distinguir dos impresionantes pirámides: la del Sol y la de la Luna. Todos los años se acercan hasta este recinto sagrado miles de personas para recibir el solsticio de verano e invierno. Todos los que recorren estas antiguas calles lo describen como algo mágico, una sensación que seguramente también vivieron sus primeros pobladores.

»Pero en este año que ha comenzado, este recinto también está acogiendo decenas de ceremonias sagradas que realizan los más estrafalarios chamanes anunciando, apoyándose en el famoso calendario maya, la llegada inminente del fin del mundo.

Richard se mantuvo unos segundos más frente a la cámara sin moverse.

—¡Bien, por mí vale! Si queréis, podéis ir grabando algunos recursos mientras voy a buscar a la arqueóloga.

Cogió su mochila, sacó su videocámara y comenzó a filmar a sus compañeros mientras se alejaban cargando el material ladera abajo, rumbo a la famosa avenida de los Muertos.

Richard regresó hasta la caseta de entrada y allí preguntó por el equipo del doctor Cabrera. Al parecer, estaban trabajando a unos cuantos metros de la ciudad sagrada, en un enclave donde se habían encontrado restos enterrados de lo que podía ser un asentamiento de antiguos pobladores mexicas.

A pesar de que aún no era mediodía, el sol comenzaba a brillar con fuerza. Richard se bebió de un trago una botella de agua. Se secó el sudor con un pañuelo y respiró profundamente. Distinguió a lo lejos a un grupo de personas arrodilladas trabajando alrededor de una excavación, seguramente en ese grupo estaría Rosa, el contacto buscado por Fernando para que les hablara de los habitantes de Teotihuacán.

Richard se acercó a un joven vestido de Coronel Tapiocca que limpiaba con un cepillo lo que a primera vista parecía un trozo de cerámica.

—¡Disculpe! ¿La arqueóloga Rosa Velarde?

El hombre, sin levantar apenas la cabeza, le señaló una morena que trabajaba a unos pocos metros.

Según se iba acercando, Richard comprendió por qué Fernando, al hablar de la arqueóloga, le había guiñado un ojo cómplice. Rosa se encontraba dibujando en una polvorienta libreta una pieza que en su origen debió de ser un jarrón. Las formas que se perfilaban bajo la camiseta verde de tirantes llamaron inevitablemente la atención del periodista. Poco a poco, fue bajando la vista para recorrer el resto del cuerpo. Rosa llevaba un pantalón corto caqui y enseñaba sus piernas torneadas y morenas. Carraspeó para que la arqueóloga le prestara atención.

Rosa levantó la mirada. Sus grandes ojos marrones dejaron de mirar los apuntes para centrarse en el extraño que se acercaba. Su rostro era aniñado, aunque se vislumbraba en él la huella que deja el paso de la vida. Richard calculó que tendría unos treinta y cinco años. Lucía una frondosa melena rizada oscura y unos insinuantes y gruesos labios la hacían, si cabe, más sensual.

—¿Rosa Velarde?

—¡Sí, soy yo!

—¿Qué tal? —Richard extendió su mano para saludarla—. ¡Buenos días, soy Richard Cappa, de CNN! Creo que Fernando de Televisa habló contigo para solicitarte una entrevista.

—Sí, sí... Te estaba esperando. ¿Has venido solo? —A Rosa le extrañó que no hubiera más equipo para grabar.

—No, tengo a mi cámara y al ayudante en la avenida de los Muertos grabando unas tomas. Si te parece, nos acercamos a buscarlos y te grabamos unas cuantas preguntas.

—¡Me parece estupendo!

Rosa se colocó un sombrero vaquero y golpeó con fuerza su ropa para sacudirse el polvo acumulado. A Richard le gustó ese toque de coquetería.

—Me comentó Fernando que eres toda una eminencia en la antigua cultura mexica, ¿llevas mucho tiempo trabajando en la excavación?

—Fernando es un poco exagerado, aquí el verdadero experto es el doctor Cabrera, el resto, simplemente, le ayudamos. Y sí, he podido estudiar bastante esta sociedad, aunque, curiosamente, cuanto más aprendemos, más incógnitas descubrimos.

Rosa tenía una voz cálida y sus años de estudiante en diversas ciudades europeas habían suavizado su acento mexicano. De pronto, interrumpió sus explicaciones y miró a Richard directamente a los ojos.

—¿No hablas muy bien nuestro idioma para ser gringo?

Richard sonrió divertido por lo directo de la pregunta.

—¿Parezco gringo? ¡Dios, todo se pega! Llevo muchos años en Nueva York, pero soy español.

—¿Español? —Rosa puso cara de sorpresa. Ciertamente, Richard podía pasar perfectamente por estadounidense o inglés. No era excesivamente moreno, en cuanto le daba el sol se le dibujaban algunos reflejos dorados en el pelo y era de una altura superior a la media española.

—¡Pues yo estudié algunos años en España! Hice un curso de historia antigua en la Universidad Complutense de Madrid. España es un país realmente maravilloso, aunque, en general, a los mexicanos no les gustan muchos los españoles. Ya sabes, aún perduran los recuerdos históricos.

—Sí, sí, comprendo.

A Richard le encantó la soltura de Rosa. En unos minutos, sin apenas darse cuenta, ya se encontraban atravesando la avenida de los Muertos, abarrotada de turistas. Richard iba pensando en que sería difícil encontrar un plano para su reportaje sin gente molestando.

A los pocos metros distinguió a Marc y Rul, que grababan una toma lejana de la pirámide del Sol. Se acercaron y Richard les presentó a la arqueóloga.

—Bueno, Marc, tú me dirás dónde vamos a grabar, porque hay gente por todas partes. —Se volvió hacia Rosa—: ¿Tanto turista es normal?

—Hombre, hoy es domingo y eso influye. Pero últimamente hay más visitantes que nunca. Todo lo que se está hablando del fin del mundo pronosticado por los mayas está haciendo que acudan a la ciudad más turistas de lo habitual. La verdad es que da un poco de pena ver a grupos de personas venidas de todas partes del mundo acercarse hasta las pirámides y realizar extraños rituales intentando conseguir que el mundo no se termine. Y mucha culpa de todo esto la tenéis los medios de comunicación, que sois los primeros especuladores.

—¡Tienes razón! Por eso nosotros hemos querido venir hasta aquí para documentarnos con la persona que más sabe. —El periodista le regaló una sonrisa embaucadora—. Pero... ¿qué hay de realidad en todas esas predicciones? ¿Tenemos que estar asustados?

Mientras Richard y Rosa charlaban, Marc y Rul seguían tomando imágenes de la pirámide.

—Es cierto que los mayas fueron una cultura muy adelantada a su época y unos grandes observadores del universo.

Crearon el famoso calendario maya, que, en realidad, eran tres calendarios diferentes que se complementaban para predecir cambios de ciclos, de estaciones, de periodos... Ese calendario se convirtió en el centro de sus vidas y le adjudicaron un día cero. A partir de ese momento, a lo largo de la historia, se han contado ininterrumpidamente los días y gracias a ese ordenamiento del tiempo se han podido pronosticar acontecimientos futuros.

—Pero ¿alguna vez han acertado?

—Sí. Por ejemplo, la llegada de los conquistadores españoles ya se había reflejado en los libros del *Chilam Balam*, unos textos mayas que se tradujeron a caracteres latinos tiempo después de que llegaran los conquistadores. Hay que tener en cuenta que los sacerdotes mayas lo apuntaban todo, desde los títulos de propiedad de las tierras hasta las oraciones y rituales que se debían seguir. En estos textos sagrados del *Chilam Balam* se anunció la llegada de unos hombres blancos que revolucionarían su existencia, y creo que no se equivocaron.

Richard estaba hipnotizado escuchando a la arqueóloga. Marc les interrumpió.

—Está bien, ya he terminado estos planos. Si os parece, vamos a caminar hacia la parte de atrás de la pirámide. He encontrado un sitio tranquilo donde podemos hacer la entrevista.

—Rosa, perdona si te estamos quitando mucho tiempo. Van a ser tan sólo unos cuantos minutos más.

—¡Ni te preocupes! Dentro de nuestro trabajo también está atender a los medios. ¡Al revés! Ya nos gustaría que hubiera más gente interesada en conocer más nuestra cultura.

El equipo preparó todo lo necesario para la entrevista y colocaron los micrófonos a Rosa y a Richard. A Rosa la sentaron en una gran piedra. A sus espaldas aparecía en el plano la gran pirámide del Sol. Richard se colocó a un lado de la cámara.

—¿Todo preparado?

Marc estaba a punto de comenzar la grabación.

—Cuando quieras, Richard.

—Bien, Rosa, lo primero es conocer la opinión de un experto. ¿Qué es exactamente la ciudad de Teotihuacán?

—Teotihuacán es una de las zonas arqueológicas más importantes de nuestro país. Se trata de una ciudad sagrada construida por una civilización descendiente de los antiguos mayas. Sus monumentos más importantes son las pirámides del Sol y la Luna, que se alzan junto a la avenida que los aztecas llamaron la avenida de los Muertos. Las construcciones, tal y como las vemos ahora, fueron restauradas a finales del siglo XX, pero aún se sigue trabajando en yacimientos cercanos para intentar conocer algo más de esta enigmática civilización.

—¿Sabemos cómo era la ciudad en sus orígenes?

—Sí. Teotihuacán, en su época de mayor esplendor, era una ciudad sagrada dedicada a la adoración de los dioses en la que los sacerdotes ejercían el poder. Aquí se adoraba a diversos dioses, como el Sol, la Luna, la Lluvia o la Tierra. El resto de la sociedad teotihuacana estaba dedicada a realizar las ocupaciones cotidianas. Tenemos constancia de que existieron comerciantes, agricultores, alfareros... pero no vivían dentro de la ciudad, ésta estaba reservada sólo a los sacerdotes y nobles. El resto de habitantes vivían en las afueras, en casas hechas de adobe y madera divididas en barrios que agrupaban a los diferentes oficios.

—La sociedad teotihuacana desapareció misteriosamente. ¿Sabemos en la actualidad a qué se debió aquel drástico final?

—Los expertos manejamos varias hipótesis. Por un lado, podemos especular que fue debido a una mala gestión del entorno por parte de los gobernantes. Poco a poco, fueron destruyendo sus recursos, talando árboles, aniquilando la flora y la fauna. Todos estos excesos provocaron una larga sequía que terminó por acabar con la población. La otra hipótesis es que tal vez fueran devastados por alguna invasión de pueblos nómadas del norte o incluso que ellos mismos, tras varias revueltas provocadas por la falta de alimentos, hubieran destruido la ciudad.

—Y por último... ¿se han encontrado restos que documenten que en esta ciudad se realizaban sacrificios humanos?

—Sí. En un principio se especuló con que la sociedad teotihuacana era pacífica, pero el doctor Cabrera ha descubierto numerosos cuerpos decapitados que atestiguan lo contrario.

Precisamente, en el año 2004, se realizaron varias pruebas de ADN a más de cincuenta restos humanos encontrados y se comprobó que aquellas víctimas fueron capturadas en poblaciones lejanas mayas, de culturas del Pacífico y del Atlántico, para ofrendarlas a los dioses. También en algunas esculturas y pinturas hemos encontrado representaciones de corazones sangrantes atravesados por cuchillos de obsidiana que confirman que en los sacrificios se extraían los corazones palpitantes de las víctimas, algo que coincide con el resto de rituales de aquella época.

Richard esperó unos segundos y dio por terminada la entrevista.

—¡Perfecto! Parece que has hecho televisión toda la vida.

—¡Eres muy amable! Pero no será para tanto. Lo que pasa es que, a base de hacer entrevistas, una empieza a cogerle el aire.

Marc comprobó que la grabación estaba correcta antes de despedirse de la arqueóloga.

—¡Todo perfecto! Los totales están bien de imagen y de sonido. ¡Nos valen!

Rosa y Richard comenzaron a quitarse los micrófonos.

—Rosa, ¿te apetece tomar algo frío? Déjame invitarte a un refresco o a una cerveza por las molestias ocasionadas.

La arqueóloga se tomó su tiempo para contestar.

—¡Venga!

Richard se dirigió a su equipo.

—¿Qué hacéis vosotros? ¿Os venís a tomar algo o termináis de sacar recursos?

A Rul se le veía cara de quererse escapar a beber algo, pero Marc miró el reloj y comprobó que era la una de la tarde. Todavía les quedaba un buen rato para aprovechar la luz del mediodía, así que decidió que se quedaban a grabar.

—¿Qué os traigo?

—Unas cuantas botellas de agua y un aire acondicionado portátil, por favor. —A Marc ya le caían a chorros los goterones de sudor.

—¡Vale, vale! Ahora llamo a Charlie y que os lo envíe. —Al fin Richard pudo centrar toda su atención en Rosa—. ¿Quieres que vayamos a algún sitio en especial? —En sus anteriores visitas, había salido del recinto para comer o beber.

—Pues como estamos aquí, si te parece, te voy a llevar a un restaurante que está a diez minutos andando, se llama La Gruta y creo que te va a sorprender.

¡Y vaya si le sorprendió! No recordaba que junto a la ciudad sagrada se encontrara tal oferta gastronómica. Era un restaurante curioso, porque, fiel a su nombre, se encontraba ubicado dentro de una gruta natural.

—¡Qué sorpresa! —Richard estaba realmente impresionado ante aquel dispositivo culinario. En la gruta había más de cien mesas decoradas con coloridos manteles y atestadas de turistas. Un pequeño escenario en un lateral ponía el ambiente necesario para disfrutar de una buena gastronomía al ritmo de rancheras y corridos mexicanos. Los turistas, enrojecidos por el sol y por la alta dosis de picante, cantaban apasionados en un ininteligible castellano inventado. Rosa disfrutaba con la cara de sorpresa de Richard.

—Bueno... ¿Qué te parece?

—¡Esto es purita dinamita!

—Esta gruta seguramente debió de formarse a la vez que el resto del valle —le explicó Rosa—, a causa de una erupción volcánica. Se cree que los toltecas, con posterioridad, fueron cavando en la roca para aumentarla y, en la época de mayor esplendor de la ciudad, seguramente se utilizó como un gran almacén de provisiones. Date cuenta de la temperatura y la humedad que hay aquí.

Richard y Rosa llegaron a una pequeña barra que estaba pegada a una de las paredes. Un trajeado camarero les saludó.

—¡Buenos días, doctora Velarde! ¡Qué placer tenerla por aquí de nuevo!

—Lo mismo digo, Francisco. ¿Todo bien?

—Pues ahorita mucho mejor con su presencia, señorita. —Rosa sonrió divertida.

—¿Qué te apetece tomar, Richard?

—La una de la tarde... creo que es la hora genial para tomarse una cerveza.

—¡Venga! ¡Tienes razón! ¡Que sean dos cervezas y algo de picar! ¿Te gusta la comida mexicana?

—Sí, me apasiona.

Richard ya escuchaba los sonidos de su estómago reclamándole calorías.

—¡Francisco! Ponnos también un mole de pollo.

A los pocos minutos llegó un gran plato con trozos de pollo sumergidos en una salsa oscura acompañados de arroz y fríjoles. Richard miraba extasiado la comida.

—¡Cómo nos vamos a poner! —El periodista olfateó el delicioso aroma que desprendía el guiso.

—Éste es uno de los platos más famosos de nuestro país. Se hace fundamentalmente con pollo y una salsa a base de mole, chile, cebolla, ajo, pan, tortilla, canela y chocolate.

—¡Qué curiosa mezcla! —Richard hizo como si jamás hubiera comido aquel plato, le encantaban las explicaciones de Rosa.

—Sí, además hay una historia, muy graciosa, asociada a la elaboración de este guiso.

—¡Soy todo oídos!

—Cuenta la leyenda que el virrey de la Nueva España y arzobispo de Puebla, Juan de Palafox, visitó su diócesis. Obviamente, el convento rápidamente organizó un gran banquete para agasajar a tan ilustre invitado... La cocina del monasterio la llevaba un fraile llamado Pascual que, agobiado por la visita, corría de un lado a otro de la cocina dando órdenes para que todo estuviera en su punto. Se encontraba realmente enfadado porque en aquella sala era todo un desorden. Comenzó a amontonar todos los platos que allí se encontró para guardarlos en la despensa cuando se tropezó justo enfrente de la cazuela donde se cocinaba el guiso de pollo que ese día se comería el virrey.

Richard escuchaba embobado la historia mientras daba grandes tragos a su botella de cerveza fría.

—A la olla cayeron los chiles, el chocolate y varias especias. A fray Pascual se le cayó el mundo encima y, automáticamente, se arrodilló y comenzó a rezar implorando a Dios que el guiso estuviera bueno. —Rosa sonrió satisfecha al ver al periodista absorto en sus explicaciones. Continuó después de dar un nuevo trago a su cerveza—: El sacerdote no salía de su asombro cuando la comitiva española pidió que se felicitara al cocinero por su exquisito plato. Esa curiosa mezcla ha seguido elaborándose igual hasta nuestros días y se ha convertido en uno de nuestros mejores platos. De hecho, todavía en muchas casas, cuando algo no sale bien en la cocina, se sigue rezando: «San Pascual Bailón, atiza mi fogón».

—Desde luego... ¡Qué sorpresa! ¡La de historias que sabes! —Richard cogió el cuchillo y el tenedor y probó el guiso. Por las caras que puso después del primer bocado, a Rosa no le quedaron dudas de que le había resultado exquisito. De pronto, la mochila del periodista comenzó a vibrar anunciando que alguna llamada telefónica quería interrumpir aquel momento tan placentero.

Richard abrió su mochila, cogió el móvil y miró la pantalla: Paula.

—Si me disculpas un segundo, voy a contestar.

—No te preocupes. Espero.

Richard se alejó unos metros.

—¡Hola!

—¿Qué tal, Richard? ¿Cómo estás?

—Yo bien. ¿Y tú?

—Yo sigo en Europa, al final se ha complicado el reportaje y estaré algunos días más. ¿Tú cuándo regresas?

—Por mí no te preocupes. Yo tengo aquí para quince días.

—Ah, mucho mejor. Así puedo alargar el viaje todo lo que necesite.

—Vale, Paula, luego te llamo. Te dejo, que estoy en pleno reportaje. —Richard intuía que Paula le estaba ocultando algo y no era el mejor momento para averiguar el qué.

—¡Muy bien! Llámame cuando puedas. Besos.

Richard colgó e inmediatamente una extraña sensación de angustia le recorrió el estómago, el aire se negaba a acudir a sus pulmones. Intentó relajarse, respiró con energía y cambió su rostro forzando una agradable sonrisa. Volvió con Rosa.

—¿Qué? ¿Alguna mujer reclamando tu atención?

Richard tardó algunos segundos en contestar.

—¡No! ¡Qué va! Los pesados de la oficina.

Rosa soltó un suspiro y su preciosa sonrisa volvió a iluminarle la cara.

Después de devorar el plato de mole y de tomar varias cervezas decidieron regresar a la explanada. Richard pidió la cuenta. Cuando fue a pagar, Rosa protestó.

—¡De ninguna manera! No puedo permitir que me invites.

—¡Qué menos por las molestias que te hemos ocasionado! —Richard arrancó la factura de la mano de la arqueóloga—. Si te parece, y para que no te vayas enfadada, te dejo que tú me invites una noche a cenar en algún restaurante que yo no conozca.

Rosa soltó una carcajada ante la divertida estrategia del periodista para volver a quedar con ella.

—¡Vale, perfecto! Si te parece, nos intercambiamos los teléfonos y nos llamamos mañana para concretar. Ahora me voy corriendo que llevo toda la mañana perdida. ¡Hasta pronto!

Rosa se alejó intuyendo que Richard observaba cómo se marchaba. Se dio la vuelta y le pilló en pleno éxtasis. No pudo evitar volver a sonreír y mandarle, moviendo la mano, un saludo de despedida.

El equipo regresó al hotel después de volver a atravesar el infernal tráfico. Para integrarse plenamente con los conductores locales, estuvieron a punto de chocarse en varias ocasiones. Llegaron al Majestic a las siete de la tarde, los chicos se fueron a descansar y Richard subió a darse una ducha.

El agua caliente comenzó a relajar todo su cuerpo. Apoyó las manos contra la pared y dejó que el chorro recorriera cada músculo. Con la fuerza del agua, uno de los botes de champú se cayó dentro de la bañera. Richard lo cogió y lo estampó con violencia contra la pared. Era consciente de que cuando regresara a Nueva York tendría que poner muchas cosas en orden, aunque la sonrisa de Rosa mientras le observaba desde la distancia hacía que el resto de problemas perdieran importancia.

Capítulo 4

París, domingo 3 de marzo de 2012

Paula colgó el teléfono. Lo dejó apoyado sobre la repisa del baño, alejado de las posibles salpicaduras de agua. Abrió uno de los numerosos botes que abarrotaban la encimera de mármol y comenzó a extenderse una refrescante crema hidratante. Mientras el cosmético iba penetrando en su piel, la periodista daba vueltas a la conversación que acababa de mantener con su marido. Su instinto le decía que Richard sospechaba de su comportamiento esquivo de los últimos meses. Hacía días que no se veían, semanas que no hacían el amor, pero eso no le preocupaba, lo que verdaderamente la tenía inquieta es que no lo echara de menos. Hace un par de años hubiera peleado como una leona en la redacción de su revista para que sus viajes no duraran más de un par de días. Ahora era ella quien los alargaba inventándose las más variopintas excusas.

Observó su rostro en el espejo, comprobando que no hubiera manchas de crema. Se quitó el albornoz y lo dejó colgado en una de las perchas del baño. Esta vez eligió una crema nutritiva de aceite de oliva. Los numerosos viajes a España con Richard la habían hecho adicta a algunos productos españoles.

Colocó uno de sus desnudos pies sobre la encimera y comenzó a extender la crema por la pierna. La piel iba absorbiendo con rapidez el bálsamo. Paula escuchó cómo se abría la puerta del baño y por el espejo observó que entraba James. Iba cubierto con el batín del hotel y, en cuanto la vio desnuda, la abrazó fuertemente por la espalda.

—¡Estás resplandeciente! —le susurró al oído.

Comenzó a besarla suavemente por el cuello. Sin prisas, fue subiendo hasta encontrarse con su boca mientras sus manos agarraban sus pechos suaves y calientes. Paula se dejó llevar. Trató de incorporarse bajando el pie de la encimera, lo que provocó que uno de los tarros se cayera al suelo derramando todo su contenido en el suelo del baño.

Paula pensó automáticamente en Richard. Seguramente en esa situación habría utilizado su frase favorita: «¡Ya te lo había advertido...!».

Capítulo 5

Richard disfrutaba observando cómo se escapaba el día desde la terraza del hotel. La ducha había conseguido su efecto relajante y miraba la ajetreada plaza del Zócalo desde las alturas apurando su segundo tequila. Se fijó en la luna llena mientras repasaba algunas notas de su Moleskine. Había hecho un par de dibujos de las pirámides del Sol y de la Luna. Siguió pasando páginas y llegó hasta una anotación: Rosa Velarde y un número de teléfono. Tuvo que hacer grandes esfuerzos para no llamarla.

Richard levantó la mano. El camarero ya sabía que debía acercar la botella de tequila al estadounidense y servirle otra copa. Éste reparó de nuevo en el dibujo de la pirámide de la Luna.

«No estaría mal sacar algunas tomas de la pirámide con la luna llena de fondo —pensó—. Me podría acercar con mi cámara y ver qué sale y de paso me doy una vuelta por la zona. ¿Quién sabe? Lo mismo me encuentro por casualidad con Rosa, porque llamarla, tengo claro que no lo voy a hacer».

Pidió la cuenta, firmó y se bajó a la habitación para meter en su mochila la videocámara. Guardó su Moleskine, cogió las llaves del todoterreno y bajó apresuradamente al garaje.

Daba igual la hora que fuera, en México D.F. siempre había un tráfico infernal. Algunas tiendas de las afueras ya habían recogido, otras, en cambio, se preparaban para pasar las horas de la madrugada recibiendo a los noctámbulos con ganas de comprar. Mientras conducía hacia Teotihuacán, la cálida voz de José Alfredo Jiménez le acompañaba en el equipo de música.

—*Tómateeee esta botellaaaa conmigo y en el último traaago nos vaaaamos... quiero veeeer a qué sabe tu olviiiido, sin poner en mis*

ojos tus maaaanos... esta noche no voy a rogaaaaarte, esta noche te
vaaaas de veras, qué difícil tener que dejaaaaarte ... sin que sienta
que ya no me quieras...

Sin darse cuenta, Richard estaba cantando a pleno pul-
món aquella sentida ranchera mientras permanecía parado
en un semáforo, hasta que desde un coche que había junto a
él comenzaron a gritarle tres chicas:

—¡Heyyy, gringoooo! ¿A quién le rondas?

Richard les dedicó su mejor sonrisa y aceleró avergon-
zado. Estaba claro que el tequila le estaba pasando factura.

El complejo arqueológico por la noche no tenía nada que ver
con lo que había visto por la mañana. La zona apenas estaba
iluminada y las sombras nocturnas conferían un aspecto siniestro a aquel lugar. El bullicio y el ajetreo que se vivían por el
día con el ir y venir de coches, autocares y furgonetas repletas
de turistas y curiosos apenas guardaban similitud con la deso-
lación que ofrecía por la noche aquella solitaria ciudadela.

Llegó a las puertas de Teotihuacán y, tal y como había previsto, ya estaban todos los controles de acceso cerrados. Decidió aparcar en una zona apartada, lejos de la entrada, ahora
sin vigilancia. Apagó las luces del todoterreno y aminoró la
velocidad buscando un lugar por el que colarse y no levantar
sospechas. No había nadie por aquella zona. Gracias a la luz
que reflejaba la luna se podía distinguir la calzada.

Pasó por delante del área de restaurantes que esa misma
mañana había recorrido con Rosa y se quedó sorprendido al
ver que en uno de los párkings había estacionados cerca de
una decena de enormes coches de lujo, Audis, Mercedes e
incluso dos limusinas y un espectacular Hummer. Probable-
mente algún hombre de negocios celebraba una fiesta para
sus amigos en alguno de los restaurantes.

Richard continuó circulando a poca velocidad. Pasados los
restaurantes, observó un lugar indicado para aparcar sin que
el vehículo se pudiera ver; además, había descubierto un agujero en la valla de la ciudad sagrada por el que podría colarse.

No era la primera vez que se acercaba por la noche a grabar algunas imágenes. Acudir solo y de madrugada a deter-

minados lugares le subía la adrenalina y era habitual que en sus reportajes se incluyera alguna toma nocturna grabada por él mismo con su videocámara.

Se colgó la mochila y cerró con suavidad la puerta del todoterreno. Miró a su alrededor y no vio a nadie. Cruzó rápidamente la carretera que le separaba de la ciudad sagrada y se metió dentro por el hueco que había visto. Seguramente, era un atajo para salir del recinto camino de los restaurantes sin tener que andar hasta la puerta más cercana. Gracias a la potente luz de la luna llena todo resultaba sencillo.

Una vez dentro del complejo abrió la mochila y sacó la videocámara. Procuraba ir despacio, sin armar mucho ruido, aunque tenía la certeza de que por la noche ningún vigilante estaría de ronda por aquellas moles de piedra. Llegó hasta la avenida de los Muertos. Desde allí se podía filmar la pirámide de la Luna en todo su esplendor. Apuntó su videocámara hacia la enorme construcción. La luz de la luna regalaba unas tomas impresionantes. Probó a seleccionar el botón «night shot» para realizar la grabación con infrarrojos, pues en muchas ocasiones aquel recurso le había funcionado en algún reportaje. Miró varias veces a su espalda, sentía como si de vez en cuando se escuchara el rumor de un extraño cántico. Comenzó a rondarle en la cabeza la idea de que no se encontraba solo en la ciudadela.

Richard se situó justo bajo la gran pirámide para comprobar las imágenes que había grabado cuando lo que parecía el agónico grito de una mujer lo sobresaltó. Su instinto le llevó a esconderse detrás de una gran piedra. Durante unos segundos contuvo la respiración, inmóvil. No quería que ningún ruido le distrajera. Hizo fuerza para volcar al máximo su atención en los sonidos del ambiente. No volvió a escuchar nada, tan sólo los latidos de su corazón revolucionado.

Salió de su escondite y se encaminó apresuradamente hacia la avenida de los Muertos mirando en todas las direcciones. Aquel recinto comenzó a darle malas vibraciones. Para abandonar la ciudad tenía que volver a recorrerla hasta el mismo lugar por el que había entrado.

Dejó a su espalda la pirámide de la Luna y empezó a caminar con sigilo, bordeando la avenida, intentando no llamar la atención en el caso de que hubiera alguien por allí. A la izquierda se divisaba lejana la pirámide del Sol, a su derecha había una gran formación de pirámides más pequeñas que en su momento habían sido utilizadas por los sacerdotes de la época como templos. Richard avanzaba inquieto, no quería ser descubierto. Imaginaba que si algún vigilante le sorprendía tendría que dar muchas explicaciones... ¿Cómo justificar la presencia de un periodista estadounidense colándose por la noche y con una videocámara en la ciudad sagrada? Eso o, como en otras ocasiones, vaciar de dólares la cartera.

Rodeó dos de las construcciones de piedra. El rumor del cántico se fue haciendo más evidente. En la tercera, le llamó la atención una luz que se escapaba por uno de los huecos de la piedra. Giró la cabeza para asegurarse de que no había nadie a su alrededor y se acercó curioso a mirar por el agujero iluminado. Era una pequeña abertura entre dos piedras. Se arrodilló, acercó el ojo y comenzó a observar una escena que ya le era familiar.

Aunque había mucho humo que salía de algunos recipientes estratégicamente distribuidos, pudo distinguir una estancia iluminada con antorchas y velas. Había un gran número de personas encapuchadas con túnicas negras. Se encontraban de pie, alrededor de lo que parecía un pequeño altar de piedra. Sobre la roca había una mujer desnuda, de pelo oscuro y largos cabellos, atada de pies y manos. Un sacerdote ataviado al estilo maya enseñaba a todos los reunidos un rústico puñal que parecía tallado en piedra. Había varios indígenas más con el cuerpo pintado y vestidos tan sólo con un largo taparrabos de pieles. Estaban situados delante de lo que parecían unos timbales fabricados en cuero y madera.

Richard, tembloroso y sin dejar de mirar por la abertura, palpó el botón de encendido de su videocámara, lo pulsó y la acercó para grabar la terrible escena de la que estaba siendo testigo. De pronto, los tambores comenzaron a sonar acompasadamente. El sacerdote, que llevaba una máscara muy parecida a la que había visto en *Apocalypto*, agarró con fuerza el cuchillo entre sus manos mientras lanzaba al aire frases incomprensibles.

Se acercó al altar. La joven comenzó a moverse con fuerza intentando soltar sus manos de las cuerdas que la oprimían.

Nada pudo impedir que aquella bestia levantara con fuerza el cuchillo y lo introdujera con crueldad en el pecho de la pobre criatura. El sacerdote metió su mano con violencia dentro del cuerpo y sacó el corazón aún palpitante. Incluso con el corazón fuera de su cuerpo aquella chica todavía pataleó dos o tres veces más.

—¡Dios santo, esto es horrible!

Richard sujetó con las dos manos la cámara. Los temblores de su cuerpo provocaban que fuera casi imposible tomar una imagen que no estuviera movida. El sacerdote apretó el corazón de su víctima. Derramó la sangre caliente que soltaba en la boca sedienta de los encapuchados que se encontraban más cerca de él. Richard no pudo evitar una arcada.

Apoyado en una piedra, vació el estómago y no paró hasta que a su boca llegó el sabor de la bilis. Mientras tomaba aire para recuperarse, escuchó el ruido de unos pasos lejanos.

—¿Quién anda ahí?

Richard no se lo pensó dos veces y se levantó con rapidez de un salto. Intentó salir corriendo y tropezó, perdió el equilibrio y todo su cuerpo se estrelló contra el suelo. La cámara que llevaba en la mano se golpeó contra una piedra. El periodista escuchó el sonido de los cristales de la lente haciéndose añicos.

—¡Ehhhh! ¿Quién anda ahí?

Quien fuera el que gritaba todavía no había descubierto a Richard, que ya se recuperaba de la caída y echaba a correr imprimiendo a sus piernas toda la velocidad que aquel estado de tensión le permitía.

Mientras avanzaba como poseído por un espíritu pudo ver cómo un gigantesco gorila trajeado llegaba hasta donde él había estado grabando. El enorme individuo intentó perseguirle, pero a la tercera o cuarta zancada decidió que era mejor olvidarse. Richard ya se había alejado varios cientos de metros del lugar y se escondió tras un muro de piedra para comprobar que no le habían seguido y, sobre todo, para tomar aire y descansar unos segundos.

Desde su escondite divisó al hombre trajeado y distinguió que en su mano empuñaba un revólver. El individuo se agachó y recogió algo del suelo. Instintivamente, Richard se echó mano a su bolsillo trasero.

Ritvales Mayas!!!

Puñal de Obsidiana
(piedra volcánica)

(Solían llevar
la empuñadura
adornada con
piedras preciosas)

En los
sacrificios
habia
guerreros
que acompa-
ñaban el
ritual
tocando
sus
tambores

Escena
del
crimen!!!

—¡Mierda! —No tenía la cartera.

Tampoco aquél era momento de lamentarse. Corrió hacia el hueco de la valla, lo atravesó y siguió corriendo hacia el lugar en el que había aparcado el todoterreno. Lo abrió y se metió en él todo lo rápido que pudo. Tembloroso, consiguió arrancarlo, tras varios intentos fallidos metiendo la llave en el contacto, y con las luces apagadas pisó a fondo rumbo a la ciudad.

Mientras recorría los kilómetros que le separaban de su hotel su cabeza funcionaba más deprisa que el coche. Intentaba justificar de alguna manera lo que había visto. De pronto se acordó de la videocámara. La había lanzado en el asiento de al lado. Palpó el asiento sin apartar la vista de la carretera y la localizó. Estaba abollada y no fue capaz de que funcionara.

—¡Joder, lo que me faltaba!

No sabía muy bien cómo actuar, quería convencerse de la posibilidad de que su mente le hubiera jugado una mala pasada y haber creído ver algo que no había sucedido. Tal vez había sido la grabación de una película o un reportaje, a pesar de que no había visto ninguna cámara... ¿Y el matón? Aún tenía la imagen del gordo trajeado con la luz de la luna reflejada en el revólver.

Condujo confundido hacia el hotel. Divisó a lo lejos una zona abarrotada de locales de copas junto a la autopista, todavía a esas horas había gente divirtiéndose. Decidió que necesitaba un trago. Aparcó el todoterreno frente a una especie de imitación de cantina del Lejano Oeste. La música *country* se escuchaba con fuerza en el local. Varias rubias con un minúsculo pantalón vaquero, camisas de cuadros abiertas hasta el ombligo y coronadas con gorros de *cowboy* servían las bebidas.

Richard se acomodó en la barra y pidió un tequila y una cerveza.

—¡Apuestas fuerte, forastero! —La camarera, que lucía un generoso escote, le regaló una sonrisa. Richard no prestó atención y se giró para darle la espalda. Lo único que deseaba era encontrar una explicación a lo que había sucedido hacía poco menos de una hora.

Jadeando por las cuatro zancadas que había dado tras aquel posible testigo, el hombre observó la cartera de piel que acababa de descubrir en el suelo. Se guardó el arma y sacó un carné de la cartera: Richard Cappa, CNN. Siguió mirando. Descubrió también su carné de conducir y varios cientos de dólares. El gorila sonrió satisfecho y se guardó el dinero en el bolsillo de la chaqueta.

Se dirigió hacia la entrada trasera del antiguo templo. En ese momento salía un compañero suyo, también trajeado, arrastrando una pesada bolsa de plástico negro.

—¿Qué haces ahí parado, pendejo? Tráete ahorita hasta aquí el Hummer. Tenemos que cargar esta jodida bolsa.

—¡Mira lo que he encontrado! —El gorila le enseñó la cartera a su compañero—. Se le cayó a un gringo culero que andaba por aquí merodeando. No estoy muy seguro de lo que habrá podido ver el pinche cabrón.

—¡Hijo de la gran chingada! —El musculado guardaespaldas miró el carné—. ¡Es un puto periodista gringo! ¿Tú sabes lo que esto significa? —Los dos gorilas se miraron—. Tendremos que decírselo al jefe. Nos va a chingar. ¡Maldita sea!

El matón entró en el templo. El grupo que había allí reunido estaba despojándose de las túnicas con las que se habían cubierto durante la sangrienta ceremonia. Se acercó hasta un hombre de unos cincuenta años que vestía un traje impecable, seguramente confeccionado a medida. Llevaba gemelos y varios anillos enormes de oro. Era de complexión atlética, aunque tenía algo de barriga, la piel morena y el pelo peinado a la perfección le rozaba los hombros. Sus ojos verdes se le quedaron mirando fijamente.

—¿Por qué tienes esa cara de cagón? ¿Algún problema?

A pesar de su envergadura, el matón parecía atemorizado. La voz le salió temblorosa.

—Señor, verááá, estooo, encontramos en el suelo esta cartera con la identificación de un gringo. Jiménez me ha comentado que estaba de mirón por los alrededores durante la ceremonia. No está seguro de que no haya visto algo.

El jefe fulminó a su guardaespaldas de una sola mirada.

—¡Maldita sea! ¡Sois unos pinches! —Salió a toda velocidad llevándose por delante los ciento cincuenta kilos de gorila.

En la puerta ya estaba aparcado el Hummer con las luces apagadas. Jiménez cargaba en el maletero la pesada bolsa negra. Mientras cerraba la puerta trasera, vio llegar a su jefe a la carrera. No se imaginaba que le iba a agarrar de los pelos con tal fuerza. Hincó una rodilla en tierra.

—¡Maldito hijo de la chingada! Cuéntame ahorita mismo lo que pasó.

El guardaespaldas notó en su cara las salpicaduras de la saliva caliente de su jefe.

—Verá, señor... Escuché un ruido y, cuando me acerqué, vi a un cabrón que salía corriendo. En la carrera perdió la cartera. Fue imposible seguirlo.

—¡Maldito gordo chingón! ¡Eso te pasa por estar como un puto puerco! —El jefe agarró con más fuerza la cabeza de su guardaespaldas y la estampó contra la parte trasera del Hummer. El gorila se echó las manos a la cara. La nariz le sangraba abundantemente—. Espero por tu bien que no haya visto nada ese cabrón. ¡Venga! ¡Preparen todo que nos marchamos!

El hombre trajeado regresó al complejo funerario luciendo una fingida sonrisa y se fue despidiendo amablemente de todas las personas que allí se encontraban. Se acercó al sacerdote, que ya se estaba cambiando de ropa, y le abrazó. Hizo un gesto a su guardaespaldas, que vigilaba en la distancia, y salió rápidamente hacia su Hummer. En aquel instante comenzaron a llegar los elegantes coches que habían estado esperando con paciencia en el párking cercano.

Nadie parecía ser testigo de aquel despliegue, tan sólo un guardián de la ciudad sagrada que esperaba resignado a que todos los coches hubieran abandonado el complejo. Cuando lo hicieron, cerró la valla de acceso y se dirigió hasta la estancia donde se había celebrado el ritual. Faltaban varias horas para que amaneciera y al salir el sol el interior de la pirámide debía estar recogido y sin rastro de que allí hubiera sucedido nada extraño o tendría serios problemas. Terminada la operación, el vigilante se dirigió hacia su estancia dentro del complejo. Se palpó el pantalón para comprobar que no se le había perdido el fajo de dólares que le habían entregado generosamente por las molestias y que tenía que repartir con algunos compañeros.

El Hummer recorrió a gran velocidad la carretera que separaba Teotihuacán del centro de la ciudad. El hombre del traje a medida encendió una pequeña lámpara situada en uno de los laterales de su confortable asiento de cuero. La luz iluminó el carné que tenía en la mano.

—¡Gringo cabrón! Espero, por tu bien, que no hayas visto nada... ¡Y pienso averiguarlo!

CAPÍTULO 6

Richard apuró el tequila y bebió varios tragos de cerveza. Estaba realmente conmocionado y no sabía qué hacer. Las imágenes de lo sucedido en la ciudad sagrada se agolpaban en su cabeza. Finalmente, pensó que lo mejor era llamar a Fernando. Marcó el número de su amigo y esperó varios tonos hasta que saltó el contestador sin recibir respuesta. Colgó y volvió a repetir la operación. Al segundo intento, descolgaron el teléfono.

—¿Sí? ¿Bueno?

—¡Fernando! Soy Richard.

El mexicano tardó unos segundos en reaccionar.

—¡Gringo cabrón! ¿Tú sabes qué hora es?

—Sí, lo sé. Perdóname, pero... Tengo problemas.

—¿Problemas? —Se incorporó en la cama y encendió la luz de la mesilla para prestar más atención a su amigo.

—Sí, he estado esta noche en Teotihuacán para grabar algunas imágenes y me ha parecido ver un asesinato. Estaba pensando en llamar a la policía.

—¡Ni se te ocurra! ¡Gringo entrometido! Pero... ¿qué hacías tú por la noche en Teotihuacán? —Fernando no le daba tiempo a Richard para contestar—. ¡Escúchame bien...! ¡Estás seguro de lo que has visto?

—¡Creo que sí!

—¡Puta madre! Ante todo, no llames a la policía. ¿Me escuchas? Vete ahorita mismo al hotel, acuéstate y mañana a las nueve paso a buscarte y platicamos. No hables con nadie y no te metas en más líos. ¿Me oyes?

—¡Sí, sí...! ¡De acuerdo! No te preocupes. Me voy al hotel. Mañana nos vemos.

Richard apuró de un trago la cerveza que le quedaba.

—¡Por favor, la cuenta!

—¿Seguro que te quieres ir ya, forastero?

—Sí, por hoy ya he tenido bastantes emociones, no sé si podría con más —respondió Richard mientras se fijaba en el generoso escote de la camarera. Se palpó el bolsillo y recordó que no llevaba la cartera. Finalmente, pudo liquidar la cuenta con el dinero suelto que llevaba en el bolsillo.

Siguiendo las indicaciones de su amigo, se montó en el todoterreno y se dirigió al hotel. Subió a la habitación y, tras una reconfortante ducha, se tumbó agotado en la cama. No tardó en conciliar el sueño y con él llegaron de nuevo las terribles pesadillas.

Se veía corriendo por un callejón oscuro. Mientras avanzaba, las paredes se iban estrechando. Corría cada vez más rápido, pero no servía para nada. Llegó un momento en que rozaba con sus hombros las paredes. A lo lejos, vio a una joven con una hermosa melena color azabache, le estaba haciendo gestos para que se acercara. El periodista lo intentaba, pero las paredes le oprimían. La joven empezó a gritarle cada vez más fuerte. Richard, angustiado, intentaba por todos los medios zafarse de la pared. De pronto, notó que sus manos se humedecían, que estaban más calientes. Las miró y descubrió que las tenía manchadas de sangre. La joven seguía gritando a lo lejos. La tensión era insoportable. Intentaba empujar las paredes, pero las manos resbalaban por la sangre. La alarma de su teléfono volvió a rescatarle. Michael Jackson, una vez más, le había evitado un sufrimiento mayor.

Cuando bajó a desayunar, ya estaban sentados en una mesa Marc, Rul y Fernando. Éste esperaba expectante a que Richard le contara qué le había sucedido por la noche. A juzgar por la actitud de los otros, el mexicano no les había comentado su llamada de socorro.

—¿Qué tal? ¿Cómo estáis? —saludó Richard.

—Pues todo bien, esperando a que nos des el *planning* de trabajo de hoy. ¿Y tú? No tienes buena cara.

—¡Ya! He tenido una noche movidita. En fin, había pensado dedicar la mañana a hacer papeleos. Tengo que pedir unos permisos con Fernando para el tema de la grabación en la iglesia de la Santa Muerte. Si os parece, podéis acercaros a Televisa para ir montando los reportajes que ya hemos grabado, yo luego esta tarde les doy un repaso, ¿ok?

—A mí me parece perfecto, ayer fue un día duro y no viene mal tomarse el de hoy un poco más tranquilamente —contestó Marc—. Además, tenemos que visionar y revisar muchas imágenes.

Richard se acercó al bufé del desayuno, pero regresó tan sólo con algo de fruta. Tenía el estómago encogido.

Marc y Rul terminaron de desayunar y les dejaron solos. Fernando estaba deseoso de que su amigo le contara la historia nocturna. Su instinto no le había fallado: por alguna razón, Richard no quería hablar del tema delante de su equipo.

—¡Gringo cabrón! ¿A qué le tiras, en qué andas? Anoche me despertaste y casi me da algo. A ver, cuéntame ahorita lo que te pasó y, sobre todo, ¿qué hacías por la noche en Teotihuacán?

—Verás, estaba tomándome aquí en la terraza un tequila y me fijé en que había luna llena. Pensé que podía ser una buena idea grabar unas tomas por la noche para luego utilizarlas en el reportaje.

—¿Y cómo hiciste para entrar? Porque las pirámides las cierran cuando acaban las visitas.

—Bueno, tengo que reconocer que encontré un hueco en la valla por donde colarme...

—¡Hijo de la chingada! ¡Tú estás medio loco!

—Sí, lo sé. Pero pensé que no iba a pasar nada. Ya lo he hecho otras veces.

—Bueno, vale, entraste en las ruinas. ¿Y qué más?

—Pues me pareció que escuchaba ruidos y, como me conozco, no quería problemas, así que decidí irme. Pero justo cuando me marchaba, me llamó la atención una luz que salía de una de las pequeñas pirámides que hay frente a la del Sol. Me puse a mirar por un agujero y descubrí que un grupo de encapuchados estaban realizando un ritual. Tenían a una chica joven desnuda y un sacerdote, vestido al estilo maya, le

71

terminó clavando un puñal en el pecho para después sacarle el corazón. Aquel maldito grupo parecía disfrutar con la escena.

—¡Ay, güey! ¿Estás seguro?

—Sí, además, pude grabarlo. El problema es que cuando ya lo tenía todo filmado, salió un tío enorme, de los de traje y revólver, y me descubrió. Escapé a la carrera, pero me caí y la cámara se ha hecho pedazos. No he podido recuperar nada de lo grabado.

—Bueno, lo importante es que no te cacharon.

—Pero hay algo que me tiene realmente preocupado... Cuando salí corriendo, perdí la cartera con el carné de prensa y alguna identificación más.

—¿Y el pasaporte?

—No, el pasaporte lo tengo guardado en la caja fuerte de la habitación. En fin, ¿qué piensas?

—¿Que qué pienso? ¡Que eres un hijo de la chingada! Y que en México, en cualquier lío que te metas, como haya de por medio un gorila trajeado es que hay un puto narco detrás. ¿Qué quieres que te diga? ¡Estamos jodidos!

—Bueno... ¿Y qué hago? ¿Lo denuncio?

—¿Tú estás loco o qué? Aquí, a la policía, cuanto menos, mejor. Lo único que puedes hacer es olvidarte de lo que viste y rezar para que nadie tome represalias. Poco más. No obstante, déjame que me dedique esta mañana a investigar un poco. Llamaré a algunos amigos míos para ver de qué me puedo enterar.

—¡Qué grande eres, amigo!

—¡Y tú qué gringo cabrón eres! Haz el favor de no meterte en más pedos. ¿De acuerdo?

—¡Te lo prometo! ¿Cenamos juntos?

—¡Ok! Aguanta la mecha y prepara la cartera, que esta noche te pienso salir muy caro.

Fernando abrazó a Richard y se marchó. El periodista había guardado la tarjeta de crédito de la empresa con el pasaporte. Tenía que acercarse a sacar dinero al cajero más próximo. Y comprar una cartera nueva...

Huixquilucán, Zona Metropolitana
de la Ciudad de México, lunes 4 de marzo

Mario San Román se encontraba en el jardín de su domicilio, situado a las afueras de la ciudad, en una de las zonas más caras y exclusivas de México D.F. Disfrutaba de un zumo de naranja en un entorno paradisíaco rodeado de un paisaje casi tropical. Tenía hasta unas cuantas palmeras plantadas en el enorme jardín. Incluso el sonido que se escuchaba recordaba los ambientes tropicales, porque en unas jaulas cercanas había varios tucanes traídos directamente del Amazonas que, de vez en cuando, graznaban como posesos. Estaba sentado con su albornoz en un confortable sillón blanco con su piscina climatizada al frente. Una atlética rubia de manos delicadas masajeaba sus pies mientras él hablaba por teléfono.

—¿Y qué has podido averiguar de ese jodido gringo? —La voz al otro lado del teléfono le hizo un pormenorizado informe de Richard—. ¿Y dices que está haciendo reportajes para la visita del pinche negro? —Escuchó a su confidente durante unos segundos—. Bien, bien. Bueno, quiero saber dónde se aloja, con quién va, quiénes son sus amigos, quién es su jefe. Quiero saberlo todo. ¿Me sigues? Estaré comiendo en el Angus, date una vuelta luego por allí y me cuentas. Un abrazo, hermano.

San Román agarró a la joven por el cuello con sus fornidas manos y la subió hasta la posición de su boca. Comenzó a besarla. La rubia no opuso resistencia.

—No sé qué haces mejor, si besar o masajear. —La rubia le dedicó su mejor sonrisa mientras humedecía provocativa sus labios con la lengua—. Me voy a dar un remojón. Sube a mi habitación y espérame allí.

Mario se despojó del albornoz y se lanzó de cabeza a la piscina. El agua estaba a la temperatura exacta que a él le gustaba. Al salir, ya le esperaba su mayordomo, perfectamente uniformado, con una toalla y con el albornoz. Se secó y se cubrió con la bata.

—La señorita le espera en su habitación, señor.

—Sí, lo sé... lo sé.

Mario agarró del moflete a su mayordomo como muestra de cariño, igual que quien da a su perro fiel una palmada en el lomo.

Carretera de México D.F. a Teotihuacán

—¿Rosa Velarde?

—¡Sí, soy yo! ¿Quién es?

—Soy Richard, el periodista español.

—¡Ah! El gringo. —A Rosa se le escuchaba reír al otro lado del teléfono—. ¿Qué tal? ¿Cómo va todo?

—Digamos que, simplemente, ¡va! Oye, necesito charlar contigo diez minutos. Estoy yendo ahora hacia Teotihuacán, en media hora estaré por allí. Es importante que nos veamos.

—¡Bien! Por mí no hay problema. ¿Me recoges?

—Sí, sí... Paso a buscarte.

Richard aceleró para estar cuanto antes con Rosa. Necesitaba contarle lo que había visto. Quería su consejo. Seguramente, ella estaría al tanto de todo lo que ocurría en la ciudad sagrada. Al llegar a la barrera de entrada, se desvió por un pequeño camino de tierra que llevaba a la excavación donde trabajaba la arqueóloga. La polvareda que levantó el todoterreno hizo que todos le miraran con cara de pocos amigos.

Rosa se acercó hasta el coche.

—¡Bueno, bueno! ¡Vaya prisas! Estamos en México, amigo, aquí las cosas se toman con mucha más calma.

—Sí, tienes razón. Siento la nube de polvo que he levantado.

Rosa estaba intrigada.

—¿Qué hacemos? ¿Vamos a tomar un café?

—No, si no te importa, me gustaría enseñarte algo en la avenida de los Muertos —respondió el periodista.

—¡Como quieras!

Se encaminaron hacia la pequeña pirámide donde la noche anterior había sucedido todo. Richard le contó lo que había visto.

A Rosa le iba cambiando la cara según iba conociendo los detalles. Había escuchado, como todos, algunos rumores de cosas que allí sucedían, pero siempre había pensado que se trataba de meras leyendas urbanas.

Llegaron al pequeño monumento funerario. Era la tercera de varias construcciones escalonadas de piedra. Medía unos diez metros y la parte delantera tenía unas empinadas escaleras que llevaban a la cima, que era completamente plana, como si a la pirámide le hubieran arrancado limpiamente el triángulo superior.

—¡Mira! Éste es el agujero por el que vi lo que estaba pasando dentro.

Rosa miró por el hueco, pero la oscuridad impidió que distinguiera algo del interior.

—Ven, vamos a la parte trasera, que es donde suele estar el acceso a las salas interiores.

Richard y Rosa rodearon la pirámide. Justo en la parte de atrás había una puerta de metal cerrada con una cadena y un grueso candado.

—¡Nada! ¡El candado está cerrado! —dijo Rosa después de haber intentado abrirlo.

—¿Quién puede tener la llave?

—La tienen los guardias de la entrada. Si te parece, vamos a intentar que nos abran. Ya me inventaré alguna excusa.

Se acercaron hasta el puesto de entrada del complejo. A pesar de ser un día laborable, había multitud de turistas accediendo a las instalaciones. Todos buscaban alguna pequeña sombra para guarecerse del plomizo sol, que ya lucía con fuerza.

—¡Buenos días, licenciada! —El guardián de la garita reconoció a Rosa.

—¡Buenos días, Julio! ¿Cómo va el día?

—¡Pues ya ve usted! ¡Parece que regalamos los boletos! Cada vez viene más gente por las historias que circulan sobre el fin del mundo y el calendario maya, ya sabe.

—Sí, nos estamos volviendo un poco locos.

—Ya me dirá, señorita Velarde, en qué puedo ayudarla.

—Pues necesitaba la llave del candado del tercer complejo funerario que está junto a la pirámide de la Luna. Si nos ponemos de espaldas a la pirámide, sería el tercero de la derecha. Quería hacer unas anotaciones de los dibujos pintados en las paredes.

—¿El tercero de la derecha? Pues, verá, no estoy autorizado a entregar ninguna llave. Tendrán que solicitarla por escrito en secretaría. Siento no poderla ayudar.

El guardián se giró dando por finalizada la conversación.

—¡Bueno, no se preocupe!

Richard y Rosa se alejaron de la entrada.

—¡Pues ya ves! O bien forzamos el candado para ver si encontramos algo sospechoso o nos quedamos sin entrar, porque creo que la llave no nos la van a dar así como así.

El guardia observó cómo se marchaban. Automáticamente, sacó de su cartera una tarjeta. Cogió el teléfono y marcó el número que venía impreso.

—Despacho del señor San Román, ¿con quién hablo?

—Hola, buenos días, señorita. Soy Ramírez, el guardia de seguridad de Teotihuacán.

—¿Qué desea?

—Quería comentarle al señor que han venido dos personas a pedir la llave de la pirámide de los sacrificios.

—Un momento, por favor. —La secretaria dejó al guardia en espera y se comunicó internamente con su jefe—. ¿Señor San Román? Tengo al otro lado del teléfono al guardia de Teotihuacán. Me comenta que dos personas le han solicitado la llave de la pirámide.

—Bien, pásamelo. ¿Dígame?

—Señor San Román, perdone que le moleste. Si no fuera necesario, ya sabe que no le habría llamado.

—Sí, ya me ha comentado mi secretaria. ¿Quiénes han sido los que le han pedido la llave?

—Pues eran la señorita Velarde, una arqueóloga que trabaja con el doctor Cabrera, y un periodista de la CNN que ayer estuvo en el complejo grabando un reportaje —contestó, tembloroso.

—¿Velarde? ¿No será Rosa Velarde?

—¡La misma!

—¡Mierda!

San Román colgó con fuerza el teléfono y comenzó a respirar agitadamente.

—Gringo cabrón. ¿Te gusta jugar? Pues conmigo te lo vas a pasar en grande.

CAPÍTULO 7

—¿Tú qué opinas de todo lo que te he contado?

—Pues no sé qué decirte... Es cierto que al vigilante le hemos incomodado pidiéndole la llave y también es verdad que últimamente se están viviendo situaciones extrañas en la ciudad sagrada y que los rumores corren como la pólvora. Cada vez hay más grupos que vienen persiguiendo a extraños gurús que aseguran que el fin del mundo está cerca, tal y como lo habían pronosticado los mayas. Es raro el día que no te encuentras a decenas de personas orando frente a la pirámide del Sol. De hecho, ayer, en Tijuana, encontraron los cuerpos de diez personas que se habían quitado la vida en un rancho. Todos llevaban sus cuerpos pintados y vestían como los antiguos mayas, una auténtica locura.

El periodista no dejaba de sorprenderse. Caminaron hasta la cafetería del complejo.

—¿Qué te apetece?

—Una Coca-Cola Light —eligió Rosa.

—¡Yo creo que tomaré una cerveza! La situación lo requiere.

Rosa no se dejó intimidar.

—Pues si nos ponemos, nos ponemos. ¡Otra para mí!

Richard se la bebió prácticamente de un trago, hacía ya un calor sofocante. La bebida fría consiguió reanimarle.

—Analicemos la situación. ¿Es posible que aún existan mayas hoy en día? Te juro que el sacerdote que vi dirigiendo la ceremonia era maya.

—¿Mayas? ¡Pues claro que existen hoy en día! Y no uno ni dos, se habla de que puede haber unos cinco millones de descendientes de aquellos primeros pobladores. Date cuenta de que fue una comunidad muy extensa que abarcaba un territorio enorme, lo que hoy es México, Guatemala, Belice, Honduras y El Salvador.

»Hay mucha población que desciende directamente de aquellos ancestros y que está dividida en diferentes grupos étnicos. Se han estudiado hasta treinta lenguas indígenas diferentes, en algunos casos no hablan ni nuestro idioma y sólo entienden sus propios dialectos. Donde más se puede encontrar población indígena descendiente de los mayas es en la península de Yucatán, en los Altos de Guatemala y en Chiapas.

—Y... ¿es posible que en algunas de esas comunidades continúen haciendo ritos con sacrificios humanos?

Mientras Rosa hablaba, Richard la iba dibujando en su Moleskine.

—Sinceramente, no lo creo. Pero ya te digo que últimamente hay mucho loco suelto que piensa que hay que empezar a dar a los dioses la sangre que llevan reclamando desde hace muchos años. Hay algunos que incluso piensan que todos estos huracanes, terremotos o tsunamis que nos están azotando son los dioses reclamando venganza.

—Y tú, que has estudiado el calendario maya... ¿qué opinas de todo esto? ¿Realmente anuncia el fin del mundo?

—¿De cuánto tiempo dispones? —Rosa sonrió, divertida—. Es una respuesta que nos puede llevar un rato.

—Pues... ¡espera un momento! ¡Por favor, camarero! ¡Pónganos dos cervezas más! Ahora sí. Soy todo oídos.

—Vamos a ver —comenzó Rosa, esforzándose por no explicarse de un modo muy académico—, todas las culturas y religiones hablan del juicio final y del fin del mundo, la diferencia con los mayas es que ellos crearon un sofisticado calendario que mostraba una fecha exacta en la que todo acabaría. Este calendario no sólo reflejaba algunos acontecimientos relacionados con la agricultura, las cosechas, etcétera, sino que también apuntaba algunas predicciones que, con el paso del tiempo, se han ido cumpliendo. —Rosa bebió varios tragos de su cerveza y continuó hablando—: Pero los mayas no seguían un solo calendario, contaban con tres diferentes y, para observarlo e interpretarlo, tenían lo que llamaban «los vigilantes de los días», sacerdotes encargados de proteger el calendario.

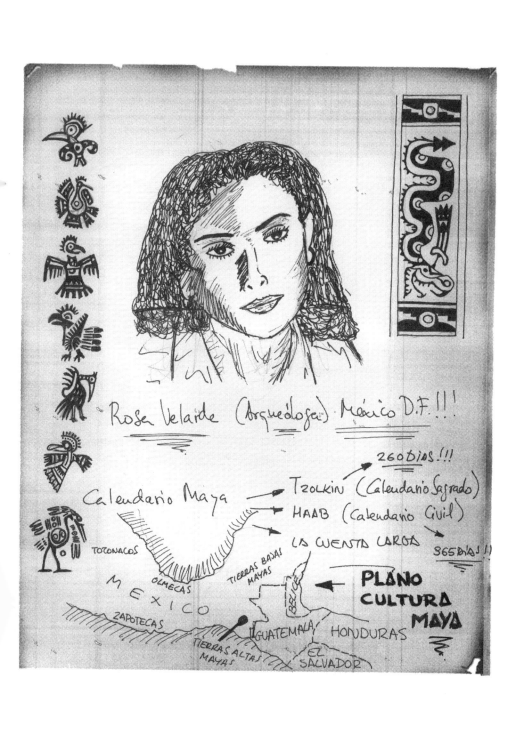

Rosa Velarde (Arqueóloga) México D.F.!!!

Calendario Maya → Tzolkin (Calendario Sagrado) → 260 DÍAS!!!

→ HAAB (Calendario Civil)

→ LA CUENTA LARGA → 365 DÍAS!!

TOTONACOS

OLMECAS

MEXICO

ZAPOTECAS

TIERRAS BAJAS MAYAS

TIERRAS ALTAS MAYAS

GUATEMALA

BELICE

HONDURAS

EL SALVADOR

PLANO CULTURA MAYA

Se dice que esos sacerdotes fueron pasando de generación en generación y han llegado hasta nuestros días conservando las antiguas tradiciones. Se siguen reuniendo en secreto y son los verdaderos valedores de los conocimientos de sus ancestros. Hoy en día existe una asociación cultural que lleva ese nombre y se encarga de rescatar del olvido las tradiciones y culturas de nuestros antepasados.

—¿Y dices que esa asociación continúa realizando los antiguos rituales? ¿Quién sabe? Si estamos buscando a un sacerdote capaz de realizar un sacrificio humano, podríamos empezar a indagar por ahí.

—Bueno, yo conozco a algunos de los socios y solamente se encargan de seguir el tema cultural. Hacen rituales y exhibiciones y estudian la cultura maya. A mí me ha resultado muy útil su biblioteca. Si quieres, un día de éstos nos pasamos por su local, está muy cerca de la plaza del Zócalo.

—¡Perfecto! Pero no te despistes, me hablabas de que no había un calendario, sino varios.

—Sí, por un lado, estaba el calendario Tzolkin, también conocido como calendario sagrado, y, curiosamente, la vida del maya estaba regida por el Tzolkin que le había correspondido en su día de nacimiento. Esta cuenta la formaban números divididos del uno al trece y se combinaban con veinte nombres que se asignaban a los días. Cuando se llegaba al día decimocuarto, se volvía a colocar en el primero y, una vez más, se realizaba toda la cuenta. Así se completaban doscientos sesenta días, un ciclo que, una vez terminado, se volvía a repetir.

—Espera, espera. Vas muy deprisa y no me da tiempo a anotar.

Rosa tomó un largo trago de cerveza mientras Richard terminaba de apuntar en su Moleskine.

—El siguiente calendario del que te hablaba es el que se llama Haab, y se asemeja más al que siguieron en Europa. Los antiguos mayas se basaron también en el recorrido de la Tierra alrededor del Sol y crearon una cuenta de trescientos sesenta y cinco días. Esta cifra la dividieron en dieciocho meses que llamaron Winal, con veinte días cada uno. Al final, les faltaban cinco días que bautizaron como Wayeb. Si quieres, luego te paso un mail para que veas los dibujos con los que se representaban tanto los Tzolkin como los Winal.

—¡Ah, perfecto! Así puedo incluir los dibujos en mi libreta.

—Una vez que tuvieron los dos calendarios, quisieron ir un poco más lejos y los vigilantes de los días crearon lo que se denominó la «rueda calendárica», que era la fusión de los dos sistemas. En esta rueda de tres círculos coincidían el ciclo Tzolkin de doscientos sesenta días con el del Haab de trescientos sesenta y cinco días, dando un resultado de ciclos de dieciocho mil novecientos ochenta días.

Richard lo iba apuntando todo, para entenderlo mejor, e hizo sus propios cálculos.

—O lo que es lo mismo... cincuenta y dos años.

—¡Bien! Veo que eres mejor alumno de lo que me imaginaba. —Richard chocó suavemente su botella con la de Rosa y ésta continuó con la explicación—: En principio, los mayas tenían suficiente con esta rueda para hacer las pequeñas predicciones cotidianas, porque cincuenta y dos años era un buen ciclo teniendo en cuenta la expectativa de vida de aquella época.

—Ya, pero hablamos de que las predicciones llegan hasta nuestros días, por lo que queda algún otro calendario.

—Sí, el que denominaron «la cuenta larga». Aquí la cosa se complica. Te lo intentaré explicar sin muchos tecnicismos. Este calendario lo utilizaban los mayas para denominar y contar periodos partiendo de una unidad básica, nuestro día solar, que ellos llamaban kin. Cuando tenían veinte kin, lo llamaron unial. Si juntamos dieciocho unial, formamos un tun, es decir, ya iríamos por trescientos sesenta días. Nos quedarían el katún, con siete mil doscientos días, y el baktún, con ciento cuarenta y cuatro mil días. Estos ciclos se repetían una y otra vez, anunciando periodos determinados. No sé si te estoy liando mucho, pero no es fácil de explicar.

—No, no, tranquila, de momento, lo voy cogiendo todo. Pero hay algo que aún no me has contado. ¿Por qué todo el mundo habla de diciembre de este año como la fecha del fin del mundo?

—Verás, para los mayas había un número sagrado: el trece. Esta cifra representaba sus fases lunares y regía todas

CALENDARIO TZOLKIN:

(TRECE VEINTENAS: COMPONEN 260 DÍAS!!

🔲	IMIX'	🔲	CHUWEN
🔲	IK'	🔲	EB'
🔲	AK'B'AL	🔲	B'EN
🔲	K'AN	🔲	IX
🔲	CHIKCHAN	🔲	MEN
🔲	KIMI	🔲	KIB'
🔲	MANIK'	🔲	KAB'AN
🔲	LAMAT	🔲	ETZ'NAB'
🔲	MULUK	🔲	KAWAK
🔲	OK	🔲	AJAW

CALENDARIOS MAYAS:

- TZOCKIN

- HAAB

- LA CUENTA LARGA

LOS GLIFOS SE REPRESENTABAN DIFERENTE EN LOS CÓDICES

sus predicciones. El cambio de una era, y obviamente no el fin del mundo, está señalado para el final del baktún trece, es decir, el 21 de diciembre de 2012.

—¡Ufff! Estoy agotado. ¡Camarero! ¡Otras dos cervezas!

Rosa miró intrigada el retrato que le había dibujado Richard.

—¿Tú crees que me parezco?

—¿Por qué? ¿Me estás insinuando que jamás me podré ganar la vida con mis dibujos?

—Nooo, noooo. —Rosa se sonrojó.

Richard notó la vibración de su teléfono.

—¿Dígame?

—¿Richard? Soy Charlie. ¿Cómo estás?

—Hola, querido amigo. Estoy bien, ahora un poco liado. ¿Te llamo en un par de horas? Tengo bastantes cosas que contarte.

—¿Problemas?

—¡No, qué va! ¡Somos marines! Luego te cuento.

—¡Venga, nenaza! ¡Cuídate!

Richard no estaba muy seguro de querer contar a Charlie todo lo que estaba sucediendo. Se lo pensaría más tarde. Guardó el teléfono y volvió a mirar el semblante sonriente de Rosa.

—Y además de presenciar rituales sangrientos en mi vieja ciudad... ¿qué plan de trabajo tienes estos días? Supongo que acudir a la policía no es uno de ellos, ¿verdad?

—¡No, claro que no! Fernando me ha recomendado que guarde silencio. De momento, quiero actuar con normalidad. Pensaba seguir trabajando y acercarme a la iglesia de la Santa Muerte para hacer un reportaje...

—¿A la del barrio de Tepito?

—¿Por qué? ¿Hay muchas más?

—Sí, en D.F. hay algunas pequeñas iglesias que la adoran, aunque sin ninguna duda la más importante es la de Tepito.

—¿Has estado alguna vez?

Rosa dudó antes de contestar.

—Esto, pues... —Y su voz se quebró—. ¡No, no he estado nunca!

A Richard le sorprendió su reacción ante la pregunta, pero, para no incomodarla, cambió de tema.

—Hoy he quedado para cenar con Fernando, creo que me quiere emborrachar, pero mañana, después del reportaje en la Santa Muerte, podríamos cenar juntos. ¿Qué te parece?

—No sé, Richard, déjame que mire la agenda. —Rosa se tomó su tiempo.

—Bueno, vale. Mañana por la tarde hablamos y concretamos, ¿te parece?

—Me parece estupendo.

—¿*Cheers?* —Richard levantó su cerveza para brindar con Rosa.

—¡Por el principio de una gran amistad!

—Y para que todo se solucione sin problemas. ¡Salud!

Restaurante Angus, Zona Rosa, México D.F.

Un potente Audi de color negro con los cristales tintados paró en la puerta del conocido restaurante mexicano. Un fornido guardaespaldas trajeado se bajó del vehículo, accedió al restaurante y se dirigió inmediatamente al reservado situado en el piso superior.

A continuación, apareció el Hummer de Mario San Román. Otro de sus guardaespaldas bajó rápidamente para abrir la puerta de su jefe. En cuanto llegó a la entrada del local, perseguido por el gorila, las camareras del restaurante acudieron veloces a saludarlo. San Román era cliente habitual y muy generoso con las propinas. El dueño del restaurante tuvo que hacerse hueco entre las esculturales jóvenes.

—¡Querido Mario! Es un placer tenerte de nuevo en nuestra humilde morada.

—¿Cómo que humilde? —San Román abrazó al dueño—. ¡No será por el dinero que yo me gasto! ¿Eh, cabrón?

San Román observó a las camareras congregadas junto a él con ojos lascivos. Iban vestidas con el uniforme de la casa: minifalda y un top de cuero adornado con flecos al estilo vaquero y, eso sí, un generoso escote. No había duda de que para ser camarera del Angus había que pasar un riguroso cásting. Mario miró a los ojos a una pelirroja.

—¿Qué tal, Roxana? ¿Nos vas a servir tú hoy?

—Con mucho gusto, señor San Román. Si me acompañan, los llevo hasta su mesa.

La pelirroja comenzó a subir las escaleras que conducían al comedor privado donde San Román tenía preparada su mesa. Mientras éste hablaba con el dueño del local, no dejaba de observar el balanceo de los muslos de la joven. En lo alto de las escaleras esperaba el guardaespaldas, que ya había comprobado que todo estaba en orden.

El local estaba decorado en tonos rojizos y los manteles y servilletas rojos hacían juego con el tapizado de las sillas. Accedieron a un amplio reservado con las paredes en piedra vista, una mesa preparada para seis personas con un gran centro de flores y con una cubertería generosa. En las paredes, entre decenas de fotografías en blanco y negro de famosos mexicanos, destacaba en un cuadro más grande un retrato de Pancho Villa.

Ya sentados, le esperaban tres tipos vestidos con elegantes trajes. En cuanto San Román entró, los tres se levantaron como resortes para saludarle.

—Mario, ¿cómo estás?

San Román saludó a su abogado, al presidente de la Asociación de Los Vigilantes de los Días y a un oficial del servicio de espionaje mexicano amigo y socio suyo.

—¿Qué tal, amigos? ¿Todo bien? Tengo un hambre que no me aguanto. ¡Roxana, por favor! Empieza a traer ya algo o me tendrás que recoger del suelo.

—¡Ahorita mismo viene el mesero, señor!

Parecía que el *maître* estaba escondido detrás de la puerta porque al segundo apareció libreta en mano.

—¡Señor San Román! Un placer atenderle. ¿Quiere pedir usted o prefiere que le haga alguna sugerencia?

—Pues tráenos una botanita para compartir y luego carne para todos, como siempre, y sírveme un buen vino tinto.

—Si le parece, podemos empezar con unos tacos de langosta con un ligero toque de chipotle, fríjoles negros y arroz. Nuestro plato mar y mar, que es una combinación de camarón gigante, pulpo y champiñones cocinados al ajillo, y el molcajete en pasilla, que tanto le gusta, con pechuga de pollo, cecina y costillitas de cerdo.

—Me parece estupendo. ¿Y de carne?

—Pues yo le serviría lo de siempre, un buen corte de ternera a la brasa, servido con papas al horno, frijoles charros y tortitas de harina.

—¡Venga, pero que sea en chinga, que estoy hambriento! ¿Y de vino? ¿Tienes algo de Álvaro Palacios?

—¡Por supuesto, señor! Siempre le tenemos reservada alguna botella. Yo le ofrecería el L'Ermita de 2000 que tanto le gusta.

—¡Serás puto! Ya me quieres aumentar la cuenta. ¡Bueno! Sirve dos botellas ahorita mismo, vamos a celebrar que a lo mejor me chingo hoy a un gringo cabrón.

El *maître* se marchó rápidamente hacia la cocina. No habían pasado ni dos minutos cuando ya estaba abriendo las botellas de vino elegidas.

La camarera entró en el comedor con algunos aperitivos. San Román deslizó distraídamente la mano por sus muslos mientras elegía de los numerosos platos de la mesa el primer bocado que llevarse al estómago.

—Bueno, Ramón, ¡vamos al grano! ¿De qué te has enterado?

El abogado sacó unos cuantos folios de una carpeta.

—Pues como te decía esta mañana, es un periodista que se llama Richard Cappa y trabaja en CNN. Ya ha estado varias veces en México, al parecer, es español, y por eso siempre hace los reportajes de América Latina. Estuve esta mañana hablando con su redacción en Nueva York, me comentaron que estará un par de semanas informando sobre la visita de la semana que viene de Obama.

—¿Sabemos dónde se aloja?

En esta ocasión contestó el oficial de la AFI, la Agencia Federal de Investigación.

—Sí. Sabemos que está hospedado en el Majestic, junto al Zócalo. Hasta ahorita no ha puesto ninguna denuncia, imagino que estará pensándose qué hacer.

—Pero algo sabe seguro, porque estuvo preguntando al vigilante de Teotihuacán. —San Román olfateaba la gran copa de vino, regocijándose con los aromas florales que desprendía—. Lo que más me preocupa es lo de Rosa Velarde, ¿tiene algo que ver con el asunto?

—Estuve preguntando al guardia que los acompañó en la grabación. Al parecer, no se conocían de antes y no sabemos si Rosa sabe lo que ha podido ver el gringo.

San Román tragó el vino y espero unos segundos a que su cerebro reaccionase.

—¡Qué rico está este cabrón!

Los primeros platos hicieron su aparición en la mesa. La camarera pelirroja se encargaba de servirlos bien cerquita de San Román, para que éste se pudiera despachar a gusto con sus muslos. La misma mano que había deslizado bajo la falda de Roxana le servía ahora para estrujar uno de los tacos que habían servido.

—¡Hummm! ¡No sé qué me gusta más! ¡Los tacos o tú! —le dijo a la camarera mientras se chupaba los dedos. Ella sonrió insinuante. Sabía que, actuando así, tendría asegurada una buena propina.

Cuando se marchó el servicio, San Román se dirigió al presidente de los Vigilantes de los Días.

—¿Tú qué opinas, Diego?

Mario era amigo de Diego desde hacía varios años. Cuando los dólares comenzaron a abarrotar las cuentas del magnate, decidió protegerse de las envidias y los enemigos acudiendo con frecuencia a depositar algún donativo a la iglesia de la Santa Muerte. Más adelante, conoció a Diego. Había oído que en la agrupación había un sacerdote capaz de acabar con las influencias negativas. Era lo que San Román necesitaba.

—Sinceramente, estoy algo preocupado. Se están llevando a cabo los preparativos para un nuevo ritual dentro de tres semanas. Tenemos ya ocho empresarios confirmados. Creo que deberíamos dar un pequeño susto al gringo para que sepa que, si sigue jugando con fuego, se puede quemar.

Diego era un tipo atlético y bien parecido. Siempre solía ir impecablemente vestido y además era de gustos refinados y muy educado. Tenía el pelo cano, y eso, a pesar de no tener más de cuarenta años, le confería cierto aire de madurez. Su mirada era penetrante y enigmática, algo muy apreciado por el género femenino.

—¿Y qué se te ocurre? —Mario seguía intercambiando miradas lascivas con la camarera.

—Tú déjalo de mi cuenta. Ya pensaré algo inolvidable para él.

San Román sonrió satisfecho y alzó su copa.

—Brindemos por los vigilantes de los días. ¡Salud!

Después de la copiosa comida, San Román se levantó al baño. Su guardaespaldas se posicionó en la puerta. A los pocos segundos, y después de que el gorila la cacheara, se colaba también la camarera pelirroja. No había duda de que para el jefe era la hora del postre.

CAPÍTULO 8

Richard decidió acompañar a Rosa hasta la excavación. El sofocante calor que hacía a mediodía provocaba que las cervezas se subieran más rápidamente a la cabeza.

—¿Tú no estás algo mareado? —No había duda de que a Rosa le había afectado más la bebida. A Richard le hacía gracia cómo hablaba la arqueóloga.

—¡No, yo estoy bien! Son muchos años trabajando con periodistas, eso curte.

—¡No, yo también estoy bien! Sólo estoy... ¿cómo decís en España? ¿Con el puntito?

Richard soltó una sonora carcajada.

—¡Sí, sí, con el puntito! Veo que aprendiste un amplio vocabulario académico en mi país.

Rosa detuvo el paso. Cogió a Richard por los hombros y le miró a los ojos.

—¡Se me está ocurriendo una idea muy perversa!

—¡Me estás asustando! Cuenta, cuenta...

—¿Qué te parece si nos acercamos a la pirámide en la que viste el ritual y rompemos el candado? Ésa podría ser la única manera de salir de dudas de si lo que viste fue real o no.

A Richard se le pasó el puntito de golpe. Las primeras impresiones que se había llevado de Rosa no eran precisamente de chica guerrera y alocada.

—¡No sé, Rosa! No me gustaría implicarte en todo esto.

—Me da que ya estoy implicada desde el momento en que fuimos a pedirle la llave de esa pirámide al vigilante.

—Puede que tengas razón. Pero, aun así, no quiero complicarte la vida.

—Richard... ¡escúchame! Lo mejor es que salgamos de dudas de una vez. ¡Venga, vayamos!

A esa hora quedaban pocos turistas en la explanada de Teotihuacán. La mayoría estaba en los restaurantes cercanos refugiándose del sol extremo. Rosa no paraba de hablar. Estaba realmente emocionada con lo que iban a hacer y a Richard le dio la impresión de que disfrutaba con el riesgo y de que, en cierta forma, aquellas situaciones de peligro la excitaban.

Antes de llegar a la pirámide se separaron unos metros por un camino paralelo, intentando localizar una piedra o un palo para poder romper el candado.

—¡Ya la tengo!

Richard había encontrado una buena piedra con uno de los lados en punta. En la parte de atrás de la pirámide no había nadie. Mientras Rosa vigilaba, Richard comenzó a golpear con todas sus fuerzas el candado, que se resistía.

—¡No armes tanto escándalo!

Tras dos embestidas más cedió.

—¡Conseguido!

Rosa se acercó. Richard soltó la cadena y abrió la puerta metálica. Tuvieron la precaución de mirar en todas las direcciones para asegurarse de que nadie les había visto. La luz que se colaba por varias hendiduras era suficiente para ver la amplia sala vacía. Entraron y observaron con atención.

—¡No hay nada! —Se fijaron en el suelo. Allí no había rastro de que se hubiera celebrado ningún ritual.

—¿Tú qué crees? —Rosa miraba desconcertada a Richard.

—¡No lo sé! Pero... ¡mira aquí! Parece como si alguien hubiera pasado una escoba o algo parecido. Puede que lo hayan recogido todo para no dejar pruebas.

—¡Bueno, vámonos!

Richard se negaba a marcharse sin encontrar algo que justificara su visión y Rosa le tuvo que tirar del brazo para sacarlo de la pirámide. El periodista colocó como pudo la cadena y el candado, intentando dejarlo como lo habían encontrado, sin mucho éxito.

Rosa lo miró con semblante serio. A ella también se le había pasado la borrachera.

—Sabes que cuando descubran el candado roto, las cosas comenzarán a complicarse.

—Sí, lo sé. Confío en que no hayan sido más que imaginaciones mías —dijo Richard, aunque, en su interior, estaba seguro de lo que había visto.

—¡Eso espero! Si no... ¡estamos jodidos!

CAPÍTULO 9

En algún lugar de México

El sonido de la sirena anunciaba el cambio de turno. Estela suspiró y observó su reloj: las diez de la noche. Cogió su bolso, que estaba colgado del respaldo de su silla, y, al igual que sus compañeras, se dirigió rápidamente hacia los vestuarios. Los pasillos eran un revuelo con las mujeres en bata comentando la jornada. La actividad de la fábrica no paraba nunca. Ellas se marchaban, pero ya había otras tantas realizando sus mismas labores.

—Estela... ¿vienes a tomar algo?

Algunas de las compañeras quedaban a la salida del trabajo para relajarse frente a una cerveza fría. A otras les esperaba su novio, marido o incluso algún familiar. No se fiaban de aquella zona tan alejada de la ciudad y, además, cada día, tenían que convivir con la noticia de una nueva joven desaparecida o hallada muerta.

—¡No, me voy! Tengo un largo camino y, si pierdo el camión, es posible que tenga que ir caminando hasta mi casa y la última vez tardé más de dos horas.

—¡Pero es el cumpleaños de Juani! ¡Ándale, anímate! Siempre encontrarás a alguien que te acerque luego.

Estela dudó un instante, pero, finalmente, entre todas las amigas la convencieron y se dirigieron hacia una taberna situada a unos diez minutos andando.

El local era un tugurio sucio y destartalado adornado con pósteres polvorientos de grupos ya olvidados. La música tronaba con una curiosa mezcla entre pop, rock y rancheras.

—Chicas... ¿cerveza? —Un gran «sí» de aceptación surgió de todas las gargantas.

Estela preguntó a cada una de sus amigas para ver si alguna la podía acompañar hasta su casa después de tomar algo. Vivía en una zona prácticamente deshabitada en el extrarradio de la industrial ciudad mexicana.

El camarero, un tipo de larga cabellera grasienta y poblados bigotes que le llegaban hasta la barbilla, no le quitaba el ojo de encima y, disimuladamente, seguía con atención la conversación de la joven. Parecía que le interesaba especialmente todo lo que le sucediera a aquella muchacha y le alegraba que la pobre no encontrara a nadie que la pudiera acompañar hasta su casa. Se dirigió hacia el deteriorado teléfono del local.

—¿Dígame?

—Verá, señor. Le llamo del Cuervo Negro. Creo que hay un envío preparado.

—¡Ok! ¡Enseguida mando a alguien!

El camarero, satisfecho, regresó a la barra. Desde allí llamó a Estela.

—¡Eh, morenita! ¡Sí, tú! ¡Acércate un momentito! Esto es para ti. —Y sirvió a la joven un pequeño vaso de tequila—. ¡Por ser tan guapa!

Estela le sonrió y se bebió el vaso de un trago.

—¡Gracias, amigo! —Y continuó bailando con el resto de compañeras.

La música cada vez se escuchaba más fuerte y Estela sintió cómo un sudor frío le recorría todo el cuerpo. Se encontraba extraña y se dirigió al baño. Abrió el grifo y comenzó a lavarse la cara. El agua fría le aliviaba algo su penoso estado, pero no era suficiente. Levantó la cabeza y se miró en el espejo. Descubrió horrorizada que se veía doble.

No quiso alarmar a ninguna de sus amigas y con paso torpe y tembloroso se dirigió a la puerta del local. El camarero seguía sin quitarle los ojos de encima.

—Estela, ¿te marchas? —Una de sus amigas vio que se disponía a abandonar el local sin despedirse.

—¡Sí! No me siento muy bien. Quiero descansar para mañana poder aguantar la jornada. —A la joven le costaba articular las palabras.

—Bueno... ¡ve con cuidado!

Estela comenzó a recorrer la calle, completamente deshabitada a aquellas horas. Iba apoyando una mano en la pared, intentando no desplomarse sobre la acera. Procuraba respirar pausadamente, pero era imposible. Cada vez le resultaba más complicado que sus pulmones se llenaran de aire, estaba realmente angustiada. Se paró unos segundos para coger fuerzas y observó cómo una furgoneta oscura la seguía con las luces apagadas.

Aquello no le gustó nada y, con las pocas fuerzas que le quedaban, comenzó a andar más deprisa. Era inútil. Su cuerpo no respondía y estaba empezando a perder la consciencia. Lo veía todo borroso. Las imágenes giraban a gran velocidad.

La furgoneta se detuvo a su altura. Un tipo enorme la agarró y, aunque intentó defenderse o gritar, fue imposible. Cayó desplomada sobre los musculosos brazos de aquel hombre que rápidamente la tumbó sobre el asiento de atrás cubriéndola con una mugrienta manta a cuadros.

—¡Ándale, cabrón! ¡Apúrate!

La furgoneta puso las luces y levantó el polvo del camino. Se alejaron de aquella zona a toda velocidad. Circularon unos quince minutos hasta que llegaron a una casa aislada en medio del campo. Uno de ellos se bajó y abrió la oxidada puerta del garaje. Allí dentro aparcaron la furgoneta. Después de comprobar durante unos minutos que nadie les había seguido, bajaron a la muchacha, aún inconsciente, del vehículo. El más fuerte la llevó en brazos hasta una de las habitaciones, donde había una vieja cama oxidada. Allí tiraron a la joven. Le taparon la boca con cinta americana y la ataron de pies y manos a la cama.

Los dos observaron orgullosos a su presa.

—Es una buena perra, ¿eh? Por ésta nos van a dar unos buenos pesos.

El tipo grandullón se acercó a la joven y comenzó a manosearla por encima del vestido, apretándole con fuerza los pechos.

—¡Venga, Tigre, déjala! ¡Vamos a llamar para avisar de que el trabajo está hecho!

Al salir de la habitación cerraron la puerta con llave. Marcaron un número de teléfono que ya se sabían de memoria.

—¿Quién llama?

—¡Buenas noches, señor! Le llamo de la fábrica. Ya tenemos preparado su pedido. En estos momentos está envuelto. En cuanto usted nos diga, se lo enviamos a su domicilio. Le advierto que es de primera calidad.

—¡Perfecto! ¡Es una gran noticia! Seguramente tendrán que enviármelo en un par de semanas. Cuídenlo bien, ¿me oyen? Quiero que esté impecable, tal y como lo recogieron. Mañana mismo les mando el dinero del anterior.

—¡Hablaremos pronto!

Los dos compinches se miraron, sonrientes y satisfechos. El Tigre levantó una mano que automáticamente fue golpeada por la de su compañero como muestra de alegría.

—¡Esto hay que celebrarlo!

El tequila comenzó a deslizarse por sus gargantas. La joven Estela continuaba drogada, ignorante de su verdadero y terrible destino.

CAPÍTULO 10

Richard aprovechó que se encontraba en la terraza del hotel esperando a Fernando para hacer algunas llamadas pendientes. La primera, a su mujer, pero no obtuvo respuesta. El mensaje de un frío contestador fue lo único que se escuchó al otro lado del teléfono. La siguiente fue a Charlie, que enseguida contestó.

—¡No me lo puedo creer! ¡Mi amigo Richard! ¡Cuánto tiempo!

—¡Venga ya! ¡No seas irónico!

—No, en serio... ¿cómo te va? Me tenías preocupado.

—He estado bastante liado. Primero, con los reportajes, y luego, porque me he metido en un pequeño lío.

—¡Soy todo oídos!

—Verás... —Richard no sabía cómo contarle la historia sin provocar un disgusto a su sensible amigo—. La otra noche estuve en Teotihuacán tomando unas imágenes con mi videocámara...

—¿Tú solo?

—Sí.

—¡No tienes solución! Venga, cuéntame qué sucedió.

Richard le contó detalladamente lo que le había pasado en la pirámide. Charlie permaneció unos segundos en silencio al otro lado de la línea.

—Richard, ¡contéstame! No me estarás gastando una broma...

—Te hablo muy en serio, Charlie. Lo peor de todo es que en la huida perdí mi cartera con el carné de prensa. Creo que me tienen localizado.

—¡Joder! Ahora entiendo la llamada de esta mañana.

—¿Qué llamada?

—Un tipo mexicano. Preguntó por ti y me bombardeó a preguntas. Me aseguró que era de una productora mexicana y que querían localizarte para una entrevista.

—¿Te preguntaron dónde me alojaba?

—Sí. Y además se lo dije. ¡Joder! Creo que te he metido en un buen lío.

—No te preocupes. Tú no sabías nada... Bueno, al menos esto me sirve para saber que me están buscando. Hazme un favor. Llama a nuestro amigo Paul, de la policía de Nueva York. Intenta conseguir toda la información posible. Lo mismo se ha encontrado algún cadáver en México con signos de haber sido abierto en canal o sabe que se están haciendo en algún lugar rituales de este tipo. Cuanto más puedas averiguar, mucho mejor.

—¡Joder! ¡Vas a acabar conmigo! —A Charlie se le notaba angustiado—. Mañana te hago un carné nuevo de prensa y te lo mando con urgencia al hotel, pero sólo si me prometes que terminas los reportajes y te vuelves sin meterte en más líos. ¿De acuerdo?

—No te preocupes. Ya sabes que somos marines.

Al otro lado del teléfono se oyó una queja.

—¡Serás cabrón! ¡Ah, otra cosa, Richard! ¿Necesitas algún contacto allí, aparte de los tuyos?

—No, no te preocupes. Ya sabes que Fernando me cuida bien y además también tengo la ayuda de Rosa.

—¿Rosa?

—Sí, la arqueóloga de Teotihuacán que me está ayudando con los reportajes.

—¿Qué años tiene, Richard?

—Pues... no sé, unos treinta y tantos.

—¿Y está bien?

—¡Muy bien!

—Pues ten cuidado doblemente. ¿De acuerdo?

—¡De acuerdo, papá!

Charlie colgó indignado. De nuevo su amigo se había vuelto a meter en problemas y, una vez más, le tocaría a él protegerle las espaldas ante los jefes.

Richard marcó el teléfono de Marc.

—¿Jefe?

—¿Qué pasa, Marc? ¿Cómo va todo?

—¡Genial! Hoy el día ha sido más relajadito y nos hemos ido por el centro a cenar y a tomar una copa. ¿Qué tal tus gestiones?

—Bien, todo ha ido bien. ¿Y el montaje? ¿Habéis podido avanzar algo?

—Sí, sí. Hemos montado el repor de Teotihuacán y el del mercado de Sonora, creo que han quedado bastante bien. Estamos a la espera de que los veas y los retoques.

—¡Perfecto! Mañana, si os parece y para que no tengáis que madrugar, nos vemos a las doce en recepción y nos acercamos a Televisa. Tengo ganas de mandarle algo a Charlie para que se quede tranquilo.

—¡Muy bien! Mañana nos vemos y... ¡no seas malo!

Al instante se acercó un camarero.

—¡Señor Cappa! En la puerta le está esperando el señor de Televisa.

—Mil gracias. Enseguida bajo.

En la puerta del hotel descubrió un coche de Televisa con las luces de emergencia puestas. En cuanto se acercó, Fernando salió del vehículo para abrazarlo.

—¡Gringo cabrón! ¿Cómo estás?

—He tenido días mejores.

—Espero que vengas descansadito... ¡La noche está caliente!

Los dos amigos entraron en el vehículo y se dirigieron a la Zona Rosa, un barrio atravesado por el paseo de la Reforma con una gran oferta gastronómica y de ocio. No repararon en que, a la vez que ellos salían, un coche con dos enormes individuos en su interior arrancaba el motor varios cientos de metros por detrás de su vehículo y comenzaba a seguirles.

—Bueno, lo primero... ¡cuéntame si hoy hiciste alguna pendejada!

Richard sonreía con las ocurrencias de su amigo.

—Si tengo que ser sincero... creo que sí.

—¡No me jodas, gringo cabrón! Pero... ¿tú qué quieres? ¿Que te dediquen un corrido mexicano o qué?

—¿Te ocuparías tú de encargarlo si caemos en esta aventura?

Fernando se santiguó.

—¡Gringo cabrón! Hay cosas que no hay ni que mencionarlas, pero, a ver, ¿qué has hecho hoy?

—He estado de nuevo en la excavación...

El mexicano no salía de su asombro.

—¡Mamacita! ¡Tú estás loco! Dime, por favor, que solamente fuiste para ligarte a la arqueóloga.

—Quería comentar con ella lo que me pasó por la noche. Pensaba que Rosa podía orientarme.

—¿Orientarte? Ve poniendo música al corrido que yo te pongo la letra: «*Le metieron seis balazos... mientras reporteaba el joven...*».

—Venga, no exageres.

—Parece mentira, güey, que hayas visitado tantas veces México. ¿Cómo se te ocurre confiar algo tan importante a una persona que apenas conoces? ¿Tú qué sabes si esa mujer es quien dice ser? ¿Y si te traiciona? Sinceramente, creo que la doctora te la pone dura.

Fernando tuvo suerte de encontrar un sitio para aparcar el coche muy cerca del restaurante al que llevaba a Richard. En aquel barrio, localizar una plaza libre era una tarea bastante complicada, sobre todo en determinadas horas, cuando la mayoría de mexicanos se ponían de acuerdo para visitarla.

—¿Aquí me traes? ¿La Destilería? Veo que quieres empezar fuerte.

—Empezaremos a lo puro macho. En este sitio sirven uno de los mejores tequilas de la ciudad. Venga, vamos a entrar.

Fernando esperó unos segundos en la puerta mientras se ataba los cordones del zapato. Disimuladamente, giró la cabeza como si buscara a alguien. Entró en el local y cogió una de las cartas de la barra para pedir.

—Elijo yo, ¿verdad, gringo?

—¡Por supuesto, yo sólo pago! ¿Ocurre algo? —Richard notaba a Fernando intranquilo.

—No, nada. ¡Por favor, mesero! Empezaremos con dos margaritas gigantes.

—¿Los quieren con limón o con otro sabor como fresa o naranja?

—Los tomaremos con limón, por favor.

—Oye, está bien este sitio.

Richard echó un rápido vistazo al local. Un montón de barriles de roble utilizados para el envejecimiento del tequila decoraban las paredes del abarrotado restaurante. A los pocos minutos, el camarero les sirvió unas enormes copas con el borde embadurnado de sal.

—Díganos, por favor, lo que le debe el señor.

Richard no salía de su asombro.

—¿Ya tengo que empezar a tirar de la cartera?

—Sí, así estamos más tranquilos.

Fernando se bebió casi de un trago la copa de margarita y animó a su amigo a hacer lo mismo.

—¡Dios, como vayamos a este ritmo, me voy a coger una borrachera impresionante!

—Es que te quería enseñar una fotografía muy curiosa que hay dentro del restaurante —contestó Fernando, disculpándose.

—Pues venga... ¡Vayamos!

Atravesaron dos salones abarrotados de clientela. La mayoría de las mesas estaban ocupadas por grupos de jóvenes que se bebían los tequilas por litros. Le condujo a través de un pasillo, siguiendo la señal que marcaba los baños. Fernando tenía intrigado a su amigo.

—No preguntes y sígueme. —Le hizo entrar en los baños—. Escúchame, gringo. No te he avisado antes para no levantar sospechas, pero nos han venido siguiendo en un coche desde el hotel y tenemos a dos tipos esperándonos fuera. No te queda otra que seguirme.

—Pero...

Fernando interrumpió a Richard, que comenzó a ponerse tenso.

—No tenemos tiempo para pláticas.

—Bueno, no te preocupes... Ya nos hemos visto en otras peores.

Fernando abrió una de las ventanas del baño que daban al otro lado de la calle. Estaba bloqueada por una verja para impedir la entrada de cacos. Rebuscó en los bolsillos hasta que encontró un clip y lo introdujo en el candado con el que se cerraba. Después de unos segundos de manipulación, consiguió que cediera.

—¡Vamos!

Una vez abierta la verja nada les impedía poder escapar. Fernando saltó hacia la calle. No había mucha altura.

—¡Venga, gringo! ¡Apúrate!

A los pocos segundos, Richard estaba junto a él.

—¡Corre!

Los dos amigos salieron a toda velocidad en dirección opuesta al vehículo aparcado. A los pocos metros, pararon un taxi.

—Al hotel Majestic, junto al Zócalo, por favor.

—¿Tú crees que es buena idea? —preguntó Richard, temeroso.

—De momento, sí. En el hotel hay mucha gente y no creo que corramos peligro, pero tenemos que empezar a ver lo que hacemos. Me temo que has pateado el avispero.

El taxi circulaba a gran velocidad, esquivando a un montón de peatones que atravesaban sin apenas mirar la calzada. Mientras, en la puerta del restaurante, los dos enormes gorilas seguían esperando que Richard y su amigo salieran. Debían informar de todos los pasos que daba el periodista. No se imaginaban que sus presas estaban ya muy lejos.

Capítulo 11

—Bueno, ¿qué hacemos?

Richard estaba confundido. La situación comenzaba a sobrepasarle. No sabía si acudir directamente a la policía u olvidarse de todo lo ocurrido. Tampoco podía ignorar su olfato de periodista, que le avisaba de que podía encontrar un reportaje de los gordos. Cada vez veía con más claridad que lo que había presenciado esa noche no era una de esas pesadillas que sufría últimamente. Esto era una situación real y, al menos, había una joven asesinada, pero... ¿sería la única? ¿Quién podía estar tan loco como para matar de forma tan terrible a una joven? ¿Y el grupo que observaba la situación sin inmutarse? Lo único que tenía claro era que aquellos asesinos no dejaban nada al azar, si no, no se explicaba que no hubieran encontrado ninguna huella del ritual. Además, aquellos a los que se enfrentaba tenían su documentación y sabían quién era. Él, en cambio, jugaba en desventaja.

—Más bien la pregunta sería: ¿qué quieres hacer, gringo? Porque yo no tengo dudas: me olvidaría automáticamente de todo y dejaría de tocar las narices a quien quiera que se las estés tocando.

Richard y Fernando tomaban una cerveza fría en la terraza del hotel, donde se creían, de momento, a salvo.

—Por un lado, tienes razón, pero, por otro... ¡No sé! Puede que haya más gente en peligro. Si es verdad lo que he visto, y cada vez tengo menos dudas, esa chica seguramente tendrá una familia que ahora mismo estará llorando su ausencia mientras se plantean si sólo ha desaparecido o, como a muchas otras, se la encontrarán enterrada tiempo después. Sería de cobardes olvidar todo esto y seguir como si nada hubiera ocurrido.

—¡Gringo cabrón! ¡Los panteones mexicanos están llenos de hombres valientes! ¿Estás seguro de que lo haces por la familia de la muchacha? ¿O también puede que haya una parte de tu maldita cabeza que te dice: «¡Huyyy, riesgo! ¡Quiero más adrenalina!»?

Richard no pudo evitar una sonrisa.

—¡Cómo me conoces! ¿Te acuerdas de cuando tuvimos que salir a la carrera de aquel tugurio porque descubrí, mientras realizaba un reportaje, una red de trata de blancas? ¡Dios mío! ¡Casi nos linchan aquellos matones!

—¿Cómo no me voy a acordar si tuve que estamparle a un gordo mi botella de cerveza en toda la cara? Por eso pienso que dentro de tu maldita cabeza hay una pieza totalmente chingada. ¿O aún no te has dado cuenta de que esto tiene peor pinta, güey?

—Por cierto... ¿dónde estarán los tipos que nos estaban siguiendo?

—Pues ahora, si no me equivoco, seguirán como huevones en la puerta del restaurante pensando que estamos cenando.

—¿Volvemos y nos enfrentamos a ellos?

—¡Serás pendejo! Átate los machos, porque lo máximo que vamos a hacer es pedir otra cerveza. ¡Chingón! —Fernando se giró sin levantarse—. ¡Camarero! —Señaló su cerveza y la de su amigo, no hicieron falta más gestos ni palabras.

—Estoy pensando que a lo mejor debería cambiarme de hotel. ¿Tú qué piensas?

—Yo creo que estarás igual de chingado en este hotel o en cualquier otro. Me late que el que está al mando de todo te tiene bien controlado y, si te cambias, tardará unas pocas horas en localizarte mientras te encuentres en México. Otra cosa es que decidas irte esta misma noche aprovechando que aún no saben que estamos aquí. Cualquier compañero tuyo podría sustituirte para terminar tu trabajo y así acabarían tus problemas.

—¿Y Rosa?

—¿Qué pasa con Rosa? ¿Tú no estás casado?

—Sí, lo estoy. Pero no sé. En cierta manera, soy responsable de lo que le pueda pasar. Date cuenta de que, sin querer, la he implicado en todo esto.

—¡Gringo cabrón! ¡Yo sé lo que te tiene preocupado! Bueno... ¿qué me dices? ¿Hacemos las maletas? —Fernando sabía que la pregunta era inútil.

—¿Por qué? ¿Te marchas?

—¡Eres incorregible! ¡Camarero! ¡Dos caballitos de tequila, por favor! —Intuía que seguirían bebiendo hasta la madrugada.

—Uno de nosotros debería entrar para ver si todavía siguen ahí. Ya llevamos dos horas esperando. No me gustaría que los pájaros hubieran volado.

El gorila menos llamativo salió del coche estacionado a unos metros del local. Se quitó la chaqueta y la corbata y se remangó los puños de la camisa para no levantar muchas sospechas. Entró en el restaurante y se dirigió a la barra como si fuera un cliente más, arrastrando sus ciento veinte kilos de peso.

—Hoy tenéis llenito el lugar, ¿verdad, güey?

—Sí, está siendo muy buena noche, señor.

—Dame una Negra Modelo. ¿Cuántas salas hay para cenar?

—Pues tenemos dos salas con unas veinte mesas cada una. Hoy las tenemos llenas. ¿Necesita hacer una reservación?

—No, muchas gracias. Ya vendré en unos días con algunos amigos porque tiene una pinta chingona.

El matón cogió su cerveza y se dio un paseo como si estuviera visitando el local. Comprobó de un rápido vistazo que Richard y Fernando no estaban en el primer salón. Luego se dirigió al otro. Preocupado por no localizarlos, siguió deambulando nervioso por el restaurante. Se acercó a revisar los servicios. Al entrar, lo primero en lo que se fijó fue en la ventana abierta.

—¡Hijos de la chingada! ¡Estos dos se han escapado, los muy cabrones!

El guardaespaldas arrojó con furia la botella de cerveza contra la pared y salió de los baños a la carrera. Al abrir la puerta del local para marcharse el camarero le gritó:

—¡Hey, señor! ¡No pagó su cerveza!

El gorila le hizo un gesto enseñándole su dedo corazón y corrió hacia el coche.

—¡El gringo se ha escapado!

—¿Pero qué me dices? ¡Putísima madre! ¡Como se entere el jefe estamos muertos! ¿Qué hacemos?

—Arráncate y vamos a su hotel. Con un poco de suerte, es posible que se haya ido para allá.

Los dos matones arrancaron a toda velocidad y se dirigieron hacia el Zócalo sin perder un segundo. Para ellos, aquella noche, los semáforos los habían colocado de adorno.

—¿Y si no lo encontramos?

Desde su coche podían distinguir los sonidos de las frenadas y los cláxones de los vehículos que se les cruzaban, pero no por eso levantaron el pie del acelerador, consumidos por el terror que les provocaba pensar en las represalias de su temible jefe.

—Ahorita no pienses en eso y concéntrate en manejar el carro, que nos vas a matar, cabrón.

Casi le hizo caso a su compañero, pero un enérgico frenazo les salvó de estampar el potente coche contra un puesto callejero. Estuvieron a pocos centímetros de derribar toda la carga, pero un hábil volantazo les puso de nuevo en la ruta rumbo al Majestic.

El sudor se les acumulaba en la frente solamente de pensar en la posibilidad de que Richard no se encontrara en el hotel. Nada más llegar, aparcaron el coche unos metros antes de la puerta de acceso. Uno de ellos se bajó y rápidamente acudió a la recepción.

—¡Buenas noches! ¿En qué podemos ayudarle?

—Buenas noches. Quería saber si el señor Richard Cappa está en el hotel.

—¡Pues sí! Llegó hace un buen rato y creo que se encuentra en la terraza. ¿Quiere que lo anuncie?

—¡No, no, muchas gracias! Era simplemente para saber que había llegado bien, ya lo veré mañana por la mañana. Buenas noches.

Al recepcionista todo aquello le pareció extraño, pero no lo suficientemente importante como para hacerle apartar la mirada del pequeño monitor de televisión situado bajo el mostrador; en ese mismo instante, uno de los protagonistas del culebrón al que estaba enganchado había decidido liarse por despecho con la hermana de su mejor amigo.

El gorila se dirigió, aliviado, hacia el coche.

—¡De la que nos salvamos! El gringo está en el hotel. Deberíamos avisar que ha regresado y comprobar que no hay una salida de escape por la otra calle, no vaya a ser que nos la vuelva a jugar este cabrón. Pido a Dios que nos den pronto la orden de acabar con él porque te juro que lo voy a hacer muy despacito.

El gorila sacó su móvil y marcó. Sus grandes dedos hacían que manejarse con el móvil fuera toda una proeza. Mientras esperaba respuesta, tomó aire con fuerza.

—¿Señor? Muy buenas noches, perdone que le molestemos. —Al otro lado del teléfono se encontraba el presidente de la Asociación de Los Vigilantes de los Días, que ahora era el que se ocupaba personalmente del periodista.

—No molesta, ¡dígame!

—Verá, nuestro cliente ha regresado a su domicilio y planea, de momento, quedarse aquí. ¿Quiere que hagamos algo?

En ese instante, un fuerte impacto de un objeto contra el parabrisas dejó despistados a los matones y a su interlocutor. Toda la luna delantera quedó hecha añicos. El presidente de los vigilantes seguía al teléfono mientras uno de los gorilas se echaba la mano al arma y salía a ver lo que había sucedido.

—¿Qué fue eso?

—Algo chocó con el carro, señor, nos han madreado el puto cristal delantero.

El guardaespaldas entró en el coche lanzando improperios mientras unos cuantos viandantes curiosos observaban el espectáculo.

—Creo que nos tiraron una botella desde la terraza del hotel. Voy a subir a partirle la madre a ese cabrón gringo y a su amigo.

—¡Señor! Creemos que el gringo nos ha descubierto y lanzó una botella contra la luna. ¿Acabamos con él?

Diego escuchaba incrédulo al otro lado del teléfono.

—¡No, ni se les ocurra! Hasta nueva orden, el jefe lo quiere vivo. Vayan a reparar el coche y mañana por la mañana vengan a mi domicilio, que les entregaré un paquete para alegrar la mañana a ese cabrón.

—¡Bien, lo que usted ordene!

Richard y Fernando observaban escondidos entre los arbustos de la terraza la reacción de los matones. Cuando vieron que arrancaban el coche y se marchaban dieron gritos de alegría.

—¡Gringo cabrón! ¡A ti se te ha ido la cabeza!

Al periodista se le iluminaron los ojos mientras la adrenalina se multiplicaba rápidamente por todo su organismo.

Los dos amigos sabían que habían ganado una batalla... Pero no la guerra.

Capítulo 12

La mezcla de tequila más cerveza comenzó a hacer estragos en el hígado de los amigos, que habían conseguidos quedarse solos en la terraza. Solamente había un camarero que les observaba atentamente en la distancia intentando que no se le notaran mucho los bostezos que se le escapaban a cada minuto.

—¿Nos retiramos? Tengo la impresión de que mañana vamos a tener un día movidito. No creo que estos cabrones se vayan a quedar tan tranquilos después de haberles destrozado el coche.

—¡Sí, gringo! Creo que será lo mejor. Si te parece, mañana nos vemos aquí a las doce. Procura no meterte en líos y no salgas del hotel hasta que yo no llegue, ¿estamos? Mañana ya sabremos si nos dan el permiso para grabar en la iglesia de la Santa Muerte.

—¿Y tú? ¡También puedes tener problemas! ¿Quieres que te reserve una habitación en el hotel?

El mexicano miró con ojos de extrañeza a su amigo.

—¡Venga, gringo! ¡No todos somos tan princesitas! En serio, no te preocupes. Yo me sé buscar bien la vida. Cuando llegue a casa, te mando un sms para que estés tranquilo.

Fernando abrazó a su amigo y se marchó, para descanso del camarero, que, de vez en cuando, ya cabeceaba de sueño. Richard se encerró en la habitación. La jornada había sido larga y las emociones giraban en su cabeza como una montaña rusa. Una vez más, ni siquiera tuvo fuerzas para desvestirse y cayó fulminado en la cama hasta que Michael, nuevamente, le arrastró hasta un nuevo día.

Subió directamente a desayunar a la azotea después de castigarse con las abdominales diarias. Eran las once y media. Allí se encontraban Marc y Rul.

—¡Buenos días, jefe! ¿Cómo va todo?

—¿Quieres la contestación educada o la sincera? —Marc sonrió.

—Mejor la educada.

—Pues entonces te tendré que responder que no podría ir mejor.

Richard pidió un gran vaso de zumo de naranja natural. En ese momento, hizo su aparición en la terraza Fernando, como cada día, con una sonrisa iluminándole el rostro.

—Buenos días, güeyes. ¿Cómo empezaron el día los jodidos señoritos americanos?

—Bien, bien. Por cierto, ¿vais a ir a Televisa? —preguntó Marc—. Nosotros tenemos que terminar el último montaje. Si os parece bien, nos vemos allí.

—¡Venga, perfecto! Hacemos unas gestiones y vamos para allá en un rato —contestó Richard.

Marc y Rul se marcharon. Richard se bebió de un solo trago el zumo de naranja que le acababan de servir y pidió otro. Fernando también se apuntó a la ronda frutal.

—Por cierto, Richard, ¿esperabas algún paquete? Me han dado esto para ti en recepción.

Fernando le pasó a su amigo un pequeño bulto envuelto en un sobre de plástico de una empresa de mensajeros mexicana.

—Puede que sea de Charlie. Quedamos en que me enviaría un nuevo carné de prensa. ¿Te has fijado en si estaban esperándonos en la puerta? —comentó Richard mientras intentaba abrir el sobre de la mensajería.

—Creo que está todo despejado. No obstante, luego te enseñaré una sorpresa que te tengo reservada y que seguro que te va a gustar.

Richard terminó abriendo el sobre de plástico con los dientes después de haberlo intentando por las buenas en varias ocasiones. Dentro del sobre había una bolsita para conservar alimentos congelados.

—¿Qué coño es esto?

Comenzaba a darse cuenta de que aquel paquete no era su carné de prensa. Abrió la bolsa y sacó algo parecido a un pergamino, pero con un olor bastante desagradable.

—Pero... ¿qué es esta mierda?

Richard no entendía nada. Volcó el contenido del sobre en la mesa. De él salió una especie de retal de cuero maloliente con un extraño dibujo. Fernando observó aquel asqueroso envío.

—¡Dios, qué chingada! Parece un pedazo de piel. ¡Qué mal huele, es purita mierda!

Richard volteó el retal y observó la parte trasera, con sangre seca incrustada. Aquel pedazo rectangular tenía la pinta de ser un trozo de piel o algo muy parecido, lo más curioso es que estaba tatuada con un extraño dibujo. A primera vista, el grabado parecía el cuerpo de una mujer abierto en canal, seguramente se trataba de un diseño maya utilizado en algún ritual.

—¡Hijos de puta! ¿Por qué nos habrán enviado esto?

—¡Richard, esto no me gusta! ¿Te has puesto a pensar que podría ser un jodido trozo de piel humana?

El periodista volvió a observar aterrorizado aquel regalo. Fernando continuaba indignado...

—Deberías recoger ahorita mismo tus cosas y marcharte a los pedos. Estos chingones no están jugando y este regalito no es para tomárselo a broma.

—Bueno... ¡tranquilízate, no es para tanto!

Richard lo recogió y lo volvió a guardar en el sobre. Ya había algunos huéspedes que les observaban con curiosidad desde las mesas cercanas.

—¿Que no es para tanto? Esto me recuerda la peli de *El padrino*, cuando le meten a aquel hombre la cabeza de su caballo favorito en la cama... —A pesar de la tensa situación, Richard no pudo evitar lanzar una carcajada, las ocurrencias de su amigo le quitaban emoción a lo que estaban viviendo.

—Fernando, ¿tú crees que van a por todas? ¡En serio! Si hubieran querido jugar duro, nos habrían matado hace ya tiempo. Creo que no, me da la impresión de que se quieren divertir con nosotros y eso nos da un poco de ventaja. ¿Podríamos utilizar el escáner en Televisa?

—¡Claro que sí, cabrón!

—Bien, pues vamos para allá. Quiero escanear el dibujo y mandárselo a Rosa para ver si es algún diseño maya conocido y nos puede dar alguna pista. También le mandaré de paso la piel, o lo que coño sea esto, a un amigo forense de la policía científica de Nueva York para ver qué puede investigar. Estos cabrones me han enviado esta prueba porque se quieren divertir a mi costa, lo que no saben es que conmigo no se juega. ¡Eso te lo aseguro!

—¡Joder, eres un maldito chingón! Pero... ¡tú pagas, tú decides!

Cuando Richard y Fernando se dirigían hacia la calle para coger el coche, el mexicano sujetó a Richard del brazo y lo arrastró hacia las escaleras.

—¡Sígueme!

—¿Ya estás otra vez con tus misterios?

—¡Confía en mí, cabrón! Ésta es la sorpresa de la que te hablé.

Fernando llevó al periodista al garaje. Allí le mostró una potente moto.

—¡Tacháááán!

—¿Las has traído tú?

Richard observó con curiosidad la BMW plateada de 750 cc.

—¿Tú qué crees, gringo cabrón?

—¡Eres un crack! Creo que con esta moto despistaremos a nuestros nuevos amigos. ¿Me dejas llevarla?

—No estoy seguro, güey. La última vez que manejaste una moto por México terminaste estampándola contra un puesto de tacos, ¿te acuerdas?

—¿Cómo no me voy a acordar? ¡Ibas tú persiguiéndome!

—Sí... ¡Menuda carrera, chingón! Pero como era de esperar, pagaste tú la cena.

—Venga, eso fue hace ya tiempo. Ahora soy más responsable...

—Sí, por eso estamos con la mierda hasta el cuello, amigo... ¡Bueno, vale! ¡Pero no hagas el loco! ¿De acuerdo?

—¡Te doy mi palabra!

Se colocaron los cascos con las viseras de espejo con las que ocultarían sus rostros. Richard se ajustó bien la mochila que siempre le acompañaba, se subió y arrancó la potente moto. El rugido del motor, cada vez que apretaba la empuñadura, le subía también a él las revoluciones. Fernando se acopló detrás de él.

Se acercaron a la puerta del garaje y ésta comenzó a abrirse lentamente accionada por el recepcionista, que los vigilaba desde la cámara de seguridad que controlaba la entrada y la salida al recinto.

—¿Listo?

—¡Listo, cabrón! ¡Acelérale!

Richard pegó un acelerón y salió a la carrera del garaje, perdiéndose entre el tráfico mexicano, abroncado por los cláxones de los vehículos a los que obligó a frenar en su incorporación. Una vez más, habían conseguido pegársela a los gorilas que les esperaban a bastante distancia sin sospechar que sus presas se escapaban camufladas en una moto.

Los dos amigos llegaron en pocos minutos a Televisa y se fueron directamente hacia la sala donde Fernando sabía que se encontraba el escáner.

Una vez frente a la máquina, Richard comprobó que nadie le observaba y depositó con cuidado el trozo de piel sobre el cristal, lo tapó y esperó pacientemente unos segundos a que la lente recorriera sin prisa el dibujo. Guardó el archivo en su *pendrive*.

Metieron de nuevo la piel en el sobre para congelados y éste a su vez en otro en el que Richard anotó la dirección de Charlie para que se lo hiciera llegar a su contacto en el departamento forense de la policía científica de Nueva York.

—Fernando, ¿tienes por ahí sobres acolchados? Necesitaría un par de ellos.

El mexicano se acercó al mueble donde se guardaba el material y le entregó los sobres a Richard.

—¡Genial! —El periodista sacó la viodeocámara de la mochila.

—Esto también se lo voy a enviar a Charlie. Espero que alguna empresa americana pueda recuperar las imágenes del disco duro. Yo no he conseguido que vuelva a funcionar.

Richard envolvió la videocámara en uno de los sobres para protegerla y después la introdujo en el más grande. Fernando llamó a una empresa de mensajería para que vinieran a recoger los dos paquetes.

—¿Podemos abrir un momento tu ordenador?

—¡Desde luego! Vamos a mi mesa.

Richard se sentó en el ordenador de Fernando, introdujo el *pendrive,* abrió el archivo con el dibujo y se lo envió por mail a Rosa. Justo después, la telefoneó.

—¿Rosa?

—¡Hola, Richard! ¿Cómo te va? ¿Algún lío nuevo?

—Creo que me vas conociendo. ¿Estás en la excavación?

—Sí, por aquí ando. ¿Vas a venir a verme?

—No, hoy por la mañana no puedo. ¿Tienes ordenador cerca? Te he enviado por mail un archivo que necesito que veas.

—Lo puedo abrir en mi teléfono. ¿De qué se trata?

—Los tipos a los que descubrí mientras hacían el ritual me están complicando la vida. Ayer comenzaron a seguirme y hoy me han enviado un trozo de piel o de cuero que lleva un dibujo maya tatuado, lo he escaneado y te lo he enviado para ver si te suena o lo relacionas con algún trabajo publicado.

Rosa necesitó unos segundos para reaccionar.

—¡Dios! Lo que me estás contando es un poco macabro. ¿Y tú? ¿Estás bien? ¿Necesitas protección?

—De momento, estoy bien. Voy a intentar averiguar algo más de estos cabrones, pero ya no tengo dudas de que vi lo que vi. ¿Qué te parece si esta tarde me llevas hasta la sede de los vigilantes de los días? Es posible que allí pueda encontrar alguna pista.

—Creo que te equivocas con la asociación. Pero, si te parece, quedamos a las cinco en tu hotel. Desde allí se puede ir andando. Richard... ¿en serio que no necesitas nada? Puede que tu vida esté en peligro. No sé, si deseas usar mi casa para refugiarte o cualquier otra cosa, me lo dices. ¿Estamos?

—Sinceramente, la oferta suena tentadora, pero, por el momento, estoy bien. ¡De verdad! Gracias de corazón, Rosa. Si eres tan amable, llámame cuando veas el dibujo, tengo curiosidad por saber de qué se trata.

—¡Vale! Luego te cuento. ¿Finalmente vas a hacer el reportaje sobre la Santa Muerte?

—Sí. Creo que hoy conseguiremos el permiso definitivo. Si nos lo dan, mañana iremos a grabar. ¿Por?

—Nada... ¡Eres un testarudo! Creo que deberías pensar con algo más de cautela los pasos que sigues.

—No te preocupes, Rosa. Se necesita algo más que un tatuaje para asustarme. ¡Luego nos vemos!

El periodista telefoneó a Charlie para ponerle al tanto de la situación. El productor no salía de su asombro.

—¡Por Dios, Richard! Hazme caso. Haz inmediatamente las maletas y coge el primer avión que encuentres hacia Estados Unidos, da igual si no es directo a Nueva York, ya harás escala donde sea. ¿Me oyes? Sal ahora mismo de allí o voy a buscarte y te juro que te arrastro de los pelos.

—¡Qué poco me conoces, Charlie!

—Te conozco a la perfección y por eso tenía que intentarlo.

—Tienes razón, al menos, lo has intentado.

—¿Qué piensas hacer?

—Mira, Charlie, estoy convencido de que si esta gentuza me quisiera matar, ya lo habrían hecho. Mientras no publique nada, creo que todo irá bien. ¿Sabemos algo del poli?

—Sí, y no son buenas noticias. Al parecer, un agente del servicio secreto mexicano ha estado investigando sobre ti. Ha pedido colaboración al FBI argumentando que sospechan que tu identidad de periodista puede estar ocultando algo más. De momento, les están dando largas, pero quien sea al que se la estás jugando tiene amigos muy influyentes.

—¡Y tanto, Charlie! Aunque esto que me cuentas me tranquiliza. Mientras intenten manchar mi reputación, significará que a mí, de momento, me van a dejar tranquilo.

Su amigo tuvo que parar la conversación para tomar aire. Al contrario que a Richard, al productor las emociones fuertes le provocaban taquicardias. Richard recordaba cuando, en una ocasión, estuvieron a punto de pegarse con dos maleantes que les quisieron robar la cartera a punta de machete y Charlie, en vez de enfrentarse a ellos, cayó desmayado al suelo revolcándose entre espasmos. Aunque, finalmente, aquella caída les terminó salvando la vida porque los cacos huyeron atemorizados cuando Charlie comenzó a expulsar espuma por la boca.

—Respira, Charlie. ¡No te pongas nervioso! Hazme caso... ¡Todo está controlado! Ahora voy a ser bueno, montaré dos reportajes y te los envío. Mañana iré a grabar a la iglesia de la Santa Muerte y también te lo mandaré para que estés más tranquilo.

—Sí, Richard... Saber que mañana irás a ver a la Virgen de la Santa Muerte me tranquiliza mucho. —Richard volvió a escuchar la respiración de su amigo—. Lo único que me calmaría en este momento es estar sentado contigo en el JG Melon, tomándome una hamburguesa mientras tú te insinúas a las camareras. ¿Me entiendes?

—Bueno, tranquilízate. Todo irá bien, confía en mí. ¿De cuántas he salido ya?

—Pues eso es lo que me pone cardíaco, Richard. Ya han sido muchas.

—¡Charlie! ¡Somos un equipo, tío! Te necesito entero para que me protejas desde allí y me ayudes en todo lo que puedas, ¿me escuchas?

—¡Te escucho, Richard!

—¡Bien! Ahora mismo te estoy enviando por mensajero dos paquetes. En uno, está el trozo de piel del que te he hablado para que se lo envíes a nuestro amigo el forense. En el otro, te mando mi videocámara. Aunque está destrozada, intenta que te extraigan de algún modo las imágenes del disco duro, a ver qué encontramos.

—¡Vale, vale! ¡No te preocupes!

—Y recuerda: todo está bajo control. Tengo a mi lado a Fernando, que sabes que me cuida bien. No hay de qué preocuparse... ¡De momento!

—Por cierto, Richard... Ha llamado Paula a mi mujer...

—Pues tiene más suerte que yo. Llevo un par de días sin localizarla.

—Sí, ha llegado hoy de París. Creo que tienes las cosas un poco complicadas en casa, amigo.

El truco de orientar la conversación hacia los problemas domésticos había conseguido calmar a Charlie, que ya se mostraba algo más tranquilo, a pesar de que a Richard la herida le quemaba más que toda la aventura mexicana.

—Lo sé. ¿Le ha dicho algo?

—Prefiero no meterme, Richard. Es mejor que los dos habléis con tranquilidad.

—Tienes razón. Bueno, te dejo, que tengo el día un pelín complicado. —Richard acompañó la frase con unas cuantas risas.

—¡Eres incorregible! Llámame cuando puedas.

El resto de la mañana, Richard se dedicó junto a su equipo a retocar los reportajes realizados hasta ese momento. En cuanto estuvieron montados, se los enviaron a Charlie.

Abandonaron la redacción de Televisa y se dirigieron a los ascensores.

—¡Vaya! ¡Son las cuatro de la tarde! Yo me tengo que marchar. He quedado con Rosa a las cinco en el hotel. Si queréis, tomaos esta tarde con tranquilidad porque mañana tendremos movimiento en la Santa Muerte —propuso Richard—. Fernando... ¿Nos han concedido por fin el permiso?

—Sí, hace un rato hablé con la secretaria del sacerdote y no nos pone problemas. Pero esto es rarísimo. Ayer no había una chingada que hacer y hoy te dan todas las facilidades del mundo. Todo esto es un poco raro.

—Bueno, no veamos fantasmas donde no los hay. Si te parece, y por precaución, mañana tráete algún gorila amigo tuyo que nos pueda acompañar. Así estaremos más tranquilos. Le pagaremos cien dólares. ¿Será suficiente?

—Sí, sí, güey... Con eso te puedo traer algún chingón que hasta piense.

—Venga, chicos, regresemos al hotel. Si te parece, Fernando, mañana nos vemos a las nueve en el desayuno para ir a grabar a la Santa Muerte. Yo esta tarde iré con Rosa a conocer la sede de Los Vigilantes de los Días.

—¿No quieres que te acompañe?

—No, descansa un poco de nosotros. Te vemos mañana.

—¡Gringo, cabrón! Te quieres quedar solito para echarle un caldo, ¿eh?

—¿Echarle un caldo? Creo que muchas veces los mexicanos no acertáis con las expresiones. ¡Suena fatal!

—Sí, sí... lo que tú quieras. Bueno, bueno... ¡tú sabrás! Mañana a las nueve estaré en el hotel con el gorila.

—¡Venga, lárgate!

Fernando agitó los cascos a modo de despedida y se marchó a devolver la moto prestada. Marc, Rul y Richard cogieron un taxi. Al entrar y sentarse una gran nube de polvo salió del asiento trasero.

—¡Al hotel Majestic, junto a la plaza del Zócalo!

—¡Ahorita mismo, señores! ¿Americanos?

—Casi, casi, yo soy español. —Richard alucinaba con la decoración interior del coche. No quedaba un solo espacio para colocar más llaveros y más colgantes, que bailaban al ritmo de los volantazos del sudado conductor, sentado sobre un manto de bolas de madera. La guantera era lo más parecido a un puesto ambulante, llena de objetos, a punto de estallar y desparramarse por el vehículo. Richard bajó un poco la ventanilla intentando que algo de aire fresco pusiera orden en aquel cargado ambiente dominado por un fuerte perfume a humanidad. Dio dos vueltas a la manivela y se quedó con ella en la mano.

—¡No se preocupe, jefe! Vuelva a colocarla en su sitio y dele dos golpecitos. Ya verá que se queda como nueva. ¿Les importa si pongo música? —El taxista cogió al azar uno de los cientos de CD que tenía sobre el asiento del copiloto.

—¡Adelante!

Comenzaron a sonar los acordes de un corrido mexicano:

—*Me ando jugando la vidaaaaa, corro peligro de mueeeeerte... pero eso a mí no me asusta... yo no soy ninguna ojeté... Traigo con qué defendermeeeee y de paso buena suerteeeee... yo vivo la vida alegreeee y no me asusto de nadaaaa... no soy de los que se asustan, si les pintan una rayaaaaa...*

Richard sonrió, parecía que aquel narcocorrido lo habían compuesto pensando en él. «¿Quién sabe? Lo mismo algún día me escriben uno», pensó, divertido.

CAPÍTULO 13

El mayordomo golpeó varias veces la puerta del despacho bajo la atenta mirada del guardaespaldas.

—¿Señor?

—¡Sí, adelante!

Abrió con sigilo y entró en la enorme sala cubierta de alfombras egipcias. En el centro había una gran mesa de madera labrada cuyas patas estaban forradas de piel de animal.

—Disculpe, tiene al teléfono al señor don Diego, ¿se lo paso?

—¡Sí, dámelo!

Mario San Román cogió el teléfono inalámbrico nacarado que le ofrecía su asistente y tapó con su mano el auricular.

—Gracias, puedes retirarte. —El mayordomo ejecutó su orden con toda la rapidez que le permitieron sus piernas.

—¿Qué pasa, Diego? ¿Cómo va todo?

—¡Bien, Mario! Tengo varias cosas que comentarte.

—¿Importantes?

—Creo que sí, una es sobre el gringo.

San Román le paró en seco.

—¡Espera, espera! ¡Sabes que no me gusta hablar de estas cosas por teléfono! Vente a verme y te invito a un buen whisky.

—De acuerdo, estoy allí en media hora. Un abrazo.

El jefe puso sus botas de piel de cocodrilo sobre la mesa y se reclinó un poco para alcanzar el cenicero. Pegó dos potentes caladas al cohíba que fumaba. Estaba feliz por una buena operación que acababa de cerrar y no le apetecía que le amargaran el día.

—¡Espero que este cabrón me traiga buenas noticias!

Después de discutir la tarifa con el taxista y de pagar unos cuantos pesos de más, Richard, Marc y Rul llegaron a la recepción del hotel.

—¡Buenas tardes, señor Cappa!

—¡Buenas tardes!

—Le espera en la terraza una señorita. —El recepcionista le guiñó un ojo con complicidad, pero Richard no quiso seguirle el juego.

—Bien, bien, mil gracias. Ahora subo. —Richard se dirigió a sus compañeros—. Bueno, chicos... ¡Tarde libre! Descansad, que mañana tendremos jaleo.

—Sí, no te preocupes. Mañana a las nueve estaremos con el equipo preparado.

Las puertas del ascensor se abrieron y Richard divisó a lo lejos a Rosa. Una extraña sensación le recorrió el cuerpo. Era la primera vez que la veía vestida de calle, sin la ropa de trabajo, y se llevó una grata impresión. Le pareció observar a una diosa con su cabello ondulado.

Rosa llevaba una blusa blanca que dejaba entrever un sujetador blanco que protegía unos generosos pechos. Richard siguió bajando la mirada, procurando no ser descubierto. Se fijó en la minifalda vaquera y en las torneadas piernas morenas. Al acercarse, advirtió que se había maquillado ligeramente.

—¿Qué tal, Richard? ¡Tienes cara de cansado!

—Hola, Rosa. —Richard no dejó escapar la oportunidad y la besó en la mejilla—. Sí, estoy algo cansado. Tú, sin embargo, estás estupenda. —Las mejillas de la arqueóloga se sonrosaron ligeramente—. ¿Qué estás tomando? —Richard observó el extraño color de la bebida de Rosa.

—Un San Francisco. Aquí lo preparan padrísimo.

—¿Qué lleva?

—Creo que naranja, limón, piña, melocotón, azúcar y... ¡granadina!

—¡Demasiado flojo para mí! ¡Camarero! Un margarita, por favor.

—Bueno, lo primero... ¿Has vuelto a tener noticias de la banda?

—No, hoy, quitando lo de la piel, no he vuelto a tener sustos. ¿Has podido echar un vistazo al dibujo?

—Sí, lo he visto y no hay ninguna duda de que se trata de un diseño realizado por los mayas o por alguna cultura como los olmecas o los aztecas, pero no me ha resultado conocido. Puede que sea un grabado de alguna cerámica o que se haya sacado de algún manuscrito, pero aún no he sido capaz de encontrar a qué pertenece. Imagino que habrás pensado en marcharte... —Rosa le cogió la mano.

—He de reconocer que, durante un momento, lo pensé, pero he analizado la situación y, francamente, pienso que no corremos demasiado peligro. Para quien sea que esté detrás de todo esto somos un juego y una diversión y... ¿qué quieres que te diga? ¡Yo también me quiero divertir!

—¡Eres un loco!

—¡Y tú mi cómplice!

—Lo sé.

—Y por eso creo que estamos en el momento justo de que abandones. —Richard observó con gesto serio a Rosa—. Yo, por mí, no temo, al fin y al cabo, me pagan por buscar la noticia. Pero tu caso es diferente. Eres arqueóloga, una estudiosa que no tiene por qué complicarse la vida con un descerebrado como yo.

—¿Y no has pensado que a lo mejor yo también me quiero divertir?

—¿Quién? ¿Tú? —Richard le revolvió el pelo. Ella le enganchó la muñeca y se la retorció hasta que consiguió que el periodista hincara la rodilla en tierra.

—¿Perdón? ¿Decías?

—No, no. Suelta, por favor, o tendré que hacerte daño.

Rosa apretó un poco más. A Richard casi se le saltaron las lágrimas.

—¿A que estamos juntos en esto?

Rosa seguía retorciéndole la muñeca.

—Sí, sí... ¡juntos hasta el final!

Richard casi estaba ya tumbado en el suelo. Rosa le soltó la muñeca y pudo incorporarse de nuevo a su silla. Se frotó la muñeca.

—¡Joder con la estudiosa!

—Deberías saber, por tu edad, querido Richard, que nunca hay que infravalorar a una mujer.

El camarero apareció con el margarita oportunamente, rompiendo aquella surrealista escena.

—Tienes razón. ¿Brindamos?

—¡Porque todo te vaya bonito, querido amigo!

—¡Por las mujeres valientes, querida amiga!

Richard comenzó a saborear el margarita y casi apuró la copa hasta el final. Según entraba el alcohol en su cuerpo, iban desapareciendo sus dolores.

—¡Pasa, pasa, amigo! ¿Cómo te va?

San Román bajó los pies de la mesa y se levantó para abrazar al presidente de Los Vigilantes de los Días. El mayordomo aguardaba en la puerta del despacho, junto al gorila, esperando órdenes.

—Tráenos la botella de Generation y dos vasos chicos con unos hielos. —San Román se dirigió a Diego—: ¿Te he hablado de este whisky?

—Me dijiste que era una maravilla...

—¡Y me quedé corto! Conseguí tres botellas, pero me costaron las muy cabronas 3.500 dólares cada una.

—¡Dios mío! ¿Y con qué lo han elaborado?

—Al parecer, los abuelos de los actuales directores de la compañía escocesa propietaria de la marca almacenaron hace setenta años un licor seleccionado en una antigua barrica de jerez fabricada con roble español. Hace dos años sacaron este manjar y embotellaron menos de doscientas botellas para unos cuantos privilegiados. Y tú vas a ser uno de los pocos pendejos que lo va a probar. Espero que no se te derrame ni una gotita.

El mayordomo abrió un mueble cerrado con llave y sacó cuidadosamente la botella, la puso sobre la bandeja con los dos vasos bajos de cristal de Murano y el hielo y depositó ésta en la mesa de reuniones del despacho. San Román abrió la lujosa botella y sirvió dos tragos generosos a los que añadió un hielo. Esperó a que de nuevo estuvieran solos para continuar la conversación, mientras se dedicó a mover y a olfatear el preciado líquido en su vaso. El sonido del hielo golpeando el fino cristal le reconfortaba. Por instantes como éste, merecía la pena ser quien era.

—Creo que me tenías que hablar del gringo.

—Sí, entre otras cosas. Estoy esperando para ver cómo reacciona porque nos está saliendo bravo. Anoche creo que fue él quien lanzó a la pareja que le estaba vigilando una botella sobre el coche y les rompió la luna delantera.

San Román soltó un par de carcajadas.

—¡Gringo cabrón...! ¡Me gusta!

—Ha despistado en varias ocasiones a nuestros hombres y...

—Bueno, eso no es tan difícil... ¡Son unos malditos huevones! —San Román parecía no alterarse con la conversación y cada trago que pegaba a su copa era para él como entrar en éxtasis.

—Esta mañana le mandé un trozo de piel tatuado de la chica para ver si le asustamos y conseguimos que se marche.

—¿Tatuado? Pero... ¿eso no lo necesita el chamán?

—Bueno, a esta última tuvimos que tatuarla dos veces porque cometieron un pequeño error en uno de ellos. Le he enviado el trozo que no le valía al sacerdote.

—¡Ok, ok...! ¡Pero ten cuidado! Por lo que estamos investigando, este no es un cualquiera y un mínimo fallo puede complicarnos la vida. Además, a este cabrón le gusta el riesgo, tiene sangre española, y eso cambia la situación y mucho. Me preocuparía menos si fuera un puto gringo americano, eso te lo aseguro.

—Tendremos precaución, sobre todo porque sigue en contacto con Rosa Velarde.

—Sí, eso es lo que más me preocupa.

—En el caso de que no abandone... ¿quieres que lo tronemos? Podemos hacer que se encuentre, por casualidad, en una balacera entre dos bandas rivales.

—¿Matarlo? ¿Tú estás loco? Con este gringo nos vamos a divertir de lo lindo. Creo que incluso podemos apostar con «los elegidos» una buena suma para ver cuándo abandona. Quien acierte, se lleva todo el dinero. ¿Qué te parece?

—¡Cómo eres! Si quieres, se lo propongo a todos. ¿Te parece bien 6.000 dólares por apuesta?

—En principio, sí, pero si ves que aceptan muy pronto, duplica la cifra.

—Precisamente, también te quería hablar de los elegidos. Ya tenemos una nueva candidata y deberíamos adelantar, si todos quieren, el ritual cuanto antes.

—¿No es muy precipitado?

—Podría ser. Pero no me fío de poder tener a la joven mucho tiempo sin levantar sospechas.

—Pues te vuelvo a decir lo mismo: sondea a los elegidos y si todos están dispuestos a volverse a gastar una buena suma y pueden faltar en sus consejos directivos... ¡adelante!

—¡Perfecto! Iremos tatuando a la muchacha.

Diego brindó con San Román y apuró su copa sin apreciar demasiadas diferencias con otros grandes whiskys que había probado.

—Si no deseas nada más, creo que me marcho a mi despacho. Aún tengo que hacer algunas gestiones.

—¡Perfecto, amigo! Cuídate y tenme informado de todo.

Diego salió del despacho y sacó su teléfono móvil para marcar un número en el que pronto contestaron.

—¿Dígame?

—Soy yo. ¿Cómo va todo?

—Hola, señor. Todo bien.

—¿Cómo está la joven?

—Pues nos ha salido un poco brava, pero le estamos dando calmantes y la tenemos medio dormida. Hoy no ha querido comer nada.

—Bueno, pronto acabará su sufrimiento. De momento, les mandaré mañana al tatuador, creo que vamos a adelantar la ceremonia. Les mantendré informados y, sobre todo, ¡cuídenme bien la mercancía!

—¡Por supuesto, señor!

El Tigre colgó y le contó a su compinche la conversación. Abrió la puerta del cuarto donde la joven continuaba atada a la cama. Nada más ver a los dos gorilas, la muchacha comenzó a agitarse como una posesa intentando zafarse de las cuerdas.

—¡Para ya, cabrona! ¡Me estás poniendo cachondo!

El Tigre se dirigió rápidamente hacia la joven y comenzó a chuparle el cuello y el pecho. Sus manos se dispararon ágilmente para levantar el vestido de la muchacha.

—¡Venga, déjala! —El compañero agarró a su amigo por la espalda y lo separó de la cama—. ¡Escúchame! —le gritó mientras le agarraba por el cuello de la sudada camisa—. Pronto nos pagarán y podrás tener muchas de éstas, pero ahora debes contenerte o estamos muertos, ¿me oyes?

El Tigre cogió a su compañero por el cuello.

—¡Te oigo, cabrón! Pero la próxima vez que me des una orden te sacaré las jodidas tripas de tu cuerpo y me mearé en ellas. ¿Me oyes tú a mí?

El gorila escupió al suelo y, agarrado a su amigo, salió de la habitación. La joven dejó de revolverse y se quedó inmóvil en la cama mientras las lágrimas comenzaban a recorrer sus sofocadas mejillas.

Capítulo 14

Rosa y Richard atravesaron la ancha avenida que separaba el hotel de la bulliciosa plaza del Zócalo. Tenían que cruzarla para llegar al otro extremo, donde se alzaba el Templo Mayor, un monumento que había albergado en su época el mayor complejo de santuarios dedicados a realizar terribles sacrificios rituales.

—¡El Templo Mayor! —Rosa señaló las construcciones que se veían a lo lejos.

—¡Es impresionante! ¿De qué periodo es?

—No se sabe muy bien, porque se construyó en varias etapas. De la primera, erigida en el tiempo de los aztecas, no se ha conservado nada. La siguiente sabemos que se construyó antes de 1435 y después vinieron otras seis reformas, la última creo que es de principios de 1500 y fue la que se encontraron los españoles cuando llegaron a Tenochtitlán.

—¿Y realmente aquí se hacían sacrificios humanos?

—En su época de esplendor era el centro religioso más importante de la zona. Se llevaban a cabo todo tipo de rituales y de ofrendas dirigidas a los dioses, principalmente al dios de la lluvia, Tláloc, y a Huitzilopochtli, el dios de la guerra. Aunque las excavaciones siguen, ya se han encontrado numerosos restos óseos que confirman no sólo que se realizaron sacrificios humanos, sino que también se utilizó como crematorio seguramente de algunos nobles que debían de gozar de ciertos privilegios. Obviamente, la llegada de los conquistadores españoles acabó con todas aquellas prácticas.

«Y ahora la historia se repite», pensó Richard.

Tres portales más adelante se veía una casa con un gran portalón de madera de mezquite. Una inscripción del mismo material rezaba en la puerta: ASOCIACIÓN CULTURAL LOS VIGILANTES DE LOS DÍAS.

—¡Hemos llegado!

Mientras accedían al interior, un lujoso vehículo entraba en el garaje del edificio. Diego aparcó y cerró la puerta con su mando a distancia. Rosa se acercó al recepcionista.

—¡Buenas tardes, Pablo! ¿Cómo va todo?

—Pues muy bien, señorita Velarde. ¡Qué gusto que nos honre con su presencia! Dígame que desea y gustosamente la atenderé.

Richard observó la altura de los techos de la gran sala en la que se encontraba la recepción. No había duda de que aquella mansión debía de haber pertenecido a algún rico colonial de la época de los conquistadores. La estancia tenía una preciosa escalera central de madera tallada y estaba repleta de cuadros con motivos antiguos. Los suelos estaban resplandecientes a pesar de conservar la loseta de piedra original de la casa, que tenía dibujos geométricos en blanco sobre un fondo color granate.

—Quería enseñarle a mi amigo las instalaciones. Es un periodista estadounidense que desea realizar algunos reportajes sobre la cultura mexicana...

En ese momento una voz grave la interrumpió.

—Querido Pablo, yo atenderé personalmente a la señorita Velarde.

Rosa se giró y vio a Diego, ataviado con un elegante traje azul oscuro. Llevaba una camisa azul marino con los puños y el cuello blanco, sin corbata, y parecía sacado de una revista de moda italiana.

—¡Diego! ¡Qué sorpresa! —Rosa se colocó bien su larga cabellera—. Habitualmente no te dejas ver.

—Sí, tienes razón. He estado muy atareado.

Diego observó de arriba abajo al acompañante de la arqueóloga.

—Mira, te presento a Richard Cappa. Es un periodista de Estados Unidos que ha venido a México para cubrir la próxima visita de Obama.

—De modo que es usted Richard Cappa...

—¿Nos conocemos?

A Richard aquel tipo engreído no le había resultado agradable, y además se había dado cuenta perfectamente de cómo miraba a Rosa.

—No, discúlpeme. Simplemente, Cappa me resulta un apellido familiar. —Diego había estado a punto de cometer un error, pero se rehízo con rapidez.

—Y bien, ¿en qué podemos ayudarlos, querida Rosa? ¿Necesita algún libro?

—No, gracias. Solamente quería enseñarle a mi amigo vuestra asociación. Está muy interesado en hacer algún reportaje sobre nuestra cultura y le he comentado que éste es un lugar en el que se estudia todo lo relacionado con nuestros ancestros.

—¿Y en qué está usted interesado, señor Cappa?

—¡Por favor, llámeme Richard! Me gustaría realizar un reportaje sobre los rituales relacionados con los sacrificios humanos. —Richard observaba cada movimiento en la cara de su oponente que delatara nerviosismo. Se fijó en cómo su nuez se desplazó violentamente hacia abajo después de haber tragado saliva, muestra inequívoca de que la pregunta le resultaba incómoda.

—¿Sacrificios humanos? —Diego mostró una sonrisa forzada—. Eso pertenece a una cultura ya olvidada. Sinceramente, creo que en México tenemos muchos más temas interesantes que ofrecerle que esos contenidos tan sangrientos que usted busca.

Rosa notaba que Diego y Richard parecían dos ciervos golpeando sus testas con el único objetivo de llevarse como trofeo la preciada hembra y se vio forzada a interrumpir la conversación.

—¡Diego! Había pensado en enseñarle a Richard vuestra biblioteca. Es una pequeña joya.

—Sí, nos sentimos muy orgullosos de los manuscritos y objetos que hemos podido ir recopilando a través de generaciones. ¿Quieren que les acompañe?

—No, muchas gracias —contestó Rosa—. Tendrás muchas cosas que hacer y no te queremos quitar tiempo.

—Pues nada... Si les parece, cuando acaben, pásense por mi despacho, les invito a una cerveza.

Diego se retiró y dejó sola a la pareja. Rosa comprobó que el presidente de la asociación ya no les podía escuchar.

—¿Qué te ha pasado, Richard? Te he notado muy tenso con Diego.

—Sí, lo siento, pero sólo pensar que puede tener algo que ver con lo que estoy viviendo... Me dan ganas de estrujarle el cuello.

—Bueno, recuerda que hemos venido simplemente a por información. —Y, bajando la voz, añadió—: No sabemos aún si esta gente está involucrada.

El conserje acompañó a Rosa y a Richard hasta la biblioteca. Sacó un manojo de llaves y abrió la pesada puerta. Encendió las luces y se iluminaron decenas de estanterías acristaladas.

Era una sala enorme, con el suelo de madera perfectamente lustrado y cubierta de estanterías de oscura madera tallada y vitrinas de cristal impoluto. Rosa y Richard iban paseando junto a los estantes observando todos los libros y objetos de su interior. Rosa iba señalando los volúmenes más antiguos o curiosos.

Entre las pilas de libros había máscaras y ropajes de los que se utilizaban para la recreación de los antiguos rituales mayas y aztecas. Richard se acercó nervioso hasta uno de los gorros adornados con plumas de animales.

—¡Rosa, mira! —Richard señaló el gorro—. Éste es muy parecido al que llevaba el sacerdote durante el ritual.

—¿Estás seguro? Creo que te estás obsesionando. Tú mismo me dijiste que había humo y que no se veía muy bien.

—Sí, bueno, no sé... ¡Lo siento! Es posible que todos estos malditos gorros se parezcan.

Diego se quitó la chaqueta, cogió el teléfono de su despacho y telefoneó a San Román.

—¿Mario?

—Sí, dime, Diego.

—¡No vas a creer a quien tengo visitando la asociación!

—¿Al gringo cabrón?

—¡Acertaste! ¿Cómo lo sabías?

—Seguramente habría sido el sitio por el que yo hubiera empezado a buscar. ¡Este güey me gusta! ¿Has hablado con él?

—Sí, hemos intercambiado algunas palabras. Viene con Rosa Velarde. Les invité a tomar algo en mi despacho.

—¡Ok! Sé precavido y cuidadito con lo que se te escapa. Sobre todo, averigua cuándo tiene pensado irse para saber quién gana la apuesta. ¡Mantenme informado!

Rosa le enseñó a Richard algunos grabados y los libros más curiosos. Terminada la visita, el conserje les acompañó al despacho de Diego. Éste les esperaba sin chaqueta. Richard se había imaginado que Diego llevaba tirantes... ¡y había acertado!

—¿Qué te ha parecido?

Diego continuaba dando muestras de cordialidad.

—Es un edificio precioso y resulta llamativa la cantidad de material que habéis recopilado. Mantener todo esto debe de costar mucho dinero. ¿Cómo os financiáis?

—Tenemos una subvención del Ministerio de Cultura y como nuestro principal objetivo es dar a conocer nuestra identidad cultural, no faltan empresas y particulares que generosamente contribuyen con fondos.

—Estoy pensando... —Richard intentaba pillar en un renuncio a Diego—. Si quisiera grabar algún ritual... ¿vosotros lo podríais realizar? Puedo solicitar permiso, por ejemplo, en el Templo Mayor y grabar una ceremonia.

—No hay ningún problema. Es lo que tiene que vengas acompañado de Rosa, que no me puedo negar a nada que ella desee. —La arqueóloga le regaló una sonrisa.

—Piense qué es lo que quiere que hagamos y lo organizamos. Nuestro sacerdote es descendiente de los antiguos mexicas y sigue fielmente los rituales tal y como los realizaban sus ancestros.

—¿Con sacrificios incluidos?

Diego sonrió cínicamente.

—¡No, por Dios! Solamente hacemos ceremonias religiosas. No tenga miedo... ¡son inofensivas!

—Bien, pues si te parece, Richard, piensa qué es lo que necesitas y nos ponemos en contacto con Diego —dijo Rosa intentando terminar de una vez con aquella tensión.

—¡Perfecto! ¿Una cerveza?

—No, muchas gracias. —Rosa se levantó como si hubiera sido accionada por un resorte—. Tengo mucho trabajo acumulado. No obstante, mil gracias por todo.

—Ha sido un placer... y espero su llamada, Richard, éste es mi teléfono. —Diego le entregó una tarjeta—. ¿Piensa quedarse mucho tiempo en nuestra ciudad?

—Si todo va bien, esperaré la visita de mi presidente dentro de unos días, pero todo depende de cómo vayan los reportajes.

—¡Muy bien! Pues estamos en contacto. Que tenga una feliz estancia en México —le deseó irónicamente Diego mientras con su mano les señalaba la puerta.

Justo cuando se disponían a salir, Richard se fijó en varios cuadros que colgaban de la pared del despacho. Sin pensárselo dos veces se acercó y observó las imágenes. Su rostro, horrorizado, mudó hasta de color.

—¿Y estos cuadros? —preguntó Richard con voz temblorosa a Diego mientras Rosa intentaba saber qué es lo que estaba ocurriendo.

—Son antiguos grabados realizados sobre piel. Muestran escenas del día a día de nuestros ancestros.

—¿Y sobre qué tipo de piel se realizaban?

—No estoy muy seguro, porque no se les ha realizado ninguna prueba. La leyenda cuenta que los antiguos sacerdotes grababan estos dibujos en las espaldas de los enemigos que iban a ser sacrificados. Si uno leía las pieles de las víctimas ofrecidas a los dioses en un orden establecido, comenzaba a entrar en una dimensión diferente. Era una extraña forma de acceder a un estado alterado de consciencia muy similar al que utilizaban, por ejemplo, los derviches en Turquía.

—¿Los derviches? —Richard no entendía nada.

—Sí. ¿No has visto nunca ese baile que se efectúa dando vueltas sin parar? Los iniciados que realizan esos giros, que a veces pueden durar varias horas, entran en un estado alterado de consciencia, una especie de meditación en movimiento.

—¿Y observar estos dibujos puede conseguir que uno medite? —Richard no se creía nada de lo que estaba escuchando.

—Ya le he dicho al principio que son leyendas. Algunos las creen y otros no, depende del grado de escepticismo de cada uno.

—Y los dibujos... ¿eran inventados o se sacaban de algún libro en concreto?

—Éstos se han encontrado en un códice. Es de imaginar que los sacaban de textos sagrados.

Rosa no podía más. Tenía miedo de que su amigo cometiera alguna equivocación de la que luego se tuvieran que arrepentir.

—Estooo... ¡Richard! Lo siento, pero nos tenemos que ir.

—¡Sí, perdón! Soy muy curioso.

—No hay problema. —Diego agarró la mano de Rosa—. Cualquier duda que se te presente estaré encantado de resolverla.

Rosa sonrió y separó lentamente su mano.

—Gracias por todo, Diego. ¡Hasta la próxima!

Rosa y Richard abandonaron el edificio y se dirigieron sin hablar hacia la plaza del Zócalo. Cuando se alejaron lo suficiente, comenzaron las preguntas.

—¿Tú lo has visto bien? —dijo Richard sin poder contener su excitación—. Esos malditos cuadros son iguales que el retal que me han enviado esta mañana. No sé qué pensarás, pero creo que tu amigo el elegante está metido hasta los dientes en este asesinato.

—No sé, Richard. Me cuesta creer que Diego esté envuelto en alguna operación turbia —aseguró Rosa.

—Creo que no hay que perderle de vista y sería genial poderles grabar una ceremonia. Si veo al sacerdote y es el mismo de la pirámide, es posible que lo pueda reconocer.

—Si se trata del mismo sacerdote, no creo que te lo vayan a presentar, ¿no te parece? —Richard asintió con la cabeza. Rosa respiró hondo y se dejó envolver por el espectáculo visual que presentaba la concurrida plaza, abarrotada de turistas, vendedores, chamanes...—. ¿Vas a ir mañana finalmente a la iglesia de la Santa Muerte?

—Sí, ya he quedado con Fernando en que vendrá a buscarnos temprano. Le he dicho que por precaución venga acompañado de algún gorila. No te preocupes, estaré seguro.

Rosa sonrió.

—No tienes que tener miedo, Richard. Deberías temer más una calle cualquiera de la ciudad que el interior de la iglesia, tú hazme caso.

—Bueno... ¡pues ahora tenemos varios frentes de investigación abiertos! Lo primero que deberíamos hacer es mirar el tema de esos cuadros y, sobre todo, de dónde han podido salir las imágenes, eso podrá arrojar algo de luz en todo esto.

—De acuerdo, yo me encargo de mirar los códices para comprobar si la imagen pertenece a alguno de ellos.

Mientras atravesaban la plaza rumbo al hotel fueron rodeados por un mariachi que comenzó a interpretar una ranchera:

—*Si nos dejaaaaaannn, nos vamos a querer tooooooda la vidaaaaa, si nos dejaaaannnn, nos vamos a vivir a un mundoooo nuevoooo... Yo creo podemos ver el nuevo amanecer de un nuevoooo díaaaaaa, yo pienso que tú y yoooo podemos ser feliceeeees todavíaaaaaa...*

—¡Y esta canción para esta pareja de novios enamorados! ¡Viva el amor! —Y todo el público que se había congregado alrededor comenzó a aplaudir a la pareja y a gritar al unísono—: ¡Viva!

Richard iba a explicar la situación, pero prefirió callar, sonreír, soltarle 20 dólares al cantante y agarrar a la arqueóloga para escaparse con ella a toda prisa. La miró y descubrió que se había sonrojado.

—¿Te has puesto colorada?

Rosa le soltó inmediatamente.

—¿Quién...? ¿Yo? Pues... ¡un poco! ¡Qué quieres que te diga! ¡Mira que confundirnos con una pareja de enamorados...!

—Pues ahora que lo pienso... ¡no hacemos mala pareja! —Richard intentaba sonrojarla más aún. En ese momento llegaron a la puerta del hotel.

—¿Te apetece tomar algo?

—No, gracias, Richard, ya he tenido demasiadas emociones por hoy. Llámame mañana cuando termines tu reportaje, ¿te parece? Si consigo más información del dibujo, te llamo.

—¡A sus órdenes!

Richard acercó los labios a Rosa pero ésta movió la cara y simplemente le regaló dos besos en la mejilla.

—¡Hasta mañana, princesita! —se despidió de la joven.

Rosa le acarició la cara y se alejó calle abajo. Richard mantuvo la mirada en la arqueóloga hasta que desapareció de su vista. Eran las nueve de la noche.

—¡Uffff! Una hora perfecta para ahogarse en margaritas.

Cogió el portátil y la Moleskine y se subió a la azotea. Pidió su bebida preferida y, una vez acomodado en su mesa favorita, decidió realizar la llamada que llevaba retrasando desde que había llegado. Sacó el móvil y marcó el número de Paula. Después de unos tonos, su mujer contestó al otro lado.

—¿Dígame?

—¿Paula? ¡Soy Richard!

—¡Ahhh! ¿Qué tal? ¡No nos ponemos de acuerdo!

—¡Desde luego! ¿Cómo fue tu viaje a París?

—Interesante. ¿Y el tuyo?

—Va bien, algo movidito, pero ya me conoces... ¡no lo puedo evitar!

—Espero que no te estés metiendo en muchos líos...

—Eso es imposible.

Se escuchó un largo silencio. Paula parecía que no se atrevía a dar el paso.

—Bueno, Richard, cuando vuelvas, tenemos que hablar.

—¿Por qué, Paula? ¿Me vas a dejar?

—Richard, esto es mejor que lo hablemos cara a cara... ¡Ya somos mayorcitos!

—Sí, ya... pero... ¿me vas a dejar?

—A tu regreso hablamos. Si te parece, déjame estos días para pensar. Prefiero no hablar contigo hasta no tener las cosas claras. Nos vemos a la vuelta. Adiós, Richard.

—¿Paula?

Fue inútil. Solamente se escuchaba el pitido intermitente que anunciaba que su mujer había colgado.

Richard apuró su copa mientras pensaba en los años que habían pasado juntos. ¡Qué diferentes habían sido los primeros a los últimos! Intentaba recordar en qué momento exactamente la relación había dejado de funcionar, de cuándo comenzaron a espaciar los días para retozar juntos. Estaba convencido de que la relación se había terminado y lo peor es que no le afectaba. Estaba en un momento de su vida en el que posiblemente un cambio le podía incluso hasta ayudar.

Decidió que era hora de dejar de pensar y ponerse a actuar. ¡Tenía mucho que hacer! Encendió el portátil, se conectó a Internet y comenzó a buscar pistas para su investigación. Rituales, pieles tatuadas, derviches... el buscador echaba humo.

Sin tener que pedirlo, el camarero ya le estaba retirando la copa vacía y reemplazándola por una nueva. Richard la levantó y brindó mirando al camarero:

—¡Por las mujeres!

Y casi de un trago la vació en su estómago. El camarero, que aún no se había retirado, cogió la copa vacía.

—¿La última, señor Cappa?

—¡La penúltima, querido amigo!

Capítulo 15

Richard, Marc y Rul desayunaron a las nueve, la hora a la que habían quedado con Fernando. Ante la tardanza de éste, decidieron ir ganando tiempo y esperarle en la puerta. Marc y Rul bajaron todo el equipo. En la entrada les esperaba un hombre bajito, delgado, de unos sesenta años y con cara de buena persona.

—Disculpe, ¿es usted el licenciado Cappa?

Richard no entendía nada.

—Sí, soy yo. ¿En qué le puedo ayudar?

—Verá, soy el padre de Fernando, me dijo que necesitaban un chófer para ir a la Santa Muerte.

Richard volvió a mirar de arriba abajo al gorila que les había conseguido Fernando. No pudo evitar soltar una carcajada. «¡Dios mío, espero que no tengamos ningún problema!», pensó para sus adentros.

—¿Y Fernando?

—Ahorita mismo viene con el carro.

—¿Con el carro?

En ese preciso instante una destartalada furgoneta oxidada y repleta de abolladuras se subió a la acera. Fernando puso las luces de emergencia y se bajó para ayudar a cargar el material mientras los ocupantes de varios coches le insultaban por la maniobra que acababa de realizar para detenerse. Fernando se acercó al grupo como si aquellos improperios no fueran con él.

—¿Qué pasa, gringos huevones? ¿Durmieron bien las señoritas?

—¡Estupendamente! Por cierto... ¡ven un segundito!

Richard se llevó a Fernando a un rincón del hall mientras el resto subía el equipo al coche intentando que el padre de Fernando no cogiera peso y se pudiera hacer daño.

—Espero que tu padre no sea el gorila que me va a costar 100 dólares.

—¡Venga, gringo! ¡No seas así! Mi padre se conoce el barrio de Tepito como la palma de su mano y su camioneta es ideal para pasar desapercibidos. Además, es muy huevudo. ¡Hazme caso!

—Desde luego... ¡eres un liante!

—Por cierto, ¿te cogiste a la doctora?

—No, y además eso no es ahora lo importante.

—¿Por qué? ¿Tenemos novedades?

—Sí, ya te contaré con más calma. De momento, no he dicho nada a los chicos...

—Bien, vale, pero cuenta algo ahorita, no seas así.

—Ayer descubrimos cosas interesantes. El cabrón de la Asociación de Los Vigilantes de los Días tiene en su despacho varios cuadros con pieles tatuadas como la que me mandaron. Estoy convencido de que tiene algo que ver con el ritual que vi en Teotihuacán.

—¿Qué me dices? ¿Y qué hiciste?

—De momento, nada. No podemos dar ningún paso en falso. Es mejor esperar a tener más pruebas.

—Me he dado una vuelta con la camioneta y están los malditos gorilas estacionados dos calles más atrás. Creo que hoy comenzamos un nuevo juego.

—Bueno, tendremos que estar preparados. ¡Menos mal que llevamos buena escolta! —Richard soltó una carcajada mientras escuchaban el claxon. El padre de Fernando se impacientaba.

—¡Venga, no hagas esperar a mi padre si no quieres ver a un pinche emputado!

Fernando y Richard entraron en la furgoneta y tomaron rumbo al barrio de Tepito. A la vez que se incorporaban a la vía, un coche, dos calles más atrás, arrancaba y comenzaba a seguirles en la distancia.

El barrio no estaba lejos. Recorrieron la avenida de la República de Brasil hasta encontrarse con el eje norte. Una vez llegados allí, el padre de Fernando comenzó a dar vueltas por las calles para regresar de nuevo al mismo punto.

—¿Está seguro de que conoce bien la zona? —preguntó Richard.

El padre de Fernando se le quedó mirando perplejo.

—Pues no, señor doctor. A mí no se me ha perdido nada por estos barrios tan peligrosos.

Richard lanzó una mirada asesina a Fernando.

—Venga, papá... ¡concéntrese! Tenemos que recorrer todo el eje y luego voltear a la izquierda, justo donde el metro, en la calle Carpintería. Acuérdese de que me ha traído alguna vez hasta aquí.

El chófer se encogió de hombros repetidas veces en un claro gesto de que aquella guerra no iba con él.

El tráfico por aquella zona era insoportable. Se conducía con lentitud y a cada paso un vendedor se acercaba hasta la ventanilla intentando seducirlos con sus productos. Primero, una mujer que ofrecía comida casera, luego abanicos, parasoles y todo tipo de productos falsificados como perfumes, CD o DVD, e incluso ropa y bolsos. Richard observaba fascinado aquella marea humana que se amontonaba a ambos lados de la avenida. A pesar de ser advertido por Fernando, llevaba su ventanilla abierta y sacaba medio brazo sin miedo al exterior.

—¡Aaaarrggggggg!

Richard casi estampó su cabeza en el techo de la furgoneta del salto que pegó. Un hombre disfrazado como un luchador, con máscara incluida, le había dado un grito tremendo para captar su atención.

—¡Gringo! ¡Cómprame una máscara! Son sólo 10 pesos... ¡Venga, aprovecha la barata!

Richard intentaba recuperarse del susto.

—No, gracias, amigo. Estoy trabajando.

—¡Venga, no me sea así, doctor!

El enmascarado seguía andando junto a la furgoneta, el tráfico no dejaba ir más deprisa para librarse de él.

—¡Toma! Dame dos máscaras por 5 dólares y a correr.

El luchador quedó satisfecho y se agachó para propinar un susto al conductor del siguiente coche. Richard sacó parte de su cuerpo por la ventanilla para mirar hacia atrás. Comprobó que a unos diez coches de distancia avanzaba un lujoso vehículo oscuro con dos gorilas a bordo.

Se oyó un claxon. El coche que iba detrás de ellos se desesperaba con la parsimonia con la que conducía el padre de Fernando. Abandonaron la populosa avenida repleta de animación y puestos callejeros abarrotados de material de segunda mano y de objetos de dudosa procedencia para meterse por calles más pequeñas y menos transitadas. En tan sólo dos manzanas pasaron del bullicio al silencio. A Richard le vino a la memoria la película *Soy leyenda,* en la que Will Smith deambulaba por una ciudad totalmente derruida y solitaria y temió ver salir en cualquier momento de alguna callejuela un ser de ultratumba.

—Fernando... ¿qué es aquel mural? —Richard señaló una pared con una impresionante pintura al fresco.

—¡Párate un momento, papá! Nos vamos a bajar ahorita un segundo.

Richard se bajó de la furgoneta y pidió a Marc que saliera con la cámara. En una pared había pintado un enorme mural en el que Jesús era transportado en una carroza tirada por varios leones. En uno de los lados se veían cientos de personas que observaban el paso del carruaje. La mayoría estaban pintadas en colores grises.

—Ésta es una representación de un montón de víctimas que han sido baleadas por los narcos —explicó Fernando—. Lo llaman «el mural de los ausentes». A algunos los mató la policía, otros murieron por ajustes de cuentas. Si te fijas, hay algunos rostros sin pintar en espera de nuevas víctimas.

Marc enfocaba su objetivo sobre aquella multitud de rostros con rasgos mexicanos. Richard sacó su teléfono e hizo varias fotos al mural para luego dibujarlo en su libreta.

—¿Y conoces a alguien?

Richard estaba impresionado con aquella tétrica pintura.

—Sí, muchos son narcos conocidos. Mira, allí, junto a Jesús, está el Robagallinas, lo mató la policía en una balacera. También aparecen el Costroso, el Roñas, todos tienen unos curiosos motes.

Mientras hablaba, Fernando observó cómo empezaban a acercarse algunos vecinos del barrio y, sobre todo, la cara de pánico de su padre.

—¡Vamos, Marc! ¿Has grabado ya? ¡Hay que marcharse!

PINTADA NARCOS (ENCONTRADA EN UN MURO EN EL BARRIO TEPITO!)

Se montaron en la furgoneta y volvieron a callejear intentando encontrar la famosa iglesia.

—¡Papá! Dos cuadras más y voltea a la derecha. Creo que debe de estar por aquí.

Richard pensaba en lo *bien* que se conocía el padre de Fernando el barrio.

Una vez que giraron, entraron en una calle ancha, deshabitada, sin apenas coches en las aceras. Las fachadas de las casas tenían los balcones repletos de ropa tendida. Se notaba que allí vivía gente muy humilde. La basura se desplazaba libremente arrastrada por el viento sobre un asfalto cuarteado y repleto de agujeros. En el aire había una mezcla explosiva de olores a cada cual más desagradable.

—¡Parquea por aquí!

Richard se bajó de la camioneta y observó lo que en un principio podría haber sido una tienda de ropa y que se limitaba a una pared lisa encalada en blanco, con dos amplios escaparates. En uno de ellos, habían colocado una enorme imagen de un esqueleto vestido con un llamativo traje de seda, era lo más parecido a una Virgen, pero, en vez de cabeza, estaba coronada por una calavera: lo más tétrico era que la imagen sostenía en su mano una enorme guadaña. En el escaparte de al lado había un gran santo. Mientras Richard lo observaba, Fernando le explicó qué era.

—Una es la Virgen de la Santa Muerte; el otro es Judas Tadeo, el patrón de los imposibles. Aquí, en México, los dos son muy venerados. ¡Bienvenido a la iglesia de la Santa Muerte, gringo!

Richard advirtió que el lujoso coche que les había estado siguiendo había estacionado dos calles más atrás. Algunos jóvenes del barrio ya se acercaban curiosos para pedir dinero a sus ocupantes. El padre de Fernando se había encerrado dentro de la furgoneta. Richard miró a Fernando.

—¡Hey, gringo! ¡Conozco esa expresión! ¿Qué locura se te está pasando por la cabeza?

Volvió a mirar el coche de los gorilas, que ya estaba rodeado de chavales, alguno incluso se había sentado sobre el capó, haciendo caso omiso a las amenazas que les gritaban desde dentro.

El periodista susurró algo al oído de Fernando, se sonrieron y Richard comenzó a andar calle abajo. Escuchó cómo el coche de los gorilas arrancaba. En ese momento, giró a la izquierda y empezó a dar grandes zancadas. Tenía la intención de dar rápidamente la vuelta a la manzana. Mientras, Fernando localizó un pedazo de piedra que había junto a la puerta.

El coche se desplazó calle abajo como pudo, intentando no pillar a la multitud congregada alrededor, y fue tras Richard, quien ya corría a gran velocidad para rodear el edificio. Cuando los gorilas pasaron frente a la iglesia Fernando lanzó la piedra contra la ventanilla trasera del coche haciéndola añicos. Automáticamente, el vehículo se detuvo en seco y los gorilas se bajaron del coche, pero el gesto de Fernando animó a todos los chavales del barrio, que comenzaron a imitarle. Una nube de piedras cayó sobre el lujoso vehículo. Una de ellas llegó a impactar en la cabeza de uno de los gorilas provocándole una brecha. Viendo que aquello se les escapaba de las manos y que ya empezaban algunos mayores a ayudar a los más jóvenes, entraron en el coche y dejaron las marcas de los neumáticos en el asfalto de la velocidad con la que huyeron. Todos los chavales gritaban animados por la victoria. En ese momento apareció Richard, después de haber dado a la carrera toda la vuelta a la manzana.

—¡Te lo has perdido, gringo! ¡Han escapado a los pedos! —El mexicano estaba pletórico—. Tenías que haber visto a los chavos, se han animado y le hemos abierto la cabeza a uno de esos pendejos. ¡Se han llevado unas cuantas pedradas los muy putos!

Fernando, como si fuera un chiquillo, daba botes de alegría ante la mirada gélida de su padre, que le observaba tembloroso encerrado dentro de la furgoneta.

—¡Qué grande eres! —le jaleó Richard mientras intentaba recuperar el aliento.

—Así les enseñaremos a jugar.

La calle volvió a tranquilizarse después del incidente como si nada hubiese sucedido. A la iglesia empezaban a acudir multitud de vecinos, algunos con pintas de llevar varios asesinatos a sus espaldas. De pronto, apareció un lujoso coche rojo que aparcó frente a la iglesia. Se escuchó a alguien comentar que se trataba del sacerdote. Estaba acompañado de una impresionante rubia con grandes pechos, embutida en una camisa blanca que dejaba transparentar todo su interior. El supuesto cura llevaba la cabeza afeitada, lucía un poblado bigote y vestía unos vaqueros y una camisa negra. Richard jamás hubiera adivinado que aquel hombre, que en cuanto observó que había un equipo de televisión se acercó a la carrera tendiéndole la mano, era el sacerdote que estaba esperando.

—¿Señor Cappa? Soy Félix Hernando, el padre de esta humilde casa.

Richard le estrechó la mano; ambos se dieron un fuerte apretón.

—Buenos días, padre, encantado de conocerle.

El sacerdote señaló a la rubia que le acompañaba.

—Le presento a Angelina, mi mujer y la secretaria de la iglesia. Si le parece, mientras yo me dispongo a prepararme para la misa, ustedes pueden arreglar toda la burocracia.

El cura desapareció entre un gran gentío que le esperaba ansioso. Todos le daban la mano y las mujeres se la besaban, parecía más una estrella de rock que un sacerdote. Richard acompañó a la secretaria hasta su despacho, repleto de imágenes de la Santa Muerte.

—Bueno, pues usted me dirá, ¿qué quiere exactamente de nuestro padre?

El periodista intentaba mirarla a la cara, pero, inevitablemente, una y otra vez sus ojos se dirigían hacia su generoso escote.

—Me gustaría poder grabar un reportaje sobre la iglesia y luego hacerle unas cuantas preguntas para incluirlas en la pieza. Esto se emitirá para todo Estados Unidos en CNN Televisión, coincidiendo con la visita del presidente Obama a su país.

—Pues en principio no habría problema. Lo único, comprenderá usted, es que nosotros vivimos de los pequeños donativos que nos aportan los fieles y, para grabar, también ustedes deberían contribuir con una pequeña aportación económica para la iglesia.

—Me parece justo, lo único que necesito es un justificante del dinero que le entregue.

—¡No hay problema! —Y en ese momento sacó un cuadernillo con facturas en blanco en las que se veía la imagen de la Santa Muerte y hasta un número fiscal. Eran buenas noticias para su amigo Charlie.

—¿Le parece bien 200 dólares?

—¿Y a usted 500? —La rubia sabía que podía apostar fuerte, era la CNN.

—Creo que es una cantidad razonable.

La secretaria comenzó a rellenar la factura.

—¿A qué nombre la pongo?

—Ponga, si es tan amable, CNN. Aquí tiene nuestros datos fiscales.

Una vez cumplido el ritual, se les autorizó a que grabaran todo lo que les apeteciera. Tenían libertad para recorrer la iglesia y grabar cuantas imágenes quisieran. Parecía que todo el mundo colaboraba para el reportaje poniendo al paso del objetivo su peor y más terrible cara.

En unos cuantos minutos más la iglesia se abarrotó de fieles. Entre los asistentes a aquella misa había caras que solamente con mirarlas asustaban. Algunos eran exnarcotraficantes, otros acababan de salir de la prisión o esperaban para entrar, y otros eran vecinos del barrio, personas humildes con la única esperanza de rogar a la Santa Muerte y suplicarle algo de suerte en su camino.

A pesar de que se rumoreaba que el padre Félix recibía generosos donativos de dudosa procedencia, se notaba que en la iglesia faltaban algunos arreglos. Las paredes necesitaban con urgencia una mano de pintura y el mobiliario estaba compuesto tan sólo de sillas plegables de madera. En cada rincón de la amplia sala había una enorme talla de la Santa Muerte y, en uno de los laterales, habían instalado una vitrina con un pequeño mostrador donde se vendían todo tipo de objetos de la santa, desde velas con su cadavérica efigie hasta escapularios, llaveros o tallas a pequeña escala.

El sacerdote subió hasta el altar y los fieles comenzaron a cantar al unísono, acompañados por una guitarra en un ritual muy parecido al de una misa católica. Richard observaba impresionado cómo algunos rezaban a la Virgen con gran devoción, incluso uno de ellos se acercó hasta la imagen de la

Santa Muerte que tenía junto a él y, tras cortarse un dedo con un cuchillo, comenzó a derramar algo de sangre a los pies del esqueleto. Otros dejaban cigarrillos o puros encendidos, dinero o incluso vasos con whisky o tequila.

Tras finalizar la misa, los ayudantes del sacerdote comenzaron a repartir bolsas con comida a todo aquel que lo solicitaba. En ellas había fruta, leche, arroz y otros productos de primera necesidad. Richard se dio cuenta enseguida de por qué aquella Virgen era tan venerada en el barrio.

El sacerdote se acercó a su despacho e hizo un gesto al grupo de Richard para que le siguiera. Marc y Rul recogieron el trípode y la maleta de luces para el reportaje y accedieron a sus aposentos. El sacerdote ya les estaba esperando sentado en el sillón de su despacho mientras se fumaba un enorme cohíba tras una gran mesa de caoba labrada y repleta de papeles.

—¡Siéntese, señor Cappa! ¿Qué le ha parecido nuestra humilde parroquia?

—Estoy gratamente impresionado. ¿Le importa que vayan montando las luces para la entrevista?

—¡Adelante! Están en su casa.

Mientras Marc colocaba las luces, Rul montó el trípode y comenzó a ajustar los micros. A los pocos minutos ya estaban grabando.

—Señor Hernando, ¿podría explicarnos qué es la iglesia de la Santa Muerte?

—Es la sencilla morada en la que se venera a esta Virgen, muy arraigada entre los mexicanos. Ya somos tres millones de devotos y esto va creciendo. Hay gente de todo el mundo que se interesa por nuestra Virgen. Vamos trabajando poco a poco en darla a conocer, pero no desesperamos. Si doce cambiaron el mundo, ¿por qué no lo vamos a hacer nosotros?

—Se dice que es la Virgen de los narcos y de los delincuentes.

—No puedo negar que entre nuestros fieles hay personas que han pecado, pero aquí han venido cirujanos plásticos, artistas, gente de la política, incluso monjas y sacerdotes de la Iglesia católica para pedirle favores. Somos una iglesia abierta a todo aquel que quiera acercarse. Le sorprendería saber la cantidad de policías que vienen a pedir a la Virgen protección.

—Pero asusta un poco esa imagen con una calavera.

—La muerte es el único destino seguro que conoce el ser humano. Nada hay tan cierto como que algún día nos encontraremos con ella, por eso, no está de más comenzar a venerarla ahora, antes de que nuestro cuerpo se reúna con ella. Mire, le voy a decir algo realmente sincero. Hay muchas familias que no tienen absolutamente nada. Las imágenes y las vírgenes a las que rezaban no les han ayudado y ahora llegan aquí con la esperanza de recibir comprensión y algo de ayuda. Y aquí la tienen. La auténtica realidad es que mientras el resto de iglesias católicas se van cerrando por falta de fieles, aquí nos sobran.

Richard se quedó bastante sorprendido con aquellas declaraciones, que le hicieron cambiar su percepción sobre aquella imagen. De hecho, se compró una pequeña talla para que le acompañara en su ajetreado camino.

—Bien, padre... ¡Esto es todo! Muchas gracias por su cordialidad.

El sacerdote se levantó y rodeó a Richard con su brazo por el hombro.

—Querido Richard, me has caído bien y los gringos no suelen hacerlo.

—Bueno, yo soy español, aunque llevo tiempo en Estados Unidos.

—¿Ves? ¡Ya decía yo que había algo en ti que me gustaba! Lo dicho, he recibido de ti muy buenos informes y te protegeré en lo que necesites.

—¿Buenos informes? ¡No me diga que también tienen espías como en el Vaticano!

Félix sonrió.

—¡No los necesitamos! Aquí, en México, cada oreja... ¡es un confidente!

El sacerdote les acompañó hasta la furgoneta. El padre de Fernando ni siquiera salió para ayudarlos a cargar el equipo.

—Ha sido un placer. —El padre Félix obsequió a cada uno del equipo con un escapulario y a Richard le entregó su tarjeta de visita—. Aquí tienes mi teléfono por si me necesitas.

El padre de Fernando arrancó rápidamente la furgoneta y se alejó a toda velocidad. El sacerdote les gritó:

—¡Que la Santa Muerte os acompañe!

CAPÍTULO 16

Un coche destartalado se acercó hasta la solitaria casa en medio del campo. El paisaje que se divisaba alrededor era desolador: tan sólo unos cuantos matorrales y algún raquítico árbol rompían la monotonía de aquel océano de arena cálida. El recién llegado paró su coche e hizo sonar tres veces el claxon, la contraseña acordada.

A los pocos minutos un hombre alto y musculoso con barba de tres días abrió la puerta y le hizo una señal para que se acercara. Salió del coche con su maletín y se dirigió hacia la entrada.

—¿Qué pasa, hermano?

—Aquí andamos otra vez. ¿Hay nueva pendeja?

—Sí, ya lo creo. ¡Pasa!

El recién llegado saludó también al Tigre, que le observaba en la distancia con la mano en la espalda apoyada en la culata de su revólver.

—¿Qué pasa, güey?

—¡Todo tranquilo! ¿Qué tal tú? ¿Tienes algo nuevo que enseñarnos? Aunque lo tienes difícil, mamón, no te queda ni un centímetro del cuerpo sin dibujar.

—¡Eso es lo que tú te crees! —El recién llegado se levantó la camiseta de tirantes que llevaba y le mostró las costillas.

—¡Qué cabrón! ¡Déjame balconear!

El joven se acercó y dejó ver su nuevo tatuaje: una especie de ojo dentro de un círculo con motivos mayas.

—¿Qué es?

—No lo sé, pensé que con los trabajitos que estoy haciendo últimamente necesitaba yo también hacerme algo de los abuelitos.

—¿Te han mandado el nuevo dibujo?

—¡Sí, esta mañana me llegó por mail! ¿Quieres verlo?

—¡Ok, ya estás tardando!

—Sí, pero primero una fría. ¡Hace un calor que abrasa!

El compañero del Tigre se acercó a la nevera y le trajo una cerveza.

Mientras el joven abrió su maletín, sacó un papel impreso y se lo mostró a los dos guardianes. Era un extraño dibujo parecido a un dragón, pero con la cabeza de un anciano maya tocado con un insólito gorro. El cuerpo del animal estaba repleto de escamas.

—¡Mamacita, a éstos se les está yendo la cabeza!

Los gorilas acompañaron al tatuador a la habitación donde se encontraba la joven, abrieron la puerta y se acercaron hasta la cama.

—¿Está dormida?

—Bueno, la tenemos medio sedada. ¿El tatuaje volverá a ser en la espalda?

—Sí, me la tienes que voltear.

Los dos guardianes desataron las cuerdas que tenían sujeta a la joven, que apenas daba señales de vida. Parecía totalmente drogada. Uno de ellos le quitó el vestido para que el tatuador trabajara sin problemas.

—Tiene buenas tetas, ¿eh? —dijo el Tigre mientras se las espachurraba con sus grandes manazas.

—¡Venga, chicos! ¡Vamos al trabajo! —A pesar de la buena suma de pesos que le daban no le agradaba mucho trabajar en esas circunstancias.

La tumbaron de espaldas sobre el colchón y la volvieron a sujetar de manos y pies.

—¿Es necesario atarla? Está profundamente sedada.

El tatuador sufría por la joven. Aunque jamás había preguntado nada, sabía que el destino de aquella infeliz no podía ser bueno.

—Bueno, venga, pero estaremos muy atentos por si empieza a espabilarse.

El joven pidió que le acercaran una mesa para poner todo su instrumental, que colocó sobre un plástico. Sacó una botella de alcohol y con un algodón desinfectó la zona donde iba a hacer el tatuaje. Inmediatamente, cogió el dibujo que traía impreso en un papel especial y lo colocó sobre la espalda de la muchacha. Al presionar, el contorno quedó marcado.

Se puso unos guantes de goma e introdujo la aguja en el puntero.

—¡Toma, güey! Conéctalo a ese enchufe. —Y le pasó el extremo del cable.

Encendió el puntero y comenzó a sonar un pequeño ruido parecido al de una maquinilla de afeitar. Poco a poco, empezaron a delinearse los primeros trazos sobre el cuerpo de la joven bajo la atenta mirada de los dos gorilas.

No fue un trabajo fácil y estuvieron varias horas ocupados en la operación, pero durante todo ese tiempo la joven ni se movió.

—Bueno, esto ya se terminó. Voy a tapar el tatuaje para que no se infecte.

El tatuador esparció vaselina sobre el dibujo y lo tapó con plástico transparente del utilizado para envolver los alimentos.

—Es mejor que la dejes boca abajo un buen rato para que no toque el tatuaje con el colchón.

—No te preocupes, ahora la atamos y la dejaremos así toda la noche. ¿Quieres otra cerveza?

—¡Seguro! ¡Pinche calor! Tengo empapados hasta los calzones.

Mientras su amigo acompañaba al joven a la nevera, el Tigre se quedó atando a la pobre muchacha. En cuanto se quedó solo, aprovechó para magrearla, primero los muslos y luego el culo hasta bajar hasta el pubis.

—Antes de que te vayas te la pienso clavar, pendeja.

El gorila metió sus dedos con fuerza entre las piernas de la joven y le extrañó que ni siquiera se inmutara.

—¿Te gusta, guarra? —La joven seguía sin quejarse.

El gorila dio la vuelta a la cama y se puso frente a la joven. La agarró del pelo y le levantó la cabeza. Se quedó horrorizado al ver la mirada perdida de la muchacha.

—¡Mierda!

Sin pensárselo, volteó a la joven para oírle el corazón. No se escuchaba ningún latido.

—¡Mierda, mierda, mierda!

Le puso una mano sobre el pecho y empezó a golpearla con el otro puño con la intención de reanimarla.

—¡Venga, cabrona... despierta!

Intentó en varias ocasiones que la muchacha volviera en sí, pero no reaccionaba. El escándalo que organizó alertó a su compañero, que ya había despedido al tatuador y llegó corriendo a la habitación temiendo que su amigo estuviera violando a la presa.

—¿Qué haces, joder?

—¿Que qué hago? Estoy intentando reanimar a esta vieja cabrona que se nos ha muerto. Nos hemos debido de pasar con los sedantes.

—¡No mames, güey! ¿Qué coño estás diciendo? ¡Estamos jodidos!

—¡Y bien jodidos!

La joven estaba desnuda sobre la cama, con la expresión de su cara atemorizada. El Tigre tomó el control de la situación.

—¡Vamos a tranquilizarnos! Solamente tenemos dos opciones: o decírselo al jefe o enterrar a esta cabrona, volver a secuestrar a otra y tenerla rápidamente dispuesta para los de arriba.

—Yo lo único que sé es que como digamos que se nos murió la pinche vamos nosotros detrás de ella. Ya sabes cómo las gastan estos cabrones.

—Pues vamos a esperar a que anochezca, nos libramos del cadáver y buscamos a otra por las afueras. Yo llamaré al tatuador y le diré que venga mañana a primera hora. Tendremos que pagarle nosotros el trabajo nuevo. Encima nos va a salir cara esta cabrona... ¡Se va a enterar!

Volvió a poner a la muerta boca abajo y le arrancó el plástico de la espalda. Pasó su mano por el tatuaje para recoger la vaselina que el cuerpo no había absorbido. Se bajó los pantalones y los calzoncillos y se untó la vaselina en su miembro.

—Ya te dije que no te marcharías de aquí sin que te la clavara.

Agarró a la joven de las caderas, la atrajo hacia sí y la penetró con todas sus fuerzas. No paró hasta que su cuerpo se revolvió tras un escalofrío.

El otro guardián había abandonado la habitación con una mezcla de asco y miedo de pensar que ellos podrían ser los siguientes si no actuaban con inteligencia. Al rato, el Tigre apareció abrochándose los pantalones.

—Bueno, ¿qué hacemos?

El gorila estaba realmente preocupado. Las locuras de su compañero podían acarrearles la muerte.

—De momento, esperar a que anochezca para cargarla en el carro. En cuanto se vaya la luz, la enterramos, y confiemos en que se nos dé bien la noche y podamos encontrar una presa fácil.

El guardián se acercó al mueble, agarró la botella de tequila y bebió un par de largos tragos.

—¡Toma!

—¡Ok, pero solamente un trago! Esta noche tenemos que tener la mente despejada.

El Tigre bebió y se limpió la boca con la otra mano. Se acercó a la ventana, el sol aún lucía con fuerza. Las horas de espera se harían interminables.

—¡Señor, tiene usted visita!

El doctor Matthew Balance, forense e investigador de la policía científica de Nueva York, levantó la cabeza y observó que el bueno de Charlie le sonreía desde la puerta de su laboratorio. Se quitó las gafas transparentes y dejó sobre la mesa el trozo de tela que observaba a través de una poderosa lupa.

—¡Pasa, pasa, Charlie! ¿Cómo te va?

—He tenido días mejores.

Charlie tendió la mano al investigador, que se quitó el guante de plástico para saludarle. Observó el laboratorio, que parecía sacado de una película futurista: una gran sala con varias mesas centrales repletas del más moderno instrumental. Todos los muebles eran metálicos y blancos y se respiraba en el ambiente una mezcla de olor a limpieza y productos químicos. Todo parecía estar en orden y no había atisbo de suciedad en ninguno de sus rincones. Los suelos casi reflejaban la silueta de los dos hombres.

—¿Quieres un café?

—Me parece estupendo, pero no pretendo robarte mucho tiempo.

—No te preocupes, ya sabes que siento debilidad por Richard, y sus amigos son también mis amigos.

Charlie acompañó a Matthew a una sala cercana, allí se sirvieron dos cafés y se dirigieron de nuevo al laboratorio. El productor sujetaba fuertemente un sobre de plástico.

—Bueno, me dijiste que Richard necesitaba mi ayuda. ¿De qué se trata?

—Verás, ya sabes cómo es nuestro común amigo. Realizando un reportaje en México ha creído ver un sacrificio humano.

Charlie le contó al investigador todos los pormenores de lo sucedido.

—¡Bien! Veamos lo que te ha enviado.

Charlie entregó el sobre al forense.

—Aunque lo primero que tengo que hacer, querido amigo, es tomarte a ti unas muestras para hacerte un análisis de ADN.

—¿A mí? ¡No me asustes!

El forense sonrió ante la cara de sobresalto que ponía Charlie.

—No te preocupes, es simple rutina. Al estar en esta sala debo tomarte muestras por si por una casualidad sale reflejado parte de tu ADN en alguna de las muestras. Date cuenta de que puedes toser, o puede caer un pelo tuyo en el laboratorio y se puede mezclar con algún análisis que se esté llevando a cabo. No obstante, tu ADN pasará a una lista que se elabora de visitantes y de ahí no saldrá la información. Antes me tienes que firmar este impreso autorizando la prueba.

A Charlie le temblaban las manos.

—¿No me irás a sacar sangre, verdad?

El investigador no daba crédito al pánico que tenía el productor.

—No, no... Simplemente introduciré estos bastoncillos en tu boca y sacaré un poco de saliva. ¡Nada más!

El forense cogió un kit de ADN. Dentro estaban los dos bastoncillos. Charlie se tuvo que agarrar a la mesa para no caerse.

—¡Ya está! Espero no haberte hecho mucho daño. —El forense sonreía a través de la mascarilla que se había colocado para no interferir en el ADN recogido—. Bueno, esto lo guardamos por aquí y vamos a analizar lo que me traes.

El investigador abrió uno de los cajones de su mesa, cogió unas tijeras y con cuidado fue abriendo el sobre que le había entregado Charlie. Primero tuvo que romper el sobre de plástico y, a continuación, el de congelados.

—Creo que la vas a necesitar. —Matthew le dio una mascarilla a Charlie. Cogió unas pinzas y las introdujo en el sobre para extraer su contenido.

—¡Veamos!

Comenzó a sacar el trozo de piel y lo extendió sobre una bandeja.

—¡Ufff! ¡Cómo huele!

El investigador acercó la bandeja a una zona del laboratorio en la que tenían una gran lupa.

—Bueno... No hay duda de que es un trozo de piel humana.

Charlie cambió de color y se sentó en un taburete.

—¡Dios, este Richard siempre está metiéndose en líos! ¿Qué más podremos saber, Matthew?

—De momento, voy a hacer una prueba de ADN para saber si es de hombre o de mujer. Después haré alguna prueba más para determinar algún otro rasgo, pero tardaremos algunas horas en conocer los resultados.

El investigador cortó un minúsculo trozo de piel y lo introdujo en un pequeño tubo que inundó con unos cuantos líquidos. Charlie le observaba con atención.

—Este trocito de piel que hemos cortado está repleto de células y en su núcleo se encuentra el ADN, un ácido nucleico en el que encontramos, por así decirlo, el código de la vida —le explicaba el forense al productor—. La primera parte de este proceso es romper estas células y liberar el ADN que contienen para analizarlo. En primer lugar, sabremos si es hombre o mujer y cotejaremos su perfil genético para saber si tenía antecedentes penales o estaba fichado por la Interpol.

El investigador cerró uno de los pequeños tubos de plástico y lo llevó hacia una máquina cercana, donde lo introdujo.

—Bueno, una vez que tenemos el ADN en solución, lo traemos a esta máquina llamada termociclador para hacerle la PCR, la reacción en cadena de la polimerasa. —Charlie lo miró con cara de no haberse enterado de nada—. Para que lo entiendas: vamos a amplificar millones de veces el material genético que tenemos sometiendo la muestra a varias temperaturas diferentes.

El productor observó a Matthew trabajar, sin saber muy bien dónde apoyar las manos.

—Una vez que tenemos el ADN amplificado, nos venimos a este aparato de aquí, llamado secuenciador. Ahora solamente debemos consultar el ordenador y leer la información que nos envía.

Matthew y Charlie estuvieron observando la pantalla unos minutos.

—Aquí lo tenemos. —El investigador señalaba un gráfico en el que aparecían una serie de picos y valores alfanuméricos—. La piel es de una mujer, no hay ninguna duda.

—¡Dios mío! —Charlie se echó las manos a la cabeza y comenzó a respirar con dificultad—. Confío en que no se trate de la joven que Richard aseguró que habían sacrificado.

—Ven, eso vamos a comprobarlo ahora mismo.

El forense regresó a la bandeja en la que se encontraba el trozo de piel y le dio la vuelta con las pinzas. Colocó la lupa y, con una especie de gancho metálico, comenzó a raspar la parte interior de la piel, repleta de sangre coagulada.

—Por mi experiencia, y viendo el secado de la sangre y su composición, te podría indicar que esta mujer lleva muerta como máximo una semana, teniendo en cuenta que no sabemos dónde se ha conservado este trozo de piel, pero no creo que lleve mucho más.

A Charlie ya no le quedaban dudas de que aquella piel pertenecía a la mujer que Richard había asegurado ver mientras la sacrificaban impunemente.

—¿Hay algo más que podamos saber de ella?

El forense le miró con cara de satisfacción.

—Amigo Charlie... Te encuentras en uno de los laboratorios más avanzados del mundo. ¡Claro que sabremos más cosas! De momento, tenemos el tatuaje. Habrá que analizarlo para saber el tipo de tinta, e incluso la procedencia de ésta, y si afinamos, te aseguro que podremos localizar incluso al tatuador.

—¡No me lo puedo creer!

—Pues es relativamente sencillo. También en el mundo del tatuaje existen los egos y cada tatuador pone una firma a su obra. No es algo que se pueda ver a primera vista, lo realizan poniendo varios puntos estratégicos en diferente color. Según estén situados los puntos y el color con el que han sido grabados, se puede descubrir quién lo ha realizado. Tenemos algún confidente infiltrado en ese mundillo porque nos suele aportar mucha información.

—Jamás lo hubiera imaginado.

—También haremos la prueba del carbono 14 para intentar determinar la edad de la fallecida, e incluso tenemos una prueba nueva en experimentación que nos podría dar la etnia de la persona y hasta su lugar de procedencia.

—¿El lugar de procedencia?

—Sí, llevamos un par de años trabajando en un estudio basado en el agua que consumimos. Hemos analizado el agua de cientos de lugares del mundo y sabemos qué rastro deja en el cuerpo humano. Con un análisis especial, podemos determinar con qué agua ha sido alimentada una célula y de ahí determinar su procedencia, siempre y cuando coincida con alguna que tengamos archivada.

—¡Sorprendente! Creo que a Richard le encantará saber que vamos a poder tener tanta información. ¿Cómo hacemos? ¿Me llamas cuando sepas algo?

—Sí, vete tranquilo. Te mantendré informado.

Charlie se despidió efusivamente del investigador. Salió del laboratorio y se dirigió a los ascensores. Antes de entrar, sacó su teléfono móvil y tecleó un mensaje a Richard.

> He estado con Matthew. Confirmado la piel es de una mujer muerta hace una semana. Ten cuidado amigo

Capítulo 17

Mario San Román acudía a su mansión en el asiento de atrás de su confortable Hummer. Hablaba con Diego por teléfono.

—¿Otra vez? ¡No me lo puedo creer! ¿Y dónde andan esos culeados?

—Marcharon a arreglar la luna del coche —respondió el presidente de Los Vigilantes de los Días.

—Bien, los quiero en quince minutos en mi casa. Y vente tú también, tenemos temas que tratar. ¿Te parece?

—Sí, no te preocupes. Allí estaremos.

San Román abrió uno de los muebles laterales y se sirvió una copa de whisky. Una rubia de medidas impresionantes vestida con un top y una minifalda que apenas la tapaban sus depiladas carnes le observaba desde el asiento de enfrente.

—¿Quieres una copa? —le ofreció cortésmente.

—¿Por qué no?

San Román sirvió una copa más.

—El único problema es que tendrás que venir aquí a agarrarla.

La rubia sonrió y se incorporó de su asiento para acercarse hasta el magnate. Mario fue alejando la copa hasta que a ella solamente le quedó la opción de abalanzarse sobre él.

—¡No seas malo!

San Román cogió a la rubia con todas sus fuerzas y la empujó contra el asiento dejándola tumbada boca arriba. La rubia separó las piernas, provocativa.

—Es imposible no ser malo contigo. —Y comenzó a lanzar el whisky sobre la braguita de la modelo. A continuación, empezó a lamerlo con suavidad.

El sonido del interfono le rescató del paraíso.

—Señor, ya hemos llegado.

—Vamos, cariño, súbete a mi cuarto y me termino el whisky.

San Román abrió el seguro de la puerta. Gracias a los cristales tintados ni conductor ni extraños podían observar lo que ocurría dentro del compartimento trasero. Al salir, se encontró a su mayordomo esperándolo. Los encargados de su seguridad personal cerraron la impresionante verja metálica por la que se accedía a la mansión.

—¿Se le ofrece algo, señor?

—Sí, acompaña a la señorita a la habitación y prepara whisky y fruta.

El mayordomo miró a la joven y la invitó a que le siguiera. San Román se dirigió a uno de sus escoltas.

—¿Ha llegado Diego?

—No, señor. Ha llamado avisando de que llegaría en diez minutos y que también vendrían dos de su equipo.

—Bien, avísame en cuanto lleguen.

San Román se dirigió a su habitación, pero antes hizo una parada en su despacho. Se acercó al escritorio y abrió un estuche negro lacado que había encima. En su interior todavía quedaban unos cuantos cohíbas Behike. Cogió uno y se lo llevó a la nariz, aspiró con fuerza y comenzó a notar los elaborados aromas del mejor de los tabacos, con efluvios a café e incluso a flores. Cortó uno de los extremos del cigarro y encendió una enorme cerilla que acercó al puro. Sus pulmones empezaron a aspirar con fuerza. A cada calada, se le iba dibujando una sonrisa de felicidad. «¡Es como estar en el puto paraíso!», pensaba para sus adentros.

San Román aspiró unas cuantas veces más y se dirigió a su habitación. Allí le esperaba la rubia. Tan sólo llevaba puestos los tacones y el tanga aún empapado en whisky.

—¡Huuummm! Esta fruta está deliciosa. —La modelo miraba a Mario mientras introducía trozos de fruta en su boca provocando sus peores instintos.

El magnate dejó el valioso cigarro apoyado en el cenicero, se acercó a la rubia y la tiró con violencia en la cama. A continuación, agarró el tanga y tiró de él con fuerza hasta que se lo arrancó. Abrió sus piernas y, cuando se acercaba a su recompensa, escuchó el sonido del teléfono de su habitación.

—¡Mierda! —San Román se incorporó con cara de pocos amigos—. ¿Dígame? —Al otro lado se escuchaba la voz de su mayordomo.

—Señor, están aquí las visitas que estaba esperando.

—Bien, ahora bajo. —San Román introdujo la lengua en la boca de la rubia—. No nos quieren dejar, ¿eh? ¡No desesperes, no tardaré mucho!

Richard se encontraba en la habitación del hotel, preparándose para sus flexiones y para darse una reconfortante ducha después de la dura jornada en la iglesia de la Santa Muerte. En ese momento, recibió la señal de que tenía un mensaje en el móvil. Era Charlie. Había estado con Matthew y le confirmaba que la piel pertenecía a una mujer que había muerto hacía una semana.

Richard se quedó un rato más observando la pantalla del móvil. Sus sospechas se hacían finalmente realidad. Cada vez cobraba más fuerza la idea de que aquella noche había visto un auténtico sacrificio humano. Lo que hasta ese momento había sido un peligroso juego se había convertido en una arriesgada pesadilla. Empezó a plantearse seriamente tirar la toalla y dejar de complicarse la vida.

Sacó la Moleskine y comenzó a dibujar las dos estampitas que le habían regalado en la iglesia: la Virgen de la Santa Muerte y Judas Tadeo. Aquella ocupación le permitía relajarse y pensar con más claridad.

Recapacitó sobre las dos posibilidades que se le presentaban. Por un lado, abandonar y regresar a casa para enfrentarse a su separación, sentarse en la mesa de su redacción a esperar algún buen reportaje mientras se arrepentía de no haber tenido un poco más de valor. Por el otro, quedarse y arriesgar el pellejo, intentar conquistar a Rosa y jugársela con unos cuantos cabrones a los que deseaba poner entre rejas y, de paso, salvar posiblemente la vida a la siguiente joven con la que fueran a realizar otro macabro ritual y, ¿quién sabe?, a lo mejor conseguir el reportaje de su carrera.

Una vez acabados los dibujos, Richard lo tuvo claro: ¡se quedaba!

Cita del Apocalipsis:

" Y el mar devolvió a los muertos
que guardaba...
La Muerte y el Hades devolvieron
los muertos que guardaban...
y cada uno, fue juzgado
según sus obras..."

San Judas Tadeo!!

Santa Muerte!!!

Esa decisión haría ganar mucho dinero a algún rico empresario que había apostado a que Richard no abandonaría.

San Román bajó las escaleras bufando como un toro. En el jardín de la mansión le esperaban Diego y los dos matones a los que Richard y Fernando habían burlado por segunda vez.

Mario se dirigió a Diego y le abrazó.

—¿Éstos son los cagones?

—¡Verá, señor!

San Román lo cortó tajantemente.

—¿Te he preguntado, cabrón? —Acercó la cara a la de su oponente, que podía notar hasta el sabor a puro de la boca del magnate. Dio una calada al cigarro y echó el humo en el rostro del gorila, que aguantó estoicamente. Varios de los matones de su servicio de seguridad se acercaron por si había problemas.

—¡Son unos putos huevones que no pueden con un gringo y su ayudante! ¡Me dan pena!

Mario hablaba con Diego como si los gorilas no estuvieran presentes.

—¡Pero, señor! —El matón se dio cuenta de que acababa de interrumpir de nuevo a San Román, que esta vez ni le contestó. Le agarró por el pelo y por la espalda y lo llevó hacia el porche de la casa.

—¿Qué te pasa, cabrón? ¿Estás mal de las orejas? Y, además, creo que tienes problemas con los cristales, ¿no es así? ¡Toma cristales, cabrón! —Y Mario estampó violentamente la cabeza del gorila contra uno de los ventanales de la entrada provocando que se rompiera en mil pedazos. Varios de ellos cortaron la cara del matón, que comenzó a sangrar abundantemente. San Román lo empujó y lo lanzó contra los vidrios rotos.

Dos de sus escoltas fueron a echar una mano a su compañero. San Román se dirigió al otro, que intentaba guardar la compostura como podía.

—¿Y tú? ¿Tienes algo que decir? —Mario no le dejó contestar. Antes de que pudiera hacerlo ya le había lanzado una patada de kárate al estómago que dobló al matón. Justo en ese momento, San Román giró sobre sí mismo y lanzó una nueva patada al gorila, esta vez en la cara, que hizo que aquella mole se desplomara.

San Román recuperó su cigarro del suelo como si no hubiera pasado nada, lo limpió y dio varias caladas profundas y seguidas para encenderlo de nuevo. El humo regresó a sus pulmones tranquilizándolo.

—¡Vente al despacho! —Y pidió a Diego que le acompañara. Mientras se dirigían escaleras arriba, San Román pasó el brazo por el hombro de su amigo.

—Sabes que somos hermanos, ¿verdad? —Diego asintió con la cabeza—. Pero también te digo... que ese castigo te lo llevarás tú la próxima vez que me falles. ¿Estamos?

—¡Estamos!

Mario sonrió a su amigo como si nada hubiese sucedido y se dirigió junto a él al despacho. Quería que le pusiera al día de todo lo que estaba ocurriendo. Se sentó en el sillón y volvió a dar unas cuantas caladas al cohíba.

—O sea, que el gringo ha estado en la Santa Muerte con Félix... ¡Era de esperar!

—Sí, al parecer fue con el equipo de televisión para grabar un reportaje.

—Por cierto, ¿cómo ha ido la apuesta que hicimos con los gringos?

—No ha estado mal, la mayoría apostó a que el periodista se marcharía.

—¡Bien! ¿Tenemos algo más preparado?

—Sí, ya tatuamos a la próxima víctima, por lo que voy a convocar un nuevo sacrificio y, si te parece, quiero dar otro susto al periodista y realizar una nueva apuesta.

—Venga, lo dejo en tus manos. Aunque esta vez el ritual lo haremos en mi finca, la visita del gringo tiene la ciudad patas arriba y no quiero arriesgarme tanto. ¿De acuerdo?

—Sí, no te preocupes.

San Román se despidió de su amigo, apagó el puro en el cenicero y se dirigió a la habitación. Allí terminaría de relajarse.

CAPÍTULO 18

Richard se encontraba pensando en todas las situaciones difíciles que había tenido que superar en su ya larga vida como reportero. Recordaba alguna frontera atravesada clandestinamente para entrevistar a varios famosos narcos o terroristas. En Centroamérica se había adentrado en varias de sus selvas para hacer documentales y en Europa había tenido que narrar las últimas guerras étnicas del continente. Incluso había llegado a estar varios días secuestrado por la guerrilla, pero este asunto de los sacrificios rituales no se parecía a nada de lo que le había tocado vivir hasta aquel momento.

—¡Me estoy haciendo mayor! —suspiró mientras repasaba los dibujos de su Moleskine. En ese momento el teléfono sonó con fuerza. Era Rosa.

—¡Hola, amiga! ¿Cómo estás?

—Yo bien. ¿Y tú? ¿Cómo ha ido tu visita a la Santa Muerte?

—Mejor de lo que habría imaginado. Además, el sacerdote es bastante majo.

—Sí, lo sé.

—¿Lo conoces?

—Estoooo... ¡no, qué va! Lo vi en un reportaje en televisión. ¿Quedamos para cenar? Tengo cosas que enseñarte.

—¡Hummmm! ¡Qué bien suena eso!

—¡No seas tonto! He conseguido averiguar cosas interesantes del dibujo que me enviaste.

—¿En serio? ¿Lo has localizado?

—¡Todo a su tiempo! Como diría Fernando... ¡esto te costará unos margaritas!

—Veo que ya has pillado la onda —contestó Richard, divertido. Eran las siete de la tarde.

—¿A las ocho y media te viene bien?

—¡Perfecto! Paso por el hotel a recogerte. Yo busco restaurante, ¿te parece?

—Siempre me ha gustado que me dominen.

—Pues creo que has dado con la mujer ideal. ¡Luego te veo! Un beso.

Mientras tanto, a 1.850 kilómetros

—¡Chingao, cómo pesa la cabrona! ¡Ven, ayúdame! Vamos a dejarla junto a la puerta.

Los dos matones arrastraron a la joven muerta, envuelta en una sábana, hasta la entrada de la casa.

—Saca la camioneta del garaje y acércala aquí. Comprueba que no hay nadie por la zona.

El sicario salió de la casa y abrió la oxidada puerta del garaje. Arrancó la furgoneta y la aparcó justo donde el Tigre le había indicado. Por aquella zona no no se veía ni un alma y la noche había caído. La oscuridad les proporcionaba más seguridad.

El Tigre observó la operación desde una de las ventanas. Cuando su compañero terminó de aparcar el vehículo, abrió la puerta de la casa y comenzó a arrastrar el cadáver.

—¡Eso es! Túmbala sobre los asientos. Toma, ponle encima esta manta. ¡Ah, se me olvidaba! —Y corrió a toda velocidad al garaje para coger una pala que introdujo en el maletero de la furgoneta—. ¡Arranca, güey!

Se dirigieron a una pequeña zona arbolada a varios kilómetros de la carretera principal. Apagaron el motor y las luces y sacaron la pala. Alumbrados por la luz de la luna comenzaron a cavar un profundo agujero. Cada cinco minutos cambiaban para no agotarse.

—¡Yo ya no puedo más! —El compañero del Tigre sudaba abundantemente—. ¿Crees que aquí cabe ya?

—Creo que sí. ¡Vamos a probar!

Sacaron el cuerpo de la joven y lo arrojaron dentro del agujero. Comprobaron que, más o menos, servía para ocultarla.

—Ahora vamos a tapar a esta cabrona. —Y empezaron a lanzar tierra sobre el cadáver a toda prisa. Una vez cubierto el cuerpo, comenzaron a dar paladas a la arena intentando igualar el terreno para que no se notara mucho el agujero.

—¡Espera, falta algo! —El Tigre se bajó la bragueta y comenzó a orinar sobre la improvisada sepultura.

—¡Eres un puto cerdo, pinche cabrón! —Su compañero se partía de risa viendo a su amigo regando la excavación—. ¡Espera! —Y comenzó a imitar a su amigo, dejando también su impronta sobre la arena.

—¡Vámonos! —El Tigre se sentía satisfecho—. Todavía nos queda lo peor. Localizar a una pendeja que sustituya a tu amiguita.

Arrancaron la furgoneta y se dirigieron con las luces apagadas hasta la carretera principal. Después de comprobar que no venía ningún vehículo, encendieron los faros y se incorporaron a la vía.

—¿Dónde vamos?

—No sé, primero podemos ir al Cuervo Negro para ver si hay nuevo material y, si no, tendremos que ir a la desesperada por la zona industrial.

Llegaron al destartalado tugurio en pocos minutos, había solamente seis o siete personas, y de ellas sólo tres eran mujeres. Se acercaron a la barra.

—¿Qué pasa, amigo? ¿Cómo va todo?

—¡Heyyy, qué alegría! ¿Lo de siempre?

El Tigre movió la cabeza afirmativamente mientras el otro observaba a la clientela del local. El camarero cogió de la estantería una botella de tequila José Cuervo y sirvió dos chupitos. Dejó la botella sobre la mesa.

—¿Qué hay de nuevo? ¿Todo bien?

—Digamos que regular. Perdimos el último envío y necesitamos recuperar ahorita mismo uno nuevo. Nuestra vida está en juego. ¿Tienes algo?

—Puesss, no sé, chavo... Ya sabes cómo es el negocio.

El compañero del Tigre lo agarró por la grasienta melena y lo acercó para que su jefe pudiera hablarle al oído.

—Si quieres, otro día jugamos un poco, pero ahora necesitamos una nueva amiga o te juro que te arranco, uno a uno, tus putos dedos. ¿Me estás entendiendo, cabrón?

El camarero, atemorizado, intentaba que le soltaran. Sabía que no había nada peor que una amenaza del Tigre, porque era de los que las cumplía.

—¡Bien! Déjame hablar, pinche cabrón.

El matón lo soltó.

—Hay una chica, me enteré por un vecino. Se rentó una habitación en el barrio de los Aztecas. Al parecer, trabaja de mañana en la fábrica de cemento y creo que es de Guadalajara. Era la próxima que les iba a preparar. Acaba de llegar a la ciudad y no tiene amigos. Además, tiene el turno cambiado con sus compañeras de piso, por lo que por las noches suele estar sola en casa. Debo de tener por aquí su dirección. —El camarero cogió uno de los botes que tenía en un estante y comenzó a rebuscar entre los papeles—. ¡Aquí la tengo!

El Tigre le arrancó el mugriento papel de las manos. Leyó la dirección.

—Ok, nos vamos para allá. Si todo sale bien, tendrás tu recompensa. ¿Estamos? —Y se sirvió un par de tequilas más.

—¡Estamos, cabrones!

Abandonaron el local sin pagar y mientras se marchaban el camarero murmuró:

—¡Malditos gorilas culos!

Richard estaba a punto de salir de la habitación cuando escuchó el sonido de su móvil. Era Charlie.

—Hey, nenaza, ¿cómo estás? —Charlie jadeaba al otro lado del teléfono.

—Hola, Richard, pues... ¡muy preocupado! ¿Cómo quieres que esté? Recibiste mi mensaje, ¿verdad?

—Sí, y confirma mis sospechas.

—¿Y?

—Pues nada, que me alegra saber que no estoy tan loco como piensas.

—Vamos a ver, Richard, si no me equivoco, te han enviado un trozo de piel humana de una mujer que han asesinado hace unos días y de cuya muerte es posible que tú hayas sido testigo. ¿Eso no empieza a incomodarte?

Richard no pudo evitar soltar una carcajada.

—Charlie, querido, a veces pienso que debí casarme contigo en vez de con Paula, seguramente me iría mucho mejor. ¡Escúchame! ¡No tienes de que preocuparte! ¿Me entiendes?

Yo sigo haciendo mi trabajo y continúo recogiendo pruebas, si todo sigue así, muy pronto tendremos a esos cabrones entre rejas, un gran reportaje para los informativos y la tranquilidad de muchas familias. Hazme caso, simplemente se creen que dominan la situación y quieren atemorizarme un poco, pero nada más. Bueno, ¿y tú qué tal vas?

—¡Yo siempre estoy bien, Richard! Llevo una vida ordenada, del trabajo a casa y de casa al trabajo. La única perturbación que tengo en mi vida se llama Cappa, eso te lo aseguro. Entonces, cuéntame... ¿vas a seguir con el jueguito?

—Sí, voy a seguir con mi trabajo, si es eso a lo que te refieres. Mañana montaré el repor de la Santa Muerte y te lo enviaré, creo que ha quedado genial.

—¡Dios mío, qué cabezota eres! Bueno, viendo que no tienes remedio, te voy a dar una alegría. Mañana por la noche se inaugura un nuevo hotel en México, al parecer, uno de los dueños es Kike Sarasola. ¿Te acuerdas de él?

—¡Por supuesto! Veo que sigue progresando.

—Eso parece. Debe de tener un socio mexicano con muchas influencias porque me han pedido los de arriba que acudas a la recepción que ofrecen y te lleves al cámara para realizar un reportaje. Tienes que ir de esmoquin y Marc y Rul que se alquilen también un traje oscuro, será una fiesta muy exclusiva.

—¿Estooo?

—Sí. —Charlie le interrumpió porque ya sabía lo que Richard le quería preguntar—. Puedes llevar acompañante. Te he mandado un fax al hotel con la invitación. Pásatelo bien y tenme informado de todo lo que te suceda, ¿ok?

—¡A sus órdenes! Por cierto... ¿Cuántas te debo ya?

—¡Unas cuantas, querido...! ¡Unas cuantas!

Barrio de los Aztecas

—¡Para! Creo que es ése el portal.

El Tigre comprobó desde la furgoneta que el número del portal coincidía con el que tenía apuntado en el papel. Aparcaron frente a un edificio algo destartalado. Si el camarero no había mentido, en el bajo vivía la joven a la que iban a secuestrar.

—Voy a mirar por ahí. A ver si veo algo.

El Tigre se acercó disimuladamente a una ventana iluminada mientras su compañero vigilaba la solitaria calle del abandonado barrio. A esas horas, los vecinos solían estar protegidos en la seguridad de sus hogares. Hacía tiempo que aquella barriada estaba tomada por bandas peligrosas que robaban, violaban y secuestraban a cualquier persona desvalida que por necesidad tuviera que caminar sola cuando ya había anochecido.

Se asomó un poco y observó con sigilo la silueta de una joven sentada en un sofá viendo la televisión. Hizo un gesto a su compañero para que le siguiera. Cogió del asiento de atrás de la furgoneta un bote con cloroformo y empapó con el líquido un sucio trapo. El otro matón sacó de su bolsillo un par de ganzúas. Sin embargo, no fue necesario forzar la puerta, la cerradura estaba oxidada y colgaba de un solo tornillo. No encendieron la luz del portal para no llamar la atención, aunque, con toda seguridad, aquella roñosa bombilla seguro que llevaba meses fundida.

Se acercaron a la puerta del bajo y mientras el Tigre sujetaba el paño empapado en cloroformo su compañero comenzó suavemente a girar la ganzúa dentro de la cerradura. En pocos segundos, el pestillo saltó. El gorila empujó muy despacio la puerta y deslizó su mano para comprobar si había cadena de seguridad. Subió hacia arriba hasta que se topó con ella. Con mucho cuidado comenzó a elevar la cadena hasta sacarla de su guía. La puerta ya estaba abierta.

Con pasos precavidos, accedieron a la primera sala y se situaron a ambos lados de la puerta del salón donde se encontraba la joven. Uno de ellos tiró una moneda al suelo. La muchacha, alertada por el ruido, bajó con el mando a distancia el sonido de su televisor.

—¿Sí? ¿Hay alguien ahí?

Aguantó unos segundos más al mínimo el volumen de la televisión. El matón volvió a tirar otra moneda. El ruido atemorizó a la joven.

—¿Quién anda ahí? ¡Voy a llamar a la policía!

La joven no escuchaba a nadie. Cogió un bate de béisbol que guardaba junto al sofá y se dirigió con pasos temblorosos a la entrada. Al pasar por la puerta, el Tigre se abalanzó sobre ella tapándole la cara con el trapo empapado.

La muchacha hizo intención de revolverse, pero cualquier esfuerzo era inútil, aquella mole la tenía bien sujeta. Lo intentó tres o cuatro veces más hasta que cayó desmayada.

—¡Venga, rápido, vamos a la camioneta!

El matón salió a la calle y, tras comprobar que no había nadie, abrió la puerta de atrás de la furgoneta, se subió en el asiento del conductor y arrancó el vehículo. A los pocos minutos apareció el Tigre con la joven en brazos, la tumbó sobre los asientos traseros y la tapó con la manta.

—¡En chinga!

La furgoneta salió del aparcamiento a toda velocidad. Hasta pasadas dos calles no encendieron las luces.

—¡De puritaaa madre!

—¡Buena presa, jefe! ¡Si salimos de ésta, te juro que me voy a beber todas las reservas de tequila del municipio!

—¡Lo mismo te digo, cabrón! Ahora llama rápido al tatuador, dile que le queremos en media hora allí.

A pesar de la poca gracia que le hacía al tatuador salir de noche hasta la apartada casa no le quedó más remedio, tras unas cuantas amenazas, que acceder. Los dos gorilas iban felices y a toda velocidad por las carreteras secundarias que les llevaban hasta su escondite. De repente, observaron unas luces rojas, blancas y azules de un vehículo parado al borde de la carretera.

—¡Mierda! ¡Los cabrones de la patrulla!

—Bueno, no perdamos los nervios. Voy a preparar por si acaso el fierro. —El Tigre intentaba tranquilizar a su compañero mientras cogía el revólver de la guantera.

Los dos policías les hicieron señas para que pararan el vehículo junto al suyo. Un minuto después, uno de ellos se acercó a la ventanilla.

—Buenas noches, señores, ¿me enseña su permiso de conducción?

El gorila comenzó a buscar en la cartera mientras el Tigre escondía tranquilo el arma.

—Aquí tiene, agente.

El policía iluminó con una linterna el carné del sicario mientras su compañero observaba la operación desde fuera.

—¿Dónde van por aquí?

—Creo que estamos perdidos, estamos intentando llegar al centro de la ciudad.

—Pues sí que están despistados. Para llegar al centro deben seguir esta carretera unos tres kilómetros y agarrar el primer desvío a la derecha. A partir de ahí, ya tendrán indicaciones.

El policía devolvió el permiso de conducir al sicario y con la linterna iluminó el interior del vehículo. La luz del foco delató el bulto situado en el asiento trasero.

—¿Y eso?

—Es mi mujer, agente. Acaba de salir del trabajo y está agotada.

El policía comenzó a ponerse nervioso, allí había algo que no le cuadraba.

—¡A ver! ¡Salgan del coche!

Los dos sicarios salieron de la furgoneta y el Tigre no se lo pensó dos veces. Apuntó con su pistola al policía más cercano. Un tiro certero le arrancó media cara, al otro le hicieron falta dos disparos para noquearlo.

—¡Mierda!

Los dos matones arrancaron las armas de los cuerpos de los policías y se lanzaron rápido a la furgoneta.

—¡Acelera! ¡Me cago en mi vida!

La furgoneta recorrió a toda velocidad la carretera abandonada, alejándose de las luces intermitentes que prácticamente no se distinguían ya por el retrovisor. Del asiento trasero llegaron algunos lamentos.

—¡Puta, qué mierda de noche! Espero que no se despierte ahora esta cabrona porque te juro que me la chingo aquí mismo.

La joven permaneció inmóvil hasta que llegó a su trágico destino. De nuevo, volvieron a coger a la muchacha en brazos para transportarla hasta la cama donde la dejarían atada y amordazada en espera del tatuador.

A la llegada del alba el trabajo estaba terminado y la nueva víctima, ya tatuada, esperaba semiinconsciente su terrible destino.

CAPÍTULO 19

Richard observó su reloj: las ocho y veinticinco. Clavó su mirada en el espejo de la habitación. Se había puesto un pantalón vaquero, una camisa blanca de anchos y rígidos cuellos y una chaqueta azul de lino. Iba calzado con unos mocasines también azules. Se atusó el pelo y cogió la mochila. Aunque iba a cenar con Rosa, sabía que sin duda tendría que apuntar alguna información.

Bajó las escaleras y llegó a la recepción. Rosa ya le estaba esperando. Iba espléndida. Llevaba un vestido floreado con un cinturón marrón y unos zapatos de tacón bajo haciendo juego. Se había recogido la frondosa melena en una coleta y se había pintado levemente, lo justo para resaltar sus perfectas facciones. También llevaba una carpeta de cuero marrón bajo el brazo para que no hubiera duda de que se trataba de una cena de trabajo.

—¡Vaya, vaya, con la arqueóloga! —Richard la miró recreándose.

—¡Vaya, vaya, con el periodista! —respondió Rosa siguiéndole el juego—. ¿Nos vamos?

—¡Por supuesto! ¿Dónde me vas a llevar?

—Como imagino que ya estarás un poco cansado de la comida mexicana, he pensado que podemos ir a cenar algo de comida asiática. ¿Te apetece?

—¿Que si me apetece? Me encanta la comida oriental y, sinceramente, estoy ya un poco saturado de chile y de tacos. ¿Dónde me llevas?

—A un restaurante tailandés que lleva ya unos cuantos años abierto. Se llama Thai Gardens.

—¿Thai Gardens? ¡Conozco el de Madrid! Es uno de mis restaurantes favoritos. ¡Genial!

—Bueno, me alegro, seguro que entonces éste te gustará.

Rosa paró el taxi que parecía menos destartalado.

—Buenas noches, vamos a Polanco, al restaurante Thai Gardens. Está en la calle Calderón de la Barca, 72.

—Lo que usted ordene, señorita.

Recorrieron varias calles hasta llegar al paseo de la Reforma.

—Ése de ahí es Colón, ¿verdad? —Intentaba picar a Rosa para que comenzara con sus explicaciones académicas. Además, había observado que siempre que la arqueóloga adoptaba el papel de profesora, se relajaba y se mostraba más cercana a él.

—Sí, es un monumento que se inauguró a finales de 1800. Iba a ser el regalo del suegro del emperador Maximiliano de Habsburgo a la ciudad, pero hubo varios problemas políticos y no pudo llevarse a cabo. Finalmente, un rico potentado retomó la idea y, tras construirlo, lo situaron justo donde había previsto Maximiliano. Si te fijas, en la base hay cuatro frailes. Representan a los primeros misioneros que ejercieron en el continente americano.

Richard se quedaba absorto con las explicaciones y con el movimiento de labios de su compañera.

—Ahora atravesaremos un par de plazas y llegaremos al monumento a la Independencia, es uno de los más conocidos de la capital.

—Sí, el que está bañado en oro, ¿verdad?

—Efectivamente. Aquí se le conoce como el Ángel. Se construyó en 1910 para conmemorar la independencia de México. Lo que no sé si sabes es que este monumento es en realidad un mausoleo porque dentro están enterrados en tres urnas los restos de varios héroes de la revolución mexicana. Otra curiosidad es que el monumento ha sufrido varias reformas por culpa de dos terremotos que asolaron la ciudad.

—De verdad que eres como un libro abierto...

Rosa sonrió y volvió el rostro hacia la ventanilla.

Atravesaron el populoso paseo de la Reforma hasta llegar al bosque de Chapultepec, una amplia zona verde llena de árboles y lujosas mansiones.

—Éste es uno de los barrios que más me gusta de México D.F. y un poco más adelante está mi segunda casa.

ÁNGEL DE LA INDEPENDENCIA

(Paseo de la Reforma)

México. D.F.

(Monumento dedicado a los héroes de la Independencia)

Richard supuso a qué se refería.

—¿El Museo de Antropología?

—¡Correcto! Dentro de poco te tendremos que nombrar hijo oficial de nuestra ciudad.

—También por esta zona está el Hard Rock Café.

—Sí, está muy cerquita. ¿Cómo no iba a conocer el Hard Rock un gringo como tú?

—Otro día nos tomamos una enorme Big Cheese para sentirme como en casa.

El taxista les interrumpió.

—Perdonen, doctores, ya hemos llegado.

Bajaron del taxi y fueron recibidos por dos mujeres asiáticas vestidas con el traje regional tailandés.

—Muy buenas noches, señores. ¿Tienen reserva?

—Sí, a nombre de Rosa Velarde.

La camarera les acompañó hasta la mesa. Estaba justo en una de las esquinas del local, rodeada de un amplio ventanal con vistas a un exótico jardín interior repleto de frondosas plantas. El restaurante se encontraba prácticamente lleno.

—Es precioso. —El local estaba decorado con un estilo similar al de Madrid. Le resultó gracioso que hasta los bajoplatos y la cubertería fueran iguales. En el centro de la mesa había una romántica vela acompañada de algunas flores exóticas. Richard miró a su alrededor, las paredes estaban repletas de preciosas láminas y elaboradas tallas de madera. No faltaba tampoco un enorme Buda de bronce.

—¿Los señores desean un aperitivo?

—¿Has probado la cerveza thai? —preguntó Richard a Rosa—. ¡Está exquisita!

—Vale, me apunto.

—Tráiganos dos cervezas, por favor.

Los dos examinaron la carta.

—¿Tienes alguna preferencia o pedimos el menú degustación?

—Por mí, el menú degustación es perfecto —afirmó Richard, que ya oía el rugido de su estómago reclamando comida.

Las cervezas llegaron y, tras pedir el menú, Rosa abrió su carpeta.

—Tengo buenas noticias, Richard... ¡He encontrado el dibujo del tatuaje!

—¡Eres la más grande! ¿De dónde lo han sacado?

—Cuando Diego nos dijo que los dibujos solían sacarlos de antiguos textos sagrados, supuse que el tatuaje que te enviaron lo habrían cogido de algún documento que se pudiera encontrar en la actualidad, y son muy pocos los textos mayas que nos quedan, porque, desgraciadamente, los sacerdotes europeos que llegaron a nuestra tierra a predicar se dedicaron a destruirlos por considerarlos obras del demonio. Uno de los mayores expoliadores fue fray Diego de Landa, quien, a mediados de 1500, destruyó la mayor parte de los que se conservaban.

Richard no podía evitar un ligero sentimiento de culpa por muchas de las cosas que habían hecho los españoles en el Nuevo Mundo.

—En la actualidad, quedan tres códices mayas muy importantes y una pequeña parte de un cuarto que llevan el nombre de las ciudades que los conservan. —Rosa bebió unos cuantos sorbos de cerveza y continuó su disertación—. Tenemos el Códice de Dresde, en Alemania, el de Madrid y el de París, también llamado Códice Peresiano, y el cuarto, del que solamente quedan algunas partes y se conoce como Fragmento de Grolier.

—Y estos códices, ¿qué son realmente? ¿Libros? —Richard comenzó a tomar notas en su Moleskine.

—Son manuscritos que representan la cultura de nuestros antepasados. En ellos se apuntaban con jeroglíficos y dibujos desde oraciones a calendarios e incluso rituales y profecías.

En ese momento llegaron los primeros platos. La camarera les traía una bandeja de bronce con varios productos. Todos tenían una pinta deliciosa.

—¡Buen provecho!

—Disculpe, ¿me deja la carta de vinos? —Richard se dirigió a Rosa—: ¿Te apetece un vino tinto?

—Sí, me parece perfecto.

Richard ojeó la lista.

—¿Te apetece un vino mexicano? La última vez que vine a México probé uno que veo que está en la carta.

—¿También entiendes de vino, querido Richard?

—No, simplemente tengo buena memoria y recuerdo los que me han dejado un buen sabor de boca.

—Pues haz memoria y pide el que más te guste.

—¡Disculpe! Nos va a servir una botella de Flor de Guadalupe, de la bodega Château Camou.

—Acertada elección, señor.

—¡Te va a encantar! Es una bodega mexicana ubicada en Baja California que elabora unos vinos muy cuidados. —Richard no pudo evitar acercar su nariz a la comida recién servida—. Hummm, ¡qué bien huele! ¿Empezamos? Yo ya no puedo esperar más. Sigamos charlando. Me hablabas de que existían varios códices... Por cierto, ¿cómo estaban hechos?

Rosa sumergió en la salsa agridulce la cola de un langostino.

—Los códices se dibujaban en todo tipo de soportes, se han utilizado pieles, telas de algodón, papel fabricado a base de hojas de maguey... Aunque el Códice de Dresde, que es del que te voy a dar noticias, se realizó sobre hojas de papel sacadas de la corteza interna de las higueras. Los jeroglíficos se dibujaban en negro y se rellenaban con diferentes colores, aunque no todos se han conservado hasta hoy en día.

A pesar de que Richard escuchaba todas las explicaciones de Rosa e incluso tomaba notas, no se le escapaba dar muestras de satisfacción cada vez que probaba algo nuevo.

—¡Humm! ¿Has probado las brochetas de pollo? Están realmente exquisitas.

—Sí, están muy buenas.

—Bueno, sigue, que estoy deseoso de llegar a lo del dibujo.

—Te hablaba del Códice de Dresde. Es quizá el más importante de los códices mayas. Su origen es algo incierto, porque hasta 1739 no se tuvo constancia de su existencia. Seguramente, sería uno de los muchos regalos de Hernán Cortés al emperador Carlos V en 1519. Ahora se encuentra en la Biblioteca Sajona Real en Dresde, en Alemania.

—¿Y de qué habla el códice?

—Según he podido leer, trata de asuntos adivinatorios y tiene grabados que hacen referencia a las fiestas de los dioses, a astronomía y, sobre todo, al calendario. ¿Te acuerdas de que en Teotihuacán te hablé de los katunes?

—Sí, era una cuenta del calendario. Por aquí lo debo de tener anotado.

—Bien, pues en este códice se supone que existen varios grabados que nos muestran distintas profecías y han representado varias fechas que presagian, por ejemplo, un diluvio, ciclos agrícolas, el futuro de los recién nacidos o las fechas más propicias para realizar construcciones o guerras y, curiosamente, también nos marcan con exactitud el fin del mundo conocido.

—¡De nuevo sale a relucir el fin del mundo! ¡Ya me extrañaba a mí! Llevábamos unos cuantos días sin saber de nuestro fatídico destino. ¿Y qué fecha dan?

—¡Disculpen, señores! Les retiramos los platos para servirles los segundos.

Mientras una camarera retiraba el servicio, otra joven dispuso una bandeja en el centro de la mesa. En ella había buey, langostinos, pollo, tallarines y arroz. Richard y Rosa no daban crédito a la cantidad de platos diferentes que aún les quedaban.

—Aquí tienen, espero que todo sea de su agrado.

Antes de marcharse, la camarera sirvió algo más de vino en la copa de los comensales.

—¡Dios mío, yo ya estoy llena!

—Bueno, Rosa, no te hagas de rogar y dime qué fecha señalan en el Códice de Dresde como la del fin del mundo.

—Pues curiosamente coincide con la que están proclamando al mundo entero la mayoría de los gurús que salen en los medios: el 21 de diciembre de este año.

—Entonces... nos faltan... ¿nueve meses? ¡Tenemos que aprovechar!

—¡No seas tonto! Ya te he comentado que los mayas se referían a un cambio de sistema, no forzosamente tiene que ser el fin del mundo y que se nos trague la tierra.

—¡Ya, ya! Pero tú sabes que cada vez hay más gente atemorizada con el tema.

—Sí, y cada vez encontramos más listos que se quieren aprovechar de la situación.

—Bueno, ¿me enseñas ya lo que has encontrado del tatuaje? —Richard se mostraba inquieto.

Rosa cogió su carpeta, la abrió y sacó varias fotocopias en color.

—¡Observa!

El periodista fue pasando las fotocopias: eran dibujos realizados a color sobre un fondo sepia. No había duda de que tenían caracteres mayas. En la tercera página lo localizó.

—¡Aquí está! ¡Dios mío! ¡El grabado del que tomaron la referencia para el tatuaje! —Richard localizó en su libreta el dibujo que había hecho y los comparó. Era muy parecido, aunque no estaba completo. Parecía como si lo hubieran dejado sin terminar—. ¿Has encontrado algún estudio que explique lo que significa?

—En ese dibujo se está representando el sacrificio humano. Como puedes ver, es el cuerpo de una mujer tumbado sobre una piedra de sacrificios, atado de pies y manos. De su pecho abierto sale un árbol de la vida cuyas raíces son cabezas de serpiente y, sobre él, descansa un buitre. La mujer está rodeada de varios dioses: el del maíz, el de la lluvia y el de la muerte.

—¿Tú crees que escogieron este dibujo al azar? —Richard no salía de su asombro, pero aprovechó que le tocaba hablar a Rosa para servirse algo más de arroz. Ni siquiera aquel descubrimiento era capaz de distraer su apetito.

—No lo sé, Richard. Pero hay cosas realmente curiosas. Como te comenté, el códice tiene varios pasajes con predicciones diferentes. Mira este dibujo que has pasado muy rápido.

Richard observó la fotocopia.

—Pues veo varios personajes sentados. Algunos están como trabajando, estos otros me recuerdan los escribas egipcios.

—¡Chíngale! —Aunque había pasado muchos años estudiando en colegios extranjeros, a Rosa le salió su vena mexicana—. Esos escribas son los vigilantes de los días. Recuerda, los sacerdotes encargados de vigilar el calendario y de anunciar las predicciones, y los únicos que tenían derecho a poder manipular y tocar los escritos.

Richard abandonó el tenedor sobre el arroz.

—Abrir un códice, en la época antigua, era casi como acudir al templo a orar —continuó Rosa—. Los vigilantes de los

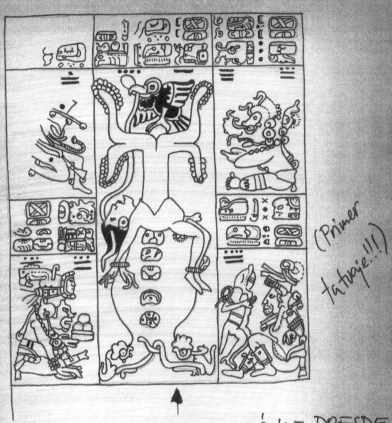

(Primer tatuaje!!!)

DIBUJO SACADO DEL CÓDICE DRESDE

Existen otros dos códices:
— Madrid
— París

(se apuntaban con jeroglíficos y dibujos)

días solían esperar a los iniciados o a otros sacerdotes dentro de algún recinto sagrado. Se colocaban esteras en el suelo y hojas verdes sobre las que se depositaba el códice.

»Los que presenciaban la ceremonia podían ver los grabados en su totalidad y podían moverse a su alrededor. Se depositaban incienso y flores y los vigilantes comenzaban a moverse en torno al sagrado libro recitando versos y señalando alguno de los grabados. Así es como entraban en ese curioso estado de levitación del que nos habló Diego en su despacho.

Dos camareras retiraron el servicio y colocaron los platos de postre.

—Terminamos con una selección de nuestros postres —explicó una de ellas—. Aquí tienen diferentes frutas tropicales, *mousse* de chocolate y flan de coco.

Richard observó las delicadas formas con las que habían tallado algunas de las frutas. Rosa lanzó un soplido para expresar lo saciada que se encontraba.

—No sé si voy a poder. —Se tocó el estómago.

—Sí, yo también estoy lleno, pero haré un esfuerzo.

La pareja probó las maravillas que les habían servido.

—Ahora que me cuentas todo esto, querida Rosa, y hemos terminado de cenar, voy a contarte una conversación que he mantenido con Charlie esta tarde. Ha llevado el trozo de piel al laboratorio de Nueva York en el que trabaja un amigo nuestro forense y éste le ha confirmado que es piel humana. En concreto, de una mujer que debió de fallecer hace una semana o diez días aproximadamente.

Rosa dibujó en su cara un gesto de preocupación.

—¿Piensas que era la piel de la mujer que viste asesinar?

—¡Cada vez lo tengo más claro!

—¿Qué vamos a hacer?

—De momento... ¡tomarnos unos margaritas!

Rosa cambió de nuevo el gesto. Richard tenía la deliciosa habilidad de arrancarle una sonrisa en cualquier circunstancia.

—¡Tú eres tonto! ¡Hablo en serio!

—No lo sé. Tengo que ver con tranquilidad toda la información que poseo y voy a empezar a buscar a los cabrones responsables de todo esto.

Levantó la cabeza, igualmente decidido a pagar la cuenta.

—Por cierto, se me olvidaba contarte otro detalle del Códice de Dresde. Antes hablamos de que quedaban nueve meses para la fecha marcada en el códice como la llegada del fin del mundo. Pues bien, me ha resultado curioso que en el apartado que te he mostrado, donde se predice esa fecha, hay tan sólo diez dibujos principales. Uno ya lo hemos visto, por lo que quedarían otros nueve, justo uno por cada mes. Pensarás que es una tontería, pero no se por qué me da que el próximo dibujo con el que nos encontraremos será éste.

Rosa le enseñó una de las fotocopias. En ella aparecía un extraño dibujo parecido a un dragón, pero con la cabeza de un anciano maya tocado con un insólito gorro. El cuerpo del animal estaba repleto de escamas.

—¿Tú crees que aún quedan nueve muertes? —preguntó Richard mientras observaba el extraño dibujo.

—Puede ser, aunque confío que antes demos con los asesinos.

El gorila bajó la radio del coche para contestar la llamada de teléfono.

—¿Bueno?

—Buenas noches, ¿cómo va todo?

—Bien, señor, ahorita estamos a pocos metros de la puerta del restaurante donde están cenando.

—¡Perfecto! Cuando salgan y se dirijan al hotel, cumplan lo previsto. ¿Estamos?

—Sí, señor. Descuide.

—Les repito que no nos podemos permitir cometer errores. En cuanto hayan terminado, me llama.

—Cuente con ello, señor.

Diego colgó el teléfono y se quedó unos instantes observando las luces que iluminaban tenuemente México D.F. desde los amplios ventanales de su elegante domicilio. Apuró un extraño brebaje que le quedaba en un pequeño cuenco y recorrió el pasillo hasta llegar a su despacho. Iba descalzo y solamente llevaba un pantalón de pijama de seda. Cuando estaba a punto de llegar, observó su silueta en uno de los espejos del pasillo. Se acercó y se puso frente a él mirando el tatuaje que lucía en su pecho: una calavera que sujetaba en sus huesudas manos un globo terráqueo y algo parecido a un gran libro. Recorrió con su dedo la silueta del dibujo.

Acto seguido, entró en su despacho, encendió unas cuantas velas colocadas estratégicamente en distintos lugares de la habitación y prendió varios cuencos con esencias. La luz de las velas iluminó tenuemente la estancia. Diego observó la decena de cuadros colocados en fila en una de sus paredes. Se dirigió al primero. Se quedó mirando fijamente el primer grabado y comenzó a entonar un extraño canto, muy débilmente, casi susurrándolo. Continuó unos segundos más y pasó al siguiente cuadro. Los recorrió uno a uno sin dejar de recitar las extrañas letanías. Repitió varias veces el extraño ritual hasta que frente a uno de los cuadros perdió el control y se desplomó sobre la alfombra.

Diego comenzó en ese momento un viaje muy particular.

CAPÍTULO 20

Richard se apoderó rápidamente de la cuenta.

—¡Ehhh! ¡Te he invitado yo! —protestó Rosa.

—Pero... ¿no estamos en México? ¡Aquí jamás paga una señorita!

—¡No seas machista!

—Hagamos un pacto. ¡Tú pagas los margaritas!

—Venga, perfecto. Pero tendremos que bebernos unos cuantos para igualar la cuenta del restaurante.

Richard se guardó la factura para Charlie y pidió que les enviaran un taxi. A los pocos minutos, una camarera se acercó para avisarles de que el coche les esperaba en la puerta.

—¿Vamos a la terraza de mi hotel? —preguntó Richard.

—¡Estupendo!

—Al hotel Majestic del Zócalo, por favor.

El taxista arrancó en dirección al paseo de la Reforma mientras, a pocos metros de su vehículo, los nuevos sicarios de Diego no les perdían el rastro. Uno de ellos iba colocando el silenciador a su pistola Browning de 9 milímetros.

—¿Dejamos que pasen el paseo de la Reforma?

—Sí, es mejor pillar a estos chingones en una calle más estrecha y con menos gente.

El taxista atravesó todo el paseo y cogió la calle Juárez, que le conducía directamente hasta la plaza del Zócalo.

—¡Venga, ésta es la nuestra! Si se han metido por esta calle es que van al hotel y no tardaremos mucho en llegar. ¡Prepara el arma!

El gorila preparó la pistola y bajó la ventanilla del coche mientras el conductor comenzaba a acelerar, agobiando al taxista.

—¡Pero...! ¿Qué le pasa a este mamón? —El taxista observaba el coche acelerando detrás de él con las luces largas puestas, impidiéndole casi ver.

Richard se giró y, al ver que les perseguían, gritó:

—¡Acelere!

El taxista apretó al máximo el acelerador.

—¡Justo lo que quería, puto! —El sicario ya había previsto la situación. Siguió acelerando algo más hasta que su compañero sacó medio cuerpo por la ventanilla y apuntó al taxi.

En ese momento, se escuchó una explosión ahogada. El gorila había disparado a la rueda trasera. Debido a la velocidad, el taxista no pudo hacerse con el control del vehículo y se estampó de lado contra una fila de coches aparcados. El coche de los gorilas frenó y, a distancia, éstos observaron que los ocupantes del taxi se movían. En ese momento aceleraron y se metieron por una calle, huyendo de allí.

Richard se tumbó encima de Rosa, protegiéndola. Pensaba que todo había acabado. Escuchó el ruido del coche al estamparse, el fuerte frenazo y el claxon que no dejaba de sonar, empujado por la cabeza del taxista. Esperó unos segundos, temeroso de que los sicarios les fueran a rematar. De pronto, el sonido del claxon dejó de escucharse. El taxista se incorporó. Tenía un buen golpe en la cabeza.

—¿Está bien?

Richard se incorporó también y se quitó con cuidado los cristales del pelo.

—Sí, estoy bien. ¿Qué ha pasado?

—Creo que nos han disparado. ¿Está bien, amigo?

El taxista salió del coche maldiciendo a gritos.

—¡Hijos de la chingada! ¡La que me han liado estos cabrones!

Rosa y Richard salieron del coche. Los pocos transeúntes que se encontraban en la calle desaparecieron misteriosamente. Nadie quería ser testigo de nada.

Richard se acercó al taxista, que comprobaba los daños del vehículo.

—¿Se encuentra bien?

—Sí, estoy bien. ¡Maldita sea mi estampa! ¡Hijos de puta!

Richard sacó de su nueva cartera 300 dólares.

—Mire, con esto tendrá para reparar el coche, nosotros no podemos quedarnos. No queremos que la policía nos saque más dinero. Por favor, diga que iba usted solo en el taxi, ¿de acuerdo?

—No se preocupe. ¡Gracias, señor! ¡Que la Guadalupana se lo pague!

Richard dio la mano al taxista y se despidió de él. Cogió a Rosa del brazo y a la carrera se escapó con ella por una de las calles peor iluminadas.

—Venga, ¡vamos rápido! Si seguimos por esta calle llegaremos en cinco minutos al hotel.

El teléfono de Diego sonaba sobre la mesa del comedor mientras él seguía su particular viaje, tendido aún sobre la alfombra de su despacho. Unos cuantos tonos más y saltó el contestador.

—¿Señor? ¡Somos nosotros! Todo ha salido según lo previsto. El cliente sigue vivo, pero temblando como una nenita. Comprobaremos en un rato que el pájaro regresa al nido.

Cuando Rosa y Richard se encontraron en la esquina del hotel, pararon para tomar aire y arreglarse un poco. Rosa le quitó a Richard unos trocitos de cristal que aún le quedaban en el pelo.

—¿Estás bien?

—¡Perfecto! —Richard miró a su alrededor para comprobar que no les habían seguido. Cogió de la mano a Rosa y tiró de ella—. ¡Vamos!

—¡Buenas noches, señor Cappa!

El amable recepcionista saludó a Richard.

—¡Buenas noches!

—¿Se le ofrece algo, señor?

—No, muchas gracias. Subiremos a la terraza a tomar un trago. ¡Buenas noches!

El conserje volvió a sentarse y subió un poco el volumen de su televisor.

Richard y Rosa se acomodaron en una de las mesas y pidieron dos margaritas.

—¡Dios mío! Ya he bajado la cena.

Rosa le miraba incrédula. Hasta en ocasiones como aquella el periodista era capaz de bromear.

—¿Tú crees que han querido matarnos?

—Yo estoy convencido de que el día que quieran acabar con nosotros lo harán. De momento, seguimos siendo solamente una diversión.

Los primeros margaritas se los tomaron casi de un trago. Richard miró a los ojos a Rosa y agarró su mano.

—Siento haber destrozado esta noche tan maravillosa.

—Ya te dije, querido Richard, que estamos juntos en esto.

Richard apartó de la cara de Rosa un mechón de pelo que se le había escapado de la coleta.

—Eres un encanto. ¡Ay, Dios mío! —Richard suspiró mirando a la arqueóloga—. ¡Camarero, otros margaritas!

Los clientes del bar, uno a uno, se fueron marchando. Una vez más cerrarían la terraza del hotel. Un alegre politono se escuchó con fuerza dentro del bolso de Rosa.

—¿Quién será a estas horas? —Rosa contestó la llamada—. ¿Dígame?

—Rosa, ¿estás bien?

—¿Tío?

Rosa puso la mano en el teléfono tapando el auricular.

—Disculpa un momento, Richard. —Y se alejó para que el periodista no pudiera escuchar la conversación.

—¡Tío! ¿Qué haces llamando a estas horas? —Rosa parecía indignada.

—¡No te enfades! Me he enterado del accidente y quería saber cómo estabas. Simplemente eso.

—¿Del accidente? ¿De qué accidente me hablas?

—¡Rosa! Te hablo del accidente con el taxi de hace un rato. Me da que os han pegado un par de balazos en el carro.

—Perooo... ¿tú cómo carajo sabes eso?

—Rosita, ya sabes que no hay nada que ocurra en la ciudad de lo que yo no me entere.

—Sí, de eso estoy segura. Pues estoy bien, tío. ¡Gracias! Venía con Richard de cenar y nos han tiroteado, pero no ha sido nada.

—¿Quieres protección, mi niña?

—No quiero nada, ¿me oyes? Ya te lo he dicho muchas veces. No quiero tu protección, ¿de acuerdo?

—¡Vaya carácter que tiene mi yegüita! Bueno, bueno... no te preocupes... ¡Rezaré por ti!

—¡Y yo por ti! Un beso, tío.

Richard observaba incómodo cómo Rosa gesticulaba airadamente como si estuviera en medio de una discusión. Cuando volvió a la mesa, no pudo evitar hacerle una pregunta.

—¿Todo bien?

—Sí, problemas en el trabajo. Estaban buscando unos restos que yo había guardado y no los encontraban.

Richard miró hacia la catedral mientras pensaba que no había escuchado una excusa peor en meses.

—Bueno, ¿qué hacemos? Me encantaría que te quedaras conmigo en el hotel. No quiero que pases hoy la noche sola. Aquí estaremos más seguros.

—¿Me prometes que no te aprovecharás de mí?

Richard cruzó los dedos frente a ella.

—¡Te lo prometo! —Rosa no pudo evitar una sonrisa—. ¡Ah, se me olvidaba! ¡Tengo una buena noticia! —La joven le miró incrédula.

—¡Por fin! ¿De qué se trata?

—Charlie me ha invitado a una fiesta superexclusiva mañana por la noche. Al parecer, va a acudir lo más selecto de la ciudad a la inauguración de un nuevo hotel. ¿Te apetecería acompañarme? Hay que ir de etiqueta. Yo mañana alquilaré un esmoquin.

—¿Y voy a dejar solo a un bombón como tú vestido con esmoquin? ¡Ni lo sueñes! ¡Claro que me apunto!

—¿Yo, bombón? —Richard sonrió y pellizcó en el hombro a Rosa, que le dio un puñetazo en el brazo.

Los dos se dirigieron entre golpes hacia la habitación de Richard sin saber, a ciencia cierta, qué sorpresas podría depararles la noche.

Capítulo 21

Richard observó una puerta entreabierta, el pasillo estaba casi en penumbra y le llamó la atención que saliera luz de aquella habitación. Abrió con precaución y miró dentro de la solitaria estancia. La sala estaba vacía a excepción de unos cuadros perfectamente alineados en una de las paredes. Contó los dibujos desde la puerta, había diez en total. No pudo aguantar la curiosidad y se acercó a ellos. En ese momento, la puerta se cerró violentamente a sus espaldas. Intentó abrirla todo lo rápido que pudo, pero sus esfuerzos fueron en balde.

Comprendió que se había quedado encerrado y decidió observar los cuadros. Se paró en el primero. Era un extraño dibujo de un sangriento ritual. Mientras estaba absorto frente a la imagen, el cristal del cuadro estalló en mil pedazos provocándole algunos cortes en la cara.

Se retiró rápidamente, pero los demás cuadros también comenzaron a explotar. Los afilados vidrios empezaron a clavarse en su ensangrentado cuerpo. De pronto, fue consciente de que se encontraba descalzo y de que el suelo estaba lleno de cristales rotos. En ese momento, golpearon la puerta. Richard necesitaba abrir para escapar de aquel infierno, pero, a cada paso que daba, se le incrustaban cada vez más cristales en sus desnudos pies provocándole nuevas heridas. No podía acercarse y los golpes seguían escuchándose en la puerta.

—¡Richaaarrrddd! ¡Richaaaarrddd!

El periodista dio un vuelco en la cama y se despertó entre convulsiones con el corazón a mil por hora. Seguían golpeando la puerta.

—¡Richaaarrrddd! ¡Richaaaarrddd!

—¿Sí? ¿Quién es?

—¿Quién va a ser, maldito gringo? ¡Abre la puerta o la tiraré abajo!

Richard salió de las sábanas para abrir al mexicano antes de que levantara a medio hotel. Al saltar de la cama, se dio cuenta de que Rosa dormía profundamente en uno de los extremos del amplio colchón.

Abrió la puerta.

—¿Qué pasa, gringo? ¿Qué horas son éstas? ¿No tenemos nada que hacer o qué?

—¡Jodido panchito! Me has dado un susto de muerte. Estaba en medio de una terrible pesadilla.

—Bueno, venga... ¡vístete y vamos a desayunar! —Fernando quiso entrar en la habitación, pero Richard se lo impidió—. ¿Qué pasa, gringo? ¿Qué escondes?

—¿Yo? ¡Nada! Venga, espérame en el comedor, que ahora bajo.

Fernando dribló a su amigo y echó un vistazo al cuarto. Distinguió los pies desnudos de una mujer sobresaliendo bajo las sábanas de la cama.

—¡Serás cabrón!

—¡No es lo que parece! ¡Anda, lárgate!

Fernando bajó el tono de voz hasta susurrar a su amigo.

—¿Es la doctora?

Richard también susurró.

—Sí, es Rosa. Pero no es lo que parece. Solamente ha dormido aquí. Anoche tuvimos un accidente; mientras volvíamos al hotel, unos cabrones nos tirotearon.

—¡Virgencita! ¿Qué me dices? ¡Cuenta, cuenta!

—Ahora, en cuanto me vista y baje. ¿De acuerdo? Estamos bien. Gracias a Dios salimos ilesos, luego te cuento.

Richard cerró la puerta de la habitación en las narices de Fernando. Rosa le esperaba en la cama tapada hasta el cuello con la sábana.

—¡Buenos días, Richard!

—¿Después de toda la noche a mi lado no me vas a llamar con un nombre más tierno? —Trataba de sonrojar a su amiga.

—¡No te hagas ilusiones, gringo! ¿Puedo irme a la ducha?

—Por supuesto. En cuanto termines iré yo, a no ser... ¡que quieras compartirla!

—Querido Richard, no te voy a resultar tan fácil. No olvides que esto es México y no esa ciudad donde vives repleta de rubitas que se acuestan con el primero que ven en una fiesta.

—¿Ah, sí? ¿Existen esas rubias? Yo todavía no he conocido a ninguna.

Rosa se marchó a la ducha envuelta en la sábana. Richard comenzó su tortura diaria de abdominales, necesitaba consumir con ejercicio las energías que no había gastado con Rosa aquella noche. No se explicaba cómo su amiga se las había ingeniado para que durmieran en la misma cama sin que hubiera pasado nada.

Una vez aseados, fueron al encuentro de Fernando. Richard recibió una llamada de Marc en su móvil.

—¿Qué pasa, Marc? ¿Cómo estáis?

—¡Bien, jefe! Estamos en Televisa, hemos empezado a montar el repor de la Santa Muerte. ¿Vais a venir por aquí?

—Sí, en una hora, más o menos. Tenemos que hablar porque esta noche nos han encargado un trabajo especial. Vamos a ir a la inauguración de un nuevo hotel; al parecer, el dueño es amigo del jefe y quiere que hagamos un reportaje. Tendremos que alquilarnos trajes oscuros para que nos dejen trabajar.

—¡Si no queda más remedio! —A Marc le encantaba ir siempre algo desaliñado. Era alto y musculoso, llevaba la cabeza afeitada y una perilla poblada que le daba aspecto de matón. Era raro el día que no iba con vaqueros y una camiseta gastada—. Bueno, vamos a seguir montando. Luego te vemos.

Richard y Rosa bajaron al restaurante, donde les esperaba el mexicano.

—¡Ándale, que buena pareja hacen!

—¡No empieces, que te conozco!

—¡Venga, güey, cuéntame qué sucedió anoche!

Richard relató el tiroteo y su escapada.

—¿Y saliste a los pedos? ¡Eres un profesional! —Fernando, lejos de estar asustado, animaba a su amigo—. ¡Qué cabrones son! Lo que está claro es que no te quieren matar. De momento, puedes estar tranquilo.

Rosa se tomó un par de tortitas y se despidió de ellos.

—Os dejo. Tengo que seguir investigando y, además, me tengo que poner guapa para esta noche.

—Querida doctora, usted no se tiene que poner guapa, usted ya es guapa.

—¡Qué embaucador! Luego os llamo.

Los dos se quedaron absortos observando cómo se marchaba.

—¡Gringo, que se te cae la baba! O sea, que has dormido con la doctora. ¿No habrás encargado tú la balacera para pasar la noche con ella?

—Venga, anda, ¡vámonos! ¿Has traído coche?

—Por supuesto, señorito, aquí tiene usted a su esclavo.

Salieron a la puerta y allí se encontraba la furgoneta de Televisa, subida en la acera y con las luces de emergencia puestas.

Huixquilucán, Zona Metropolitana de la Ciudad de México

Mario San Román sacó la cabeza del agua para tomar aire. En el borde de la piscina se encontraba su mayordomo.

—¡Señor San Román!

Mario se acercó.

—Dime, ¿ocurre algo?

—Señor, se encuentra en el salón el sastre. Viene a probarle el esmoquin para esta noche.

—Dígale que espere diez minutos, enseguida voy.

San Román salió de la piscina y se puso el albornoz que el mayordomo le había colocado en una silla junto a la escalera. Se acercó a una mesita donde había una jarra con zumo de naranja recién exprimido. Se bebió dos vasos casi sin respirar. Al terminar, lanzó un gran eructo asustando al guardaespaldas, que le observaba en la distancia.

—¡Será cagón! —San Román se reía de sus propias ocurrencias mientras se dirigía a su residencia—. ¡Vamos a ver qué me ha traído!

El magnate entró en el salón, donde se encontraba el sastre, luciendo su albornoz y unas chanclas. Todavía iba dejando un reguero de agua a cada paso que daba. Los charcos de la entrada ya los estaba secando el mayordomo.

—¡Buenos días, señor San Román! Le he traído el esmoquin que le hemos confeccionado. Me gustaría que se lo probara para darle los últimos retoques.

—¡Pues venga, vamos a ello! —San Román se quitó sin ningún pudor el albornoz, quedándose en cueros frente al sastre.

—Perdóneme, señor —le dijo el sastre, apurado—. Necesitaría que se pusiera ropa interior y zapatos para comprobarle el bajo del pantalón.

San Román se quedó mirando a su mayordomo, que estaba limpiando los charquitos de agua.

—¡Venga, corre, tráeme unos calzones elegantes y los zapatos de charol! ¿A qué esperas?

El sastre dejó la ropa sobre unas sillas intentando no mirar a San Román, que seguía plantado desnudo en medio de la sala. A los pocos minutos apareció el mayordomo. Con la ropa interior y los zapatos puestos, comenzó a probarle el esmoquin.

Primero le sugirió que se pusiera la camisa de puños y cuellos rígidos de un blanco impoluto. A continuación, se probó los pantalones, que iban sujetos con un fajín azul claro. Y antes de que se pusiera la chaqueta, el sastre le ayudó a colocarse la pajarita, del mismo color que el fajín. Con el esmoquin puesto, le observó a varios metros intentando sacarle algún fallo.

—¿Se encuentra cómodo, señor?

San Román dobló los brazos y flexionó las piernas.

—Sí, yo lo veo estupendamente.

—Yo tampoco le encuentro ningún defecto, señor. ¿Le pesa mucho?

—Sí, la chaqueta pesa un poco, pero es cómoda.

—A pesar de ser antibalas, hemos conseguido realizar este diseño que pesa solamente tres kilos —aseguró el sastre.

—Y... ¿está seguro de que con esta chaqueta me pueden balear sin que ocurra nada?

—Se lo puedo asegurar, siempre que tenga la suerte de que el impacto le dé en la chaqueta. Este tipo de materiales están garantizados. Esta ropa blindada viene directamente de Colombia, de la empresa de Miguel Caballero. Créame, es lo más avanzado en seguridad que existe hoy en día.

—Bueno, pues tendremos que confiar. ¿Ha traído la factura?

—Sí, aunque si lo desea, se puede pasar otro día por la sastrería a abonarlo o ingresarlo en nuestra cuenta.

—Usted deme la factura que no pagar es de pobres. —El sastre se acercó a su maletín y sacó un sobre—. ¿40.000 pesos? ¡Mamacita!

—Señor, la vida no tiene precio —se arriesgó a sentenciar el sastre.

San Román soltó una carcajada.

—¿Cómo que no? Mis chicos, por 10.000 pesos, se cargan a quien usted les pida. ¡Que no tiene precio dice! —Y continuó sonriendo. Después, se quitó el esmoquin y volvió a enfundarse el albornoz—. ¡Espéreme un minuto que le traigo el dinero!

Mario subió a su despacho y de uno de los cajones de su mesa sacó un fajo de billetes. Se aseguró que cogía los 40.000 pesos solicitados.

El sastre esperaba pacientemente en el salón con el esmoquin ya recogido, doblado y colocado en una silla para intentar que no se arrugara.

San Román apareció en la sala con el taco de billetes. El sastre se quedó sorprendido de que le pagara en metálico una cantidad tan elevada.

—Bien, señor. Muchas gracias.

El sastre abandonó a toda velocidad la estancia. No se le veía con claros gestos de alegría, más bien se marchaba atemorizado.

San Román subió a ducharse para quitarse el cloro de la piscina. Mientras subía, el mayordomo le salió al encuentro.

—¡Don Mario! El señor Sarasola al aparato. —Y le acercó el teléfono inalámbrico.

—¿Kike? ¿Cómo estás, jodido amigo?

—¿Qué tal, Mario? ¿Estás en maquillaje y peluquería para estar elegante esta noche?

—¡Jodido gringo! ¡Al menos yo puedo ir al peluquero, no como tú!

El empresario español era conocido por su cabeza afeitada.

—¡Cómo eres! Bueno, ¿está todo en orden? ¿Necesitas algo de última hora?

—No, solamente que no falte el champán. Por cierto... me habrás reservado para esta noche la suite presidencial, ¿no?

—¡Ooohhh! ¡Cuánto lo siento! Pero me la reservé para mí.

Al empresario se le oyó reírse al otro lado.

—¡Serás cabrón! Como sea cierto, me paso por tu habitación y te dejo la cama como un queso gruyer a base de balazos.

—No te preocupes. Tendrás esta noche la suite presidencial.

—¿Y de material? ¿Cómo andaremos?

—Si te refieres a mujeres, hay decenas de modelos invitadas. Esta noche no creo que te vayas a aburrir.

—De verdad que da gusto hacer negocios contigo.

—Bueno, te dejo, que tengo que preparar todavía muchas cosas. Si te parece, te veo a las ocho y media y te paso unos cuantos papeles que me tienes que firmar.

—¡Venga, güey! ¡Te veo luego, buena mañana!

Richard y Fernando llamaron a la puerta del cuarto de edición.

—¡Adelante!

Les recibieron varias pantallas con la imagen de la Santa Muerte. Marc y Rul estaban terminando de montar el reportaje.

—¿Qué pasa, jefe? Siéntate y te enseñamos cómo ha quedado. A ver si te gusta y así se lo enviamos a Charlie.

Fernando y Richard se sentaron junto a sus compañeros a visionar el reportaje.

—¡Perfecto! Yo incluiría alguna toma más de las caras de la gente en la iglesia, por lo demás, lo veo genial. Bueno, tenemos que irnos a alquilar los trajes para esta noche. ¡Fernando! ¿Conoces alguna tienda donde podamos hacerlo?

—Sí, ya me he encargado de todo. ¿Cuánto te pensabas gastar?

—Pues no lo sé. ¡Lo que cueste! Imagino que 200 dólares por traje... ¡No lo sé!

—¡Cómo te gusta gastar, gringo! Yo te he conseguido los tres por 300 dólares. ¡Seguidme!

Fernando les hizo atravesar varios pasillos dentro de las instalaciones de la televisión mexicana. Finalmente, llegaron hasta una puerta con un cartel que ponía: «VESTUARIO».

—¿Se puede?

—¡Adelante!

—¡Fernando! ¿Cómo estás, corazón?

Un joven vestido con colores llamativos y algo amanerado les recibió.

—¿Éstos son tus amigos?

—Sí, te los presento: Richard, Marc y Rul. Chicos, éste es Panchi.

El estilista se fijó en el cuerpo atlético de Richard.

—El esmoquin debe de ser para usted, ¿verdad?

Richard miró con ojos incendiarios a Fernando.

—Sí, Panchi. El esmoquin es para él y los dos trajes oscuros para ellos.

—¡Huummm! —El estilista les miró a los tres de arriba abajo—. Pues creo que he acertado. Venga, pruébense esto.

Se probaron la ropa y, efectivamente, Panchi había acertado con las medidas.

—¡Están ideales! ¡De verdad! Ahora ya sólo falta saber si te vas a probar tú el que te he reservado. —Panchi miró a Fernando y éste a Richard.

—¿Y bien?

—¡Venga, pruébate tú también el traje! Estaría bien que nos acompañaras. ¿Puedes? —preguntó Richard.

—¡Por supuesto, será un placer!

Fernando se probó el traje. Se sentía feliz como un niño pequeño el día de su primera comunión.

—¡Venga! Cojo todo esto y lo cargo en el coche.

—Perfecto. Nosotros vamos a terminar de montar el repor para mandárselo a Charlie. Gracias por todo, Panchi.

El estilista se despidió del grupo.

—¡Ha sido un placer! ¡Sean buenos! —Y le perdieron de vista mientras le veían hacer efusivos ademanes con las manos.

Una vez terminado el repor lo enviaron por circuito interno a CNN. Ya tenían preparados casi todos los reportajes antes de la visita del presidente Obama.

Fernando les esperaba en la cafetería tomando una cerveza.

—¿Qué pasa, gringos?

—¿Ya le estás dando a la cerveza?

—Heyyy, güey... ¡Es la primera! ¿Queréis una?

—¡Por supuesto! ¡No te vamos a dejar beber solo!

—Por cierto, necesitaremos un coche algo elegante para ir esta noche a la fiesta. ¿Habías pensado en algo?

—¡Por favor, gringo! Primero iré a buscar a la señorita Velarde y luego pasaremos por el hotel para recogeros.

—¡No, no! Rul y yo nos marcharemos en taxi a la fiesta, así podremos hacer tomas de vuestra llegada —aseguró Marc.

—¡Vale, como prefiráis! Luego os paso la dirección del hotel, se llama Valentina. Se supone que la recepción es a las nueve.

Fernando les acercó al hotel y se marchó a recoger el coche para la fiesta y a cambiarse. Richard subió a su habitación y sacó su portátil para conectarse a Internet. Abrió su mail y vio que Charlie ya le había enviado el *planning* de grabaciones y directos para la visita de Obama. Se recostó en el sillón y comenzó a repasar mentalmente aquellos días tan intensos en el D.F. Estaba claro que una fiesta era lo mejor que le podía pasar para relajarse de aquella locura sin sentido. No pudo evitar pensar en Paula y en lo que ocurriría a su llegada. Recordó la cara de su mujer, aunque no la pudo retener en su imaginación porque rápidamente el rostro cambió en su cabeza y se le apareció la sonrisa de Rosa, con aquellos dientes perfectos, su negra melena rizada y sus grandes ojos.

Richard cerró los ojos y se dejó seducir por una reconfortable siesta, recordando sus años en España.

Capítulo 22

A Richard le despertó la vibración del móvil. Se había quedado dormido y las horas habían pasado sin que se hubiera dado cuenta. Ninguna pesadilla había perturbado su preciado descanso.

—¿Dígame?

—¡Hola, Richard! ¿Cómo va mi príncipe azul? —La voz de Rosa terminó por despertarle.

—Tu príncipe se acaba de despertar de la siesta. ¡Dios, aún estoy aturdido! Y tú, ¿cómo vas?

—Yo bien, dentro de media hora viene Fernando a buscarme.

—¡Perfecto! No te preocupes, que cuando lleguéis, estaré preparado... ¡Princesa!

—Pues hasta dentro de un rato. Estoy deseando verte con el esmoquin.

—Yo estoy deseando verte, te pongas lo que te pongas.

Richard se arrastró hasta la ducha, abrió los grifos hasta templar el agua y dejó que el chorro consiguiera, poco a poco, revitalizar su cuerpo. Una vez tonificado, se afeitó y comenzó a vestirse. El esmoquin le quedaba perfecto. Se ajustó la pajarita y se puso la chaqueta. No pudo evitar un gesto de coquetería y se colocó frente al espejo para admirar su esbelta figura.

Fernando y Rosa no tardarían mucho en llegar, tenía el tiempo justo de tomarse un margarita en la terraza, ahora que su exterior estaba en forma, había que cuidar el interior.

Apoyado en la barandilla de la terraza y con la copa en la mano parecía un anuncio de alguna famosa bebida. Su teléfono volvió a sonar.

—¿Sí?

—Jefe, soy Marc. Oye, ya estamos aquí. Estaremos pendientes para grabar vuestra llegada. ¿Todo bien?

—Sí, ya estoy preparado. En unos minutos vendrán Fernando y Rosa. ¿Qué tal el hotel?

—¡De lujo! Ya lo verás. Además, hay un montón de comida y bebida y ya están llegando algunas chavalas espectaculares.

—Pues nada, nos vemos en un rato.

En cuanto colgó, recibió una llamada de Rosa.

—¿Richard?

—Dime, Rosa. ¿Ya estáis por aquí?

—Sí, en cinco minutos llegamos.

—¡Vale! Salgo a buscaros. Ahora te veo.

Richard apuntó la bebida en su cuenta y bajó a la puerta del hotel. Antes de marcharse a la fiesta quería estar convencido de que no tendría una nueva sorpresa. Lamentablemente, observó que a tres manzanas había un lujoso coche aparcado en una esquina. No había duda de que seguían controlando todos sus pasos.

A los pocos minutos apareció un impresionante Mercedes negro que activó las luces de emergencia y se subió a la acera justo a escasos centímetros de la puerta del hotel. Una ventanilla bajó automáticamente.

—¡Venga, gringo, no tenemos toda la noche!

Una vez más, Richard alucinó con el despliegue de Fernando, que era capaz, en un instante, de hacer pasar a su padre por un fornido escolta y de transformarse en un elegante acompañante para la mejor fiesta de la ciudad. El mexicano iba vestido con un exquisito traje oscuro, pero una corbata fucsia con puntos amarillos ponía la nota de color. En el asiento trasero estaba Rosa, con un ajustado vestido negro con escote en pico por el que se asomaban sus generosos pechos.

—¡Vamos, Richard, te estamos esperando!

Richard se sentó al lado de Rosa. La falda de la joven tenía una abertura que le permitió ver la liga que remataban las medias negras.

—¡Dios mío! No te pienso abandonar en toda la fiesta.

A Rosa se le sonrojaron, aún más, sus coloridas mejillas.

—Yo tampoco pienso dejarte. Con el esmoquin, pareces un galán de película.

—Bueno... Por cierto, Fernando... ¿cuánto me va a costar este coche?

—Mucho menos de lo que habrías tenido que pagar si lo hubieras alquilado. Y encima, nos darán factura. Tu amigo Charlie tendrá que ponerme en nómina. ¿Tienes por ahí la invitación? La calle sé que se llamaba Amberes, pero no recuerdo el número.

Richard sacó un papel de su chaqueta.

—El hotel se llama Valentina y está en la calle Amberes número 27, cerca de la plaza de los Insurgentes.

—Sí, vamos a coger el paseo de la Reforma y en unos minutos estamos.

Al entrar en la calle Amberes tuvieron que detenerse. La cola de lujosos vehículos y limusinas que esperaban para dejar a sus ocupantes en la puerta del hotel era impresionante.

—¡Me temo que tendremos que tener paciencia! Hacía mucho tiempo que no se organizaba una tan gorda en el D.F.

—¡No me lo puedo creer! Estos cabrones van al hotel.

—¿Qué hacemos? ¿Llamamos al jefe?

El copiloto buscaba ya directamente su móvil.

—¿Señor?

—Perdone. Simplemente avisarle de que el cliente ha salido de su hotel vestido con esmoquin y que le han recogido en un Mercedes. Ahora se encuentra a pocos metros del hotel al que van a ir ustedes. ¿Quiere que actuemos?

—¡No, noooo! ¡Esperen órdenes! Voy a consultarlo.

Diego se acercó a San Román, que reía divertido con un par de modelos espectaculares y que, al ver la cara de su amigo, pidió disculpas a sus amiguitas y se separó unos metros para escucharle.

—No me vayas a joder la noche. ¿Ocurre algo?

—Bueno, verás: el americano está a punto de llegar al hotel. Deben de haberle invitado a la recepción.

A San Román se le iluminó la cara.

—¡Esto va a ser más divertido de lo que pensaba! Tú ni te preocupes. Me gustará conocerle y verle la cara a este tipo. ¿Quién sabe? A lo mejor hasta me lo cargo yo con mis propias manos esta misma noche.

San Román agarró por los hombros a Diego y se lo presentó a las dos despampanantes rubias.

—¡Vengaaa, vengaaaaa! ¡Qué panda de mamones! Se les están acumulando todos los jodidos carros. —Fernando se desesperaba al volante. Estaba deseoso de poder entrar en la fiesta más elegante de los últimos meses.

Diez minutos después, y tras avanzar tan sólo doscientos metros, se les acercó un joven vestido con un impecable uniforme gris claro.

—¡Disculpe, señor! ¿Me permite que le parquee el carro?

—¡Por supuesto! Pero ten cuidadito de no arañarlo, ¿de acuerdo?

—¡Sí, señor!

El joven acudió rápidamente para abrir la puerta de Rosa. Richard ya había salido del lujoso coche también para ayudarla.

Los tres se acercaron hasta la entrada del hotel, delimitada por dos cordones rojos a cada lado de la calle. Había varias personas de seguridad protegiendo la entrada y cientos de curiosos se agolpaban a las puertas, deseosos de sacar una foto a su artista o famoso favorito. Una impresionante azafata les pidió su nombre para comprobar que estaban acreditados.

—¡Bienvenido, señor Cappa! Espero que tenga una feliz fiesta. Gracias por acompañarnos. —La azafata les colocó una pulsera rosa en la muñeca.

Al entrar se quedaron fascinados con la colorida recepción del hotel. Tenía todo un lateral con un mural de vivos colores asemejando las olas del mar. Pasaba del rojo al naranja e incluso al amarillo, en unas líneas llamativas que no desentonaban con el ambiente minimalista del hotel.

La recepción estaba presidida por un mostrador blanco circular en el que habían realizado algunos relieves mayas.

Rosa y Richard se acercaron a contemplarlo más de cerca. Marc y Rul ya les grababan a distancia.

—¿Les gusta?

Richard y Rosa se volvieron y descubrieron que el que se había dirigido a ellos era Diego, que lucía un elegante esmoquin confeccionado a medida.

—¿Qué tal? ¿Cómo estás, Diego?

—No tan bien como tú, vienes impresionante.

—Eres muy galante. ¿Te acuerdas de Richard?

—¡Por supuesto! ¿Cómo está?

—Bien, gracias. Contemplando la recepción. Es una maravilla.

—Es un motivo maya en el que unos sacerdotes están haciendo ofrendas a los dioses de la abundancia, aunque supongo que tú, Rosa, ya lo conocerías. Ayudé al diseñador a elegirlo.

—¿Tienes algo que ver con el hotel? —preguntó Rosa.

—Bueno, un gran amigo y socio mío se ha asociado a su vez con el dueño de la cadena para montar este hotel. Por cierto, es español.

—Sí, le conozco. Kike Sarasola. Hemos coincidido un montón de veces en las fiestas que organiza en su hotel de Nueva York. Es un tipo muy inteligente y divertido. Tengo ganas de verle.

La gente se iba agolpando ya en la recepción del hotel. Había decenas de mujeres y hombres elegantemente vestidos y un montón de chicas que parecían sacadas de la revista *Playboy*. En ese momento pasó junto a ellos San Román y Diego aprovechó para llamarlo y presentarle a la pareja.

—Mario, disculpa...

San Román se acercó sin perder de vista el rostro de Richard.

—¿Te acuerdas de Rosa?

—¡Por supuesto! Cómo no acordarse de una flor tan bella... —San Román le cogió la mano y se la besó.

—¿Cómo estás, Mario?

—Yo bien, hijita. ¿Y la familia?

—Todos bien. Estamos viendo el hotel, es impresionante.

—Sí, el joven con el que me he asociado es muy brillante. Espero que este hotel funcione tan bien como los otros que tiene.

Diego miró a San Román y le dijo:

—Y éste es Richard Cappa, periodista de CNN.

—¡Señor Cappa! ¿Cómo está usted?

Mario y Richard se dieron la mano. El periodista no esperaba la contundencia del magnate y le crujieron los huesos, pero aguantó como pudo el dolor.

—¡Encantado! Ya nos ha contado Diego que es usted socio de esta maravilla. ¿Le podríamos hacer luego unas preguntas para el reportaje que queremos montar sobre la inauguración?

—¡Por supuesto, las que usted desee! ¿Qué hace por nuestra ciudad?

—Estoy realizando unos reportajes para la visita de Obama y nos invitaron para que hiciéramos una crónica de la inauguración. Tiene usted buenos contactos...

San Román lanzó una carcajada.

—¡Me gusta este güey! Sí, conozco a unos cuantos magnates mundiales. Es bueno tener amigos hasta en el infierno.

—Seguro, ¿y a qué se dedica, si no es indiscreción?

—Bueno, ya sabe... Unos negocios aquí, otros allá... Pero lo que me da de comer son los laboratorios. Poseo uno de los más importantes de México.

Richard observó que dos gorilas trajeados no le quitaban la vista de encima. El periodista los señaló con la mirada dirigiéndose a San Román.

—¿Son suyos?

—Sí, querido amigo. Son mi escolta. Ya sabe, México no es un país seguro y uno no sabe cuándo le van a agujerear el coche.

Diego no pudo reprimir una pequeña sonrisa.

—Lo sé, lo sé. Llevo una semanita muy ajetreada —apuntó Richard—. Por cierto, Diego, quedamos en que me organizaría un ritual para que pudiéramos grabarlo.

—Sí, tiene razón. He tenido unos días de mucho trabajo, pero, en cuanto pueda, lo dispondré todo para que se haga.

En ese momento Fernando se acercó al grupo y, con todo descaro, saludó al magnate.

—¡Hombre, San Román! Un placer conocerle.

Mario se quedó sorprendido por el abordaje del desconocido. Miró a Diego sin ni siquiera contestar a la mano que Fernando le tendía.

—¿Y este pinche?

Fernando seguía con la mano extendida. Diego se volvió hacia su socio.

—Es un periodista de Televisa.

Richard entró rápidamente en la conversación.

—Sí, me está ayudando en todas las gestiones que tengo que realizar.

—¿Y? —San Román lanzó una mirada gélida al mexicano.

—Nada, simplemente saludarle. Es un honor conocer a alguien de su relevancia.

Mario por fin tendió la mano a Fernando a la vez que le tocaba el hombro.

—Muy bien, chavo, aplícate bien en tu trabajo y ayuda todo lo que puedas al gringo, esta ciudad es muy peligrosa.

El perfume de una mujer que pasó junto a ellos distrajo la atención del magnate.

—¡Señores! ¡Señorita! Me van a perdonar, pero tengo que seguir haciendo de relaciones públicas.

—Sí, por supuesto. Luego le vemos para grabarle —añadió Richard intentando quitar hierro a la situación.

—Ok, amigo.

San Román agarró de la cintura a la mujer que acababa de pasar y comenzó a bromear con ella. Diego también pidió permiso y se retiró. Fernando aún seguía impresionado.

—¡Joder, cómo se las gasta el cabrón!

—Sí, es un tipo curioso —contestó Richard—. ¿De qué le conoces, Rosa?

—En México todo el mundo conoce a San Román. Es uno de los mayores narcos de este país y está metido en decenas de negocios sucios. No es bueno tenerle de enemigo.

—¿Y esa relación con Diego?

—En el fondo, San Román es una persona muy creyente. Todos los grandes tipos se acompañan de chamanes, acuden a la Santa Muerte, realizan peregrinaciones... son muy supersticiosos, seguro que aporta mucho dinero a la Asociación de Los Vigilantes de los Días y no me extrañaría que organizara ceremonias para contentar a los dioses.

—¿Incluso rituales de sangre? —Richard y Rosa se miraron fijamente.

—Incluso rituales de sangre.

Fernando seguía perplejo la conversación, parecía como si a los tres se les hubiera encendido una lucecita.

—No sé por qué me da que a partir de mañana tendremos que buscar un poco más de información del señor San Román, ¿no creéis?

—Creo que sí. ¡Heyyy, güeyyy, mira qué ternera! —Fernando salió disparado tras de una modelo. Richard y Rosa no pudieron evitar una sonrisa.

Mientras Richard observaba divertido a Fernando intentando llamar la atención de la modelo, vio al empresario español dueño de la cadena de hoteles.

—¿Me acompañas, Rosa? Quiero presentarte a un amigo.

Los dos se dirigieron a saludar a Sarasola, quien, saltándose la etiqueta exigida, llevaba unos gastados pantalones vaqueros, una elegante camisa azul y una chaqueta de aire escocés en tonos marrones y azules. Su brillante y rasurada cabeza estaba repleta de gotitas de sudor.

—¡Kike!

—¡Hey, Richard! Pero, bueno, ¿cómo estás? ¡No te hacía por aquí!

Los dos amigos se fundieron en un fuerte abrazo.

—Bueno, otro hotel... ¡Enhorabuena!

—Sí, ya van unos cuantos. ¿Qué haces en D.F.?

—He venido a hacer algunos repor para la visita de Obama y, como parece ser que tienes un socio con buenos contactos, nos han recomendado los de arriba que hagamos una crónica.

—Sí, este tío es la hostia. ¿Lo conoces?

—Me lo acaban de presentar.

—Tendrías que ver cómo se maneja y la pasta que tiene. Vive en una mansión en la mejor zona de México y posee fincas por todo el país. Tiene fama de hacer unas fiestas a las que acuden personalidades de todo el mundo. Pero hay que tener cuidado con él, a la primera de cambio saca el revólver y te agujerea como si nada.

—Pues espero que no tengas problemas con el negocio, si no... ¡ya sabes!

—¡Kike!

El asistente del empresario le llamaba para inaugurar oficialmente el hotel, cortando una cinta naranja tendida entre dos cactus de mármol blanco situados frente al colorista mural de la recepción.

Hasta la cinta se acercaron el empresario español, Mario San Román y el secretario de Turismo mexicano, que había acudido para la ocasión. Los tres se dispusieron juntos con unas brillantes tijeras y cortaron la cinta.

Los asistentes aplaudieron sin descanso y comenzó a sonar música *chill out* de dos de los mejores DJs españoles del momento: Wagon Cookin. Los hermanos Garayalde, contratados para la ocasión, manipulaban una mesa electrónica en un lateral de la sala y comenzaron a moverse al ritmo de la música que sonaba. Los camareros aparecieron mágicamente con bandejas de champán y vistosos canapés. Por unos momentos, más que México, aquello parecía una fiesta en un lujoso hotel neoyorquino.

Rosa y Richard cogieron un par de copas de champán al vuelo.

—¡Por nosotros!

—¡Por nosotros!

El preciado líquido dorado entró por sus gargantas, reconfortándoles.

—¡Sorpresa! —Fernando les abordó por detrás. Llevaba en la mano un plato con jamón ibérico recién cortado.

—¡Por Dios, Fernando! ¿Cómo no voy a quererte? ¡Jamón serrano!

—¡Sabía que te gustaría! Creo que los españoles es lo que más añoráis de vuestra tierra. Hay un cortador en la otra esquina dándole al cuchillo, al muy gringo lo están haciendo sudar de lo lindo.

Mientras Richard saboreaba una de las lonchas de jamón, notó que una mirada gélida se cruzaba en su camino. San Román lo miraba desde la distancia. El magnate levantó su copa con una sonrisa. Richard alzó la suya y también le sonrió, mientras pensaba: «Espero que no seas tú el hijo de puta que está detrás de todo esto...».

CAPÍTULO 23

—¡Heyyy! ¡Perros chingones, vengan acá!

El sol comenzaba a brillar en el despoblado horizonte y una pequeña brisa movía la escasa hierba seca de aquel paraje. El sonido del aire fue interrumpido por unos cuantos ladridos. El pequeño hombre se dirigía andando por una de las solitarias carreteras locales de aquella zona hacia su trabajo, acompañado de sus tres perros.

—¡Olmita, Frati, Llamita...! ¡Regresen o llegaré tarde al trabajo! ¡Malditos perros!

Los tres animales se habían escapado hacia una zona cercana a la carretera en la que había unos cuantos árboles. El perro más grande se había vuelto como loco. Escarbaba poseso en el suelo, como si hubiera encontrado enterrado un apetitoso hueso que llevarse a su vacío estómago.

Al dueño no le quedó más remedio que acercarse hasta los árboles para recuperar a sus animales, que, nerviosos, no dejaban de ladrar.

—¡Vengan aquí! ¿Pero qué les pasa?

Al acercarse, comprobó horrorizado que uno de ellos tiraba de lo que parecía el brazo de una persona.

—¡Dios mío, mamacita! ¡Fuera, suelta eso!

El hombre, tembloroso, descubrió que, efectivamente, se trataba de un brazo humano y lo peor era que entre la tierra se distinguía lo que parecía la silueta de un cadáver. Dio varios gritos a sus perros para que le siguieran y a toda carrera se dirigió a la casa más cercana para llamar a la policía. Tuvieron que esperar media hora hasta que los dos coches patrullas aparecieron. El hombre, algo más tranquilo, les indicó el lugar exacto en el que se encontraba el cuerpo.

Los coches de la policía se metieron por un camino de tierra hasta llegar a la zona arbolada que les había señalado el vecino. Los agentes se separaron hasta que encontraron el lugar escarbado por los perros. No hizo falta remover mucho más la tierra para constatar que, efectivamente, se trataba de un cuerpo humano.

—¡Ramírez! Comuníquese por radio con la central y confirme que hemos localizado un cadáver. Que envíen lo antes posible al forense. Dentro de una hora el sol pegará con fuerza y no habrá nadie que pueda soportar el olor.

Los agentes comenzaron a peinar la zona intentando encontrar alguna prueba que pudiera servirles para esclarecer aquella muerte.

Tuvo que transcurrir una hora más para que llegara un nuevo coche hasta el polvoriento camino. Para entonces, un buen grupo de vecinos se arremolinaba junto a la cinta colocada por los agentes. A pesar de que la zona estaba despoblada, el descubrimiento de un cadáver hacía que los vecinos aparecieran como por arte de magia. Rodeado de curiosos, el forense, vestido con bata blanca y portando una gran bolsa de cuero, atravesó la cinta de seguridad.

—¡Buenos días! ¿Qué tenemos por aquí?

—¡Muy buenas, doctor! Aquí tenemos un cadáver. No hemos tocado nada para no estropear su trabajo.

—Se lo agradezco.

El forense se ajustó unos guantes de látex y sacó del bolso una cámara. Comenzó a realizar fotos del escenario. A continuación, rebuscó en su bolsa hasta encontrar una pequeña pala del tamaño de una cuchara sopera. Con mucha precaución, fue separando la arena que cubría el cuerpo. Cada vez que quedaba una parte al descubierto, sacaba una foto. Siguió desenterrando hasta tener expuesto a pleno sol el cadáver desnudo de una joven de unos veinticinco años. Era morena y su abundante cabellera morena estaba embadurnada de polvo.

El forense acudió al maletero de su ranchera y sacó una gran bolsa negra para introducir el cadáver de la joven, a la que tenían que hacerle la autopsia. Cogió de su bolso dos pares de guantes más y se los entregó a los dos agentes para que le ayudaran a depositar a la joven dentro del saco negro de plástico. Mientras la trasladaban, el forense se percató de un detalle.

—¡Esperen un momento! Volteen un segundo a la joven.

El doctor observó el extraño tatuaje que lucía en su espalda. Sacó la cámara e hizo varias fotografías. No era el único que estaba fotografiando aquella escena. A unos pocos metros, entre los curiosos, se encontraba un periodista local efectuando algunas tomas.

—Bien, ya pueden introducirla en la bolsa y trasladarla hasta mi coche. Yo la llevaré al Anatómico Forense.

Cuando el doctor se dirigía a su vehículo, fue abordado por el periodista.

—Disculpe, señor, ¿me podría decir lo que han encontrado?

—No le puedo contar mucho. Era el cadáver de una joven que estaba enterrada en la arena. No hay claros signos de violencia, por lo que aún no podemos decirles nada más. Espero que lo comprenda.

El forense se dirigió con la joven al Anatómico mientras el reportero acudía a la redacción de su periódico con la noticia, desgraciadamente, habitual.

Capítulo 24

—I said you wannaaaa be startin' somethin... You got to be startin'
somethinnnn... I said you wanna be startinnnn' somethinnnn...

Richard se levantó de la cama con un terrible dolor de cabeza e intentó sin éxito encontrar su móvil para apagar la alarma, que no dejaba de sonar cada vez más fuerte. Rosa se revolvió en la cama.

—¿Qué ocurre, Richard?

—¡Nada! Intento localizar el móvil para apagar la dichosa alarma.

Mientras, Michael Jackson seguía animándoles el despertar.

—You got to beeee startin' somethiiiiiin'... It's too high to get
oveeeeer... Your'e too low to get undeeeeeer...

Richard rebuscaba con torpeza por sus pantalones.

—¡Por fin!

El silencio regresó de nuevo a la habitación.

—¿Qué hora es? —A Rosa también parecía que le iba a estallar la cabeza.

—Son las ocho. Todavía es pronto. Se me olvidó apagar la alarma. Puedes dormirte otro rato.

Richard se tumbó junto a la joven intentando recordar la fiesta de la noche anterior.

Las imágenes se agolpaban en su cabeza. San Román alzando su copa con sonrisa forzada. Fernando persiguiendo a toda modelo que se ponía a su alcance. Diego intentando siempre que podía atraer la atención de Rosa. Recordó a Kike colocándose una pajita negra en la oreja, a modo de micrófono, y vacilando a todos sus invitados, haciéndose pasar por el personal de seguridad. Una copa, otra copa, una docena más y finalmente regresar tardísimo al hotel en taxi; obviamente, no se fiaban de Fernando, quien comenzó, a medianoche, a bailar con la corbata colocada a modo de cinta en la cabeza.

—¡Dios, espero que no haya imágenes de todo el desmadre!

Siguió repasando la noche: San Román marchándose hacia la suite presidencial agarrado a dos modelos esculturales y escoltado por sus guardaespaldas. Kike y su marido escapándose también en el ascensor rumbo a una de sus habitaciones favoritas, decorada en blanco impoluto con un enorme sofá de color morado fuerte y unas cortinas haciendo juego, una habitación minimalista que les encantaba y en la que habían invitado a algunos amigos para la última copa. Y Rosa y él llegando a la habitación de su hotel y cayendo rendidos en la cama. Recordaba levemente que la joven se había desnudado ante él sin pudor. Casi podía visualizar su cuerpo escultural, en ropa interior negra, quitándose las medias para caer en la cama como un muerto. Se avergonzó al recordar que se había acostado a su lado y que había comenzado a darle pequeños besos por el cuello que no fueron suficientes para reanimar ese cuerpo de mujer mortecino.

La cabeza le giraba a gran velocidad y no conseguía volver a dormirse. No dejaba de pensar en Mario San Román, en cómo había tratado a Fernando y en su comportamiento durante toda la noche. La idea de San Román haciendo rituales de muerte comenzó a obsesionarle. ¿Sería ese cabrón el responsable de toda aquella aventura que había comenzado en Teotihuacán? Y si no era él ni los vigilantes de los días quienes estaban relacionados con las muertes... ¿quién sería?

Richard no aguantó más y se fue a coger de su mochila un bolígrafo y la Moleskine. Anotó:

- Mario San Román (Buscar información. Preguntar a Fernando. Llamar a Charlie. FBI).
- Diego (Conseguir que realice ritual. Buscar más información sobre los tatuajes y sus extraños rituales).
- Rosa (Que bucee para intentar encontrar más información del Código de Dresde).
- Charlie (Pedirle información resultados de ADN y preguntarle por las imágenes de la videocámara).
- Organizarme la agenda para la visita del gran jefe.

TEMAS PENDIENTES HOY:

- MARIO SAN ROMAN: (Buscar información,
Preguntar a Fernando. Llamar a Charlie. FBI)

- DIEGO: (Conseguir que realice ritual.
Buscar mas información sobre los tatuajes y extraño vihek)

- ROSA: (Que bucee para intentar encontrar mas
información sobre el Códice Oreste)

- CHARLIE: (Pedirle información resultados ADN
y preguntarle imágenes videocámara)
¡ ORGANIZARME LA VISITA DEL "GRAN JEFE" !!!

Una vez apuntado todo lo que tenía que hacer ese día, encendió el ordenador y comenzó a escribir para el reportaje la crónica de la inauguración. Cuando terminó, se dedicó a contemplar a Rosa, que seguía durmiendo. Destapó algo su cuerpo cubierto por la sábana y comenzó a dibujarla. Transcurrido un buen rato, Rosa se desperezó sin sospechar que había ejercido como modelo para el periodista.

—¿Qué hora es?

—Ya es casi mediodía. ¿Cómo te encuentras? —Richard ya se sentía algo mejor.

—¡Aún me duele la cabeza! ¿Cuántas copas de champán nos tomamos ayer?

—Creo que en la número veinte perdí la cuenta. —Richard sonrió a Rosa, quien, a pesar de sus pelos revueltos, lucía para él como una diosa. Lo de dormir juntos ya comenzaba a ser una mala costumbre y no por lo de juntos, sino por lo de dormir... En ese momento sonó el teléfono de la habitación. Richard lo cogió.

—¿Dígame?

—¡Gringo, soy Fernando!

—¿Qué pasa, amigo? ¿Cómo estás? ¿A ti también te duele la cabeza?

—¡Qué va, princesita! Yo soy puro macho. Oye, escúchame. Te he llamado a la habitación por si tenías el celular apagado. ¿Tienes por ahí el portátil?

—Sí, lo tengo por aquí. ¿Qué pasa?

—No pierdas tiempo y conéctate a Internet. Creo que vas a alucinar, jodido gringo. Te voy a poner en la pista de lo que vas buscando.

Richard se conectó a Internet.

—¡Ya está! ¿Qué quieres que busque?

—Métete en la página del periódico *El Universal* de México.

Richard hizo caso a su amigo y se conectó al diario digital mexicano.

—Bien, ya estoy.

—¡Perfecto! Comienza a bajar por la página hasta que llegues a un titular que pone: «Una muerta más en Ciudad Juárez».

—¡Ya lo tengo!

—Pínchalo y alucina con la foto.

Richard accedió a la noticia y pinchó en la foto para ampliarla. Era el cuerpo de una joven muerta sobre la arena.

—¿Te has fijado en la espalda?

Richard aumentó el tamaño de la foto.

—¡Joder, Dios mío! ¡Tiene un tatuaje!

—Sí, además es muy parecido al que nos mandaron.

Rosa saltó también de la cama y se puso a ver la fotografía. Se quedó realmente impresionada.

—Richard, ¿puedes aumentar algo más la foto? —Rosa acercó su cara a la pequeña pantalla.

—No, la debió de sacar desde lejos y no tiene mucha calidad. ¡Joder! Fernando, ¿podrías localizar al periodista que ha hecho la foto? Necesitaríamos una con mayor calidad y, sobre todo, saber si a la joven le habían arrancado el corazón.

—El periodista ha firmado el artículo. No creo que tenga problema en encontrarlo.

—¡Genial! ¿Cuánto se tarda en llegar desde aquí hasta Ciudad Juárez?

Rosa le miró asustada.

—¡Uffff! Hay casi 2.000 kilómetros. Tardarías en coche al menos un día entero.

—¿Y cuánto se tarda en avión?

—Unas dos horas y media.

—Pues yo me apunto. ¿Tú te puedes venir?

—Sí, gringo. Si tú cubres mis gastos, cuenta conmigo, aunque te advierto que Ciudad Juárez es un destino complicado. Hay que tener muchos arrestos para pasear buscando información de un cadáver.

—Bueno, busco billetes y te cuento. Luego hablamos, amigo. Si eres tan amable, haz la gestión de localizar al periodista y dile que mañana por la mañana desayunamos juntos. Si puede, que intente conseguir algo más de información. Dile que tendrá propina. ¿De acuerdo?

—Ok, gringo. Voy haciendo gestiones y te cuento.

Richard colgó y permaneció con Rosa mirando durante un rato la foto de la chica muerta y el tatuaje de la espalda. La foto no tenía mucha resolución y no se podía distinguir bien el dibujo.

—¿Estás seguro de que quieres ir a Ciudad Juárez? —Rosa era consciente del peligro que entrañaba aquel viaje.

—Sí, Rosa. Creo que esta mujer puede ser la prueba que estamos buscando. —Se incorporó y fue a coger la mochila—. Voy a llamar a Jon Sistiaga. Es un periodista español amigo mío, fuimos juntos a la universidad y ha hecho varios reportajes geniales sobre Ciudad Juárez. Seguro que tiene algún contacto en la ciudad.

—Sabes que voy a ir contigo, ¿verdad? —Rosa se quedó mirando fijamente a los ojos a Richard. El periodista sabía que no podría discutir.

—¿Tengo elección?

—¡No! Voy a hablar con el doctor Cabrera para pedirle un par de días libres. Me los debe, no creo que me ponga inconveniente.

—¡Qué cabezota eres! En fin... Pongámonos en marcha, que hay mucho que hacer. ¿Quién se ducha primero?

Rosa se dirigió hacia el baño.

—¿Tú qué crees?

Arrastrando la sábana, se encerró en el baño para arreglarse. Richard estuvo tentado de seguirla, pero respiró hondo y se tranquilizó. Para distraer su mente aprovechó para llamar a su amigo.

Marcó su número y esperó a que lo cogieran, el teléfono daba señal pero no respondía nadie. Colgó y volvió a llamar. Después de unos cuantos tonos sonó una voz como de ultratumba.

—¿Dígame?

—¿Jon Sistiaga?

—Sí, soy yo. ¿Quién es?

—¡Jon! ¿Cómo estás, amigo? Soy Richard Cappa.

—¿Richard? ¡Qué pasa, mamón! ¿Sabes qué hora es?

Richard calculó mentalmente las horas y se dio cuenta de que había despertado a su amigo en plena noche.

—¡Uffff! Lo siento, compi, estoy metido en un buen lío y no me he dado cuenta de que en España son ocho horas menos... ¡perdóname!

—¡Nada, no te preocupes! ¿Es algo importante o puedes esperar a mañana?

—Si quieres te llamo en unas horas. Me ha surgido una investigación en Ciudad Juárez y necesitaba algún contacto.

—¿En Ciudad Juárez? ¿Qué tipo de investigación?

—Un asesinato.

—¡Joder! ¿Estás seguro de que tienes que ir tú?

—Me temo que sí.

—¿Cuándo te vas?

—Voy a buscar billete. Ahora estoy en D.F. para cubrir la visita de Obama. Imagino que esta tarde partiré para Ciudad Juárez, aunque espero estar solamente un par de días como mucho.

—Bueno, en cuanto me levante, te llamo y te paso un par de contactos. Conozco a un jefe de la policía que por unos cuantos dólares te protegerá. ¡Luego hablamos!

—Vale, sigue durmiendo. Luego te llamo.

Los tonos del teléfono le avisaron de que su amigo volvía al resguardo de la almohada. Richard buscó en la agenda del móvil el teléfono de Charlie y miró de nuevo su reloj para comprobar que no le pillaría también durmiendo.

—Son las once... en Nueva York son... las diez. Imagino que Charlie ya estará en la redacción.

Richard marcó el número de su amigo.

—¿Richard?

—¿Qué pasa, Charlie? ¿Ya estás por la redacción?

—Sí, amigo, aquí se empieza pronto a trabajar. ¿Ya lo has olvidado? —Richard sonrió—. ¿Ocurre algo? ¿Va todo bien?

—Sí, sí. No te preocupes. Ayer estuvimos en la inauguración del hotel. Fue todo un fiestorro. Les diré a los chicos que te manden un buen repor. Por cierto, estaba pensando en hacer un viaje relámpago a Ciudad Juárez. Creo que a la gente le interesa saber cómo están las cosas allí. ¿Qué opinas?

Charlie empezó a respirar con intensidad.

—¿Qué quieres que opine, Richard? Cualquier persona medianamente informada sabe que la situación allí es muy complicada y que son cientos las mujeres desaparecidas en estos últimos años. No creo que sea una buena idea y, además, no sé si me aprobarán el presupuesto: son vuelos, hotel, dietas... ¡Olvídalo! No es buena idea, Richard.

—Escúchame, Charlie. El viaje lo voy a hacer lo pague la empresa o no. Creo que saldrá un buen reportaje y me marcho en el primer vuelo. ¿Busco yo los billetes o lo haces tú?

Richard escuchó la voz de Daniel, su jefe, a lo lejos.

—Por la forma que tienes de respirar seguro que es Richard. ¡Dale un abrazo de mi parte!

Richard sonrió.

—¡Otro para él! —le dijo.

Charlie esperó a que el jefe se alejara.

—Vosotros dos vais a acabar conmigo. En fin, Richard, me pongo a lo del viaje, pero te juro que me vas a estar invitando a comer toda una semana.

—¡Cuenta con ello! ¡Eres muy grande, Charlie, que lo sepas!

—¡Y tú muy capullo!

—Una cosita, al viaje, aparte de Marc y Rul, me llevaré a Fernando y a Rosa.

—¿Rosa?

—Sí, la arqueóloga de la que te hablé. Allí me puede ser de mucha ayuda.

—No sé, Richard. Vamos a hacer una cosa. Los billetes de vosotros cuatro los pagaré desde aquí. El de Rosa lo gestionaré con la tarjeta Visa de viaje que te he dado y luego me lo justificas con cualquier factura. No creo que el jefe apruebe una comitiva tan grande para un solo reportaje.

—¡Eres el mejor!

—Envíame los datos de Rosa y Fernando, luego te mando por mail los billetes y la reserva de hotel. Bueno, te dejo, que tengo que empezar a gestionar todo esto y hoy tengo un día de perros.

—¡Gracias, Charlie, te quiero!

—¡Y yo a ti, cuídate, amigo!

Richard sabía lo importante que era tener a Charlie a su lado. Era la eficacia personificada. No perdió ni un minuto y habló con Marc, deberían estar preparados con el equipo por la tarde.

La operación Juárez estaba en marcha.

Capítulo 25

Fernando localizó el teléfono de *El Universal*. Llamó para preguntar el número de la redacción de Ciudad Juárez. En pocos minutos habló con el periodista que había realizado el artículo sobre la joven muerta.

—Redacción de *El Universal*, Ciudad Juárez. ¿En qué puedo ayudarle?

—Hola, buenos días, soy Fernando Lozano, de Televisa. ¿Está por ahí Teodoro Rodríguez? Quería hablar con él.

—Un segundo que le localice. —Fernando tuvo que esperar varios minutos.

—Teodoro Rodríguez al aparato. ¿Con quién hablo?

—Hola, Teodoro, soy Fernando Lozano, de Televisa. Te llamo del D.F.

—Bueno, ¿y qué necesita un periodista de Televisa de un humilde reportero?

—Verás, estoy trabajando con un amigo gringo de CNN que está realizando algunos reportajes sobre México. Hemos visto tu crónica sobre la muerte de esta mañana y queríamos algo más de información.

—¿Más información?

—Necesitamos dos cosas: por un lado, una foto más cercana del tatuaje que llevaba la muerta en la espalda, y luego saber si tenía el pecho abierto, si la habían rajado.

—Lamentablemente, la única foto que salió bien fue ésa. Yo estaba muy lejos y no me dejaron acercarme. A la chica enseguida la metieron en una bolsa de plástico y no pude ver más.

—Mira, tenemos pensado ir esta tarde a Ciudad Juárez. Este periodista amigo mío quiere desayunar contigo mañana, y si pudieras localizar la información que te he pedido, sería chévere. Creo que te interesa quedar bien con él, nunca se sabe cuándo te pueden contratar para un canal extranjero. Además, incluso podría pagar algunos dólares por la información.

—Bueno, déjame hacer unas averiguaciones. Llámame esta tarde y te cuento. Pero, hazme un favor, aquí en Ciudad Juárez todo es diferente. No le digas a nadie que has hablado conmigo, ni siquiera que me conoces, ¿estamos? Aquí la vida no vale ni ese puñado de dólares. Cuando llames no digas que eres de Televisa, mejor di que eres un amigo mío, ¿ok?

—Cuenta con ello. Luego te llamo.

A pocos kilómetros de la redacción
de El Universal, *Ciudad Juárez*

—¿Qué tal ha dormido hoy la pinche?

—¡No ha dado mucha batalla! ¿Has podido dormir tú?

—Sí, aunque me he pasado un par de veces para ver si seguía respirando. Ya no me fío. Bueno, voy a darle el desayuno.

El Tigre entró en la destartalada cocina. La pila estaba repleta de cacharros sucios y por todas partes había manchas y restos de comida. Abrió un polvoriento armario y cogió un potito de verduras. Se acercó a un cajón buscando una cucharilla, pero no quedaba ninguna limpia. Rebuscó en el fregadero y encontró una usada, la cogió y se la limpió en el pantalón. Antes de salir le pegó un buen trago a una botella de tequila medio vacía que estaba sobre la mesa.

Abrió la puerta de la habitación. Allí estaba la joven, atada. Parecía que seguía durmiendo.

—¡Vamos a desayunar, cabrona!

La joven se revolvió en la cama, asustada.

—Venga, ya sabes las normas, putita. Te suelto las manos para que comas y te quito la mordaza. Como se te ocurra gritar te voy a estar pegando golpes hasta destrozarte la cara. ¿Me entiendes?

La joven asintió con la cabeza.

El Tigre le desató las manos y le quitó a la temblorosa muchacha la mordaza.

—¡Venga, come!

La chica se frotó las muñecas entumecidas por la cuerda y se tocó la espalda dolorida por el tatuaje reciente. Cogió el potito y, sin rechistar, comenzó a comer. Después de unas cuantas cucharadas levantó la vista.

—¡Gracias, señor!

—¡No hables, no te quiero oír!

La muchacha terminó en pocos segundos el potito y pidió ir al baño.

El matón le acercó una palangana que estaba bajo la cama. La joven orinó avergonzada delante del sicario. En cuanto terminó, la volvió a atar a los barrotes.

—¡Por favor, señor! ¿Qué van a hacer conmigo?

—¡Te he dicho que no hables, zorra!

El Tigre metió de nuevo el trapo en la boca de la joven, que comenzó a revolverse, aunque fue inútil. De nuevo estaba atada a la cama sin poder casi moverse. Escuchó el portazo y cómo cerraban con llave la puerta de la habitación donde estaba retenida.

—Dios te salve María, llena eres de gracia...

La joven repetía una y otra vez aquella oración, deseando con todo su corazón que sus plegarias fueran escuchadas.

Redacción de CNN, Nueva York

Charlie estaba sentado en su despacho. Rebuscaba en Internet intentando localizar las mejores ofertas para que el equipo de Richard volara a Ciudad Juárez cuando el sonido del móvil le interrumpió.

—¿Charlie? Soy Matthew, de la policía científica.

—Hola, Matthew. ¿Qué tal estás?

—Bien, bien. Te llamo porque ya tengo todos los datos que me pediste.

—Richard se alegrará. ¡Cuéntame!

—Verás, como ya te dije, la piel pertenece a una joven morena, de unos veinticinco años y seguramente la mataron hace unos diez días. Esto es lo que ya te había comentado, pero estamos realizando las nuevas pruebas de las que te hablé.

—Sí, lo recuerdo. Las que tenían relación con el agua, ¿no?

—Sí, efectivamente. Pues bien, realizando este estudio con los restos que nos proporcionaste, hemos conseguido averiguar que la joven asesinada es de la zona de Ciudad Juárez, en México.

Charlie se tuvo que sentar para continuar la conversación.

—Además, te diré que hemos analizado también los tintes del tatuaje y la firma y, curiosamente, nos llevan a esa misma localidad. Al parecer, hay un joven que se hace llamar Alado que firma los tatuajes de la misma forma que el que hemos encontrado. Por lo que hemos podido averiguar, se está convirtiendo en el más famoso de la región.

El productor sacó de su bolsillo un pañuelo y se secó las gotas de sudor que habían surgido en su frente.

—Hay un dato que también me ha llamado la atención: le hizo el tatuaje a la joven, como mucho, una semana antes de su muerte.

Charlie volvió a restregarse el pañuelo por la cara.

—De momento, es todo lo que te puedo contar. Si me entero de algo más, te llamo.

—Mil gracias, Matthew. En cuanto cuelgues, le paso la información a Richard. Un abrazo y... ¡te debo una!

CAPÍTULO 26

Diego terminó de arreglarse. Se había vestido de manera informal, con un polo blanco, unos pantalones caquis y unas botas, algo cómodo para acudir al campo.

Entró en su despacho. Sobre una mesita auxiliar había una bandeja metálica repleta de un líquido transparente. Se puso unos guantes, introdujo sus manos dentro de la bandeja y sacó del producto un trozo de piel tatuada para depositarla sobre varios papeles de cocina. Secó bien el rectángulo y lo envolvió con una tela. Después, lo guardó con cuidado en una carpeta.

Bajó al garaje de su casa y se metió en su todoterreno. Dejó la carpeta en el asiento del copiloto. Encendió el motor y automáticamente la música comenzó a sonar.

—*Pasaron el carrizaaaal, iban tomando cerveeeezaaaa, su compañero le dijoooooo... nos sigue una camioneeeetaaaa. Lamberto, sonriendo, dijo: ¿pa qué sooooon las metralletas?*

Atravesó toda la ciudad hasta llegar a la avenida Nacional. Si se mantenía por esa carretera, llegaba a Teotihuacán, la ciudad sagrada, pero su destino estaba a varios kilómetros de las famosas pirámides. Las pasó de largo y también San Martín de las Pirámides y Santiago Tolmán. Justo después de atravesar este pueblo se desvió por una carretera de tierra que zigzagueaba junto a un cerro. Tras recorrer varios kilómetros llegó a una pequeña aldea de casas de adobe con tejados de paja. Parecía que el tiempo no hubiera pasado por aquel poblado cuyos habitantes se asemejaban a los antiguos mayas. Por aquel paraje no conocían el asfalto ni el alumbrado, y el pozo que se divisaba a lo lejos parecía la única fuente de abastecimiento líquido de aquella gente.

Diego aparcó su vehículo y saludó a los niños que, descalzos, corrieron a su encuentro.

—¡Hola, pequeños! ¿Qué tal estáis?

Metió la mano en uno de sus bolsillos y sacó caramelos para los chavales que se habían congregado junto a él. Una mujer dio varias palmadas y los chiquillos salieron en desbandada.

—¡Buenos días, Diego!

—¡Buenos días, Úrsula! ¿Cómo va todo?

—Todo bien. Es un día bonito y los dioses nos acompañan. ¿Has venido a ver a Painal? Se encuentra en la gruta con los demás sacerdotes.

—Sí, vengo a verlo.

—Bien, te acompaño.

El recién llegado siguió a la mujer, que iba vestida con ropajes de vivos colores y adornada con multitud de pulseras y collares. También, al igual que el resto del poblado, caminaba descalza. Lo acompañó hasta la entrada de una gruta. Allí le dejó solo. Diego sujetó bien la carpeta y comenzó a adentrarse por aquellos pasillos oscuros tan sólo iluminados por unos cuantos recipientes de aceite. Según caminaba por la galería, escuchaba con más nitidez el canturreo de los sacerdotes. Un melódico y repetitivo soniquete que conocía bien.

El presidente de Los Vigilantes de los Días dobló el pasillo y se encontró con una gruta enorme iluminada con antorchas. En un lado, había un altar de piedra y el suelo estaba repleto de alfombras elaboradas con pieles de animales. Sobre las pieles había un gran códice abierto y el sacerdote Painal iba leyendo algunos pasajes del libro sagrado, arrullado por las voces de sus ayudantes. Varios de ellos pintaban extraños símbolos en enormes pergaminos.

Diego sentía un gran respeto por aquellos hombres. Se acomodó en una de las alfombras sin interrumpir la ceremonia. A los pocos minutos cesó el canturreo y el sumo sacerdote, Painal, le miró fijamente.

—Buenos días, Diego.

—Buenos días, señor.

—El final de los antiguos días se acerca, querido amigo —le dijo Painal—. Los libros lo dicen y los vigilantes lo ratifican. Debemos estar preparados. Los dioses reclaman cada vez más sangre y nosotros debemos dársela.

—Lo sé, estamos preparando un nuevo ritual, será en breve. Le he traído la primera piel de la última oración. —Diego abrió la carpeta y sacó el trozo de piel tatuado.

El sacerdote lo admiró con una sonrisa y lo depositó sobre el altar. Las oraciones volvieron a sonar. Painal encendió varias varillas de incienso y cogió un cuenco repleto de un líquido verdoso.

El sacerdote pidió a Diego que se pusiera frente a él. Relajó su cuerpo y siguió sus indicaciones bebiendo del cuenco que le ofreció. Un líquido amargo, del sabor de la bilis, se deslizó por su garganta. A Diego le dio la impresión de que lo iba quemando todo a su paso. Cuando llegó a su estómago, sintió un calor intenso. Poco a poco, su cuerpo se fue relajando, intentaba mover los dedos pero cada vez le costaba más sentir cada una de sus articulaciones. Painal, de nuevo, se había transformado. A Diego le parecía que el sacerdote tenía treinta o cuarenta años menos. Lo observaba con dificultad, su mirada se había vuelto borrosa y escuchaba sus rezos como si fueran lejanos. Con la poca conciencia que le quedaba, notó cómo le limpiaba su cuerpo con un manojo de plumas.

Diego permaneció inmóvil durante unos minutos. De pronto, un sudor frío comenzó a recorrer su cuerpo. Intentó controlar sus piernas, pero fue imposible, y se derrumbó sobre el mullido suelo como si fuera un pesado saco de patatas inerte.

El sacerdote lo arropó con unas cuantas pieles y continuó con las oraciones. Diego comenzó un largo viaje a su interior del que no regresaría hasta la mañana siguiente.

CAPÍTULO 27

Ciudad Juárez, México

El periodista de *El Universal* aparcó a varias manzanas para que nadie pudiera reconocer su carcomido coche. Se deslizó entre los vehículos y, asegurándose de que nadie lo veía, corrió hacia la puerta trasera del edificio. Era la una del mediodía y el sol pegaba con fuerza, seguramente los funcionarios que trabajaban allí estarían en alguna habitación protegidos del calor, llenando el estómago con los tacos preparados por sus mujeres o por sus madres. Intentó abrir la puerta, pero estaba cerrada con llave. Recorrió la parte trasera del inmueble buscando alguna posible entrada hasta que divisó una ventana entreabierta.

Sacó de la bolsa que le colgaba en bandolera una bata blanca, se la ajustó y, dando un salto, se encaramó del poyete de la ventana. Corrió el cristal y se adentró intentando pasar por un trabajador más.

Teodoro conocía bien aquellas instalaciones. Lamentablemente, las había visitado en innumerables ocasiones. Cualquier periodista de Ciudad Juárez conocía aquel edificio. Subió a la primera planta, procurando no hacer ruido para no ser descubierto, aunque a esas horas del día, como él había previsto, no deambulaba nadie por aquellos tétricos pasillos.

Llegó hasta una puerta blanca y la empujó, buscó a tientas el interruptor de la luz, lo pulsó y se encendieron varios fluorescentes que iluminaron una sala desierta, de suelos de mármol y paredes cubiertas de azulejos blancos. En uno de los laterales había un gran mueble metálico con decenas de tiradores del mismo material. En algunos de los enormes cajones había una pegatina con el nombre y apellidos del fallecido.

El periodista sacó su cámara de fotos de la bolsa y se la colocó al cuello. Comenzó a abrir los grandes cajones metálicos. Abrió uno... ¡vacío! Abrió otro... ¡lo mismo! Tuvo que abrir cuatro o cinco hasta descubrir uno en el que había un cuerpo cubierto con una bolsa de plástico. Con el pulso tembloroso, abrió la cremallera y quedó horrorizado al ver la cara de un tipo con el rostro desfigurado por algún golpe.

Cerró el cajón y siguió abriendo y cerrando compartimentos y cremalleras hasta que encontró el cuerpo que estaba buscando. Había sido lavado y ya no le quedaban restos de tierra. Pero, afortunadamente, aún no le habían practicado la autopsia. Abrió del todo la bolsa oscura y sacó varias fotos del pecho de la joven, que no ofrecía muestras de que hubiera sido abierto. Como pudo, volteó el cadáver para poder fotografiar el tatuaje, estaba convencido de que sacaría unos buenos dólares por la foto. Apretó en varias ocasiones el disparador de su cámara.

Mientras volvía a dejarlo tal y como se lo había encontrado, escuchó unos pasos que se acercaban a la sala en la que él estaba. Los nervios le impedían subir la cremallera del cadáver, lo intentó un par de veces con sus temblorosos dedos, pero fue imposible. Cerró como pudo el cajón y se escondió atemorizado en el hueco entre el enorme armario metálico y una de las paredes.

En la sala entraron dos gorilas que comenzaron a abrir todos los cajones de la sala de autopsias como si estuvieran poseídos por la urgencia.

—¡Venga, güey! Tú empieza por ahí y yo por aquí.

El periodista intentaba no hacer ruido con la respiración, aunque era casi imposible controlar sus pulmones, que le demandaban aire con urgencia. Notó cómo el calor corría por su pernera. El miedo le había paralizado consiguiendo que se orinara encima. No sabía muy bien quién se encontraba en la misma habitación, pero por el escándalo que armaban abriendo y cerrando cajones no había duda de que habían entrado a lo mismo que él: buscaban un cadáver.

—¡Heyyy, he encontrado a la zorra!

Los dos sicarios cerraron la bolsa abierta y tirando de ella la sacaron a la fuerza del compartimento metálico. Se escuchó un fuerte golpe seco al caer a plomo el cadáver contra el suelo. En ese momento, el periodista descubrió horrorizado que la orina había formado un pequeño charquito que comenzaba a escaparse hacia la sala.

El compañero del Tigre observó extrañado aquel líquido que salía del rincón. Se dirigió hacia allí. De repente, alguien entró en la sala.

—¡Eh! Pero... ¿qué mierda hacen?

El funcionario no salía de su asombro cuando vio al Tigre arrastrando una bolsa con un cadáver dentro. Éste la soltó rápidamente y el cuerpo de la joven volvió a golpear nuevamente el suelo. El periodista, aterrado, apenas respiraba.

—¡Cállate, mamón!

Y para asegurarse de que lo haría, el Tigre sacó un revólver de su cintura, apuntó a la cabeza del funcionario y apretó el gatillo.

El pobre hombre cayó fulminado por el impacto de la bala. De su frente comenzó a brotar un hilo de sangre.

—¡Joder, controla un poco, chingón! Ya tenemos la vida jodida como para que matemos a otro.

El Tigre apoyó el revólver en la frente de su compañero.

—¡Tira, cagón, y vámonos rápido, no vayas a ser tú el próximo!

Arrastraron la bolsa con el cadáver hasta la furgoneta que tenían aparcada en la parte trasera del Anatómico Forense de Ciudad Juárez sin que nadie más se atreviera a salirles al paso. Lanzaron el cuerpo dentro y se marcharon a toda velocidad.

El periodista esperó unos segundos y salió de la sala como una exhalación. No le importó tener que saltar por encima del cuerpo del funcionario. No paró hasta que llegó a su coche, ni siquiera se preocupó de si alguien lo había visto. Arrancó tembloroso el vehículo y salió a la velocidad que el viejo coche se lo permitía rumbo a la redacción de su periódico. Su corazón palpitaba desbocado y la humedad de su pantalón le recordaba el terror que había pasado en aquella sala.

Capítulo 28

Rosa se había marchado a su casa para recoger ropa para el viaje a Ciudad Juárez mientras Richard preparaba también su bolsa con algo de equipaje. Se aseguró de que las cámaras estuvieran bien cargadas. Mientras repasaba algunos de los apuntes de su Moleskine, el móvil le interrumpió.

—¿Richard?

—¡Qué pasa, Charlie! ¿Cómo vas, amigo?

—Bien, ya tengo todo.

—¡Qué grande eres!

—Sí, sí... Muy grande... Una cosa, Richard, antes de nada te tengo que hacer una pregunta... ¿vas a Ciudad Juárez por algo en especial? Y, por favor, me sentiría más tranquilo si no me mintieras.

Richard aguantó unos segundos, no sabía si decirle a su amigo la verdad. No le gustaba que Charlie sufriera por su culpa, pero, finalmente, decidió no ocultarle nada...

—¡Es imposible mentirte, querido Charlie! Sí, voy a Ciudad Juárez siguiendo una pista de una mujer asesinada. ¿Cómo lo has sabido?

—Me acaba de llamar Matthew y me ha comentado que, según lo que han podido averiguar, la joven asesinada era de la zona de Ciudad Juárez.

—¡Bingo! —El periodista estaba sorprendido—. Pues te juro, querido Charlie, que yo seguía la investigación por otro camino. Pero esta noticia no hace más que corroborar lo que pensaba. A las chicas, porque ya van dos que sepamos, las secuestran en Ciudad Juárez.

—¿Dos muertas?

—Sí, esta mañana ha aparecido el cuerpo de una joven asesinada en Ciudad Juárez con un tatuaje en la espalda parecido al que me mandaron a mí. Estoy convencido de que las dos muertes tienen relación y que el cabrón que organiza los rituales secuestra a las jóvenes en Ciudad Juárez. Y es muy listo. Las muertas en esta ciudad alcanzan ya cifras impresionantes desde que en 1993 apareció la primera mujer asesinada. Éste es un buen lugar para matar o secuestrar y pasar desapercibido. Estoy seguro de que estos desgraciados secuestran allí a las muchachas que luego utilizan en sus rituales.

—Y... ¿estás seguro de que quieres ir?

—Estoy seguro, querido Charlie. Ya no sólo por el reportaje, no podría dormir tranquilo sabiendo que me he marchado de aquí sin haberlo intentado. No sabemos cuántas mujeres han matado ni cuántas piensan matar.

—Pues esto me tranquiliza mucho más.

Al oír la risa de Richard al otro lado del teléfono como única respuesta, Charlie supo que estaba todo perdido. Lo único que aún no tenía claro era si darle a su amigo la información sobre el tatuador. Respiró profundamente para tranquilizarse y conseguir unos segundos de claridad. Estaba claro que si no le decía a Richard todo lo que sabía no se iba a sentir en paz.

—Por cierto, amigo, Matthew me dio más información...

—¡Mira que eres brujo! ¡Cómo te conozco! Siempre intentando protegerme como una madre. ¡Venga, desembucha!

—En la policía científica de Nueva York tienen una base de datos con miles de tatuajes. Al parecer, todos los tatuadores tienen, por así decirlo, una firma. Se sienten orgullosos de sus creaciones y utilizan una manera determinada de firmar que sólo ellos y los suyos conocen y de la que a veces el cliente ni se entera. Yo no sabía que un tatuaje puede aportar tantas pistas en una investigación.

—¡Interesante! ¡Cuenta, cuenta!

—Matthew cree saber de quién es el tatuaje que nos pasaste, de un tipo llamado Alado. Al parecer, es el tatuador que más fama está cogiendo en la zona.

—Esto empieza a ponerse interesante...

—Richard, te pido por lo que más quieras que seas prudente. ¿Me escuchas? Como esto llegue a oídos de los jefes estamos jodidos. No solamente tú: como cometas alguna equivocación, nos caemos los dos con todo el equipo.

—¡Tranquilo, Charlie, seré prudente! Además, Jon Sistiaga me va a facilitar el teléfono de un jefe de policía en Ciudad Juárez amigo suyo que nos protegerá allí. ¡No tienes de qué preocuparte! Por cierto... ¿me has enviado los billetes?

—Sí, ya lo tienes todo en tu correo. Os alojáis en el hotel Lucerna, es lo mejor que he encontrado. Solamente os he reservado una noche. Mañana por la tarde regresáis.

—¡Perfecto! ¿Cuándo salimos?

—A las cinco de la tarde, o sea, que ya te puedes ir dando prisa.

—¡Te quiero, amigo!

—¡Y yo a ti, mantenme informado! ¡Cuídate!

Richard colgó y buscó el número de Fernando.

—¡Hola, gringo! ¿Pasa algo?

—No, nada, solamente una cosita. El avión sale a las cinco de la tarde, ¿pasas a recogernos o nos vamos en taxi?

—No, no, yo paso a buscaros. Tenéis que estar preparados a las dos y media. ¿Viene Rosa?

—Sí, es muy testaruda.

—Vale, yo la recojo antes y luego pasamos por el hotel. ¿Algo más?

—Sí, necesito que localices en Ciudad Juárez a un tatuador al que llaman Alado. Queda con él y pídele hora, te vas a hacer un tatuaje esta noche.

—¡Serás cabrón! Sabes que tengo miedo a las agujas.

—Venga, hombre, ¿no eras puro macho?

—¡Gringo cabrón! ¿Crees que es el que ha tatuado a las chicas?

—Según las informaciones del forense, es posible, así que hazlo todo con precaución.

—¡De acuerdo, cuenta con ello!

—Sabía que podía contar contigo. ¡Luego te veo!

Richard telefoneó también a Marc y a Rul para quedar con ellos. En ese momento su teléfono le avisó de que tenía una llamada en espera. Observó la pantalla: JON SISTIAGA.

—Marc, te dejo, que tengo una llamada en espera, os veo a las dos y media. ¿Jon?

—¿Cómo estás, amigo?

—Bien, lo primero, disculpa por la llamada de esta noche, nos surgió un viaje imprevisto a Ciudad Juárez y enseguida pensé en ti y ni siquiera miré el reloj. Bueno... ¿cómo te va?

—No me puedo quejar. Sigo en televisión haciendo un programa de reportajes, que es lo que más me gusta. ¿Y tú? ¿En qué movida andas?

—Pues realizando algunos reportajes para la visita de Obama a México de dentro de unos días. Se me ha complicado algo la estancia aquí porque estoy investigando unos crímenes que han ocurrido en D.F. y que me llevan a Ciudad Juárez.

—¡Chungo! Yo he estado hace unos meses haciendo un reportaje y tuve que salir por piernas. La situación está muy jodida y no les gusta que haya periodistas merodeando y menos extranjeros.

—Sí, lo sé. Pero solamente voy a estar un día. Viajo esta tarde y mañana por la tarde nos volvemos. Espero que en tan poco tiempo no nos metamos en ningún lío. Por cierto, te llamé por si tenías a alguien allí que nos pudiera echar una mano.

—Sí, ahora te paso por mail varios contactos. Hay uno muy bueno. El que te comenté antes. Es un comisario de la policía mexicana de padres españoles. Es un tío muy honesto que está intentando limpiar de corrupción su distrito, aunque lo tiene muy jodido. Si le llamas de mi parte, te ayudará en todo lo que pueda. ¿Cuándo vuelves a Nueva York?

—Pues aún no lo sé, quizás en unos días, cuando acabe la visita de Obama. ¿Por qué? ¿Tienes pensado venir?

—Sí, tengo que ir dentro de un par de semanas. Si quieres, te llamo, y quedamos en el asiático tan maravilloso donde me llevaste la última vez, ese que estaba muy cerca de tu trabajo. ¿Cómo se llamaba?

—Tao. Veo que te dejó buen recuerdo.

—Sí, y también un buen dolor de cabeza. ¿Cuántos sakes nos bebimos?

—Creo que más de los que podríamos imaginar. —Richard lanzó varias carcajadas—. ¡Hay que ver qué noche pasamos! Pues nada, mándame un mail con los contactos de

Ciudad Juárez y en cuanto sepas la fecha de tu viaje a Nueva York, dímelo. Un fuerte abrazo, amigo, y gracias por todo.

—Igualmente, Richard. No obstante, si tienes cualquier problema, llámame, y ten mucho cuidado.

Richard miró su reloj, dentro de poco tenía que bajar a la recepción y antes debía imprimir los billetes electrónicos y los bonos para el hotel. Terminó de hacer el equipaje y bajó a la sala de reuniones para imprimir todos los documentos del viaje. En la puerta del hotel ya le esperaban Marc y Rul con el equipo preparado.

A los pocos minutos apareció la furgoneta de Televisa conducida por el padre de Fernando. Dentro estaban el mexicano y Rosa.

—¡Vamos, gringos, al coche!

—¿Pero ahí entramos todos?

—Sí, un poco apretados, pero entramos. Tiene doble fila de asientos.

En cuanto se marcharon del hotel, el coche que habitualmente los controlaba empezó a seguirlos. Al llegar al aeropuerto, bajaron de la furgoneta para coger el equipaje mientras el padre de Fernando les iba metiendo prisa intentando evitar una posible multa. Uno de los gorilas se apeó del coche y, a distancia, siguió los pasos al grupo. No se separó de ellos hasta que accedieron a la puerta de embarque. Salió rápidamente y entró en el coche, donde le esperaba su compañero.

—¿Dónde van?

—Han embarcado hacia Ciudad Juárez.

—¡Joder! No creo que eso le guste mucho al jefe. Tendremos que llamarle.

Insistieron en un par de ocasiones pero el teléfono de Diego estaba apagado.

—¿Qué hacemos?

—No lo sé. Le voy a dejar un mensaje y esperaremos órdenes.

Los gorilas no se imaginaban que Diego estaba realizando un largo viaje.

Capítulo 29

—¿Qué vamos a hacer con esta puerca?

El gorila, mientras conducía, miraba de reojo al Tigre, que, con el revólver ya frío sobre las piernas y el cadáver de la joven asesinada dentro de la furgoneta, actuaba como si nada hubiera sucedido.

—¡Yo qué sé! ¡Esta cabrona nos está complicando la vida! ¡Parquea ahí un momento! —El Tigre le señaló una destartalada gasolinera en medio de la carretera despoblada.

—Vamos a comprar una lata de gasolina y prendemos fuego al cadáver de esta zorra, seguro que después ni la reconocen.

El operario de la gasolinera levantó la mirada. Estaba recostado en un banquito a la puerta de una ruinosa caseta de madera. Aquella furgoneta le acababa de estropear la siesta de la tarde. A duras penas se incorporó y se dirigió hacia los recién llegados mientras sus huesos se iban acoplando en su cuerpo.

—¡Ustedes me dirán!

El Tigre escondió el revólver en la guantera y se bajó del vehículo.

—Hola, amigo, ¿tienes por ahí una lata y nos la llenas de gasolina?

—¡Eso está hecho! —Sin mucha prisa, se dirigió a la parte de atrás de la caseta y cogió un bidón de plástico vacío—. ¿Les sirve con dos litros?

—Sí, con eso tenemos.

El hombre accionó la manivela y el preciado líquido rebosó el bidón. Mientras llenaba el envase intentó en varias ocasiones fijarse en aquellos curiosos clientes, pero tenía la mirada del Tigre clavada en sus ojos, lo que le impedía mirar con libertad. Aquellos extraños tipos pagaron y se marcharon a toda velocidad.

—¡Gorilas de mierda! Despertarme de la siesta para 20 jodidos pesos.

Arrastró nuevamente su oxidado cuerpo hasta el banquito e intentó adoptar la posición que tenía antes de que le despertaran.

La furgoneta continuaba su camino.

—Creo que a cinco kilómetros tenemos un vertedero. La podemos quemar allí.

Los dos sicarios no se cruzaron con nadie de camino al vertedero. Aquél era un inhóspito paraje desértico por el que solamente circulaba algún lagarto o, puntualmente, alguna furgoneta cargada con droga dirigiéndose a la frontera. El fuerte olor a podrido de la zona era suficiente para que ni un alma residiera en los terrenos adyacentes.

—¡Joder, qué peste! ¡Esto no hay quien lo aguante! —Los sicarios bajaron de la furgoneta—. ¡Venga, vamos a darnos prisa o moriremos entre tanta mierda!

Bajaron rápidamente la pesada bolsa del asiento de atrás y la volcaron sobre una montaña de basura. A continuación, el Tigre vació la garrafa de gasolina sobre el cuerpo y lanzó una cerilla encendida. El fuego devoró en segundos la bolsa mientras el hombre observaba atentamente, parecía que las llamas lo hipnotizaban. Así, con la mirada perdida, permaneció varios minutos.

—¿Nos vamos? —Su compañero se desesperaba ante aquella enorme humareda. El Tigre volvió en sí.

—Sí, creo que a ésta ya no la reconocen ni los pendejos de su familia.

La furgoneta abandonó el vertedero mientras ardía todo alrededor. No había peligro de que el fuego se propagase, a pocos metros tan sólo se podía encontrar arena y alguna roca, un paisaje que se repetía en muchos kilómetros a la redonda.

Capítulo 30

—Señores pasajeros, estamos realizando las maniobras de aproximación al aeropuerto de Ciudad Juárez, les rogamos ajusten sus cinturones de seguridad, cierren sus bandejas y coloquen sus respaldos en posición vertical. En unos minutos el avión tomará tierra.

—¿Ya llegamos? —Richard consultó incrédulo su reloj. El vuelo se le había hecho cortísimo.

—Sí, ya estamos. Te has dormido un ratito. —Rosa, abstraída con una noticia de *El Universal*, observó también su reloj. Eran las siete y media de la tarde.

—¿Qué lees? —preguntó Richard.

—¡Otro nuevo suicidio colectivo! Esta vez en un pueblecito en la frontera entre México y Guatemala. Un chamán se ha quitado la vida junto a treinta personas. Al parecer, estaban convencidos de que en unos meses el mundo terminaría. El chamán les dio a beber peyote mezclado con veneno y tuvieron un viaje del que no regresarán jamás.

—¿Todos mexicanos?

—No, había dieciocho extranjeros. ¡Esto es de locos!

Richard volteó la cabeza y observó a su equipo. Los tres —Marc, Rul y Fernando— estaban como para foto, dormidos y con las cabezas sobre el hombro del compañero. Solamente el impacto de las ruedas del avión sobre la pista consiguió que despertaran.

Una vez que tomaron tierra, salir de la terminal fue sencillo, la burocracia y los controles no eran tan estrictos como en cualquier gran aeropuerto. También les hizo ganar tiempo que no habían facturado las maletas. Marc no se separaba de su cámara y Rul cargaba con un par de mochilas. El resto llevaba equipaje de mano.

A Richard le sorprendió que Ciudad Juárez no tuviera el mismo olor que México D.F. Los aromas llevaban menos gasolina y el aire era menos denso, aunque más seco. Se notaba la falta de humedad en el ambiente de aquella zona cercana al desierto.

—¡Venga, gringos, los taxis nos esperan!

Fernando ya se había encargado de negociar un par de taxis para que les llevaran al hotel.

—¡Al hotel Lucerna, por favor! Paseo Triunfo de la República, 3976 —dijo Fernando a los dos taxistas. Enseguida partieron en comitiva hacia el hotel.

Recorrieron los veinte kilómetros que les separaban de la ciudad por la carretera 45, una amplia vía con varios carriles a cada lado repleta, a ambos márgenes, de bajas construcciones destartaladas. La impresionante llanura se veía tan sólo interrumpida a lo lejos por unas montañas peladas de vegetación.

Atravesaron un parque y comenzaron a notar que entraban en la ciudad: cada vez había más casitas diseminadas a ambos sentidos. La carretera 45 se convirtió en el paseo Triunfo de la República. A los pocos minutos llegaron a su destino.

El Lucerna era un coqueto hotel situado a pocos minutos del centro. Un bloque de unos siete pisos, pintado en color arena, decorado en el centro con ladrillos y coronado con una Estrella de David, que cumplía su misión de destacar ante todo lo que lo rodeaba. Al atravesar el hall se veía a lo lejos una sugerente piscina, rodeada de enormes palmeras. Richard se alegró de haber incluido en su equipaje el bañador, en cuanto llegara a la habitación pensaba cambiarse y bajar a la piscina para refrescarse.

—¿Alguien se da un baño conmigo en la piscina? —La idea de Richard gustó a todos menos a Fernando.

—Yo no, güey. Soy de secano. Os miraré sentado en el jardín tomándome una cerveza. De todos modos... ¡con la que tenemos organizada y tú pensando en darte un baño! —Al mexicano le seguía asombrando la sangre fría de su amigo en determinadas ocasiones.

Richard y Rosa compartieron habitación para que a Charlie le saliera más barata la comitiva. En cuanto subieron a cambiarse de ropa, el periodista telefoneó al contacto que le había proporcionado Jon Sistiaga, para evitar problemas en aquella peligrosa ciudad.

—Comisario Sandoval. ¿Quién llama?

—Disculpe, comisario, soy Richard Cappa, un periodista español amigo de Jon Sistiaga. Si no me equivoco, creo que él ya se ha puesto en contacto con usted para contarle que veníamos un par de días aquí para hacer un reportaje.

—¡Ah, sí! Me llamó el muy chingón hace un rato. ¡Gran tipo!

—Sí, desde luego.

—¿Y qué se les ofrece?

—Pues de momento, nada. Estaremos hoy y mañana grabando reportajes por la ciudad. Jon me pidió que en cuanto estuviera en el hotel le avisara de mi llegada.

—Pues muy bien, señor Cappa. Espero que no tengan ningún problema. ¿En qué hotel se hospeda?

—Estamos en el hotel Lucerna.

—¡Ah, muy bien! Intentaré mandarle allí un par de hombres para su seguridad. No obstante, cualquier cosa que necesite no dude en llamarme. Espero que tenga una buena estancia en Ciudad Juárez.

—¡Eso espero, un saludo! —Richard colgó. Se sentía más tranquilo sabiendo que habría alguien pendiente de su seguridad.

Después del baño decidieron irse al centro a cenar. Marc y Rul se quedaron en el hotel, Richard no quería implicarlos, al menos aún, en lo que se traían entre manos. Fernando tenía que acudir a su cita con el tatuador y Rosa y Richard prefirieron no acompañarle para no levantar sospechas. Richard le enseñó su Moleskine para que se acordara del dibujo que les habían enviado grabado en la piel.

—Mira, éste fue el primer dibujo. Rosa piensa que el siguiente debe de ser éste. —Richard le enseñó los diseños que había realizado tomando como referencia el Códice de Dresde—. Tienes que fijarte e intentar localizar alguno parecido.

—No te preocupes, gringo. Los tengo memorizados en la cabeza.

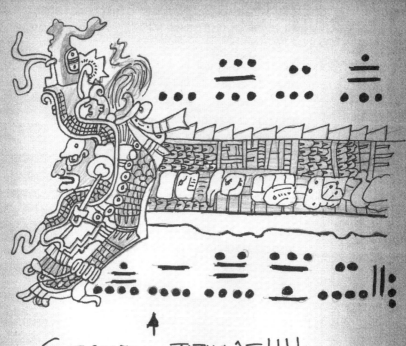

SEGUNDO TATUAJE!!!!

(también sacado del Códice Dresde)

CÓDICE DRESDE: Se conserva en la biblioteca estetal de Dresde (Alemania)
(39 páginas dibujadas por ambos lados)

—Sí, lo sé. Confío en ti. Bueno... ¿dónde cenamos? —A Richard le rugía ya el estómago.

—Un pinche de Televisa me comentó que hay aquí un restaurante histórico al que siempre han ido gringos famosos, como Frank Sinatra o Liz Taylor. Según me ha dicho, ahí se inventó el margarita y, encima, creo que se come bien.

—¡No sigas, nos apuntamos!

Pidieron un taxi en el hotel y se acercaron hasta el restaurante Kentucky Bar. Estaba a pocos minutos, en el 629 de la avenida Juárez Norte. Al llegar se quedaron bastante sorprendidos. Un montón de casas de la zona estaban derruidas y la mayoría de los negocios vecinos se vendían o tenían echado el cierre. Parecía que el Kentucky era lo único con vida en el barrio.

Rosa y Richard bajaron del taxi, Fernando continuó rumbo a su cita con el tatuador.

—¡Ten cuidado, amigo! Si necesitas cualquier cosa llámanos, y ya sabes... ¡sé discreto!

—¡Pierde cuidado, gringo!

La pareja vio desaparecer el taxi de Fernando entre las calles de Ciudad Juárez. Entraron en el restaurante. Aunque antaño había debido de ser la referencia del ambiente de la maltratada ciudad, ahora apenas había cuatro o cinco clientes... Un camarero vestido con camisa blanca, corbata negra y chaleco les saludó.

—¡Muy buenas noches y bienvenidos a Kentucky Bar! ¿Les sirvo unos margaritas?

—Pero sólo si son tan buenos como nos han contado. —Richard intentaba ser amable.

—Seguro que sí, señor. Están ustedes en la casa donde se inventó el margarita. Aunque nunca sabremos la verdadera historia, se cuenta que lo preparó un camarero para conquistar a una bella dama que se llamaba Margarita. El cantinero colocó en una copa dos terceras partes de tequila, una de Cointreau y limón. Para darle mayor prestancia, adornó el borde de la copa con sal.

—¿Y la conquistó?

—¡Ah, señor...! ¡Usted quiere saber mucho! Al quinto margarita se lo cuento.

El camarero preparó los margaritas y sentó a la pareja en una de las mesas. Enseguida Richard comenzó a hablar con él.

—Por cierto, me resulta raro en esta parte del mundo el nombre del bar: Kentucky. ¿Por qué se llama así?

—Viene de la época de cuando existía la prohibición de beber alcohol en Estados Unidos. Muchos americanos pasaban la frontera para tomar y comprar alcohol aquí, entre ellos centenares de soldados. Este bar era frecuentado, sobre todo, por un escuadrón de Kentucky, de ahí el nombre.

—¡Curiosa historia! Por cierto... ¿qué nos recomienda para cenar?

—Pues verá, señor, nosotros somos los reyes de los burritos, o sea, que yo, personalmente, tomaría alguno. También les recomiendo los lonches de colitas de pavo y la carne asada. Como todo viene con guarnición de fríjoles, arroz y ensalada, creo que con eso podrían cenar.

—¡Perfecto! Y tráiganos unas cervezas para la cena.

—¿Qué le parece Carta Blanca? Es una cerveza que se fabrica por la zona, es un poco más fuerte que la normal, pero está muy buena.

—Me parece muy bien.

En cuanto se marchó el camarero, Richard sacó su Moleskine y comenzó a dibujar la barra del bar.

—¿Sabes que en Ciudad Juárez presumen de ser los inventores del burrito? —señaló Rosa—. Al parecer, a principios de 1900, en tiempos de la revolución mexicana, había un señor que regentaba un puesto de comida callejero. Para que no se le enfriara la comida, pensó que lo mejor era envolverla dentro de una tortilla de harina de trigo que a su vez envolvía en mantelitos para que conservaran el calor.

»Fue tanta la fama que comenzó a tener el puesto de este hombre que llegó a tener pedidos de todo Ciudad Juárez y no le quedó más remedio que comprarse un burro para poder atender a todos sus clientes. En el animal transportaba toda la comida que le pedían. Pronto, muchos americanos que pasaban la frontera o incluso paisanos de la zona empezaron a preguntar por la comida del «burrito», y de ahí que este tipo de torta se quedara con ese nombre.

Richard escuchaba mientras dibujaba con maestría la barra del local.

—¡Te las sabes todas, querida Rosa!

Y acto seguido colocó una de las copas de margarita para inmortalizarla en su libreta.

Fernando continuó en el taxi unas cuantas manzanas más. Según avanzaba el vehículo, se iban deteriorando los edificios. La zona en la que había dejado a sus compañeros al menos tenía algo de vida y algunas casas decoradas con vivos colores. Desde hacía varios minutos, todo se había convertido en gris. Las aceras prácticamente no existían, ni los grandes edificios. Todo eran casas bajas destartaladas, la mayoría ni siquiera terminadas o construidas con diferentes materiales. El taxista se detuvo en lo que parecía un garaje anexo a una casa baja. La fachada tenía un dibujo pintado de un caballo alado.

—¡Ya hemos llegado!

—Muy bien, muchas gracias. Por cierto... ¿cuánto me cobras por esperar a que salga? Tardaré una hora más o menos.

—Hagamos una cosa. Mejor dentro de una hora paso a buscarle. Prefiero no esperar aquí.

—De acuerdo.

Después de pagar lo pactado, Fernando bajó del taxi. Estaba anocheciendo y en la zona no se veía ni un alma. La luz de la ventana del garaje estaba encendida y se escuchaba un equipo de música a todo volumen. Fernando observó atemorizado cómo se marchaba el taxista. Después, abrió el pequeño portón que cerraba la verja del garaje. Se acercó a la puerta y llamó. Le abrió un chaval joven, de unos veinticinco años, delgado y para nada con aspecto mexicano, más bien parecía alemán o americano. Tenía una melena rubia, desarreglada. Llevaba una camiseta de tirantes y los brazos estaban totalmente tatuados, pero no parecía, ni mucho menos, un tipo duro. Fernando se tranquilizó.

—¡Hola, soy Fernando! Había quedado para hacerme un tatuaje.

—¡Sí, pasa! Te estaba esperando.

El taller tenía sólo una amplia habitación. Había varias estanterías repletas de productos y botes de pintura, una mesa a rebosar de papeles y las paredes cubiertas de cientos de fotografías con brazos, piernas y espaldas tatuadas, seguramente de los trabajos realizados. Había una pequeña cama en una esquina y un sillón parecido al de los dentistas, iluminado con un potente foco. Junto a él, una mesita auxiliar con ruedas exhibía todo el instrumental necesario para tatuar. Fernando también observó varios pósteres del grupo Kiss, de ellos debía de ser la música que estaba tronando.

El tatuador se acercó al equipo y bajó el volumen.

—*No place for hidin' babyyyyy... No place to ruuuuun... You pull the trigger of myyyyy... Love guuuun, looooove gun, love guuuuun...*

—Bueno, ¿tienes pensado el tatuaje que te quieres hacer?

—No, compadre, yo sólo traigo el tequila. —Fernando sacó una petaca de la cazadora y se la ofreció al rubio, que la rechazó con un gesto. Entonces bebió él, mirando los diseños colgados de la pared—. ¿Qué tienes por ahí?

—Pues, depende de lo que quieras... No sé. ¿Te gustan los motivos tribales, los japoneses, prefieres animales, retratos, una frase...? Eso es lo primero que debemos saber.

—Mi ilusión sería tatuarme algún motivo, por ejemplo, de los mayas o de los aztecas... No sé, así en rollo primitivo.

El tatuador se acercó a coger un álbum de la estantería.

—¿Y cómo lo quieres? ¿En color o sólo en negro?

—Creo que mejor en color.

Fernando comenzó a pasar las hojas del álbum intentando localizar algún dibujo parecido al que Richard le había enseñado. El tatuador volvió a subir un poco el volumen del equipo de música y buscó en la estantería más dibujos que le pudieran servir de referencia a su nuevo cliente. Cuando Fernando estaba llegando al final del álbum se cayó una hoja que debía de estar suelta dentro. Se agachó a recogerla. Sus ojos se quedaron paralizados al ver que era uno de los dibujos que su amigo le había enseñado.

—¿Y éste?

El tatuador le quitó rápidamente el dibujo y lo guardó violentamente en uno de los cajones de la mesa.

—No, ése fue un encargo especial y el cliente no quiere que se hagan más. Aquí puedes pagar por tener exclusividad.

Fernando se encogió de hombros, destapó de nuevo la petaca y se echó otro trago largo aparentando frialdad.

—Bien, no te preocupes... ¡seguiré mirando! —Finalmente, eligió un motivo azteca de los que había en el álbum—. Me gustaría algo así. ¿Cuánto se tarda en hacerlo?

El joven tatuador observó el dibujo elegido.

—Éste, al ser en color, unas cuatro horas. Y costará 200 pesos más.

—¡No importa! —Fernando miró el reloj—. Vaya, lo único que, en un rato, viene el taxista a buscarme...

—Si te parece, te calco el dibujo en la piel y te hago el contorno. Mañana, a esta misma hora, lo puedo terminar.

—Me parece bien.

—¿Dónde habías pensado hacértelo?

—Creo que en la espalda.

—¡Perfecto! Pues quítate la camisa y túmbate en la cama, del resto me encargo yo.

Alado volvió a subir la música un poco más, la guitarra de Ace Frehley rugía al ritmo de varios acordes imposibles.

—*Babyyyyy, if you're feeling good... And babyyyy if you're feeling niiiice... You know your maaaaan is workin' hard. He's worth a deuceeeee...*

Sacó el diseño ya preparado y, después de limpiar con alcohol la parte en la que le iba a tatuar, calcó el dibujo sobre la espalda de Fernando. El mexicano se relajó, sabía que como le hiciera daño se levantaría de la cama para estamparlo contra la pared.

El tatuador se colocó los guantes de goma y cogió un trapo de papel. Fernando comenzó a escuchar un ligero zumbido que venía de una máquina. La aguja comenzó a traspasar la piel dejando un ligero tinte negro. Ninguno de los dos dijo una palabra. Fernando no se había tatuado nunca, pero no hacía falta para deducir que aquello no era una peluquería y menos con aquel tipo del que ya sabía lo suficiente. Así que aguantó varios minutos de trabajo sobre su espalda. Al cabo de un rato, escucharon el sonido de un claxon.

—Creo que ya vienen a buscarme.

—Espera, limpio esto un poco y te puedes vestir.

Fernando se puso la camisa con cuidado, dolorido, y bebió un último trago.

—¿Mañana a la misma hora? —preguntó.

Alado le apuntó en una mugrienta agenda.

—Sí, sí, mañana nos vemos. Son 500 pesos. Si te parece, dame la mitad ahora y mañana el resto.

Fernando pagó y abandonó aquel siniestro taller. Subió al taxi y consultó su reloj, imaginando que sus amigos seguirían en el restaurante. Marcó el número del periodista.

—¿Richard?

—Sí, ¿dónde andas, Fernando?

—Estoy yendo para el restaurante. ¿Seguís allí?

—Sí, sí. Vente y nos cuentas.

—¡Vale! Que me vayan preparando un margarita, gringo cabrón, te voy a pasar ahora un tenedor por la espalda para que sepas lo que escuece esto.

A los diez minutos el mexicano entraba en el restaurante. Rosa y Richard habían terminado de cenar y disfrutaban entre margaritas de la velada.

—¡Míralos! ¡Seréis cabrones! Yo aquí, sufriendo por el grupo, y vosotros trincando margaritas.

Los dos sonrieron con el comentario de su amigo, pero estaban demasiado intrigados para atender su queja.

—Venga, cuéntanos.

Fernando acercó una silla a la de Richard.

—No hay duda de que este cabrón ha sido el que ha hecho los tatuajes. He visto en un papel uno de los dibujos que me enseñaste antes.

—¿Estás seguro?

Richard abrió su Moleskine para comprobarlo.

—Sí, es éste. No tengo duda.

—Bueno, todo cuadra. Veremos qué nos cuenta mañana el periodista de *El Universal*. Creo que es aquí, en Ciudad Juárez, donde secuestran a las jóvenes que van a asesinar. Luego las tatúan y, seguramente, una vez preparadas, las envían al D.F. listas para los rituales. ¡Hijos de puta! Tienen la coartada perfecta.

—¿Coartada? ¿A qué te refieres?

—Sí, date cuenta de la cantidad de mujeres que desaparecen en esta zona sin que la policía haya encontrado aún explicación. Nadie conoce los verdaderos motivos por los que desaparecen y mueren tantas jóvenes. Es el lugar perfecto para secuestrar a una mujer y que pase desapercibido.

Las cervezas llegaron, y también la cena de Fernando, y más cervezas y más margaritas. La noche se apoderaba de Ciudad Juárez y los tres amigos no eran conscientes de que las tinieblas transformaban aquella apacible ciudad en un escenario preparado para una película de miedo.

Un taxi condujo a los amigos hasta el hotel. Al bajar, Richard se dirigió a Fernando.

—¿Has visto a aquellos policías que nos siguen? Debe de ser la escolta que nos ha puesto el comisario.

—¿Los polis? ¿Qué polis?

Richard lanzó una carcajada.

—¡Ah! ¿No los ves? ¡Yo tampoco! —Y siguió sonriendo irónicamente.

—Sí, tienes razón. Los podemos esperar sentados. ¡Reza para que no tengamos que necesitarlos!

Capítulo 31

La música de Michael Jackson anunció a Rosa y a Richard que comenzaba un nuevo día. Se despertaron abrazados, como si fueran una pareja de enamorados. Rosa se separó del periodista en cuanto se dio cuenta de que estaban en esa incómoda situación.

—¡Buenos días! ¿Has dormido bien?

A Richard le divertía lo apurada que se sentía Rosa.

—Yo muy bien. ¿Y tú?

—No me puedo quejar, aunque no te puedo prometer que aguante mucho más tiempo durmiendo a tu lado como si fueras mi hermana.

Rosa sonrió.

—¡Pero si eres un caballero!

—¡Sí, sí, todo lo que tú quieras! ¡Venga! Hay que prepararse, que hemos quedado con el periodista, a ver qué nos cuenta.

Richard no podía dejar de observar a la joven. ¡Todo le sentaba bien! Daba igual que se pusiera un elegante vestido o una simple camiseta con un pantalón de pijama, a ojos del periodista, estaba siempre radiante. Richard se lanzó al suelo a machacarse con abdominales para no seguir pensando en ella.

Pasada media hora, el equipo se encontraba en la puerta del hotel con todo preparado para grabar un reportaje.

—¿Dónde has quedado con el periodista, amigo? —preguntó Richard a Fernando.

—Hemos quedado en llamarnos a las nueve y media.

Richard consultó su reloj.

—Creo que ya le puedes llamar. Estoy impaciente.

Fernando telefoneó al periodista.

—¿Teodoro?

—Sí, soy yo. ¿Fernando?

—Sí, ¿cómo le va?

—Bien. ¿Está en el hotel que me comentó?

—Sí, estamos en la puerta esperando indicaciones.

—¿En que habitación se alojan?

—La mía es la 111.

—De acuerdo, yo estoy muy cerca. Espérenme dentro de la habitación. Yo estaré en diez minutos.

Los pitidos intermitentes avisaban de que la conversación había terminado.

—¿Qué te ha dicho?

—Quiere que le esperemos en la habitación.

—Bueno, pues vamos a hacer una cosa. —Richard se dirigió a Marc y a Rul—: Como necesitamos imágenes para el reportaje, cogeos un taxi y que os lleve al centro a sacar algunas tomas generales. En cuanto tengamos al periodista, os llamamos para realizar unos totales. ¿Os parece?

—¡Tú mandas! En cuanto estéis operativos, ¡llamadnos!

Marc y Rul se marcharon a buscar un taxi, el resto se dirigió a la habitación de Fernando a esperar al periodista.

—¿Te pareció serio el periodista cuando hablaste con él?

—Creo que sí, güey. Además, he visto algunos de sus trabajos en la web y ha publicado bastante, no creo que vayamos a tener problemas.

En ese momento llamaron a la puerta de la habitación...

Muy cerca de Teotihuacán

Diego abrió los ojos lentamente, la cabeza aún le daba vueltas y notaba todo el cuerpo dolorido. Lo primero que vio fue el rostro del sacerdote, sentado al lado del camastro en el que se encontraba. Tenía la mirada perdida y recitaba textos sagrados en voz baja. Diego trató de incorporarse y el chamán, advertido, salió de su letargo.

—¡Buenos días, Diego!

—¡Buenos días, señor!

—¿Cómo ha ido el viaje? ¿Traes algún mensaje?

—Todavía estoy algo confuso. He soñado con animales, con bosques, con manantiales, pero también con desiertos y cadáveres.

—El fin se acerca y creo que lo sabes, querido Diego. No sabemos si será solamente un cambio de estación o de conciencia, pero el periodo termina. Los dioses nos reclaman y estamos en deuda con ellos. La humanidad ha acabado con la diosa naturaleza y nosotros somos los elegidos para solventar todos estos desmanes. Los dioses necesitan sangre y nosotros debemos dársela.

—Lo sé, lo sé. Estamos preparando una nueva ceremonia.

—Eso me alegra, querido Diego. Pero debemos apresurarnos. Necesitamos el resto de pieles para completar el último de los dibujos, el que nos dará la sabiduría eterna, y queda poco tiempo. Los vigilantes de los días auguran unos cuantos meses de penalidades antes de que todo suceda y la nueva era llegue.

Diego continuaba tendido en el camastro. El sacerdote se levantó y cogió un cuenco del que salía un humo espeso. Lo acercó al cuerpo de Diego y comenzó a restregar sobre él un manojo de hierbas secas mientras entonaba algunos cánticos ancestrales. Una vez terminada la ceremonia, el chamán se retiró a descansar. Diego se incorporó poco a poco.

Una vez en pie, se adecentó a manotazos la ropa y se acicaló el pelo. Antes de salir de la gruta se puso las gafas de sol para que la luz no le molestara. Se dirigió a su lujoso todoterreno, encendió su móvil y escuchó su contestador. El gesto le cambió al escuchar el mensaje de los dos matones.

—¡Mierda! —Rápidamente marcó el número de teléfono de sus hombres.

—¡Buenos días, señor!

—Decidme, ¿qué ha ocurrido?

—Verá, señor, el grupo de gringos se dirigió ayer al aeropuerto. Por lo que hemos podido averiguar, marcharon a Ciudad Juárez. Hemos estado en el Majestic y nos han dicho que regresarían hoy mismo.

—¡Joder! Bien, vale... Marchaos al aeropuerto y comprobad el horario de los vuelos de vuelta de Ciudad Juárez. Si tenéis algún conocido en la terminal, intentad averiguar si regresan hoy. ¿De acuerdo?

—Lo que usted mande, señor.

Diego volvió a hacer una llamada.

—¿Sí? ¿Quién llama?

—Soy yo.

—Ah... ¡Buenos días, jefe! ¿Algún mandado?

—Lo primero, quiero saber si todo va bien. Hay un grupo de periodistas gringos husmeando por vuestro terreno y me gustaría saber por qué huevos se están acercando a vosotros.

—Todo va bien, jefe. Se lo aseguro. Tenemos a la chica preparada para el envío. En serio, relájese, todo está peluche.

—De todos modos, no creo que os sea difícil localizarles. Ha ido el equipo de rodaje entero. Si no me equivoco, estarán realizando algún reportaje por la ciudad. Y espero por vuestro bien que no sea nada comprometido.

—Bien, señor, no se preocupe. Ahorita mismo lo solucionamos. ¿Los quiere a todos enterraditos? —El Tigre estaba deseoso de poder volver a la acción.

Ciudad Juárez

Fernando abrió la puerta. Allí se encontraba el periodista mexicano, que llevaba un sobre en la mano y la bolsa con la cámara de fotos colgada del hombro.

—¿Teodoro? —Fernando extendió su mano.

—Sí, soy yo.

—¡Pasa, te estamos esperando!

Fernando le presentó a Richard y a Rosa. Enseguida, Richard pasó a la acción.

—¿Pudiste mirar si tenías otra fotografía?

—Sí, bueno... Antes de nada, me gustaría saber por qué quieren la foto y quiénes son ustedes. Necesito información para ver si me puedo fiar.

Richard miró a Fernando, no le gustaba tener que pasar por un interrogatorio.

—Dejémoslo en que soy un periodista estadounidense detrás de una noticia. En el D.F. se ha producido un asesinato de una joven con un tatuaje en la espalda y me llamó la atención que aquí hubiera aparecido otra en un estado similar.

Teodoro quedó satisfecho con la explicación.

—Verá, señor, no sé bien quiénes son ustedes, pero están metidos en un buen lío. Creo que esto es lo que van buscando. —El periodista les entregó el sobre.

Richard observó las fotografías de la espalda de la joven, asustado al comprobar que era el segundo tatuaje, el que Rosa sospechaba. Automáticamente le pasó las fotografías. La joven se lo quedó mirando fijamente para que viera la expresión de su cara, pero no hizo ningún comentario. Richard observó el resto de fotografías y comprobó que la víctima no había sido abierta en canal.

—¿Es lo que necesitaban? —El periodista se mostraba nervioso, sabía que estaba en juego su propina.

—Sí, has hecho un buen trabajo.

—Me he arriesgado bastante. Como no tenía fotos cercanas, decidí colarme en el Anatómico Forense rezando para tener suerte y poder encontrar el cadáver de la joven. Lo conseguí y lo fotografié, pero no esperaba que la mañana fuera a tener el desenlace que tuvo. Cuando estaba en medio de la sesión, llegaron dos pinches enormes. Yo me escondí, pero pude ver cómo comenzaban a abrir los cajones buscando a la joven que yo había fotografiado. Cuando la encontraron, la sacaron del armario y se la llevaron arrastrándola con la bolsa. En ese momento, un operario los descubrió y, sin que les temblara el pulso, los muy cabrones le pegaron un tiro en toda la cabeza.

Los tres amigos se miraban sorprendidos y a la vez atemorizados.

—Yo rezé todo lo que sabía para que no me descubrieran y en cuanto se fueron salí corriendo a los pedos. Ya pueden estar satisfechos con mi trabajo.

—Sí, desde luego, y te lo gratificaré. —Richard trataba de tranquilizar al periodista—. ¿Y pudiste ver quiénes eran los asesinos? ¿Y qué han podido hacer con el cadáver?

—¡No, qué va! Aquí, en Ciudad Juárez, hay varios tipos de esa calaña. Es mejor no preguntar y no encontrártelos. Por desgracia, muchos compañeros míos han aparecido asesinados por haber publicado algo que no les gustaba.

Richard se levantó y se dirigió hacia la ventana. Se quedó observando unos instantes a través de ella, pensando en qué deberían hacer. Sacó de su bolsillo la cartera, revolvió los billetes y separó trescientos dólares.

—¡Esto es para ti! Mil gracias por haber arriesgado la vida.

—¡Gracias a usted, señor! Este dinero no lo gano ni en un mes reporteando.

—Pero aún necesitamos tus servicios. Nos gustaría grabarte un par de preguntas para un reportaje que vamos a hacer de Ciudad Juárez. No serán muy comprometidas, tan sólo cómo es la ciudad, qué nivel de seguridad hay... No sé, algunas preguntas generales, y, por supuesto, si lo deseas, puedes hacer la entrevista sin que se te vea el rostro. ¿Qué me dices?

—¡Cuente con ello, señor! ¡Será un placer!

—¡Nos vamos!

El compañero del Tigre estaba tumbado en el sofá, viendo unos dibujos animados con la mano dentro del pantalón, protegiendo su paquete.

—¿Quién era?

—Era el jefe. Al parecer, hay un grupo de periodistas gringos en Ciudad Juárez. Han venido desde el D.F. para grabar un reportaje. El jefe piensa que a lo mejor saben algo. Voy a comprobar que la chica está bien atada y nos vamos.

—Éste es el mercado que me pidieron, señores.

El taxista se detuvo justo en la puerta de entrada, repleta de vendedores ambulantes y mujeres cargadas con grandes fardos. El grupo se bajó. Habían quedado allí con Marc y Rul.

Lo que más le llamó la atención a Richard fue el tremendo alboroto. A los gritos de los vendedores anunciando sus productos se unían los de los clientes comprando. Había quejidos de animales y ruidos de motores. El mercado era un auténtico trasiego humano de mujeres y hombres cargados de bolsas y negociando para llevarse algo a bajo precio para sus casas. A lo lejos divisaron a Marc haciendo unas tomas a algunos puestos.

—¿Qué tal, Marc? ¿Cómo vais?

—¡Hola, jefe! ¡Todo bien! Hemos grabado por las calles y ahora estábamos con los puestos.

—¡Bien! ¿Has visto algún lugar curioso para hacer los totales con el periodista?

—Si avanzamos por esta calle hasta el final, hay una avenida rodeada de casitas bajas. En una de las esquinas nos podemos situar para grabar las preguntas.

—¡Perfecto! ¡Vamos para allá!

Mientras se dirigían hacia el lugar de rodaje, una furgoneta con los cristales tintados recorría la ciudad, preguntando en algunos sitios, recabando información en cada rincón. Intentaban localizar al grupo, algo poco complicado, porque nada ni nadie pasaba desapercibido en aquella calurosa y fronteriza ciudad.

Capítulo 32

—¡Esta esquina me parece bien! Si os parece, vamos montando el equipo.

Marc y Rul se pusieron manos a la obra. Prepararon la nueva cinta para la cámara, cambiaron la batería y comenzaron a colocar los micrófonos al periodista y a Richard. A su lado, ya se había congregado un grupito de curiosos que observaban todos los movimientos que hacían; incluso un puesto de comida ambulante que había en la puerta del mercado, al observar el gentío, se trasladó al lugar de la grabación por si a alguien del público le entraba hambre. Aquello parecía más el rodaje de una película que el de un reportaje.

Marc preparaba su cámara, Richard ya tenía su micrófono colocado y Rul estaba ajustando el otro al periodista de Ciudad Juárez.

En ese momento, al final de la calle, apareció una furgoneta negra con los cristales tintados. Al principio, abordó la calzada a poca velocidad, pero, según se iba acercando, aumentó la potencia del motor. A los pocos instantes, el vehículo enfiló la calle como si estuviera fuera de control.

Todo sucedió tan rápido que apenas tuvieron tiempo de reaccionar. La potente furgoneta embistió a los que estaban más cerca de la calzada. La peor parte la recibió el periodista local. Richard, desde el suelo, pudo observar aterrorizado cómo el joven salió despedido varios metros por el fuerte impacto. Su cuerpo se balanceó en el aire como si se tratara de un muñeco de paja hasta que se estampó contra el asfalto de la avenida. Allí quedó inmóvil e inerte.

Un giro de volante y Rul, que corría hacia la acera, también fue alcanzado por la furgoneta. El ayudante de sonido recibió un leve impacto lateral, que, a primera vista, no parecía tan importante. El conductor del vehículo, satisfecho, enderezó el volante y volvió a enfilar la avenida. En pocos minutos había desaparecido.

Todos los curiosos que se habían congregado se esfumaron y del bullicio se pasó al silencio en tan sólo unos instantes. Richard y Fernando se incorporaron y corrieron a ayudar al periodista mexicano mientras Rosa y Marc asistían a su compañero. El ayudante de sonido se retorcía de dolor agarrándose la pierna. Todo parecía indicar que al menos tenía algún hueso fracturado.

Richard se temió lo peor al descubrir un pequeño charco de sangre junto al oído de Teodoro. Puso sus dedos en el cuello del joven para comprobar el pulso. No le quedaba ni gota de vida.

—¡Joder, joder...! ¡Malditos hijos de puta!

Cogió rápidamente el móvil y telefoneó al contacto que le había pasado su amigo Sistiaga.

—Comisario Sandoval. ¿Quién llama?

—Señor, soy Richard, el periodista español amigo de Jon Sistiaga.

—Ah... Muy buenos días. ¿Cómo está yendo la jornada? ¿Hay algo en lo que pueda ayudarles?

—Pues sí, hemos tenido un accidente. Estábamos grabando junto al mercado de Cuauhtémoc y una furgoneta nos ha arrollado. Creo que han matado al periodista que estábamos grabando y a mi ayudante de sonido le han dejado malherido.

—¡Mierda! Ahorita mismo mando un par de ambulancias y yo estoy en dos minutos en la zona, me encuentro muy cerca. Mantenga la calma, que enseguida estamos.

Los siguientes minutos se hicieron eternos. Parecía que el tiempo se hubiese detenido en ese preciso instante y que el maldito reloj no avanzara con su ritmo habitual. Ninguno de los que hasta ese momento les había agobiado vendiéndoles algo les echó una mano. Solo se escuchaban los lamentos de Rul retorciéndose de dolor y repasando todo el santoral conocido. Los gritos quedaron ahogados con el sonido de las ambulancias anunciando su llegada. Con aquel estruendo comenzó a activarse el ritmo normal de la vida.

Los sanitarios certificaron que el periodista había fallecido. A Rul le trasladarían al hospital para curarle la pierna y Marc y Fernando le acompañarían.

El conductor de la ambulancia se acercó a Richard.

—No se preocupen, su compañero está bien. Tan sólo se ha roto la tibia. En una hora, y después de escayolado, estará como nuevo.

La ambulancia que llevaba a Rul se marchó haciendo tronar sus sirenas. Rosa se acercó a Richard y descansó su cabeza en el hombro del periodista. Éste la abrazó con fuerza mientras observaban dos coches de policía que llegaban a lo lejos.

Enseguida se bajó uno de los policías. Iba uniformado como un soldado, con botas militares y pantalones y camisa azul oscuro, de campaña. Llevaba gafas de espejo y un sombrero tejano.

—¿Richard?

—¡Sí, soy yo!

El comisario le tendió la mano y saludó también a Rosa.

—Soy Augusto Sandoval. ¿Qué pasó?

Richard, impresionado aún por los momentos que acababan de vivir, le relató lo sucedido. El comisario iba mudando su rostro. Obviamente, aquel altercado no le convenía nada y su único objetivo en esos momentos era procurar que los periodistas abandonaran, cuanto antes, la ciudad.

—Bueno, lamentablemente, aquí ya no pueden hacer nada más —sentenció el comisario. Suban conmigo al coche, les acompaño al hotel.

Richard y Rosa entraron en el coche patrulla mientras observaban cómo cubrían el cuerpo del joven con una manta, a la espera de la llegada del forense.

—Cuénteme... ¿Está todo bien? ¿Tienen alguna deuda pendiente por aquí?

—No, aquí no conocemos a nadie. —Richard no decía toda la verdad, pero no quería complicar más su viaje—. No sé por qué ha ocurrido esto, pensaré que es un accidente, sin más.

—Bueno, en Ciudad Juárez nada es casualidad, pero investigaré un poco por los alrededores por si alguien ha visto algo sospechoso. Si me entero de alguna cosa más, le telefoneo, pero creo que es mejor que abandonen la ciudad lo antes posible. ¿Cuándo tenían pensamiento de marcharse?

—No se preocupe. Solamente estaremos unas horas más. Esta tarde regresamos a D.F. si mi ayudante se encuentra en condiciones de viajar.

—Bien, no obstante, le voy a dejar un par de hombres en la puerta del hotel para que les protejan y luego les acompañen al aeropuerto. No quiero que tengan más problemas.

—Muchas gracias, se lo agradezco.

El coche patrulla frenó en la puerta del hotel. El comisario bajó a despedirse.

—Lo dicho... ¡estamos en contacto! ¡Cuídense y no se metan en líos!

Sandoval se marchó dejando dos de sus hombres en la puerta del hotel. Richard y Rosa se sentaron junto a la piscina a esperar a sus amigos. La joven le agarró fuertemente la mano.

—¿Cómo estás?

—¡Preocupado! —Rosa le apretó con más fuerza—. Estoy algo confuso. Llevo ya unos cuantos viajes a México y siempre termino metiéndome en líos... ¡No lo entiendo! La última vez fue un narco que salvé por error, y por eso he estado bastante tiempo sin que me dejaran viajar aquí; ahora presencio un asesinato y me persiguen unos sicarios que se lo pasan en grande jugando conmigo. Me da que no voy a volver en muchos meses...

—Hay muchas maneras de vivir México, querido Richard. Tú has decidido vivirlo del modo más arriesgado. ¿O es que has visto a muchos turistas paseando por Ciudad Juárez?

—Sí, creo que tienes razón. ¡No tengo remedio! En fin, voy a telefonear a Fernando para saber cómo van las cosas por el hospital. —Marcó el número y su amigo le respondió de inmediato—. ¿Fernando?

—¿Qué pasa, gringo?

—¿Cómo va todo?

—¡Bien! Ya estamos regresando al hotel. A Rul le han escayolado. No tenía la pierna muy mal y él se encuentra bien. ¿Qué tal vosotros?

—Ya estamos en el hotel. El comisario nos ha acompañado. Es una pena lo del periodista, lo siento de veras. ¡Tenía toda la vida por delante!

—Lo sé, güey, pero murió haciendo lo que le gustaba.

—Bueno, vamos a ir preparando el equipaje, que en un rato volvemos al D.F. Nuestra aventura en Ciudad Juárez, de momento, ha terminado.

—¡Desde luego! ¡Ahorita los vemos!

Cuando Fernando y Rul llegaron al hotel, recogieron todas sus cosas y se marcharon en dos taxis rumbo al aeropuerto, escoltados por un coche de la policía local. Como bien había apuntado Richard, la aventura en Ciudad Juárez, de momento, había terminado.

Diego se encontraba en su despacho preparando algunos papeles y ultimando todos los detalles para el próximo ritual. Tenía la televisión puesta y una noticia del informativo le llamó la atención.

Un periodista ha sido asesinado por un conductor que perdió el control de su furgoneta y lo atropelló mientras realizaba un reportaje para una televisión extranjera...

Diego subió el volumen con el mando a distancia.

Al parecer, el joven reportero, que trabajaba como comentarista local para el diario El Universal, *acababa de publicar unas fotos sobre la aparición de una joven asesinada en Ciudad Juárez...*

Diego se quedó impresionado al ver las fotos de la joven muerta con lo que, a primera vista, parecía un tatuaje como los que ellos encargaban grabado en la espalda.

Bajó el volumen del televisor y telefoneó a uno de los hombres de San Román a los que él dirigía, el que normalmente se ocupaba de traer hasta el D.F. a las jóvenes para los rituales.

—¿Dígame, señor?

—Muy buenas tardes. Necesito que en cuanto podáis os marchéis a recoger un nuevo envío. Hay que hacerlo con total urgencia. ¿En cuánto tiempo podréis estar con el cargamento?

—¿Tenemos que recogerlo donde siempre?

—Sí, ya sabes... Cerca del desierto...

—Déjeme ver... —El sicario se dio varios segundos para pensar—. Creo que estaremos listos en un par de horas y luego, ya sabe, son unas doce horas de viaje. Mañana por la mañana podremos tener el envío en el maletero.

—¡Perfecto! Luego os llamo y os doy alguna indicación más. Esta vez tendréis que cumplir otra tarea. ¡Hasta luego!

Justo en ese momento a Diego le entró una llamada de otro de los hombres de San Román.

—¿Dígame?

—Señor, hemos comprobado que la persona que esperamos llegará al aeropuerto en un par de horas.

—Bien, esperen en la puerta atentos y no les pierdan de vista, ¿estamos?

—¡Estamos, señor!

Diego colgó y llamó a San Román, no le quedaba más remedio que ponerle al tanto de la situación.

—¡Diego! ¿Cómo estás?

—Bien, Mario. ¿Y tú?

—No me puedo quejar. Hoy he cerrado un buen trato con unos laboratorios americanos... ¡Me siento feliz!

—Eso me alegra, hermano. ¿Cuándo quieres que nos veamos?

—No sé, estoy saturado de mujeres y me apetece quedar con un buen amigo. ¿Te vienes a cenar? Hace tiempo que no voy al restaurante del chingón del Oteiza y me apetece que ese cabrón me alegre la noche. ¿Te apuntas, maricón?

—¡Venga, cuenta conmigo! ¿A qué hora quedamos?

—Vente a casa hacia las nueve y nos vamos juntos. ¡Luego te veo!

Diego consultó el reloj. Tenía un par de horas para prepararse. Era bueno saber que San Román se encontraba feliz, eso haría que se tomara las noticias del gringo con mejor humor.

CAPÍTULO 33

Richard bajó del avión y encendió el móvil. Saltaron varias llamadas perdidas de su amigo Charlie. Decidió llamarle para ver si sucedía algo.

—¿Charlie? ¡Soy Richard!

—¡Hola, Richard, qué alegría escucharte! ¿Estás bien?

—Yo sí... ¿Por qué?

—No, tranquilo. No pasa nada. Sólo estaba deseoso de saber que todo había ido bien. Me tenía preocupado tu viaje a Ciudad Juárez, ya sabes... —Charlie se desesperaba con el silencio de su amigo.

—Ya que estamos... te diré que sí, que tenemos un pequeño inconveniente.

—Dime... ¡rápido! ¡Vas a acabar conmigo! Daniel ya empieza a estar mosqueado y no para de hacerme preguntas incómodas...

Richard decidió, por la salud de su amigo, ocultarle toda la verdad nuevamente.

—Rul se tropezó esta mañana mientras grabábamos y se ha lesionado una pierna, me temo que tiene que regresar a casa.

—¿Y está bien? ¡En serio! ¿Habéis tenido problemas? —Charlie comenzaba a embalarse mientras hablaba, Richard estaba convencido de que en unos segundos empezaría a jadear.

—¡Tranquilízate! No ha sido nada, una simple caída. Está bien.

—Bueno, dile que no se preocupe. El seguro lo pagará todo. ¿Ya le habéis curado?

—Sí, le han escayolado en un hospital de Ciudad Juárez, imagino que te pasarán en breve la factura.

—Bueno, eso ahora es lo de menos, aunque si lo han escayolado, imagino que no podrá seguir trabajando. ¿Le cambio
su billete para mañana?

—Sí, creo que será lo mejor.

—De acuerdo, yo me encargo. ¿Necesitas un nuevo ayudante? —Charlie estaba en todo.

—¡No, no te preocupes! Ya queda poco trabajo aquí y
puedo tirar de Fernando. Lo único, que no sé muy bien qué
podré montar de Ciudad Juárez. Creo que Marc estuvo grabando todo lo de la ambulancia y demás, a lo mejor queda un
reportaje curioso.

—Bueno, ahora eso es lo de menos. Lo importante es que
estéis bien, que ya es bastante. Por cierto, hoy me han comentado los del estudio informático que habían podido recuperar parte de la grabación que hiciste con tu cámara. Te he
mandado el CD con las imágenes por mensajería. Mañana
por la mañana lo tendrás.

—¿Te han comentado qué es lo que han podido recuperar?

—No, no lo he podido visionar. He preferido que lo tuvie-
ras cuanto antes. Creo que se han recuperado unos cuantos
minutos.

—¡Eres un santo, amigo!

—Sí, lo sé, y tú, un jodido demonio. Resuelvo lo del billete
de Rul y luego te llamo. ¡Cuídate! Esto... ¿cómo se diría? ¡Ah,
sí! ¡Cuídate, pinche cabrón! —Y colgó rápidamente el teléfono para que su amigo no pudiera replicarle.

Diego apretó un par de veces el claxon de su todoterreno. Un
gorila salió a la puerta y comprobó que en el vehículo viajaba
el responsable de Los Vigilantes de los Días. Hizo un gesto a
otro escolta y la puerta metálica comenzó a abrirse. En cuanto
accedió a la mansión, Mario salió a recibirle. Llevaba un traje
oscuro y una camisa rosa sin corbata.

—¡Querido amigo! Parquea por aquí y nos vamos en mi
coche... ¡Estoy hambriento!

Diego aparcó donde le indicaba su amigo. El chófer y un
guardaespaldas les esperaban ya dentro del Hummer de San
Román.

—¡Venga, no perdamos tiempo!

Los dos socios se metieron en el vehículo. No tardarían más de diez minutos en llegar al prestigioso restaurante. Cogieron la avenida de Arquímedes para luego girar en la avenida Mazarik. En el número 407 se encontraba el restaurante del español Bruno Oteiza.

Bajaron del coche protegidos por el guardaespaldas. Subieron al primer piso. A los pocos minutos, apareció Bruno a recibirlos.

—¡Querido Mario! ¿Cómo estás?

—Muy bien, Bruno. ¿Te acuerdas de Diego?

—Por supuesto, aunque recuerdo mejor a la última rubia que trajiste.

Mario echó unas cuantas carcajadas.

—¡Pinche maricón! —Y agarró a Bruno por el cuello.

—¡Venga, pasad, acompañadme! Si os parece, nos tomamos un aperitivo en la cocina.

A Mario se le iluminó la cara: esos pequeños gestos eran los que le hacían sentirse verdaderamente poderoso. Con el cocinero español tenía una buena relación, le encantaban las bromas del vasco y San Román se había convertido en uno de sus mejores clientes.

Bruno guio a sus acompañantes hasta sus dominios. La cocina parecía un laboratorio. Apenas se veían los fogones y Bruno cantaba las comandas desde un micrófono. Mario no se podía explicar cómo recordaban todos aquellos platos.

—¡Atentos! ¡Para la mesa seis! ¡Un aperitivo, un plato de jamón ibérico y uno de setas! ¡Para la mesa nueve, que marchen los segundos, las lubinas al horno!

A Bruno le caía un hilillo de sudor mientras su equipo repetía las comandas recitadas por el chef y cada uno se repartía el trabajo. Aquello era un hervidero de cocineros corriendo de un lado para otro de la sala.

—¿Una copita de champán?

—¡Por supuesto, estamos en tus manos!

El chef pidió a uno de sus ayudantes champán frío. A los pocos minutos aparecieron también unos cuantos aperitivos.

—Espero que os gusten, son unos aperitivos nuevos que he preparado.

Diego observó las dos cucharas blancas de cerámica.

—Uno está elaborado a base de calamar y el otro son callos con garbanzos.

Mario se metió la primera cuchara en la boca.

—¡Joder, pinche cabrón! ¡Qué mano tienes para la cocina!

Oteiza los observaba, divertido. Una vez terminado el aperitivo, el chef los acompañó hasta su mesa. Tuvieron que recorrer todo el local, abarrotado de público, hasta llegar a uno de los reservados. Era una de las mejores mesas de todo el restaurante.

—Bueno, ¿qué? ¿Hay hambre? —A San Román le rugían las tripas.

—Ya puedes darnos bien de cenar, estoy desfallecido.

—¿Elijo yo o preferís mirar vosotros la carta?

—Como siempre, nos ponemos en tus manos. Eso sí, tráenos en cuanto puedas una botella de vino tinto. ¡Que sea bueno!

—¡Perfecto! Bueno, os iré trayendo platos y si en algún momento no podéis más, me avisáis. ¿De acuerdo?

—¡Tú mandas, querido Bruno!

—Por cierto, ¿vino español, mexicano o americano?

—Ya sabes que tengo predilección por los españoles, pero estoy a tus órdenes —comentó San Román.

—Bien, ahora mismo os empiezo a traer cositas.

El cocinero español había conseguido situar su restaurante, llamado Biko, entre los mejores del mundo y casi todas las personalidades de la ciudad hacían hueco para disfrutar de las delicias del vasco.

—Señor... ¡su vino! —El sumiller le mostró una botella de vino tinto—. ¿Lo conoce?

—No, nunca lo he probado.

—Es un Ribera del Duero que se llama Anta 16. Es de una bodega de la que Antonio Banderas, el actor, es copropietario. Les gustará, es excelente. Es un vino aromático, frutal y con cuerpo.

El sumiller sirvió un poco de vino en la copa de San Román esperando su veredicto. El magnate cogió la copa, la movió varias veces y la acercó hasta su nariz.

—¡Hummmm! ¡Huele bien! —A continuación bebió un pequeño trago—. ¡Genial! Este Banderas ha hecho una buena inversión... ¡Sí, señor! Para la fiesta de mi próximo cumpleaños creo que lo tendré que invitar.

Diego sonreía ante las ocurrencias de su amigo.

—¡Por los buenos vinos! ¡Y por las mujeres!

Diego levantó su copa y los dos brindaron enérgicamente. A los pocos minutos ya tenían algunos aperitivos sobre la mesa.

—Bueno, Diego... ¡Tienes muchas cosas que contarme! ¿Cómo van nuestros intereses? —San Román cerraba los ojos para saborear cada loncha de jamón que entraba en su boca.

—¡No sé por dónde empezar! Si te parece, te pongo al día de las evoluciones del gringo.

—¡Ese cabrón me tiene fascinado! ¿Sigue dando guerra?

—Bueno, resulta que ha estado en Ciudad Juárez...

—¡Qué cabrón! —Mario sonreía, parecía que las noticias no le cambiaban el buen ánimo con el que se encontraba—. ¿Y sabemos para qué ha ido allí el gringo?

—No estoy muy seguro, aunque he visto hoy que un periodista de allí había publicado un artículo sobre el asesinato de una joven, curiosamente con un tatuaje.

—¿Y es nuestra?

—Los chicos me aseguran que no, pero, aun así, creo que les voy a dar un escarmiento.

—¡Así me gusta! ¡Un poco de acción! —Más que enfadarse, parecía que Mario disfrutaba con las noticias. El camarero les sirvió un plato de bacalao a la vizcaína.

—¡Muchas gracias! —San Román observó la comida y acercó su nariz para conseguir atrapar todos los aromas posibles—. Bueno, continúa, ¿dónde anda ahora nuestro valiente?

—Ya ha vuelto de Ciudad Juárez. Pero les dije a los nuestros que le dieran un pequeño susto.

Mario volvió a sonreír.

—¡Serás cabrón! ¡Cuenta, cuenta!

—Los chicos se han cargado al periodista de Ciudad Juárez y los nuestros me han llamado desde el aeropuerto para decirme que uno de los ayudantes del gringo ha llegado con la pierna escayolada.

—¡Mamacita, qué cena más buena me estás dando!

Diego no salía de su asombro.

—Sinceramente, pensé que te lo tomarías peor.

—¿Por qué? Lo tienes todo controlado, ¿verdad?

—Sí, por supuesto.

—¿Y el gringo? ¿Se cagó ya o sigue dando guerra?

—Tenemos que esperar a ver cuál es su reacción.

—¿Su reacción? ¡No mames! Vamos a joderle un poco más. Quiero ver lo que aguanta este cabrón. Complícale un poquito más la vida, creo que nos puede dar para otra apuesta con los elegidos.

—¡Pensaré en algo!

Bruno apareció en el reservado para comprobar cómo iban los comensales.

—¿Qué tal vais?

—Estamos disfrutando. Cada día cocinas mejor.

—Hoy he decidido ofreceros un menú de mi tierra. Ahora, os voy a servir un chuletón con patatas y pisto que si os lo termináis os invito a los whiskys.

—¡Pues vete preparando la jodida botella! ¡Aunque reviente!

Bruno se marchó sonriendo del reservado y con el convencimiento de que le tocaría pagar los whiskys. Si San Román se empeñaba en algo, tarde o temprano lo conseguía.

—Bueno, hemos quedado en que le pegarás un buen susto a nuestro amigo. Por cierto, ¿para cúando la ceremonia? Tengo ganas de ver la cara de disfrute de esos cabrones sibaritas —comentó Mario.

—En tres días los tengo convocados.

—¿Y no coincide con la visita del presidente de los gringos?

—Sí, pero lo haremos, como tú dijiste, en el santuario de la finca, para no tener problemas. Tienes razón, lo de Teotihuacán se ha vuelto peligroso —apuntó Diego.

—¿Cuántos vienen?

—Diez, los de siempre. Creo que es mejor en estos momentos no incluir a nadie nuevo hasta que no tengamos todo tipo de referencias. Aun así, la lista de espera sigue aumentando.

—¡Genial!

—¿Qué tal tu nuevo hotel? ¿Te funciona? —preguntó Diego, cambiando de tema.

—Sí, el españolito sabe hacer las cosas bien. Creo que confiaré en él y pondré más pesos para algún nuevo proyecto. Ese calvo me gusta.

—Antes me hablabas de los laboratorios... ¿Algo nuevo?

A Mario se le iluminó la cara.

—Sí, he conseguido meter en el mercado ilegal una nueva partida de viagra. Creo que le voy a poner duro el choto a medio México. —San Román miró fijamente a Diego a los ojos—. ¿Quieres unas cuantas cajas? —Y lanzó una sonora carcajada acompañada de varias palmadas.

—¡No, gracias, aún no lo necesito! Además... ¡no me fío de ti! Sólo falta que me envenenes y caiga en acto de servicio...

El camarero se acercó con el segundo plato. A Mario se le cambió la cara cuando vio el tamaño del chuletón.

—¡Mamacita! ¡Este chuletón es el más grande que he visto en mi vida!

Diego y Mario se dedicaron a degustar la carne y, cuando terminaron, el camarero les llevó el café y una botella de Talisker 18 que dejó sobre la mesa.

—Esto es de parte del señor Oteiza.

San Román ofreció un puro a su amigo. El camarero cerró la puerta del reservado para que nadie pudiera molestarse por el humo. La velada estaba asegurada.

En ese momento, una furgoneta con los dos mejores hombres de San Román tomaba la carretera federal 57D que les llevaría hasta Ciudad Juárez.

—Bueno, Richard, yo me tengo que marchar. Llevo varios días sin pasar por casa. Han sido dos días duros y necesito descansar.

Rosa y Richard estaban tomándose una cerveza en la terraza del hotel.

—Cada vez se me hace más difícil separarme de ti.

—¡Hey, gringo! ¡No bajes la guardia! ¿Tú has visto lo que llevas en el dedo?

—¿Esto? —Richard agarró su anillo de casado—. ¿Esto es lo que te molesta? —Y, a continuación, se lo quitó y lo lanzó al vacío.

—¡Nooooo! ¿Tú estás loco?

—Creo, querida Rosa, que cuando vuelva a Nueva York no me esperará nadie. Paula ha decidido que nos tenemos que tomar un tiempo y, sinceramente, yo también creo que es lo mejor.

—Lo siento, Richard. Pero, no sé, esto va muy deprisa. Desde que te has cruzado en mi camino han pasado muchas cosas y muy rápido y estoy confundida. Y te advierto que esto no significa que no me esté gustando. Al igual que tú, creo que tengo un corazón salvaje. En fin... ¡no quiero servirte de refugio! Cuando vengas a mí, deseo que sea por tu voluntad, no empujado por las circunstancias.

Richard acercó su cerveza a la de Rosa para invitarla a un brindis. Rosa levantó también su cerveza.

—¡Por los ojos más bonitos de México!

—¡Por el gringo más adulador que conozco!

—¿Entonces? ¿Dónde dices que vamos a cenar?

—¿Tendrás cara? ¿Qué parte de «me-voy-a-casa» no has entendido?

—¡Vengaaaa, vaaaa, una cenita rápida!

—¡Richard! ¡No seas liante!

—¡Venga, vámonos! ¡Necesito recuperar mi anillo! —Rosa le miró con fuego en los ojos—. ¡Es broma! ¡Venga, vamos!

—¿Sabes dónde podemos cenar?

—Pues... ¿en algún sitio donde se coma bien?

—¡Qué gracioso! Hay un lugar cerquita de aquí, y así me puedo ir pronto a mi casa, que te gustará. Es el Centro Castellano, un restaurante español que es toda una institución. Podemos ir dando un paseo. Está en la calle de la República de Uruguay, creo que en el número 16, a unas cuatro cuadras de aquí.

—Mmmm, espero que tengamos suerte y tengan paella.

—Yo la última vez que estuve sí que tenían. ¡En marcha!

Capítulo 34

—No hay duda de que es aquel restaurante.

Richard divisó dos grandes anuncios luminosos con la bandera española, uno a cada lado de la entrada.

—Sí, es ahí —afirmó Rosa.

La pareja no se había percatado de que a pocos metros les seguían dos gorilas.

Richard se paró en los carteles de la entrada del restaurante, donde se anunciaban los platos recomendados. Un pequeño escaparate dejaba ver los productos frescos del día, había varios chuletones y un par de cochinillos tumbados y preparados para hornear.

—¡Qué hambre! —Richard se acordó de la paella tan sabrosa que preparaba su abuela—. ¿Entramos?

Entrar en el local era como trasladarse de un plumazo a cualquier mesón castellano. Todo estaba decorado en madera y en la pared había decenas de fotos de famosos españoles que habían pasado en algún momento por el afamado restaurante. Toneles en la pared, vigas en el techo, sillas de madera y mesas adornadas con manteles rojos y blancos... A Richard le recordaba los viajes de pequeño con sus padres por La Mancha.

Cuando les trajeron la carta, Richard lanzó un suspiro.

—¡Dios mío! Tienen de todo. Aquí lo difícil va a ser pedir. —Richard miró varias veces la carta hasta que al final se decidieron a pedir varios platos para compartir y de segundo un buen arroz caldoso con bogavante. Al final de la cena casi no se podían levantar de la mesa. Richard sirvió en las copas el poco vino que quedaba y de nuevo brindaron y volvieron a brindar.

A Rosa se le habían olvidado las prisas y la noche iba envolviendo, poco a poco, la capital mexicana.

Diego acababa de dejar a San Román y se dirigía en su todo-terreno a su lujoso apartamento. Puso el manos libres del coche y tecleó un número de teléfono. Al otro lado, uno de sus hombres escuchaba sus instrucciones. En esta ocasión apostarían por algo más fuerte.

—¡Muchas gracias por todo! ¡Ha estado genial! —dijeron Rosa y Richard cuando se marcharon del restaurante.

—Gracias a ustedes. Regresen cuando quieran. Siempre es un gusto volver a ver a compatriotas.

La calle seguía llena de transeúntes. Parecía que la zona centro de la ciudad no descansara nunca. Richard le pasó la mano por el hombro a Rosa.

—Bueno... ¿qué hacemos?

—Tú, no sé. Yo, irme a casa. Estoy agotada. Vamos hacia el hotel y desde allí pedimos un taxi, es mucho más seguro.

—¡Te acompaño!

—¿Estás loco? ¿Y luego tener que volver tú solo? No te preocupes, querido Richard, sé cuidar de mí misma. De hecho, antes de conocerte, también salía por D.F. y nunca he tenido problemas.

El taxi tardó unos minutos en llegar. Richard le abrió la puerta.

—En cuanto llegues a casa, llámame, ¿de acuerdo?

—¡Por supuesto, señor! ¡A sus órdenes!

Richard cogió a Rosa por el cuello y le plantó un efusivo beso en los labios. La joven no se retiró. Cerró los ojos y disfrutó durante unos segundos.

—Estoooo... ¡en fin! ¡Me tengo que ir! ¡Luego te llamo!

Rosa entró muy rápido en el taxi y cerró violentamente la puerta. Ni siquiera vio la sonrisa de Richard, que movía su mano a modo de despedida.

Colonia Roma Sur, México D.F.

Fernando se divertía con un grupo de amigos en El Jarocho Taquizas, una típica cantina mexicana cuya especialidad eran los tacos. Era un negocio familiar, asentado en el barrio en el que él vivía y que en los últimos años había crecido gracias a la comida a domicilio. A Fernando le iba a estallar la tripa de tantos tacos como había engullido.

—¡Chicos, comida nomás! ¡Creo que la panza me va a crujir! ¿Nos vamos a El Cine a tomar una copa? ¡A estas horas ya debe de estar abierto!

—¡Pues venga, jalea, que ya estamos tardando!

Se acercaron hasta el local, a tan sólo unas calles de donde estaban cenando. Los amigos se sentaron en un rincón, en la planta de arriba, mientras la música de Maná tronaba en los potentes altavoces del local...

—*Oye, mi amooooor, no me digas que nooooo... Y vamos juntaaaaando las almaaaas... Oye, mi amoooooor, no me digas que noooooo... Y vamos juntaaaaando los cuerpos...*

—¡Ahora vengo, mamones!

—¡Bueno, pero no tardes! —Estaba claro que Fernando era el alma del grupo.

Bajó las escaleras para ir al baño. Las cervezas comenzaban a hacer efecto en su vejiga. Antes de acercarse a los servicios echó un vistazo al local para ver si había alguna presa a la que mostrarle sus encantos, pero no se veía a ninguna chavala sola.

De pronto, se fijó en dos gorilas que bebían en la barra. Su sexto sentido le decía que aquellos tipos no estaban allí por casualidad. Rápidamente, se dirigió a la parte de atrás intentando que no lo vieran, debía localizar a toda prisa una salida de emergencia por la que escaparse. Uno de los gorilas le vio largarse por un pasillo y avisó a su compañero. Automáticamente, siguieron sus pasos.

Fernando, nervioso, comenzó a buscar alguna puerta o ventana en los baños, pero no encontraba ninguna vía de escape. De pronto, una gran mano le agarró del pelo y casi en volandas lo arrastró hasta el baño.

—¡Ven aquí, cabrón! ¿Dónde ibas?

—¡Heyyyy, hermanos! ¡Tranquilos! ¡Creo que os estáis equivocando de persona!

—¿Ah, sí? ¿Tú no eres el amiguito del gringo?

El gorila continuaba agarrando a Fernando del pelo. Éste intentaba soltarse, pero era imposible.

—¿Gringo? ¿De qué coño de gringo me hablas, mamón?

El gorila le estampó la cabeza contra uno de los espejos del baño, que estalló en su frente. Su compañero se quejaba.

—¡Hey, cabrón! ¡Déjame a mí un poco!

Fernando, como si fuera un títere, cambió de dueño. El otro matón lo agarró del cuello y, levantándolo del suelo con una sola mano, lo arrojó violentamente contra los azulejos de la pared. Fue tal el impacto que se escuchó el sonido de algunos huesos romperse. Fernando perdió el conocimiento. Su cara estaba ya empapada de la sangre que manaba de su frente.

—¡Qué ganas te tenía! ¡Ahora vas y sigues jugando, cabrón!

El otro sicario lo levantó del suelo y, a golpes, lo metió dentro de uno de los baños. De una patada lo dejó sentado en la taza del váter. Fernando seguía sin conocimiento. Su cuerpo se ladeó sin apenas vida contra una de las paredes pintando un rastro rojizo en los azulejos. Los dos gorilas cerraron la puerta. Se lavaron las manos y se arreglaron el pelo y las ropas como si no hubiera pasado nada. Salieron del baño. Nadie había escuchado los golpes. Pagaron sus consumiciones y se marcharon del local. Al entrar en el coche, uno de ellos mandó un sms:

Trabajo terminado. Todo bien. Paquete facturado.

El taxista esperó a que Rosa hubiera abierto el portal de su casa para marcharse. Compartía vivienda con una compañera australiana del equipo de la excavación en un populoso barrio cercano a la ciudad sagrada. Era una casa de dos pisos a la que se accedía por un patio central. Ellas vivían en el piso de arriba.

Rosa cerró la puerta y encendió la débil bombilla que iluminaba el patio. De pronto, alguien la saludó desde uno de los rincones.

—¡Buenas noches!

La joven no se lo pensó dos veces y dirigió una patada de kárate a la altura de la cara del desconocido, que, como pudo, evitó el golpe. Antes de que pudiera decir nada, Rosa ya estaba lanzando otra patada, que nuevamente esquivó el intruso.

—¡Joder, para ya! ¡Soy yo!

Rosa detuvo en el aire el siguiente golpe.

—¡Dios, tío, qué susto me has dado!

—Y tú a mí, sobrina. Veo que te mantienes en forma y que has aprovechado bien las clases que te pagué.

—¿Qué haces aquí, tío?

—¿Cómo que qué hago aquí? ¡Primero dame un abrazo!

Rosa le besó. Sintió sus fuertes brazos que la rodeaban con cariño.

—¿Cómo estás, princesa?

—Estoy bien. Te dije el otro día que no tenías que preocuparte.

—¿En serio? Eso no es lo que ha llegado a mis oídos.

—Ya sabes que no tienes buenos informadores —apuntó Rosa. Su tío sonrió.

—Princesa, te van a seguir de cerca mis hombres y no quiero quejas. Temo que te pase algo y te juro por la Santa que si eso sucede, monto una guerra.

—¡Pero... tío!

—Ni una palabra. Ya hablaremos. Me voy, que ya sabes lo celosa que se pone mi rubia.

—Sí, lo sé. Dale un beso de mi parte.

—¡Adiós, princesa!

—¿Qué quería tomar Fernando? ¿Os ha dicho algo?

—No, y ya está tardando.

—Eso es que ha pillado alguna chava. Voy a buscarlo.

El amigo de Fernando dio una vuelta por el local. Miró fuera y tampoco le vio. Decidió acercarse al baño, de paso miraría allí.

—¿Fernando?

Se sorprendió al ver el espejo roto y lleno de sangre. Observó con temor las manchas rojas por todo el suelo. Miró en los aseos. Estaban todos vacíos menos uno, que tenía la puerta entreabierta.

—¿Fernando?

El joven empujó la puerta. La cara ensangrentada de su amigo con la mirada perdida le sobresaltó.

—¡Maldita sea, mierda! ¡Hay que llamar a una ambulancia, joder!

Salió del baño lanzando gritos. Varios camareros corrieron para ayudarle. En pocos minutos, una ambulancia se llevaba a Fernando. Los enfermeros intentaban mantener el hilo de vida que quedaba en el maltratado cuerpo del mexicano.

Paula estaba terminando de embalar sus pertenencias. Cogió varias fotografías enmarcadas en las que se reflejaban una buena parte de su vida. En una de ellas se veía a Richard justo después de ser liberado por la guerrilla. Se quedó un buen rato observándolo. Suspiró y siguió guardando las fotos en las que solamente aparecía ella.

El sonido del timbre de la puerta la sobresaltó.

—Éste debe de ser James...

Bajó rápidamente los escalones para llegar a la entrada y abrió la puerta un poco para comprobar que era su nuevo amor. Tenía la cadena de seguridad echada, siempre que estaba sola tomaba algunas precauciones. Sin apenas poder reaccionar, notó un fuerte golpe en la puerta que arrancó de cuajo la cadena y a ella la desplazó varios metros hasta tumbarla en el suelo. Desde allí, divisó dos enormes gorilas, con rasgos mexicanos, que, a su paso, cerraron la puerta.

Uno de ellos la levantó de la pechera. Sus musculosos brazos hacían inútil cualquier fuga. Paula lanzó un grito, pero el matón le arreó un fuerte golpe en la cara y la obligó a callar la boca.

Paula estaba aterrorizada. No sabía a qué obedecía aquella brutalidad.

—¡Por favor, no me hagan nada! Les daré todo lo que tenga de valor —balbuceó en el básico español que conocía. Ahora se arrepentía de no haber practicado algo más con Richard.

Los gorilas no intercambiaron palabra. Uno de ellos sacó unas tijeras de podar del bolsillo de su abrigo.

Paula se arrodilló llorando.

—¡Por favor, no me hagan daño!

Sin escucharla, uno de ellos sujetó uno de sus delicados brazos. El otro agarró con fuerza su mano y situó las tijeras en el dedo anular en el que llevaba el anillo de casada. Para consuelo de Paula, se desmayó en aquellos instantes y no notó el chasquido de su hueso cuando el gorila cerró de golpe las tijeras. Metió el dedo sangrante de la periodista junto al anillo en una bolsa y la dejaron tumbada en el suelo. De su mano manaba abundante sangre.

Rápidamente salieron del domicilio comprobando que nadie les había visto. Recorrieron a la carrera un par de calles y pararon un taxi que circulaba por una avenida cercana. Una vez dentro pidieron ir al aeropuerto. En ese momento, uno de ellos sacó su móvil y mandó un sms.

Trabajo realizado con éxito. En unas horas volvemos a casa. El envío lo tendrá mañana por la mañana.

Diego observó por segunda vez el mensaje de su móvil y una amplia sonrisa mudó su rostro.

—Esta vez, amigo mío, la cosa va en serio...

A James le extrañó encontrarse la puerta de la casa de Paula abierta. No obstante, llamó al timbre para no asustarla. Pulsó varias veces, pero nadie contestó. Preocupado, empujó la puerta.

—¿Paula? ¿Paula?

Encendió la luz de la entrada y se quedó petrificado. La joven estaba tumbada en el suelo sin conocimiento. Su mano sangraba abundantemente. No se lo pensó dos veces. Se quitó el cinturón y le practicó un torniquete en el brazo y envolvió la mano en varias toallas mientras llamaba a los servicios de emergencia pidiendo ayuda.

En breves minutos una ambulancia ponía rumbo al hospital más cercano. Aunque Paula había perdido mucha sangre, no parecía que su vida corriera peligro. Mientras se dirigían a urgencias, James telefoneó a Charlie para contarle el suceso. El productor se vistió todo lo rápido que sus ahogos le permitieron. Entre jadeos, llamó para pedir un taxi.

—¡Tenme informada! ¿Vale, mi vida? —La mujer de Charlie estaba preocupada, pero más entera.

—Sí, en cuanto llegue te llamo. ¿Telefoneo a Richard?

—Yo esperaría a llegar al hospital. A lo mejor Paula no quiere contar nada. No sé...

—¡Tienes razón, creo que esperaré!

Charlie se marchó rápidamente hacia el hospital temeroso de la suerte de su amiga.

Los dos sicarios miraron la dirección apuntada en el papel.

—Creo que es ese portal. Apaga las luces y parquea el carro ahí mismo, por si tenemos que salir a los pedos.

Los dos gorilas bajaron del coche y se dirigieron hacia la verja que daba acceso al patio de la casa de Rosa. Uno de ellos alumbró la zona con una linterna mientras el otro abría la puerta con una ganzúa.

—¡Ya está! ¡Ésta ha sido fácil!

Los dos corpulentos armarios se dirigieron hacia el piso de arriba, donde vivía la arqueóloga. Uno de ellos pegó el oído a la puerta.

—Creo que está viendo la tele. Alúmbrame la puerta. —Sacó el juego de ganzúas y eligió la que consideró correcta para aquella cerradura. Realizó varios giros hasta que su mano notó que el cierre había cedido—. ¡Vamos!

Los dos matones entraron por la puerta sigilosamente. Rosa estaba viendo la televisión en el sofá. Se quedó aterrorizada al verlos.

—¡Ven aquí, putita!

Rosa intentó incorporarse, pero no tuvo tiempo. Uno de los gorilas ya la agarraba con todas sus fuerzas del pelo. El otro se estaba acercando para terminar de inmovilizarla cuando se escuchó un grito que llegaba desde la puerta.

—¡Quitad esas manos de la chica, cabrones!

Los dos gorilas soltaron a Rosa. Uno de ellos se giró para ver con qué y con quién se enfrentaban. Un individuo desde la puerta les apuntaba con un revólver.

—¡Venga, quiero ver vuestras putas manos en la cabeza!

Casi antes de que terminara la frase, uno de los matones agarró un jarrón que había sobre la mesa y se lo lanzó al pistolero impactándole en la cabeza. Tuvieron el tiempo justo para correr a la habitación contigua y escapar por la ventana. A los pocos segundos se escuchó cómo arrancaba un coche y unas ruedas chirriaban en el desgastado asfalto.

Rosa atendió al hombre, que sangraba por una pequeña brecha.

—¿Estás bien? —Conocía a aquel individuo de haberle visto con su tío en otras ocasiones.

—¡Sí, estoy perfectamente! ¡Menos mal, señorita Rosa, que he llegado a tiempo!

—Sí, no quiero ni pensar lo que habría sucedido si no hubieras estado.

—Bueno, no se preocupe. Estaré por aquí, vigilante. Llamaré a alguien más para que me acompañe. Esté tranquila.

Rosa comprobó que la herida ya no sangraba y besó tiernamente en la frente a su salvador.

—Será mejor que no le digas nada a mi tío o se montará una buena.

Amanecía tímidamente en México D.F.. Por las calles comenzaban a transitar miles de personas que acudían a sus puestos de trabajo. Los coches patrulla seguían vigilantes, observando cada rincón, mientras Richard dormía plácidamente sin sospechar que tendría una de las peores mañanas de su vida.

En esos mismos instantes, el conductor de una furgoneta negra leía un cartel en la solitaria carretera: «A CIUDAD JUÁREZ 223 KM».

Capítulo 35

Charlie llegó jadeante hasta el mostrador de admisiones.

—¡Hola, muy buenas noches! Quería saber dónde se encuentra Paula Stanley... o Cappa... La han ingresado hace un rato por urgencias.

—Buenas noches, déjeme consultar. —La recepcionista comprobó la pantalla de su ordenador—. La señora Stanley se encuentra en uno de los módulos de urgencias. En la habitación 23. Continúe por este pasillo siguiendo las indicaciones de urgencias hasta una gran sala. Allí otra enfermera le atenderá.

—¡Muchas gracias, señora!

Charlie avanzó nervioso por los pasillos hasta llegar a la sala indicada y allí se encontró con el que, según las indicaciones de su mujer, debía de ser el nuevo amor de su amiga Paula.

—¿James?

El hombre se giró y observó a Charlie, que jadeaba frente a él. Enseguida lo reconoció.

—¿Eres Charlie?

—Sí, ¿cómo lo sabes?

El novio de Paula sonrió.

—Paula me ha hablado mucho de ti. —Obviamente, le ocultó que Paula le había hablado de lo aprensivo que era.

—¿Cómo está? ¿Ha sido muy grave?

—¡No, no! Se encuentra mejor. Ha perdido mucha sangre. De hecho, ahora le están haciendo una transfusión. Pero ha debido de ser terrible para ella. —Charlie se fijó en que en la puerta de la habitación había dos agentes de la policía. James adivinó la siguiente pregunta.

—Sí, están esperando que termine la transfusión para interrogarla.

—¡Cuéntame! ¿Cómo ha pasado todo?

—Al parecer, llamaron a la puerta. Paula abrió con la cadena de seguridad puesta, pero un fuerte golpe la tumbó. Según lo poco que he podido hablar con ella, entraron dos mexicanos enormes.

Charlie interrumpió la conversación.

—¿Mexicanos?

—Sí, ¿por?

—No, por nada, por nada. Perdona. —Charlie sacó su inmaculado pañuelo para secarse las pequeñas gotas de sudor que se le empezaban a acumular en la frente.

—Como te decía: al parecer, sin mediar palabra, sacaron unas tijeras de podar y le cortaron un dedo. Cuando yo llegué, me la encontré tumbada en el suelo sobre un charco de sangre. Ha sido horrible. ¡No quiero ni pensar qué habría pasado si no llego a tiempo!

Charlie se tuvo que sentar en uno de los bancos de la sala de espera. Imaginarse el chasquido del dedo de su amiga producido por las tijeras de podar le provocó náuseas. Su cabeza comenzó a girar a toda velocidad, rezaba para que el accidente de Paula no estuviera relacionado con el viaje de Richard. En ese momento, el doctor hizo pasar a los dos agentes. Estuvieron muy poco tiempo, a los diez minutos salieron y ya pudieron entrar ellos. Paula se encontraba descansando, vestida con el camisón del hospital, monitorizada y con varios goteros puestos. Sobre las sábanas descansaba la mano vendada.

—¡Amor! —James se acercó a la cama, peinó sus desordenados cabellos y la besó repetidamente en la frente—. ¿Te encuentras bien?

—Sí, ya estoy mejor. ¿Han encontrado el dedo?

—No, la policía lo ha buscado, pero no ha habido suerte —respondió James.

Al productor no le extrañó la sangre fría de su amiga, pero él se tuvo que agarrar fuertemente a la cama para no caer desmayado. Fue entonces cuando Paula se percató de que su amigo también estaba allí.

—¡Hola, Charlie! ¿Por qué te has molestado en venir? Ya sabes que a ti los hospitales te dan pánico. —Paula acercó la mano que no estaba vendada para que él la sujetara entre las suyas.

—Sí, lo sé. Pero bueno... ¡para eso estamos! ¿Qué tal te encuentras?

—Gracias a Dios ha pasado ya todo. Podía haber sido peor. —Paula volvió a mirar a James—. ¿Han robado en casa?

—¡No deberías preocuparte de esos detalles ahora! Pero no, no han robado. Según los agentes, todo estaba intacto.

—Es que, sinceramente... Ni la policía entiende muy bien a qué se ha debido esta salvajada. Me han comentado que este tipo de animaladas suelen ser para cobrarse alguna venganza o por un ajuste de cuentas. Me han preguntado varias veces si en mi entorno había algún mexicano o si debía algo a alguien.

—¿Y qué has contestado? —Charlie tragaba saliva con dificultad.

—Pues que no conozco a ningún mexicano. Bueno, algún amigo lejano de Richard que haya estado en Nueva York de paso, pero nada más. Por cierto... ¿has llamado a Richard? —El gesto de Paula se endureció.

—No, estaba esperando que tú me dijeras qué hacer. Ya sabes que en cuanto Richard se entere, querrá presentarse en el hospital.

—He presionado al médico para que mañana me den el alta. Sólo tengo que esperar a que la herida se cure y cicatricen los puntos que me han dado, estoy convencida de que será peor la recuperación psicológica que la física, porque sólo de pensar qué pasará cuando tenga que ir sin venda...

James la interrumpió.

—Bueno, cariño. Cada cosa a su tiempo. Ahora tenemos que estar felices de que todo haya pasado.

—¡Tienes razón! Como te decía, Charlie... mañana me dan el alta y teníamos pensado irnos unos días a una casita que tiene James en un pequeño pueblo a pocas horas de Nueva York. Si Richard quisiera venir, no me encontraría. Llámale si te apetece, pero dile que estoy bien y que estaré fuera unos días. Y... ¡venga! Márchate a casa ya, que tendrás a Nora preocupada.

—Me ha dado muchos besos para ti.

—Sí, me lo imagino. Dile que la quiero mucho y que antes de irme pasaré para tomarme un café con ella. ¡Ven aquí y dame un beso!

Charlie salió de la habitación secándose los sudores. En la sala de espera llamó a Richard, estaba convencido de que la salvajada que le habían hecho a Paula estaba relacionada con su amigo.

El teléfono de Richard sonó en repetidas ocasiones, pero estaba inmerso en un profundo sueño y tuvo que escuchar varias veces el tono para ser consciente de que le estaban llamando. Encendió la luz de la mesilla y miró la pantalla del móvil: CHARLIE.

—Querido Charlie... ¿Sabes la hora que es?

—Hola, Richard. Sí, aquí son las seis y cuarto, por lo que allí serán las cinco y cuarto.

—¿Y cómo es que llamas a estas horas? ¿Ocurre algo?

—Sí, verás... —Charlie no sabía cómo darle a su amigo la noticia—. Se trata de Paula, hace unas horas ha tenido un accidente, pero ya se encuentra bien y en breve le dan el alta.

—¿El alta? —Richard se incorporó de la cama—. ¿Está en un hospital?

—Sí, verás... Anoche dos tipos entraron en vuestra casa, sacaron unas tijeras de podar y le cortaron un dedo. Un amigo de Paula se la encontró tirada en el suelo y llamó rápidamente a emergencias. Si no la llega a encontrar a tiempo, seguramente ahora estaría muerta.

Richard sabía que se tenía que enfrentar a la terrible pregunta. Tomó aire y se lanzó.

—¿Cómo eran los tipos que entraron en casa, Charlie? —Cruzó los dedos para que no fuera lo que él sospechaba.

—Eran mexicanos, Richard. —De pronto, se hizo un prolongado y tenso silencio—. Richard, ¿estás ahí?

—Sí, sí, perdona. ¡Joder! ¿Han dejado alguna nota? ¿Han dicho algo? ¿Alguna pista? —El periodista estaba cada vez más encorvado, se frotaba la cara con la mano en un gesto de desesperación.

—No. La policía ha estado en el hospital, pero no sabemos nada.

—¿Aún estás en el hospital? Voy a coger el primer vuelo que encuentre... En unas horas estoy allí.

—Verás, amigo... —Charlie respiró profundamente haciendo una pequeña pausa que a Richard le pareció una eternidad—. ¡Paula tiene compañía! Además, me ha dicho que dentro de unas horas le dan el alta y se van a ir a una casa en el bosque para descansar. No quiere que vengas.

—¡Ah! ¡Ya! ¡Comprendo! ¿Y cómo la has encontrado, Charlie? —Se sentía culpable de todo lo que había ocurrido. A pesar de sus diferencias, no le deseaba nada malo a la que había sido su compañera tanto tiempo.

—Ya sabes que Paula es marine. Tiene más fortaleza que muchos hombres.

—Sí, lo sé. ¡Joder!

—A mí me preocupas mucho más tú, Richard.

—Pues no tienes por qué preocuparte. Me voy a poner a trabajar. Rul regresa en unas horas a Nueva York. Te prepararé los reportajes que faltan. Ya sólo quedan dos días para la visita del gran jefe. ¡Un abrazo, Charlie! Luego hablamos.

Richard se levantó de la cama y abrió el minibar. Se sirvió tequila en un vaso y se lo bebió casi de un trago. Descorrió las cortinas y observó cómo la ciudad se iba desperezando. Viendo aquel paisaje desde las alturas, reflexionaba sobre la insignificancia del ser humano. Aquella mole de gente, aquella sociedad, seguiría funcionando estuviera él o no, daba igual, las personas no tenían relevancia en un monstruo urbano con vida propia. Uno se podía considerar la persona más valiente y con más principios del mundo y solamente bastaba que le tocaran su entorno, sus amigos, su familia, o qué decir si además se tenían hijos, para que, automáticamente, la persona pasara a ser el animal más desprotegido y más inseguro de este jodido mundo.

Richard apuró el trago de tequila que le quedaba en el vaso y se sirvió otro. El servicio de habitaciones estaba bien instruido sobre los gustos del periodista y le tenían el minibar repleto de tequila y cervezas frías.

Sacó su Moleskine y comenzó a dibujar el paisaje que se divisaba por la ventana. Era la única manera de que le afloraran las ideas. Tenía la certeza de que detrás de aquella muerte, de la que había sido testigo, se encontraban Diego y aquel ricachón con el que había coincidido en la fiesta de su amigo Sarasola. Sabía que, con toda seguridad, a las chicas que asesinaban en los macabros rituales las secuestraban y tatuaban en Ciudad Juárez. ¡Eran muy listos! Aprovecharse de la gran cantidad de jóvenes que desaparecían habitualmente en aquella ciudad fronteriza había sido una gran idea.

Hasta ahí estaba todo claro, pero le faltaban pruebas y, sobre todo, descubrir la gran incógnita: por qué y quiénes cometían los asesinatos. No podía imaginar que hubiera gente tan macabra como para disfrutar con la muerte de una joven. Algunos rumores en la red apuntaban a que ese tipo de asesinatos por placer los realizaban mentes enfermas sedientas de sangre, pero pensaba que tan sólo se trataba de leyendas urbanas.

Richard no sabía cómo conseguir pruebas definitivas ni, sobre todo, a quién acudir, nadie creería una historia tan peregrina de asesinatos y rituales. Y lo peor era que, si Rosa tenía razón, todavía quedaban unos cuantos asesinatos para que los vigilantes de los días tuvieran la serie de pieles necesarias para cerrar otro ciclo.

—¡Joder...! ¡Esto se me está yendo de las manos!

Richard pensó en Rosa y se le hizo un nudo en el estómago. No se podría perdonar que a ella también le pasara algo. A pesar de que era bastante temprano, decidió telefonearla.

—¿Sí?

—¿Rosa? ¡Soy Richard! ¿Te encuentras bien?

Rosa se incorporó en la cama. Pensó en contarle la noche tan movidita que había pasado, pero decidió que era mejor, de momento, no ser del todo sincera. No quería contemplar la posibilidad de que Richard le pidiera más detalles y verse obligada a hablarle de su peculiar familia.

—Sí, estaba durmiendo. ¿Ocurre algo?

—Bueno, verás... Paula ha tenido un accidente en Nueva York. Creo que le han tenido que amputar un dedo, pero ya está bien y en unas horas le dan el alta. Se va a descansar unos días con el amiguito que se ha echado. —Se hizo un silencio incómodo—. No sé. Estaba preocupado por ti. ¡No me perdonaría que te sucediera algo! Por eso te he llamado... ¡No salgas de tu apartamento! ¡No quiero que vayas sola! Yo iré a buscarte para que no te pase nada. ¿Me harás caso? —Richard escuchó una carcajada de su amiga.

—¿Y tú crees que estando a tu lado estaré más segura? —Richard ni siquiera contestó—. No te preocupes, querido. Estoy en el piso con mi compañera y su novio también está aquí. Me han prometido que me acercarán a tu hotel cuando se levanten. Allí te veré. Y ten mucho cuidado. ¡Tú eres el que se tiene que cuidar! ¿Me oyes? El único que verdaderamente preocupa aquí eres tú. En un rato nos vemos. Procura dormir un poco. —Rosa suspiró—. Un beso, luego te veo.

Richard volvió a mirar por el ventanal. El tráfico cada vez se iba haciendo más intenso en las calles de alrededor del hotel. Otra llamada perturbó sus pensamientos.

—¿Licenciado Cappa?

—Sí, soy yo. ¿Quién es?

—Verá, soy el papá de Fernando. —Richard contuvo la respiración y apretó el puño con fuerza como si ese gesto fuera suficiente para evitar una mala noticia—. Verá, ahorita estoy con la mamá del niño, aquí en el hospital.

—¡Joder! ¿Ha pasado algo? ¿Fernando está bien? —Escuchó cómo el padre se sonaba la nariz. Richard intuyó que estaba llorando.

—¡Está muy malito, señor licenciado! —El padre de Fernando no pudo resistir el llanto.

—¡Tranquilo, serénese! ¡Cuénteme qué ha pasado!

—Nos llamó uno de sus amigos. Me platicaron que a mi Fernandito le habían dado unos matones una paliza en los baños de un bar. Está en coma y los médicos nos han pedido paciencia. Hasta que no pasen unas horas no sabremos siquiera si vivirá.

Richard se bebió de un trago el tequila que quedaba y estampó el vaso contra la pared haciéndolo añicos. Volvió a colocarse el teléfono en el oído, solamente se escuchaban los llantos del pobre hombre.

—¡Dígame! ¿En qué hospital está?

—Estamos en el Rubén Leñero, señor.

—¡Bien! Estaré allí lo antes posible. Un abrazo.

Richard llamó a Rosa para contarle lo sucedido. Decidieron encontrarse en el hospital.

—¡Hey, mamón! ¡Para ya de una puta vez la jodida camioneta! Tengo los huesos molidos y necesito un café.

El sicario se quejaba mientras intentaba estirarse, cosa casi imposible: los volúmenes de los dos cuerpos apenas entraban en los asientos.

—¡Calla ya, llorona! Yo tendría que ser el que se quejara, que llevo cinco horas manejando el puto carro. He visto que a tres kilómetros hay una gasolinera. Allí pararemos a desayunar.

—Lo que tú digas, güey. Pero ya sabes que yo con el estómago vacío tengo muy mal carácter.

—¿Sólo con el estómago vacío? —El sicario soltó una sonora carcajada—. ¡Serás mamón!

Richard cogió un taxi y se dirigió a toda velocidad al hospital Rubén Leñero. Allí estuvo intentando consolar como pudo a los familiares del pobre Fernando. Entre los que se habían acercado hasta el hospital estaba el amigo que lo había encontrado agonizante en los baños.

—¡Hola! ¿Cómo estás? Me llamo Richard Cappa, soy amigo de Fernando.

—Hola, señor. ¡Sé quién es! Fernando me platica mucho de usted. —El joven, con los ojos llorosos, apretó la mano del periodista.

—Imagino que ya habrás tenido que contar la historia... Pero, dime, ¿cómo sucedió todo?

—Pues verá, estábamos unos cuantos amigos en el pub El Cine, en el piso de arriba. Fernando bajó a dar una vuelta a ver lo que se encontraba por ahí. Al cabo, como no regresaba, bajé a ver si estaba bien y lo descubrí en el baño, totalmente cubierto de sangre. Tenía la mirada perdida. Por un instante, pensé que lo habían matado.

—¿Y se sabe quién fue?

—Sí, el camarero nos dijo que dos matones estuvieron tomando un par de tequilas un ratito antes. Nos dijo que se marcharon a toda prisa del local. A los pocos minutos, encontramos a Fernando. No sé, aunque Fernando es un buscavidas, no creo que se haya complicado tanto como para esto.

¡Estamos desolados! —El amigo comenzó a llorar y se marchó a un rincón de la sala. Richard estaba realmente impresionado. Una mezcla de odio y de terror le abrasaba el estómago.

Rosa tardó cerca de una hora en llegar al hospital. Al entrar en la sala de espera se abalanzó sobre Richard y le abrazó con todas sus fuerzas.

—¿Cómo está?

—Aún no se sabe nada. Hasta que no pasen unas horas no sabremos si sobrevivirá —sentenció Richard, hundido.

—Pero... ¿tan grave está?

—Sí, le han dado una buena paliza. Está en coma y tiene varias lesiones en la cabeza, aparte de un montón de huesos rotos. —A Rosa también se le inundaron los ojos de lágrimas.

—¿Tomamos un café?

Se dirigieron a la cafetería del hospital. Rosa sabía que la estaban siguiendo, solamente deseaba que Richard no se diera cuenta.

—¿Qué vamos a hacer? —preguntó Rosa.

Richard le acarició las mejillas.

—No lo sé, querida Rosa. Sinceramente, jamás creí que llegaríamos a esta situación. Pensé que solamente se querían divertir con nosotros y que no apostarían tan fuerte. Me estoy planteando acudir a la policía, pero eso precisamente es lo que siempre Fernando había intentado que no hiciera.

—Puede que Fernando esté en lo cierto. No tienes ninguna prueba que les pueda incriminar. Tan sólo conjeturas y suposiciones que no van a ningún lado. Esta gente es demasiado poderosa para jugar sin la certeza de que van a ganar.

—¿Y qué hago? ¿Tiro la toalla y ya está? ¿Dejamos que otra joven aparezca muerta mañana?

Rosa se enfureció.

—¿Otra joven? ¿Tú sabes el número de muertos que llevamos este año? Te puedo asegurar que aquí una muerte más es sólo una gota en un estanque de agua pútrida. —Rosa acarició la melena del periodista. Richard estaba a punto de derrumbarse—. Tienes que abandonar, Richard. ¡Esto se te ha ido de las manos!

—Eso imaginando que me dejen abandonar... —Se tomó el café de un trago.

—¡Venga, intentemos hablar con el médico! ¡Puede que nos dé alguna esperanza!

Justo en el momento en que salían de la cafetería sonó el móvil de Richard.

—¿Richard? ¡Soy Marc!

—Hola, Marc. ¿Qué tal está Rul?

—Bien, ya estamos terminando de recoger las cosas. Salimos en una hora hacia el aeropuerto. —La voz de Marc se tornó más grave—. Me ha llamado Charlie. Tengo que volver con Rul a Nueva York.

—¿Cómo?

—Pues sí, dicen que ya tienen suficiente material con los repor que les hemos enviado y ayer llegó el equipo que va a realizar el directo. Al parecer, no me necesitan.

En el teléfono sonaban los pitidos inconfundibles de que había una llamada en espera. Richard observó la pantalla y vio que la llamada era de Charlie.

—Marc, te dejo. Ahora te llamo. Me está llamando Charlie, imagino que para comentarme lo tuyo. Un abrazo.

Richard colgó a Marc y contestó a Charlie.

—Dime, Charlie. ¿Todo bien? ¿Sabes algo nuevo de Paula?

—¡Hola, Richard! Creo que se va recuperando poco a poco. El descanso de estos días le sentará bien. Oye, te llamo porque...

Richard le interrumpió.

—Porque Marc también se marcha, ¿verdad?

—Sí, Richard. Sinceramente, no sé en qué líos te has metido pero aquí la cosa está que arde. Daniel se ha enterado de lo de Ciudad Juárez y no le ha gustado un pelo. Me has metido en una buena, amigo.

—¡Joder, qué puto día! ¡Lo siento de veras, Charlie! —El productor jadeaba al otro lado del teléfono.

—Richard... ¡Tú también te vuelves!

—¿Cómo? ¿Qué me estás contando, amigo? ¡Charlie, no me jodas, tío! ¡No me podéis dejar así, aún quedan cosas por hacer!

Charlie se esforzaba por respirar con normalidad.

—Richard, no puedo hacer nada. ¡Yo sólo soy el productor! He estado investigando un poco con mis contactos en la redacción y, al parecer, los de arriba han recibido una llamada de un nuevo anunciante publicitario que curiosamente es mexicano. Pone como condición que tú dejes el trabajo y, como comprenderás, no se lo han pensado mucho. No me preguntes de lo que han hablado porque no tengo ni idea, lo único que sé es que estás en la calle.

—¿Cómo que estoy en la calle? ¿Eso qué significa, Charlie? ¿Que se acabaron los reportajes en México?

—No, Richard. Que se acabó tu trabajo aquí. Te han despedido. En un rato te llamará Daniel para comunicártelo y te ruego que te hagas el sorprendido porque se supone que no sabes nada. ¿De acuerdo?

Rosa le hacía señas a Richard interrogándole con la mirada sobre lo que estaba pasando. La cara del periodista reflejaba que los problemas seguían acumulándose.

—Bueno, no te preocupes, amigo, tú has hecho todo lo que podías. Desde luego, estos cabrones han apostado hoy bien fuerte. No te he dicho que estoy en el hospital esperando tener noticias de Fernando, anoche le dieron una paliza de muerte.

—Richard... ¡escúchame! —La voz de Charlie se volvió grave—. Te voy a sacar tu billete de vuelta para esta tarde. Te dejo que hagas la maleta y te despidas de todo el que te tengas que despedir, ¿me sigues?, pero esta noche te voy a recoger al aeropuerto, te pongas como te pongas.

Richard tomó aire antes de contestar.

—Déjame un par de días, Charlie. Si eres mi amigo, aguántame el billete hasta que yo te diga. Quiero tener todo bien cerrado antes de irme... ¡Por favor, Charlie!

Charlie tardó unos segundos en contestar.

—Richard... ¡esto no es un juego! Tienes que irte de allí, amigo.

Richard volvió a insistir.

—¡Por favor, Charlie! Necesito un par de días más. ¡No me puedo ir así!

Charlie se mantuvo pensativo unos segundos.

—Como siempre... ¡tú ganas, Richard! Veré lo que puedo hacer, pero no te prometo nada. Espero tus noticias. Pero eso sí... ¡te aseguro que ésta es la última!

CAPÍTULO 36

La enorme jaula que el magnate mantenía en el centro del jardín, repleta de pájaros exóticos de colores llamativos, estaba revolucionada. Las aves graznaban con todas sus fuerzas, alarmadas por las embestidas que el mexicano daba a la voluptuosa rubia que, lejos de quejarse, le suplicaba más.

San Román, con el albornoz abierto, tenía a la explosiva mujer a horcajadas sobre él. La espalda de ella descansaba sobre la jaula mientras Mario agarraba con todas sus fuerzas el trasero perfectamente modelado de la mujer para sujetarla y que así pudiera aguantar los bruscos y acompasados movimientos a los que cada vez imprimía más velocidad. La mantenía a pulso y sus piernas aguantaban como podían aquella situación. Varias sacudidas más y todo se tranquilizó... y los pájaros también.

San Román bajó a la rubia y se ajustaron los albornoces como si nada hubiera sucedido.

—¡Dios mío! Tú quieres acabar conmigo, chingona... ¡Qué energía!

La rubia sonreía orgullosa. La pareja se sentó a una mesita del jardín dispuesta a degustar un desayuno preparado con todo lujo de detalles. El mayordomo se acercó para consultar si necesitaban algo más y para anunciar la llegada de Diego.

—Dile que se siente a desayunar con nosotros —apuntó San Román.

Diego apareció en el jardín con una amplia sonrisa en los labios.

—Por tu cara, adivinaría que ha sido una gran noche.

Diego sonrió aún más abiertamente.

—¡Cómo me conoces, amigo! ¡Hola, Luci!

La rubia le guiñó un ojo.

—¡Buenos días, Diego! ¿Traes buenas noticias?

—Sí, tengo muchas cosas que contar a Mario.

El magnate le dio un pellizco en el moflete a la rubia.

—¡Venga, Luci! Llama al salón de belleza y que te hagan un tratamiento especial. Luego quedamos para comer.

La rubia se levantó, besó en la mejilla a San Román y se marchó moviendo descaradamente las caderas.

Sede de la compañía de petróleo Oilgold, Miami

El smartphone del presidente de la compañía vibraba sobre la mesa. Un nuevo correo electrónico había llegado al buzón de entrada. El empresario lo abrió para comprobar que era el que estaba esperando.

De: Los Vigilantes de los Días
Asunto: Nueva reunión

Sin esperar más, y con una gran sonrisa que se dibujó en sus labios, abrió el mail.

Estimado socio:

Nos ponemos en contacto con usted para convocarle a una nueva reunión de nuestra asociación. La cita será el próximo martes por la tarde y tendrá lugar, como en ocasiones anteriores, en México D.F.

Aprovechamos la ocasión para recordarle que es imprescindible confirmar la asistencia, porque, como bien conoce, tan sólo diez personas pueden acceder a esta nueva reunión.

En cuanto recibamos su mail de confirmación y su ingreso en la cuenta habitual (25.000 dólares), le enviaremos sus billetes electrónicos así como la reserva del hotel que, como en anteriores ocasiones, será el Four Seasons de nuestra capital.

Sin más, le hacemos llegar un cordial saludo y le recordamos que esta reunión es privada y secreta, por lo que se le ruega su máxima discreción.

Un fuerte abrazo.

El magnate del petróleo pulsó el interfono situado sobre la mesa de su despacho. Una agradable voz contestó de inmediato.

—¿Desea algo, señor presidente?

—Sí, Margit, anúlame todas las citas del martes y del miércoles. Tengo una reunión en México.

—De acuerdo, señor. ¿Necesita billetes de avión o que le reserve habitación en algún hotel?

—No, muchas gracias. Ya se ocupan de todo los mexicanos.

—¡Perfecto! ¿Algo más?

—Sí. Si eres tan amable, no me pases ni visitas ni llamadas en quince minutos.

—Como usted desee.

El directivo se acercó hasta el minibar y se sirvió en un vaso unos cuantos cubitos de hielo y un poco de whisky de malta. Se recostó en su sillón de cuero y puso sus botas tejanas de piel sobre la mesa del despacho. Tomó un sorbo del whisky y sonrió satisfecho. Solamente pensar que en dos días estaría cubierto con su capa negra rodeando a la joven desnuda a punto de ser sacrificada le produjo una erección.

Ciudad Juárez

—¡Vamos, arriba, puta! ¡Te vas de viaje! —El Tigre entró en la habitación de la aterrorizada joven, que se revolvió en la cama sin mucho éxito. Los días de sufrimiento y cautiverio la habían dejado exhausta.

—No me dirás que no te apetecen unas vacacioncitas, ¿eh, pendeja?

El Tigre la desató para que pudiera utilizar la palangana que tenía junto a la cama. Su compañero apareció con varios yogures para que comiera algo antes del largo viaje. En cuanto terminó, la vistieron con un viejo chándal que le quedaba grande. El sicario comprobó que no se le había infectado el tatuaje.

—¡Perfecto, ya estás preparadita!

La ataron de nuevo, pero esta vez no fue a la cama. Le juntaron los pies con un trozo de cuerda y con otro inmovilizaron sus manos. El paquete ya estaba preparado para el envío. La joven no paraba de llorar.

—¡Heyyy, cabrón! ¿Qué hora es? ¡Estos putos deben de estar a punto de aparecer!

—¡Son las diez! ¡Venga, ven a desayunar algo! ¡Tengo el tequila abierto!

—¡Voy, enseguida termino!

El sicario se acercó al oído de la joven y susurró:

—Pero antes tú y yo nos tenemos que despedir... —Y sacó su miembro del pantalón.

La joven, al verlo, intentó con todas sus fuerzas liberarse de las ataduras, pero el gorila la agarró de los pelos acercándole el miembro erecto a su boca. La joven la cerró haciendo toda la presión que pudo, pero aquel bestia la sujetó con su otra mano de la mandíbula y le hizo abrirla poco a poco hasta que pudo introducirla en la boca caliente de la joven. El sonido de un claxon les interrumpió.

La joven tuvo algo de suerte por primera vez durante aquellos tristes días.

—¡Joder, me cago en la puta!

—¡Venga, ya están aquí!

—¡Te has librado por los pelos, cabrona!

El Tigre cambió el miembro por una mordaza. La levantó de la cama y se la cargó sobre uno de sus fornidos hombros.

Los dos sicarios que esperaban en la puerta se bajaron del coche y abrieron el amplio maletero de la furgoneta. Uno de ellos salió al camino para comprobar que no había nadie en los alrededores. Los otros observaban desde la ventana de la casa la señal.

El que vigilaba puso su pulgar hacia arriba advirtiendo que la zona estaba tranquila.

—¡Venga, voy ahorita!

El Tigre salió rápidamente de la casa con la joven cargada en su descomunal hombro mientras su compañero permanecía atento para que no hubiera ningún incidente. Al verlo aparecer, el sicario recién llegado del D.F. no pudo más que carraspear nervioso, habían sido muchas las historias que le habían contado sobre su compañero y ninguna buena.

El Tigre introdujo a la joven atada y amordazada en la parte trasera del vehículo. El conductor comprobó la mercancía.

—¡Buena perra habéis traído! —Y de un fuerte golpe cerró el maletero.

—¡Qué pasa, güeysss!

Los sicarios se hicieron el saludo mexicano: primero la mano, luego un abrazo y de nuevo se estrecharon las manos.

—¿Cómo está la carga? ¿Todo en orden?

—Sí, sí, la tienes comida y cagada. Esta cabrona tiene que aguantaros ya hasta el D.F.

El sicario sonrió nervioso a los comentarios del Tigre.

—Por cierto, parece ser que el jefe se ha enterado de la cagada con la otra chica. —Aunque él también era un auténtico gorila, temía la reacción de su compañero.

—¿La otra chica?

—Sí, nos llamó para decirnos que había salido en televisión lo de la joven muerta con un tatuaje.

—¡Mierda! —Al Tigre se le hincharon las venas del cuello, parecía que le iban a estallar. Sabía que tendrían que pagar por sus errores—. ¿Traéis alguna orden especial? —El Tigre sabía que habría represalias.

—Tenemos que enterrar a uno de vosotros.

—¡Mierda, mierda, mierda! —El Tigre escupió al suelo—. ¡Te juro por la Santa Muerte que hoy no es mi día!

—Si no me equivoco, tienes claro lo que hay que hacer, ¿verdad?

—¡Ya lo sé, cabrón! ¡No me jodas más o al final os enterraré a los tres, puto! —Por si acaso, echó mano a la culata del revólver.

—¡Heyyy! ¿Ocurre algo? —El gorila que esperaba en la casa se empezaba a intranquilizar.

—¡Ahora voy!

El Tigre se alejó del vehículo y se dirigió hacia la puerta de la casa. El compañero se acercó para preguntarle.

—¿Qué está pasando?

Ni siquiera le respondió. Directamente le lanzó una patada al pecho que hizo crujir su esternón. La gran masa humana se derrumbó, apenas podía respirar. El Tigre le agarró con sus dos grandes manos del cuello y se lo retorció. En unos segundos cayó fulminado.

—¡Lo siento, amigo!

Se levantó y se acercó a la puerta, donde le esperaba uno de los sicarios.

—Dile al jefe que ya está todo solucionado.

Aun así, el matón entró en la casa para comprobar que se habían cumplido las órdenes de arriba.

—¡Entiérralo y limpia la casa de pruebas!

El Tigre se abalanzó sobre él y lo agarró del cuello. Era tanta la presión que ejercía que el gorila comenzó a azularse.

—¡No vuelvas a darme órdenes! ¿Me oyes? ¡Yo sólo acepto órdenes del jefe y no de un mierda como tú! —Y soltó sus manazas para que el aire volviera con urgencia a los pulmones de su compañero.

El sicario que se encontraba vigilando afuera gritó impaciente:

—¡Vámonos! ¡Nos queda mucho camino!

El gorila terminó de recuperar su color.

—Bueno, puto... ¡nos vamos, que aún tengo que manejar unas jodidas horas! ¡Toma, esto es para ti! —Y el sicario le entregó un abultado sobre. Al Tigre se le iluminaron los ojos, no parecía muy afectado por lo que acababa de hacer.

—¿En serio no quieres un Don Julio?

—No, nos vamos, no hay mucho que celebrar. ¡Hasta la próxima!

El conductor arrancó la furgoneta y salió hacia el camino, donde le esperaba su compañero, que, desde la distancia, saludó al compinche.

—¡Hasta la próxima, cabrones!

La furgoneta dejó tras de sí una inmensa polvareda. El Tigre comprobó que nadie había visto nada y se acomodó en el cochambroso salón para terminar la botella de tequila. Dio un gran trago y la levantó señalando a su compañero, tendido en el suelo.

—¡Va por ti, cabrón!

—O sea... ¡que ha sido una noche movidita!

A Mario no se le iba la sonrisa de la boca desde que Diego le había puesto al día de todo lo que había ocurrido durante la noche.

—¿Ves como ha sido mejor dejar vivo a ese jodido gringo? ¡Me lo estoy pasando en grande! —San Román apuró su zumo de naranja mientras Diego le relataba las demás acciones que tenían preparadas—. Yo me ocuparé de que todo esté tranquilo durante la ceremonia; tú encárgate de lo demás. Espero que todo salga bien y mañana nos podamos ir a celebrarlo a alguno de mis restaurantes favoritos con los bolsillos repletos de dólares.

—Pues con tu permiso, voy a seguir haciendo gestiones. —Diego se levantó de la mesa del jardín.

—Venga, chingón, sigue arreglándome la mañana, que me estoy divirtiendo. ¡Joder, qué buen día! Primero un buen polvo y luego buenas noticias, no se puede pedir más, si esto sigue así no me va a quedar más remedio que hacer una visita a la Santa para dejarle unos cuantos pesitos...

San Román se despidió de Diego y siguió con su desayuno. Se bebió de un trago un vaso de zumo de naranja y devoró varios cruasanes recién hechos. Por lo rápido que estaba comiendo se podía deducir que las buenas noticias y el ejercicio le abrían el apetito.

CAPÍTULO 37

—¿Qué ocurre, Richard?

Richard abrazó con fuerza a Rosa. Respiró con intensidad para intentar absorber toda la energía de la joven.

—Creo que esta aventura está llegando a su fin.

—¿Por qué? ¿Qué ha ocurrido?

—Rul y Marc se marchan en un rato a Nueva York.

—¿Los dos?

—Sí, y se supone que yo les tendría que acompañar.

—¿Por qué? ¿Os han encargado un nuevo trabajo?

—A ellos seguramente sí, a mí me han despedido.

—¡No me lo puedo creer, Richard!

—Pues créetelo. ¡Esta casa ya no es lo que era! Al parecer, les ha salido un inversor mexicano dispuesto a contratar una campaña de publicidad y, curiosamente, les ha puesto la condición de que tienen que despedirme... ¿No es casualidad?

—¡Dios, lo siento mucho, Richard! Aunque, si te soy sincera, es extraño que desde el primer día, sabiendo que habías visto el ritual, no te hubieran localizado para darte dos tiros. Acabar con la vida de alguien aquí es relativamente sencillo. Si has aguantado hasta hoy ha sido porque les has servido de distracción y, ¡no te equivoques!, esto no se terminará hasta que ellos no lo den por finiquitado.

Rosa y Richard recorrieron el abarrotado pasillo y se dirigieron de nuevo a la sala de espera. La familia iba aumentando en la habitación, al igual que el pesimismo.

Cerca de Teotihuacán, Estado de México

Diego aparcó su todoterreno intentando no levantar demasiada polvareda. Varios niños, como era costumbre, se acercaron hasta su coche.

292

—¡Buenos días! —Los niños se agolpaban a su alrededor—. ¡Venga, vengaaaa! ¡Hoy no he traído nada!

Una de las mujeres de la aldea tuvo que poner orden en aquella locura.

—¿Cómo te va, Diego?

—Bueno... ¡hoy estoy feliz! Creo que los dioses me protegen.

—Siempre nos protegen, querido Diego, aunque a veces no seamos capaces de entender lo que nos tienen reservado. ¿Cómo es que has venido tan temprano? Apenas hace unos minutos que ha salido el sol.

—Sí, tienes razón, pero hay que preparar muchas cosas.

—Bueno, no te preocupes, ya sabes que en esta aldea nos levantamos antes de que amanezca. Painal ha realizado ya varias oraciones y los vigilantes han añadido alguna predicción en sus libros...

Diego y Adela se dirigieron a la gruta del sacerdote, pero éste salió a su encuentro.

—¡Querido Diego! Los astros me indican que traes buenas noticias.

—Sí, querido Painal. Traigo buenas noticias para ti y para los dioses. Mañana por la noche se llevará a cabo un nuevo ritual. Necesitamos seguir agradeciendo todo el bien que nos envían.

—¡Son buenas noticias! Y estoy de acuerdo contigo: las almas de nuestros ancestros descansarán mañana algo más tranquilas. ¿Será en la ciudad sagrada?

—No, esta vez tendrá que ser en la finca de San Román. La ciudad está muy revuelta con la visita del presidente americano y no queremos tener problemas. Mañana por la mañana pasarán a recogeros para que por la noche pueda estar todo preparado.

—¡Así sea, querido amigo!

El sacerdote abrazó con fuerza a Diego y susurró algunas letanías junto a su oído que parecieron tener efectos reconstituyentes. Painal se retiró dejando a Diego con una sonrisa en la boca.

San Román se dirigía a una de sus empresas. Su chófer intentaba, sin mucho éxito, burlar el intenso tráfico de la abarrotada ciudad, que, en algunas horas, se tornaba insufrible. Repasó entre los contactos de su móvil hasta que encontró lo que buscaba: CAPITÁN BATLLE. Pulsó la tecla de llamada y esperó a que contestaran.

—¿Bueno?

—¡Capitán! ¿Cómo te va? Soy Mario San Román.

—Heyyy, ¿cómo estás, cabrón?

—No tan bien como tú, que, por lo que me cuentan, sigues engordando con la asignación que te paso.

—Venga, no seas así, patrón. Ya sabes que con eso no tengo ni para unos fríjoles... ¡Ándale! —San Román reía al otro lado de la línea—. Bueno, ¿qué se te ofrece?

—Te llamo porque mañana voy a celebrar en mi finca del cerro de Tepoztlán una fiesta muy exclusiva. Vendrán empresarios de todo el mundo y necesito que no haya curiosos merodeando por la zona.

—¡Mamacita, tú y sus fiestas! Tenemos la ciudad tomada por la policía y tú celebrando festejos... Bueno, veré lo que puedo hacer.

—¡Venga, capitán! Si todo sale bien, le organizaré un viaje para que lleve a las niñas a Disney, ¿estamos?

—Querido Mario... Siempre encuentras las palabras perfectas para convencerme. ¡Cómo eres! ¡Vale, no te preocupes, no hay problema! Yo mismo montaré mañana un dispositivo en la carretera de acceso y cualquier carro que no lleve identificación te aseguro que no pasará.

—¡No me esperaba menos de ti! Todos los autos llevarán una tarjeta con el escudo de mi ganadería. Que no entre ni uno que no la lleve.

—¿A qué hora quieres que ponga a mis hombres?

—En cuanto anochezca. Y... ¡por favor! Que tampoco metan las narices los de arriba, ¿estamos?

—No ofendas, querido amigo. Ya sabes que en mí se puede confiar.

—Sí, lo sé, lo sé. ¿Qué tal las niñas? ¿Cómo van?

—Pues creciendo. Ya no hacen caso del padre. Esta juventud está perdida, querido amigo.

—Pues si no te hacen caso a ti... —San Román lanzó una carcajada—. Bueno, te dejo. Mañana te veo por mi finca. Un abrazo, amigo.

—¡Lo mismo!

El médico accedió a la concurrida sala.

—Disculpen... ¿el padre de Fernando?

El pequeño hombre saltó como un resorte.

—¡Soy yo, licenciado!

—Soy el doctor Mendoza. Estoy atendiendo a su hijo.

—¿Cómo está, doctor?

El padre de Fernando sacó el pañuelo para secarse de nuevo las lágrimas.

—De momento, no podemos darle demasiada información. Como ya le comentamos, Fernando permanece en coma y hasta dentro de cuarenta y ocho horas no podremos darles más datos. Les ruego que se marchen a casa y esperen a que les llamemos. Ahorita sólo se puede esperar y rezar.

El doctor se marchó dejando a los allí presentes con la angustia de la terrible espera.

—¿Qué hacemos? —preguntó Rosa a Richard, confundida.

—¡No lo sé! Creo que me acercaré al hotel a poner mi cabeza en orden. ¿Te vienes conmigo?

Rosa recordó que a pocos metros de ellos estaban vigilantes un par de hombres de su tío.

—No, tengo que ir a recoger unos papeles de la excavación. Si te parece, luego me acerco a comer contigo.

—¡De acuerdo! Luego nos vemos. Pero si hay el más mínimo problema... ¡llámame!

—¡No te preocupes, así lo haré! Y por favor... ¡sé precavido!

Rosa le besó en los labios al despedirse. Para Richard, fue lo que más le pudo reconfortar en ese terrible día.

Richard bajó del taxi y entró en la recepción del hotel.

—¡Señor Cappa! —El recepcionista le llamó nada más entrar. Richard se acercó al mostrador.

—Dígame.

—Disculpe, señor. Ha llegado este pequeño paquete para usted por mensajería.

Richard imaginó que serían las imágenes que se habían podido sacar de la videocámara.

—¡Gracias, lo estaba esperando! —Y, automáticamente, se guardó el sobre en la americana.

—También quería comentarle que aquel americano que está allí sentado le espera.

Un hombre de rasgos arios levantó la mirada del periódico. En cuanto observó que era el periodista que esperaba, le abordó.

—¿Richard Cappa?

Richard miró desconfiado a aquel individuo de pelo cortado a cepillo, ojos claros y tez blanca. Llevaba unos pantalones Dockers y una camisa azul a cuadros de la misma marca, y sobre ésta un chaleco color tierra del mismo tono que los pantalones. Richard se fijó en que la parte trasera del chaleco estaba abultada, no había duda de que aquel hombre portaba un arma.

—Sí, soy yo. ¿Le puedo ayudar en algo?

El individuo observó que nadie miraba en ese momento y mostró al periodista su placa.

—Soy el agente Gene Simons, del FBI. ¿Podríamos charlar cinco minutos? Me envía su amigo Matthew Balance, de la policía científica de Nueva York.

—¡Qué bueno, gente amiga! ¿Le parece si subimos a la terraza y tomamos algo?

—Me parece estupendo, le sigo.

Carretera de Ciudad Juárez a México D.F.

—¿Paramos ya, cabrón? Me estoy meando.

—Sí, quiero echar gasolina. Ya estamos al ladito de una puta gasolinera.

El sicario acercó la furgoneta al surtidor para que le llenaran el depósito mientras su compañero saltaba casi en marcha buscando desesperado el baño.

—¿Se lo lleno, señor?

El chaval observaba las dimensiones del cuello de aquel enorme individuo vestido de negro, con sombrero tejano y botas de cuero del mismo color.

—¡Si, órale!

El muchacho introdujo la manguera en el depósito de la furgoneta. Mientras se llenaba de gasolina escuchó cómo golpeaban en la puerta del maletero.

—¡Maldito perro! —El sicario se acercó al maletero y lo golpeó con fuerza, disimulando—. ¡Calla ya de una puta vez, perro cabrón!

Pareció que los gritos del sicario surtieron efecto y cesaron los golpes en el maletero. El chaval terminó de llenar el depósito, cogió los pesos que le entregó el sicario y se marchó temeroso.

El tipo aprovechó para abrir el maletero y arremeter con el puño con toda su fuerza contra la cara de la joven, que quedó noqueada con el golpe.

—¡Hija de perra! Así estarás calladita unos cuantos kilómetros.

—¿Le apetece una cerveza?

—No, muchas gracias, prefiero una Coca-Cola.

El agente no parecía tener los mismos gustos que el periodista. Richard levantó la mano para que le atendiera el camarero, que rápidamente acudió a la llamada.

—¿Qué se le ordena, señor Cappa?

—Tráeme una León y una Coca-Cola, por favor.

—¡Ahorita mismo, señor!

—Me decías que te ha enviado Matthew —dijo Richard intentando romper el hielo con el agente.

—Bueno, en realidad hemos venido unos cuantos hombres para preparar el terreno del equipo de seguridad del presidente, ya sabes, intentamos que todo esté controlado para que cuando los chicos lleguen, se encuentren los mínimos problemas posibles.

El camarero sirvió las bebidas y el agente bebió directamente de la botella. Como buen viajero, sabía que unos cuantos hielos podían ser suficientes para noquear a un hombre y dejarle inoperativo pegado a la taza de un váter.

—Al enterarse Matthew de que viajaba a D.F. me hizo prometerle que le localizaría y que le ayudaría con esa extraña historia de la piel humana tatuada.

—Veo que ya sabes algo, así que iré al grano.

Richard le contó con todo lujo de detalles lo que le había sucedido en los últimos días. El agente no le interrumpió, parecía absorto e impresionado con lo que estaba escuchando.

—¡Esto que me has contado parece el guion de una película de Hollywood!

—¡Sí, lo sé! Lo malo es que no sé cómo termina...

—En fin... Hay mucho que investigar, porque, por lo que me dices, no tenemos ninguna prueba. De momento, te voy a dar mi tarjeta. Aquí tienes mi número de teléfono, cualquier pista que pienses que nos puede ayudar... ¡pásamela! Dale el teléfono también a tu amiga mexicana y tenedme informado de todo lo que suceda. Eso sí, te recomiendo que no salgas mucho del hotel, y menos si no vas acompañado. Intentaré asignarte uno de mis hombres, aunque va a ser difícil, hemos desembarcado con el operativo justo. —El agente apuró su Coca-Cola y se despidió de Richard con un efusivo abrazo.

—¡Sé precavido! Por lo que me has contado, en cuanto dejen de divertirse contigo, seguramente querrán enterrarte. ¡Ten cuidado!

Cuando el fornido tipo abandonó la terraza, Richard telefoneó a Rosa para pasarle el número del agente. La arqueóloga iba de sorpresa en sorpresa.

—¿Un agente del FBI? ¡Dios, Richard... lárgate de una vez a Nueva York!

—¡No te preocupes! Nos vemos luego en la comida.

Richard se asomó por la barandilla de la terraza. Vio cómo el agente subía en un todoterreno negro con los cristales tintados que le estaba esperando en una de las esquinas de la plaza y abandonó a toda velocidad la zona. Consultó su reloj.

—¡Las doce!

Aunque tenía impaciencia por ver las imágenes que Charlie le había enviado, decidió acercarse antes a la sede de los vigilantes, por si podía recabar allí algo de información.

Bajó a la calle y se dirigió hacia la plaza del Zócalo. Escuchó un potente frenazo y observó que de una furgoneta que se había parado junto a él bajaban dos tipos enormes. Intentó salir a la carrera, pero uno de ellos le acercó a los riñones un artefacto que le sacudió una potente descarga eléctrica.

Entre los dos lo metieron en la furgoneta y lo tumbaron detrás de los dos asientos delanteros. El portero del hotel, que observaba incrédulo toda la operación, comenzó a gritar, pero fue inútil. Cuando quisieron llegar los dos policías que patrullaban por la zona el vehículo había desaparecido entre el tráfico.

—¡Buen trabajo, chingones! —Los sicarios se golpeaban las manos para celebrar la operación—. ¡Vamos, átenle las manos a la espalda y pónganle cinta americana en la boca, no vaya a ser que grite como una perra la gringa esta!

Richard estaba tumbado en el suelo como si fuera una alfombra, con las manos en la espalda y la boca amordazada por la cinta. Notaba las botas de los sicarios sobre su cuerpo. Uno de ellos palpó algo en su bolsillo.

—¿Qué tienes aquí, cabrón?

El sicario metió la mano en el bolsillo de Richard y le quitó el sobre. Siguió registrando sus bolsillos. También le arrancó la cartera y el teléfono.

Richard se sentía impotente tumbado en el suelo. Recordó las palabras que hacía un momento le había dicho Rosa: «Esto no se terminará hasta que ellos no lo den por finiquitado».

CAPÍTULO 38

Richard sentía el peso de las botas de sus captores sobre su cuerpo mientras intentaba poner todos sus sentidos en orden. Necesitaba estar muy concentrado para intuir hacia dónde iban. Había deducido que habían abandonado el centro de la ciudad y que llevaban unas dos horas por carreteras asfaltadas; ahora debían de haber dejado la carretera principal y se dirigían por una calzada en peores condiciones, el suelo del todoterreno vibraba más de lo normal. Richard seguía muy atento a todo lo que podía captar y, por lo que había oído a sus secuestradores, se dirigían hacia una finca. Era toda la información que poseía, no había conseguido saber nada más.

—¡Vosotros! ¡Venga, que ya estamos llegando!

Uno de ellos sacó una capucha negra de su bolsillo y se la colocó a Richard sobre la cabeza.

El todoterreno se detuvo ante una verja negra y su conductor tocó varias veces el claxon. Un tipo enorme vestido con ropas militares de campaña apareció por la puerta. Llevaba botas altas, un pantalón y una camiseta color tierra y tenía puesta una gorra negra.

—¿Qué pasa, güey? —El conductor saludó al gorila.

—¡Heyyyy! ¿Cómo vas, cabrón?

—Pues aquí venimos, a pasar el día. Traemos un regalito del jefe.

Los sicarios que viajaban en la parte trasera bajaron la ventanilla para saludar a su compañero. Se dieron las manos y el tipo pudo comprobar la mercancía.

—¿Un hombre? —preguntó, extrañado.

—Sí, éste es un encargo nuevo. La chica vendrá en un rato.

—Bien, bueno... ¡ustedes sabrán! Se está preparando todo en el pabellón de caza.

Richard estaba atemorizado. No había duda de que estaba bien jodido. Hizo un repaso veloz por toda su vida convencido de que en un rato estaría enterrado y con un tiro en la cabeza.

El tipo hizo un gesto y la verja metálica comenzó a abrirse. Dentro había otros dos hombres armados con subfusiles de asalto. La finca estaba bien protegida.

El todoterreno arrancó y partió hacia el interior de la propiedad por un camino de arena. Para llegar hasta las construcciones tenían un largo trecho. El entorno era impresionante, rodeado de árboles frondosos y matorrales de un verde intenso que crecían junto a varias montañas. Toda la propiedad pertenecía a la zona de Tepoztlán. No era casualidad que Mario tuviera allí su finca. Al parecer, la zona era uno de los lugares considerados «de poder» en México. Aún quedaban ruinas de varios monumentos prehispánicos y, por encima de todo, destacaba la pirámide del Tepozteco, un monumento construido para adorar a algunos dioses puesto en pie en el siglo XII al que acudían a diario cientos de personas. Con la llegada del anunciado fin del mundo se acercaban a aquel enclave mágico miles de peregrinos guiados por un chamán local, aunque la finca de San Román estaba perfectamente protegida por una enorme valla que impedía que pudieran acceder los curiosos.

El todoterreno frenó a las puertas de un edificio colonial. Era el pabellón de caza. San Román lo utilizaba, aparte de para realizar en alguna ocasión sus macabras ceremonias, para agasajar a los amigos después de un agotador día de caza.

Los sicarios bajaron y sacaron a empujones al periodista. En la puerta del pabellón había otro hombre armado que los estaba esperando. Había sido informado de la llegada de la mercancía.

—Heyyy, cabrones. ¿Cómo os va?

—Bien, bien... Vamos a meter a este cabrón de gringo ahí dentro. Tenemos que esperar órdenes porque no sabemos muy bien qué es lo que quieren hacer con este puto.

El móvil de Richard comenzó a sonar en el bolsillo de uno de sus captores.

—¿Pero quién te llama a ti, cabrón?

El sicario observó la pantalla del móvil de Richard.

—¡Es Rosa! ¿Lo quieres coger?

Richard ni se inmutó ante las provocaciones. El que parecía el jefe increpó al que tenía el móvil en las manos.

—¡Venga, apágalo ya!

—¡A sus órdenes! —Y cogió el teléfono y lo estampó contra la pared—. ¡Ya está! Creo que ha dejado de sonar.

Todos los que estaban allí comenzaron a reír, alguno de forma escandalosa.

—¡Qué raro!

A Rosa primero le había dado señal y de repente saltó el contestador. Lo intentó en varias ocasiones, pero nada... ¡parecía que el teléfono de Richard hubiera muerto! «Se habrá quedado sin batería», pensó. Y decidió acercarse hasta el hotel dado que habían quedado para comer juntos.

Metieron a Richard a empujones en el pabellón preparado para el ritual que en pocas horas llevarían a cabo, le sentaron en una silla y comenzaron a atarle, primero las piernas a la pata de la silla y, luego, el resto del cuerpo. Cuando ya no se pudo mover, le quitaron la capucha.

El periodista observó preocupado que junto a él había tres sicarios. Se encontraba en una gran sala rodeado de cuernos y cabezas de animales disecadas. En uno de los lados había una gran ventana por la que entraba la luz del día iluminando una gran piedra situada a modo de altar. Alrededor había varios cuencos de cerámica. Richard supuso que allí se había realizado algún ritual como el que había visto en aquella pirámide la maldita noche que le cambió la vida.

Rosa intentó varias veces más durante el trayecto hablar con Richard, pero su móvil seguía apagado. Cuando llegó al hotel, se bajó angustiada del coche en el que le habían llevado los dos hombres asignados por su tío para su seguridad.

Uno se quedó en el coche esperando. El otro, aunque a ella no le pareció buena idea, la acompañó dejando una distancia prudencial.

—Disculpe, estoy buscando al señor Cappa.

El recepcionista la observó con cara de apuro.

—Estoooo, ehhh, verá... espere un momento, voy a avisar al director para que le cuente.

—Pero ¿está bien? ¿Está aquí en el hotel? —El recepcionista la dejó con la palabra en la boca y salió rápidamente en busca de su jefe. Reapareció con él antes de que Rosa hubiera podido plantearse qué estaba pasando.

—Hola, muy buenas tardes. Acompáñeme a mi despacho si es tan amable.

—¿Qué ocurre? Y Richard... ¿se encuentra bien?

El director no abrió la boca hasta que no llegaron a su despacho. Le indicó a Rosa que se sentara.

—Verá, señorita... esta mañana su amigo el periodista recibió una visita algo sospechosa, parecía un agente de la CIA. —Rosa se acordó del teléfono que le había dado Richard por la mañana, pero no interrumpió al director—. Al parecer, el hombre se marchó y al poco tiempo salió también el señor Cappa. En ese momento, y según el portero, que fue testigo de todo, apareció una furgoneta negra con los cristales oscuros y se bajaron dos matones. Agarraron al señor Cappa, lo metieron a la fuerza en la furgoneta y salieron a la carrera. Por mucho que nuestro conserje intentó gritar y llamar a la policía no pudieron llegar a tiempo. Desde ese momento no hemos vuelto a saber de él. —Rosa miró al director con los ojos cargados de lágrimas—. Lo siento, señorita. Ya hemos dado parte a la policía. No hemos podido hacer más.

Rosa salió del despacho arrastrando los pies. Habían jugado demasiado tiempo con fuego y estaban a punto de arder en el infierno. Ahora sí que no había ya juegos. Temía ver los titulares del periódico del día siguiente, estaba convencida de que o actuaba rápido o su amigo terminaría enterrado en algún descampado cercano a la ciudad.

Al salir, se dirigió al hombre que la estaba esperando.

—¡Quiero ir a ver a mi tío! —Rosa sabía que era lo único que podía hacer.

—Muy bien, vamos al coche. Desde allí le llamaremos para que nos diga dónde se encuentra.

Marcó mientras accedían al vehículo. Apenas tuvo que esperar unos segundos. Al fin y al cabo, era el responsable de la seguridad de Rosa quien llamaba.

—Muy bien, vamos para allá. —El hombre colgó el teléfono y miró a la arqueóloga—. Vamos a verle, nos está esperando.

El coche comenzó a circular por las abarrotadas calles de la ciudad. Recorrieron la avenida de la República de Brasil hasta encontrarse con el eje norte y comenzaron a adentrarse en el complicado barrio de Tepito.

Capítulo 39

El coche aparcó frente a los dos escaparates con las imágenes de Judas Taedo y la Santa Muerte que tan bien conocía Rosa. Bajaron del coche y el padre Félix salió a su encuentro.

—¡Querida mía! ¡Dame un abrazo!

Rosa se dejó seducir por la seguridad que le ofrecían los brazos de su tío.

—¿Cómo está mi niña? Algo no debe de ir muy bien cuando vienes hasta la casa de la Santa, que tan olvidada tenías.

—Sí, tienes razón, tío. Lo siento. ¿Tienes un cigarro?

—¡Por supuesto, mi hijita!

El cura sacó un paquete de Marlboro del bolsillo de su pantalón. Le ofreció un cigarrillo a su sobrina y le prestó el mechero. Se imaginaba lo que Rosa iba a hacer con el tabaco y no quiso interrumpirla.

La joven avanzó hasta una sala contigua en la que había una gran imagen de la Santa Muerte. Estaba adornada con un precioso manto negro bordado con hilo de plata. Se acercó hasta ella, encendió el cigarro y después de darle un par de caladas lo depositó humeante en un cenicero a los pies de la imagen. Allí se amontonaban las colillas de varios cigarros ya consumidos, algunas monedas e incluso un par de vasos de lo que a primera vista parecía tequila. Rosa observó a la Virgen varios segundos, se persignó y volvió con su tío.

Hacía muchos años que Rosa no se acercaba por aquella iglesia tan especial. No quería verse envuelta en las historias de su tío y decidió, tiempo atrás, separarse de todo aquello. De aquel momento todavía conservaba un íntimo tatuaje: una colorida estampa de la Santa Muerte.

—Ven, cariño, acompáñame hasta mi despacho.

Allí Rosa se derrumbó.

—¡Han secuestrado a Richard!

El sacerdote puso un gesto serio y abrazó a su sobrina.

—¡Cuéntame! ¿Cuándo y quién lo ha secuestrado?

—Ha sido esta mañana, le dejé solo en el hotel y un par de sicarios se lo han llevado en una furgoneta. —Rosa aprovechó para contarle a su tío todo lo que les había sucedido hasta ese momento.

—¡Hijos de la chingada! Tú no te preocupes. Déjame hacer unas averiguaciones, pero confía en que pronto estará a tu lado. De eso me encargo yo. —Félix acarició el pelo de su sobrina—. Ahora, lo mejor es que lo dejes todo en mis manos. ¿Quieres venirte a casa con nosotros esta noche?

—¡No, tío! Prefiero irme a mi piso por si Richard me llama o intenta ponerse en contacto conmigo. Déjame a tus hombres para sentirme más segura y, por favor, procura que Richard aparezca sano y salvo.

—¡No te preocupes, mi amor! Y, por favor, no llames a nadie ni hagas nada que nos pueda perjudicar. —Rosa asintió con su cabeza—. ¿Estamos? ¡Nada de policía!

—¡Sí, lo sé!

El sacerdote la acompañó hasta el coche y dio indicaciones a sus hombres para que no se separaran de ella.

Cuando Rosa desapareció, el padre Félix regresó a su despacho. Era hora de llamar a su amigo Mario.

El sol se iba escapando del cielo mexicano. Los sicarios encendieron las luces de la furgoneta, ya quedaban pocos kilómetros para llegar a su destino.

—¿No va muy tranquila la perra?

—Sí, parece que lleva unas cuantas horas calladita, creo que ha surtido efecto el puñetazo que le he pegado.

—Estará bien, ¿verdad?

—¡Eso espero, cabrón!

En ese momento, giró bruscamente el volante y paró en el borde de la carretera. Se bajó para comprobar que la carga estaba en perfectas condiciones.

Abrió el maletero. La joven comenzó a moverse, temerosa de que le volvieran a pegar.

—¡Hija de perra! Está vivita y coleando, simplemente ha aprendido la lección.

El sicario cerró de un fuerte golpe el maletero y regresó a su asiento para continuar la marcha. Ya quedaba poco para llegar a la finca.

El móvil de Mario comenzó a sonar. Se fijó en la pantalla: FÉLIX HERNANDO.

—¡Joder! Espero que no me toque mucho los cojones. —Después de observar varios segundos la pantalla del teléfono decidió contestar forzando una sonrisa en sus labios—. ¡Querido Félix! ¿Cómo te va?

—¿Cómo estás, Mario?

—Pues aquí andamos, ya sabes... Negocios para aquí y para allá. Y tú, ¿qué se te ofrece?

—Verás, te llamo porque esta mañana han secuestrado al gringo amigo de mi Rosita, ya sabes, ese medio español. No se por qué me da que a lo mejor tú sabes algo.

—¡Siempre tan certero, querido Félix! Recuérdame que la semana que viene me pase por tu iglesia. Hace mucho que no te ofrezco ningún donativo. Seguro que la Santa está enfadada conmigo.

—¡Tú siempre tan generoso, querido Mario! Pero no me has contestado. ¿Sabes algo del gringo?

Mario tardó unos segundos en responder.

—¡Tú ya sabes...! Yo sé de casi todo el mundo, amigo.

La voz del sacerdote de la Santa Muerte se volvió más grave.

—¡Mario, escúchame! ¡Necesito que lo sueltes! ¿Me escuchas? Mi sobrina está preocupada y temo que haga alguna tontería. Ella no sabe que tú estás detrás de todo esto, pero lo sospecha y no quiero líos. Sabes que como a ella le pase algo...

—Venga, Félix... ¡no seamos chingones! Al gringo no te lo puedo entregar todavía, pero te doy mi palabra de que no me lo pienso cargar. Eso sí, hasta mañana no te lo suelto. Aún me tengo que divertir un rato. ¿Estamos?

—¡Mario, no le hagas daño! ¿Me oyes?

—Sí que te oigo, sí. ¡Lo dicho! Intenta entretener a Rosita y yo mañana te entrego al gringo vivito y coleando. A mí también me gusta ese pinche cabrón.

—Te doy hasta mañana, Mario. Si por la noche no tenemos a ese gringo... ¡nos veremos las caras, te lo aseguro!

—¡Ya verás como no será necesario que vea esa jodida cabeza pelada! ¡Cuídate! —Y colgó con una sonrisa.

—¡Vamos, cabrones, que vengo jodido!

Los sicarios acababan de tocar el claxon y esperaban a que les abriesen la verja de la finca. El vigilante salió para comprobar quién había llegado. Acercó su linterna al conductor.

—¡Heyyy, güey! ¿Cómo te va?

—Aquí ando, pinche cabrón. Abre ya la puta verja que vengo jodido de cansancio.

El sicario iluminó al copiloto.

—Hey, perro, ¿cómo te va?

—¡Ya ves, cabrón! Voy a comprobar el paquete. —Se acercó con la linterna a la parte trasera de la furgoneta y abrió el maletero. Iluminó a la joven, que, aterrorizada, intentaba gritar—. ¡Bien, venga! Les abro y me pasan. Tienen que dejarla en el dormitorio del fondo. Luego pueden ir a cenar al comedor. Seguro que tienen hambre.

—¿Hambre, cabrón? Como no cene rápido me como hasta tu yugular.

En ese momento la verja comenzó a abrirse automáticamente.

—¡Venga, pasa, draculín!

El sicario aceleró a toda potencia la camioneta hacia uno de los pabellones de la casa. Ya tenían carnaza para el próximo ritual.

Aeropuerto de México D.F.

El hombre del traje a medida depositó su maleta en el escáner. No había nada que llamara la atención de los agentes. A continuación, pulsó el interruptor y la luz verde se iluminó. Podía pasar sin que su equipaje fuera registrado.

Atravesó las puertas de cristal y allí buscó entre las decenas de carteles su nombre. Enseguida lo localizó: PETER CRISS. Lo llevaba un joven de buen aspecto.

—¡Buenas noches!

—¡Buenas noches, señor! ¿El señor Criss?

—¡El mismo!

El joven del cartel no dudaba de que aquel hombre era el que esperaba, le habían dicho que se encontraría con alguien elegante.

—¡Permítame que le lleve la maleta, señor!

Los dos avanzaron hasta el lujoso coche que les esperaba. El vehículo arrancó y no se detuvo hasta que no llegaron a la puerta del hotel Four Seasons. Allí, un conserje se encargó de coger la maleta del nuevo huésped.

—¡Por aquí, señor!

Peter se dirigió hacia la recepción, donde le entregaron su llave.

—¿Me pueden subir el equipaje, por favor? Yo tomaré antes una copa en la terraza.

—¡Por supuesto, señor!

El empresario se dirigió hacia el maravilloso jardín interior del hotel. Tenía siempre la costumbre de tomarse un whisky para relajarse después del viaje. Se sentó en una de las mesas de la terraza y enseguida fue atendido por un elegante camarero.

A los pocos minutos, el preciado licor se deslizaba por su garganta. Estaba excitado. Al día siguiente se desataría su parte más animal.

CAPÍTULO 40

La noche discurrió sin incidencias, al menos para los hombres de San Román. La joven a la que iban a sacrificar se agitaba entre pesadillas atada a una cama. En una habitación próxima, Richard intentaba poner su cabeza en orden buscando una explicación a lo que le estaba pasando y, sobre todo, ansiaba encontrar alguna idea brillante para escapar de aquel encierro. También le habían atado a una cama. Intentó mover las muñecas y los pies para ver si sus ataduras cedían, pero era imposible: los sicarios habían realizado bien su trabajo. A unos metros de él descansaba, recostado en un sillón, uno de sus captores, que rompía con sus ronquidos el silencio de la noche.

Rosa también daba vueltas en la cama, cada pocos minutos miraba el reloj. Deseaba que llegara la mañana para ver si su tío tenía noticias del hombre que, casi sin darse cuenta, la había conquistado.

Fernando continuaba tumbado en la sección de cuidados intensivos del hospital, pegado a un montón de máquinas que emitían pitidos al compás de los latidos de su corazón. De momento, eran su único nexo de unión con la vida. Sus padres estaban despiertos, sentados en el sofá del salón de su humilde casa, con la mirada fija en el teléfono, que descansaba sobre la mesa.

En Nueva York, Marc dormía apaciblemente en su apartamento de soltero en Queens, Rul lo hacía descansando su pierna escayolada sobre unos cuantos cojines junto a su novia, y Charlie dormía agarrado a su esposa dejando caer un hilillo de baba sobre la almohada.

A pocos kilómetros de allí, Paula y su nuevo amor reposaban en una cabaña junto a un precioso lago. La periodista tenía la mano vendada fuera de las mantas para no hacerse daño. De vez en cuando, se despertaba y pegaba su cuerpo al de su compañero pensando que se encontraría con el musculado torso de Richard.

San Román dormía plácidamente como un niño en su cama *king size* repleta de cojines de plumas de ganso. Estaba agarrado a la escultural rubia que últimamente le acompañaba. Cada poco tiempo, acercaba su mano hasta los pechos descomunales de aquella mujer y los apretaba con todas sus fuerzas, parecía que sentir la mullida carne le congratulaba con el mundo.

En el hotel Four Seasons de México D.F. intentaban descansar todo lo que podían diez empresarios que, al día siguiente, darían pie a sus peores perversiones. Dos de ellos, en aquellos momentos, seguían pegados a su portátil, conectados a páginas pornográficas que calmaban su enfermizo cerebro.

Tan sólo había unos cuantos hombres que esperaban alerta el amanecer. Estaban arrodillados sobre mantas, rodeados de códices mayas. Painal recitaba los escritos realizados por sus antepasados al calor de un fuego en el que, de vez en cuando, añadían ramas y hierbas que ellos mismos habían recolectado y que impregnaban de un denso aroma todo el ambiente.

Los modernos vigilantes de los días escrutaban el cielo y las estrellas y seguían discutiendo y anotando sus predicciones. Diego observaba arrodillado aquella curiosa escena, seducido por el leve sonido de los tambores y por los brebajes que, de vez en cuando, le acercaban. Se sentía satisfecho porque al día siguiente, de nuevo, podrían volver a entregar a los dioses lo que más apreciaban... ¡sangre humana!

CAPÍTULO 41

Los rayos del amanecer arrastraron a la aldea hasta un nuevo día. En aquellos hombres, herederos de los mayas, parecía que no pesaba la noche en vela. Algunos niños comenzaban a corretear entre las cabañas y las mujeres preparaban el desayuno. En la humeante olla puesta sobre el fuego hervía un guiso a base de fríjoles y carne que acompañarían con tortas de maíz. Había que coger energía para una larga jornada.

—¡Arriba, cabrones!

Uno de los gorilas iba despertando a patadas a sus compañeros, que descansaban sobre varios catres.

—¡Heyyy, cabrón! Como me vuelvas a dar te meto un puto tiro entre los ojos.

—¡Vengaaa! ¡Dejen de quejarse, perras, que hay mucho que hacer! Ya está el café preparado.

Los sicarios se fueron desperezando. La guardesa encargada con su familia del cuidado de la finca había preparado el café y huevos fritos con fríjoles y arroz para todos. También el gorila que dormía frente a Richard se despertó y observó que el americano por fin había conciliado el sueño. Acercó su cara a la del periodista.

—¡Uuuuuhhhh!

Richard pegó un bote en la cama. Aquel cabrón le había dado un susto de muerte. El sicario se retorcía entre risas.

—¡Deja ya de dormir, gringo cabrón! Me molesta ver cómo haces el vago.

El sicario comprobó las ataduras, no quería sorpresas. Cuando se aseguró de que todo estaba en orden, se marchó en busca del café.

—¡Chicoooss, buenos días, cabrones!

Los sicarios, reunidos alrededor de una mesa, apenas hablaban, sólo devoraban como perros hambrientos. Aquellos exagerados cuerpos necesitaban miles de calorías para poder funcionar.

Uno de ellos dejó de masticar unos segundos, le pudo más la curiosidad que la gula.

—¿Han llegado ya los del ritual?

Rápidamente le contestó el que controlaba la situación.

—Vendrán en una hora. Las mujeres se dedicarán a adecentar a la chica para el ritual, los hombres tendrán que disponer todo para la ceremonia. A eso de las seis de la tarde comenzarán a llegar los invitados. El jefe creo que llega también dentro de un rato.

Rosa se sirvió otro café mientras observaba el reloj. Estaba deseando llamar a su tío. Había estado mirando en Internet y no había encontrado ninguna noticia sobre la desaparición de Richard.

Jugando con su teléfono móvil recordó el número que Richard le había hecho anotar. Buscó en su agenda.

—¡Aquí está! FBI, Gene Simons.

Rosa recordó las palabras de su tío: «¡No te preocupes, mi amor! Y, por favor, no llames a nadie ni hagas nada que nos pueda perjudicar». Siguió jugando un rato más con su teléfono. Cuando ya no pudo resistirlo, llamó a su tío.

—¿Cómo estás, cariño?

—Estoy bien, tío. ¿Sabes algo de Richard?

—No mucho. He movido algunos hilos. Me han asegurado que Richard estará libre esta misma noche.

—Entonces... ¿sabes quién lo tiene?

—Cariño, cuanto menos sepas, mejor. ¡Créeme! Quédate tranquila y no hagas nada hasta que yo no te llame.

Sabía que hacía mal, pero en cuanto terminó la conversación con su tío marcó el teléfono del investigador del FBI.

Un autobús paró en la entrada de la finca de San Román. Los vigilantes habían llegado. Detrás de ellos iba un lujoso todoterreno con Diego, que saludó a sus hombres.

—¡Venga, dejadnos pasar! ¡Hay mucho que hacer!

—¡Ahorita mismo, don Diego! —La verja de la finca comenzó a abrirse.

Del autobús bajaron el sacerdote Painal y todos sus hombres. Iban cargados de bolsas con los trajes para la ceremonia nocturna. También llevaban los tambores y todo lo necesario para el ritual. Las mujeres portaban el material para preparar a la joven.

Diego se acercó hasta sus hombres y dio algunas instrucciones. Dos de ellos se dirigieron a la habitación de la chica para cumplir lo mandado.

—¿Señor Simons?

—¡Sí, soy yo! ¿Con quién hablo?

—Verá, no me conoce. Soy amiga de Richard Cappa, el periodista estadounidense con el que estuvo hablando ayer. Me llamo Rosa Velarde.

El agente pensó durante unos segundos.

—Sí, dígame.

—Le llamo porque a Richard le han secuestrado.

El agente la interrumpió.

—¿Cómo? ¿Cuándo ha sido?

—Ayer, justo cuando usted lo dejó. Al parecer, salió justo después y alguien le estaba esperando.

—Bueno, tranquilícese. Me pilla ahora en el aeropuerto esperando la llegada del presidente. En cuanto tenga un hueco, moveré unos cuantos hilos. No se preocupe y déjelo todo en mis manos. Si tiene algo más de información, no dude en llamarme de nuevo. ¿Es éste su número de móvil?

Rosa contestó afirmativamente.

—Bien, lo guardo en la memoria de mi teléfono por si le puedo decir algo. ¡Un saludo!

El agente se apartó hacia un rincón de la sala de espera. Se sentó en uno de los sillones y abrió el maletín que llevaba. Dentro había un ordenador portátil, lo encendió y comenzó a teclear algunos códigos. Se fijó en la pantalla:

—¡Hola, Richard! —Y, a continuación, sonrió satisfecho.

—¡Venga, perra! ¡Nos vamos a dar una vuelta!

A la joven ya le habían dado de desayunar. Los sicarios la desataron y la levantaron. Apenas se podía tener en pie. Su cuerpo aguantaba a duras penas la tensión vivida durante los últimos días.

La llevaron a empujones hasta una habitación cercana. Allí vio a otros dos gorilas y a un extranjero atado de pies y manos a una cama.

Richard miró a la joven con la certeza de que ella sería la próxima víctima.

—¡Quita a esta guarra la ropa!

Cuando la estaban desnudando, Richard vio el tatuaje en la espalda de la joven. No había ya dudas de que sería la siguiente.

—¡Tumbadla sobre el gringo!

Ni Richard ni la joven entendían nada. Los sicarios tumbaron a la mujer desnuda encima del periodista.

—¡Venga, perra, frótate con él!

La joven no quiso hacer caso a sus captores y permaneció inmóvil sobre Richard. Dos de los sicarios la agarraron de las muñecas y comenzaron a frotarla sobre el cuerpo de Richard, que aún no entendía lo que pasaba.

De pronto, uno de ellos cogió la mano de la joven y arañó el cuello del joven, haciendo que sangrara un poco.

—¡Hijos de puta, soltadme, retorcidos cabrones!

Richard se dio cuenta de que si aquella joven moría y la policía encontraba su cadáver, éste tendría ADN suyo. Y sería el primer sospechoso.

Los sicarios obligaron a la muchacha a morder varias veces a Richard en el pecho.

—¡Venga, déjalo ya, que al final te va a gustar!

Los sicarios volvieron a llevar a la joven a su habitación. Allí esperaban ya las mujeres mayas para prepararla para el ritual.

En la finca de San Román había un gran ajetreo. Decenas de personas rondaban preparándolo todo para la ceremonia nocturna. El propio Mario llegó escoltado por dos de sus hombres.

—¡Buenos días, señor! ¡Abre la verja!

San Román se dirigió hacia la casa principal, donde también tenía un despacho, y llamó a Diego para que se acercara hasta allí. En la entrada de la casa le esperaba Margarita, la encargada de que todo estuviera en perfectas condiciones.

—¡Señorito San Román! ¿Qué tal está? —La rechoncha mujer, de unos cincuenta años, vestida con una blusa blanca y una falda llena de volantes y colores, se puso de puntillas para besarlo.

—Ya lo ve, Margarita... ¡Estoy estupendamente! Vengo con hambre. ¿Le queda algo para mí?

—Por favor, señor... ¡qué cosas tiene! ¡Claro que tengo algo para usted! ¿Le subo un café y unas quesadillas o prefiere algo dulce?

—No hay nada que pueda superar sus quesadillas. Suba también otro café para Diego, que está a punto de llegar.

A pesar de que aquella construcción era centenaria, se notaba que San Román se había dejado unos cuantos millones de pesos en la reforma. La casa principal tenía varias habitaciones para invitados, un gran despacho y su dormitorio en la planta de arriba. En la de abajo había un lujoso salón decorado al estilo del Viejo Oeste, con varias alfombras de piel de cebra y de leopardo diseminadas por el suelo. En un rincón había una gran chimenea rodeada de bancos de madera. Las paredes estaban decoradas con cabezas disecadas de animales y cuadros traídos de Kenia con motivos de caza.

Mario subió a su despacho, abrió su cava de puros y sacó un cohíba que primero olió, luego cortó y después encendió con parsimonia, disfrutando de cada paso. En ese instante llegó Diego.

—¡Querido Mario!

Los dos amigos se fundieron en un abrazo.

—¿Cómo va todo? ¿Estamos preparados?

—Ahorita tendremos todo organizado. No te preocupes, saldrá bien.

—¿Y el gringo? ¿Cómo está? He prometido liberar esta noche a ese cabrón.

—¿Prometido? ¿A quién le importa la vida del americano?

—Al padre Hernando.

Diego sonrió.

—¡Sí, me lo imaginaba! No le queda otra que proteger a su sobrina. Bueno, ya le hemos juntado con la siguiente joven. Creo que ha comprendido que será mejor que no siga investigando. Si esta noche lo liberamos, estoy seguro de que se irá a casa con el rabo entre las piernas.

Mario dio unas cuantas caladas a su habano. Margarita subió con una bandeja cargada de comida.

—Aquí tiene, don Mario, espero que se lo termine todo. —San Román observó la bandeja.

—¡Usted quiere que no cumpla los sesenta! Venga, mi amigo Diego me ayudará.

San Román encendió el enorme televisor plano que colgaba de una de las paredes de su despacho. La CNN mostraba imágenes de la llegada de Obama a tierras mexicanas.

—¡Gringo cabrón! —Miraba con cara de odio la gran pantalla—. ¡Con este puto también tendríamos que jugar algún día! —sentenció.

—Sí, no estaría mal. Te puedo asegurar que las apuestas serían bastante elevadas. Por cierto... —Diego sacó un sobre de su bolsillo—. Encontramos esto al gringo.

San Román abrió el sobre, dentro había un DVD.

—Huy, qué divertido... Vamos a ver si el chingón nos sigue sorprendiendo.

Los dos amigos visionaron en la gran pantalla las imágenes. Se veían unas cuantas de Teotihuacán hechas con cámara nocturna. De pronto, vieron el ritual que habían realizado, tomado desde uno de los huecos de la pirámide. Las imágenes estaban movidas, pero el americano había grabado parte de la ceremonia.

—¡Qué cabrón! ¡Vio parte de lo que hicimos, ahora no hay duda!

—Sí, pero ahora tenemos nosotros las imágenes. Confío en que no haya otra copia —dijo Diego.

San Román sonrió.

—¿Has visto como es bueno? ¡Me gusta este cabrón!

Varias mujeres de los vigilantes entraron en la habitación de la joven.

Depositaron algunos cuencos de barro alrededor de las paredes, que prendieron para que el humo purificara la estancia. Algunas de ellas comenzaron a canturrear en voz baja. Se acercaron a la asustada joven y le dieron de beber de un vaso de cerámica. El líquido sabía dulce y la muchacha bebió con ganas. La bebida comenzó rápidamente a devolverle la energía perdida, parecía como si fuera una flor y renaciera enérgicamente después de haber estado marchita. Una sonrisa se reflejó en sus labios. Intentó decir algo a aquellas mujeres, pero no le salía la voz, su cuerpo flotaba y se sentía en paz.

Una de las mujeres le quitó las ataduras de una de sus manos. La joven intentó levantar el brazo, pero fue imposible, no tenía fuerza. A continuación, le fueron quitando el resto de amarres. Una de ellas comenzó a lavar sus cabellos; el resto, con esponjas, fue lavando su cuerpo con una solución de agua y perfumes, teniendo especial cuidado en no tocar las uñas, repletas del ADN del periodista. Después comenzaron a depilarla hasta que no quedó en su piel ni un solo pelo. La untaron con aceites aromáticos y, finalmente, la maquillaron.

Terminado todo el proceso, la vistieron con un grueso manto rojo y la volvieron a amarrar a la cama. Ya estaba lista para el ritual. Seguramente, los efectos del bebedizo se prolongarían hasta la ceremonia.

El día se marchó con los preparativos y la tarde iba cayendo. Ya estaba casi todo dispuesto para el ritual. Painal y sus hombres se vestían y adornaban con collares y brazaletes de vivos colores. Algunos iban tocados con elegantes gorros decorados con plumas de pájaros exóticos.

Dos coches de patrulla mexicanos se apostaron a la entrada de la carretera de acceso a la finca. A partir de ese momento, todo vehículo que no llevara identificación no podría llegar hasta el rancho de San Román.

Capítulo 42

Hotel Four Seasons, México D.F.

—¿Señor Criss?

—Sí, dígame.

—Le llamo de recepción. Un coche le está esperando en la puerta.

—¡Mil gracias, enseguida bajo!

El empresario del petróleo iba vestido informal. Cogió su cazadora y bajó a la puerta. Allí esperaban cinco lujosos coches acreditados con una tarjeta con el símbolo de la ganadería de San Román que les transportarían hasta la finca. El resto de invitados fueron llegando y, en cuanto estuvieron los diez, partieron velozmente hacia su destino. Cada coche estaba ocupado por un conductor, un guardaespaldas y dos empresarios.

En la ciudad comenzaba a dejarse notar la huella de la llegada del presidente estadounidense. El hotel en el que se hospedaba estaba tomado por musculosas torres humanas trajeadas, con el pelo cortado a cepillo y protegidos por gafas de sol. A las puertas de los hoteles más importantes también había una fuerte presencia policial y militar. Los cuerpos especiales, parapetados en sus chalecos antibalas, habían tomado el control de las principales arterias.

Los potentes vehículos cogieron la autopista en dirección a Acapulco y avanzaron a gran velocidad, uno tras otro, como si se tratara de un elegante cortejo fúnebre. Al cabo de una hora se toparon con el control que la policía mexicana había instalado para que nadie ajeno a la organización pudiera acceder a la finca de San Román. Era tal el despliegue policial que había en la ciudad por la llegada del presidente

Obama que aquel control parecía uno más entre mil. Una vez comprobadas las identidades de sus ocupantes, los coches continuaron hasta la puerta del pabellón de caza, donde les esperaban para darles la bienvenida Mario y Diego.

Los dos anfitriones fueron saludando a los invitados, que accedieron a la amplia nave iluminada con velas y antorchas. Todo estaba preparado para el ceremonial. En un lado se podía ver el altar de piedra sobre el que descansaría en unos minutos la joven que sería entregada a los dioses. Junto al altar había varios hombres con ropas al estilo de los antiguos mayas y con tambores. Un denso humo con aroma a incienso lo inundaba todo. Algunos se extrañaron de encontrar a Richard atado en una silla, pero pensaron que sería un invitado especial, en aquellas ceremonias era mejor no preguntar. Uno de los hombres vestidos de maya se acercó con el puñal hasta Richard y lo depositó en la mano del periodista, al que obligó a cerrarla con fuerza. También las huellas de Richard quedaron impresas en el arma asesina. El periodista estaba convencido de que si mataban a la joven, tendría que dar muchas explicaciones. Parecía que sus captores seguían divirtiéndose con él y, aunque temía por su vida, rezaba para que el juego continuara y no decidieran sacrificarle también a él en aquel macabro ritual. Richard no podía dejar de pensar que si aparecían su cuerpo y el de la joven asesinados la policía daría el caso por cerrado.

Los tambores comenzaron a sonar levemente mientras los invitados se iban enfundando en sus capas negras. Todos se taparon la cabeza con la capucha y se fueron situando en círculo alrededor de la piedra en la que se realizaría el ritual. Painal, el sacerdote, comenzaba ya a recitar oraciones con sus brazos apuntando hacia el cielo.

Diego también se protegió con su capa y su capucha para no ser visto por Richard, quien, absorto, era testigo de aquella locura. San Román, que se encontraba vigilándolo todo desde una esquina del salón, se acercó por detrás a Richard y le agarró fuertemente de la melena para que éste no pudiera verle. A continuación, le susurró al oído:

—¡Hola, cabrón, te he traído un regalito! —Y, automáticamente, le mostró el dedo de su mujer con la alianza puesta.

Richard intentó con todas sus fuerzas volverse para ver a aquel hijo de puta que lo estaba martirizando, pero le fue imposible.

—¡No te preocupes, gringo...! ¡Te lo regalo! —San Román depositó el dedo en el bolsillo de la camisa de Richard y se volvió soltando una sonora carcajada.

El sacerdote cogió un cuenco de madera labrada y comenzó a repartirlo entre los invitados, que bebían con ansia aquel brebaje que los transportaba a otra realidad, acababa con su cansancio y los preparaba para lo que se avecinaba. Uno a uno, saborearon el espeso líquido. En segundos entraron en un estado de excitación difícil de controlar. Todos estaban ansiosos con lo que vendría a continuación.

La puerta se abrió y aparecieron dos ayudantes de Painal portando a la joven cubierta con una túnica roja. La muchacha estaba ensimismada, no parecía importarle aquel dispositivo. Los brebajes que había tomado aún la mantenían desinhibida y dócil.

Los asistentes le quitaron la túnica a la mujer y la tumbaron, boca abajo, sobre la fría losa. Los invitados observaban el cuerpo desnudo, depilado y brillante de la joven. Painal puso sus manos sobre el tatuaje de la elegida y comenzó a recitar oraciones a los dioses a la vez que los tambores sonaban con más fuerza. Alguno de los encapuchados no pudo evitar una erección.

Diego cogió una bolsa de tela oscura con nueve bolas de madera negra y una roja, la acercó a los invitados y uno a uno fueron introduciendo su mano sin mirar para coger una bola que guardaron dentro de su puño, sin enseñarla. Cuando todos tuvieron la suya, los tambores redoblaron con fuerza y pararon bruscamente. En ese momento, los asistentes mostraron sus manos. Todos tenían una bola negra menos el empresario de Miami, que en su palma sostenía la roja.

Los tambores volvieron a redoblar y el empresario se acercó hasta la joven, deseoso de cumplir la ceremonia. Antes de acabar con la vida de la muchacha, uno de ellos tenía el macabro privilegio de poseerla ante los demás sin importarle las miradas curiosas del resto, por eso pagaban esa cantidad tan elevada de dinero. No sólo disfrutaban viendo cómo mataban a la elegida, el acto de poseerla en sus últimos momentos de vida era lo que más les excitaba.

El empresario se situó detrás de la joven y la penetró con todas sus fuerzas. No hicieron falta muchos empujones para que terminara la agonía de aquella muchacha: la excitación del empresario aceleró el acto. El magnate se guardó su miembro y volvió junto a sus compañeros satisfecho. Sus ojos estaban casi en blanco.

Los ayudantes del sacerdote dieron la vuelta a la joven y la colocaron boca arriba ante la mirada atónita de Richard, que no podía entender cómo podía haber gente tan repugnante. Ataron a los extremos de la losa los pies y las manos de la muchacha, que seguía con la mirada perdida y sin apenas oponer resistencia. Richard intentaba por todos los medios zafarse de las cuerdas que lo tenían sujeto, pero era imposible.

El sumo sacerdote recibió de uno de sus discípulos el tosco puñal tallado en piedra y lo elevó hacia el cielo. Con el puñal apretado fuertemente entre sus dedos comenzó a gritar:

—¡Para que nuestro pueblo sea próspero! ¡Para ser dignos en tu regreso! Guerrero valeroso y voluntario... ¡con tu sangre renuevas el mundo de edad en edad! ¡Gracias te sean dadas!

El sacerdote estrechó el arma entre sus dedos y la elevó hacia el cielo. En ese preciso instante comenzaron a escucharse algunos ruidos en la entrada de la finca. Se oían gritos lejanos e incluso lo que parecía el sonido de algún disparo.

Richard observó la mirada de terror de Painal, quien, rápidamente, volvió a alzar el puñal para acabar con la vida de la ofrendada. No podía permitirse el lujo de que los dioses perdieran ese esperado sacrificio. Elevó más aún el cuchillo en el aire y, cerrando los ojos, lo impulsó con todas sus fuerzas hacia el pecho de la joven. En ese momento, una bala atravesó el cristal de una ventana e impactó en la mano del sacerdote, provocando que el puñal saliera despedido unos cuantos metros. Éste observó cómo la sangre manaba de su mano.

Los siguientes minutos fueron una auténtica locura. Por la puerta y las ventanas comenzaron a entrar miembros de élite de la policía mexicana, ataviados con uniformes negros y protegidos con cascos y chalecos antibalas del mismo color. Lanzaron unos cuantos disparos al aire y ordenaron a todo el mundo que se tirara al suelo y pusiera las manos sobre la cabeza.

El policía americano corrió hacia Richard, quien, desesperado, intentaba zafarse de sus ataduras.

—¡Tranquilo, Richard, ya estamos aquí!

Cuando Richard vio la cara del agente del FBI con el que había hablado en el hotel comprendió que su pesadilla estaba a punto de terminar. Con su mirada lo expresaba todo.

El agente le quitó la mordaza. Sacó de su cinturón un machete y cortó las cuerdas que le mantenían atado. En cuanto lo soltaron, se frotó las muñecas intentando aliviar el dolor.

—¡Joder, habéis aparecido como el séptimo de caballería! ¡En el momento justo!

—Sí, tan sólo unos minutos más tarde y la pobre chica no lo habría contado.

Richard no pudo evitar abrazar a su salvador. Automáticamente, salió disparado para intentar ayudar a la muchacha. A la joven la acababan de tumbar sobre una camilla y la habían tapado con una manta, sin duda no se le olvidarían jamás los terribles días soportados. El tatuaje maya grabado en su espalda se ocuparía de recordárselos. Richard le acarició la cara. Seguramente, era la única señal de cariño que la pobre había recibido en muchos días.

—¡Por cierto! —Richard se dirigió a uno de los sanitarios—: Esto me lo ha dado ese cabrón, es el dedo que le cortaron hace unos días a mi mujer en Nueva York, no sé si se podrá hacer algo...

El médico lo cogió con sus guantes y lo metió en una bolsa de plástico. No podía creer lo que estaba viendo. El agente le golpeó con cariño la espalda.

—¡Lo siento!

—Sí, ha sido duro, pero creo que ya ha pasado todo. —Richard tomó aire, intentando olvidar los malos momentos, y preguntó al agente americano—: ¿Cómo habéis podido localizarme? Creo que este lugar está algo apartado.

—Querido amigo, jamás te fíes cuando un agente del FBI te abrace para despedirse. ¡Mete la mano en el bolsillo trasero de tu pantalón!

Richard obedeció y, tras rebuscarse mucho, encontró una minúscula tarjetita metálica.

—¿Y esto?

—Pues esto, querido amigo, es un localizador de última generación que te puse el día que hablamos y ha sido lo que nos ha conducido hasta aquí.

A Richard se le iluminó la cara con una sonrisa.

Los agentes fueron tomando los datos de todos los apresados. Los cacheaban y esposaban para transportarlos a las furgonetas. San Román y Diego fueron detenidos.

—¡Vaya, vaya...! ¡Qué sorpresa! —comentó Richard.

San Román le lanzó una mirada que le fulminó.

—¡Me gustas gringo, no lo olvides! —Y le sonrió. Los agentes que lo llevaban al coche lo trataban con delicadeza, parecía que hasta esposado imponía respeto.

Cuando Richard abandonó las inmediaciones del pabellón de caza, se quedó impresionado. En la explanada había al menos cinco o seis cuerpos de sicarios muertos a balazos. Los sanitarios se llevaban a dos agentes heridos.

—Han tenido que trabajar a fondo... ¿verdad?

—Sí, aunque lo más difícil ha sido conseguir las órdenes de los jueces para que pudiéramos asaltar la finca. Finalmente, la presión de nuestro gobierno ha conseguido el milagro. No podía suceder que estando en tierras mexicanas nuestro presidente se armara un lío con uno de nuestros periodistas muerto.

—Pues me alegro de haber coincidido con el presi... Por cierto... ¿quién les avisó de mi secuestro?

—Tu amiga Rosa me telefoneó.

Richard sonrió.

—¿Me dejas un momento tu teléfono?

—Sí, por supuesto.

El periodista marcó el número de la mexicana.

—¿Rosa?

—Richard, ¿eres tú?

—Sí, soy yo. Me acaban de liberar.

Rosa se derrumbó y comenzó a llorar de la emoción.

—¡Menos mal! ¿Dónde te encuentras? ¿Estás bien?

—Estoy cerca de la ciudad, en alguna finca. Estoy bien, de verdad... ¿Sabes que los cabecillas de todo esto eran tu amigo Diego y el magnate que nos encontramos en la fiesta del hotel?

—¡No me puedo creer que pudieran ser tan macabros!

El agente miró a Richard para meterle prisa. Debían marcharse.

—Bueno, Rosa, te tengo que dejar. Tengo que acompañar a los agentes a la comisaría. No te preocupes por mí, me tienen vigilado. Mañana te llamo y quedamos cuando ya haya pasado todo.

—¡Te echo de menos, Richard!

—Y yo a ti, Rosa. Mañana te veo.

Richard devolvió el teléfono al agente.

—¿Nos vamos? —El americano abrazó de nuevo al periodista.

—¿No me estarás poniendo otro localizador?

—¡No, tranquilo! Vamos hacia el coche.

Richard y el agente entraron en el todoterreno.

—¿Dónde me lleváis?

—Pues en primer lugar, al hospital, queremos estar convencidos de que no tienes ninguna lesión. Luego te acompañaremos a comisaría para que declares. Después, te llevaremos al hotel para que descanses y más tarde te escoltaremos hasta el aeropuerto. Mañana te queremos en Nueva York. No nos podemos permitir más problemas.

Richard observó las luces de los vehículos de la policía y las ambulancias a través del cristal de la ventanilla. Impresionaba ver aquella finca iluminada por las luces blancas, rojas y azules. Se frotó de nuevo las muñecas y suspiró pensando en lo cerca que había estado de no contarlo. El coche policial arrancó y Richard alcanzó a distinguir el rostro de San Román cuando lo estaban metiendo en un furgón. Se quedó aterrorizado cuando el narco le regaló una última sonrisa.

Capítulo 43

Restaurante Tenampa, plaza de Garibaldi, México D.F.

Había transcurrido un día desde que Richard había sido liberado de su secuestro. Desde ese preciso momento había estado escoltado en cada instante por un agente federal. Había quedado con el agente del FBI y con Rosa para despedirse. Se suponía que esa misma noche partiría hacia Nueva York.

Pidió un nuevo Don Julio Reposado, que tragó a la misma velocidad que los dos anteriores, vigilado por el agente que lo custodiaba. El calor del tequila le reconfortó. A Richard le encantaba aquel local, que parecía el decorado de una auténtica película mexicana.

Los banderines rojos, verdes y blancos adornaban el techo, y las paredes estaban llenas de pinturas de famosos cantantes mexicanos. La música de un mariachi inundaba todo el local. Bastaban unos cuantos pesos para que los músicos le interpretaran a uno su canción favorita.

Los mariachis se acercaron hasta su mesa.

—¡Doctor! ¿Alguna cancioncita?

—¡Por supuesto! ¿Qué tal *Mujeres divinas*?

—¡Eso está hecho!

Y las guitarras comenzaron a tocar la melodía.

—*Hablaandoooo de mujeres y traiciones... se fueron consumiendo las botellas... pidieron que cantara mis canciones... y yo canté unas dos en contra de ellas...*

El agente Simons del FBI hizo su aparición. Localizó a Richard con la mirada y pidió al camarero una Coca-Cola. Fue recorriendo el local lentamente mientras observaba con atención las evoluciones del mariachi. Esperó a que terminara la canción para saludar a Richard.

Cartel encontrado en el bar Tenampa (En la plaza de Garibaldi)

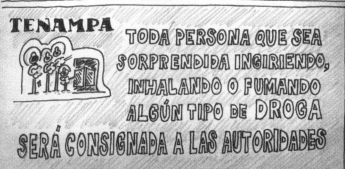

—¿Qué tal? ¿Cómo va todo, amigo? —En realidad, lo que el agente quería saber era si estaba todo preparado para su partida.

—Bien. He quedado con Rosa para despedirme, pero ya tengo las maletas hechas.

—¡Perfecto!

—¿Qué ha pasado finalmente con los detenidos?

Richard había buceado en Internet, pero sólo se destacaban los arrestos de San Román y Diego.

—¿Qué quieres que te diga? A veces esto da asco. Los empresarios han prometido no regresar en dos años a México y con esa promesa y un millón de pesos han sido liberados. Eran demasiado poderosos como para implicarlos en una operación de esta envergadura. Dentro del grupito había incluso dos importantes jueces americanos.

—¿Y San Román?

—De momento, está en la cárcel. Es también un tipo muy poderoso y, según ha testificado, solamente estaban realizando un ritual cultural. Todos han jurado que no pensaban matar a la joven.

—¿Y la violación?

El agente se le quedó mirando fijamente.

—¡Mejor olvidémosla! Las uñas de la joven estaban repletas de tu ADN.

Richard se tocó instintivamente el cuello.

—¿Pero...?

—Sí, ya sé lo que me explicaste. Pero es mejor no remover nada más. Créeme.

—¿Y el resto de muertes?

—No hay cadáveres, Richard, y, sin cuerpos, no hay caso. A San Román y a Diego sólo se les ha podido incriminar por tenencia de armas y por tu secuestro.

El agente descubrió que Richard dejaba de mirarle para centrar toda su atención en una escultural morena que acababa de entrar en el local. Simons se puso en pie.

—Bueno, te espero fuera. No tardes mucho.

El agente y Rosa se sonrieron. La joven se acercó a Richard y le abrazó con todas sus fuerzas. Sus labios se juntaron intensamente.

—¡Richard, Richard, Richard...! —Rosa revolvía con violencia la melena del periodista. Una lágrima se deslizó por su mejilla—. ¿Te vas al final, entonces?

Richard le limpió la mejilla humedecida.

—Sí, me voy. Pero ya sabes que esto no es un adiós. Es tan sólo un hasta pronto.

—Lo sé, Richard. Ya he pedido mis vacaciones de verano con antelación. Si todo va bien, en dos semanas te veré en Nueva York.

—Te estaré esperando con ansiedad.

—¿Has hablado con Charlie?

—Sí, me espera en el aeropuerto para asegurarse de que vuelvo a casa.

—Estoy deseando conocerle.

—Seguro que vais a hacer muy buenas migas.

Richard hizo un gesto para que les sirvieran otros dos Don Julio. Levantó su copa.

—Por la mujer más apasionante que he conocido y con la que tantas aventuras me quedan por vivir.

—Por ti, querido Richard. Gracias por volver a sacar la tigresa que llevaba dentro.

Las copas se chocaron. El agente hizo un gesto desde la puerta a Richard, quien apuró su copa y volvió a besar a la arqueóloga. Se levantó y, antes de salir, volvió a echar un vistazo al local. No tenía muy claro cuándo volvería de nuevo. Rosa no quiso que el periodista se marchara sin preguntarle por Paula.

—¿Paula? ¿Qué Paula? —Richard volvió a besarla—. Yo solamente te llevo a ti en mi corazón. ¡Recuerda! —Y le enseñó sus dedos sin anillos.

Rosa sacó de su bolso una pequeña cajita.

—¡Esto es para ti! —Y le puso una alianza. Richard besó a Rosa una última vez y en ese momento los mariachis comenzaron una nueva canción.

—*Si nos dejaaaannn, nos vamos a quereeeer toda la vidaaaa... Si nos dejaaaan, nos vamos a viviiiiir a un mundo nuevoooo... Yo creoooo podemos ver el nuevo amaneceeeeer de un nuevo díaaaaa... Yo piensoooo que tú y yo podemos ser feliceeees todavíaaaaa...*

Capítulo 44

Una semana después,
La Habana, Cuba

La luz del sol que se colaba por la ventana le despertó. Hacía tiempo que no amanecía sin que la voz de Michael le sacara de su letargo. Richard se levantó de la cama y miró por los inmensos ventanales. La vista del Capitolio alzándose sobre una masa frondosa de árboles le iluminó el gesto.

Abrió la ventana y dejó que el calor se apoderara unos segundos de la habitación. Hinchó sus pulmones y, aunque pareciera una locura, disfrutó del fuerte olor a gasoil y a aceite quemado tan característico de La Habana.

Después de castigarse con sus abdominales, cogió del armario una camisa de lino blanco y unos pantalones a juego, se arregló y bajó a la cafetería del hotel donde se hospedaba, llevando, como siempre, su Moleskine.

Tomó su zumo habitual y miró el reloj. «¡Las doce, hora ideal para dejarse seducir por un daiquiri!», pensó y, automáticamente, se dirigió al Floridita, a tan sólo unas manzanas del hotel Parque Central, donde estaba alojado.

Las calles de La Habana le recordaban, en cierta manera, a las del D.F. Sobre todo por el bullicio. Al igual que el pueblo mexicano, los cubanos son amantes de vivir en la calle. En cuanto se levantan tienen que buscarse la vida para completar su salario, y eso les hace estar en guardia desde bien temprano.

Richard recorrió la calle Obispo hasta que se encontró con el famoso local en el que tantos daiquiris había saboreado. Había sido uno de los bares más frecuentados por el insigne

Hemingway. Uno de los camareros lo reconoció y se acercó a saludarle.

—¡Señor Cappa, cuánto gusto tenerle de nuevo por aquí!

—Sí, hacía ya algunos meses que no venía. ¿Cómo va todo?

—Pues ya sabe usted, pendientes de lo del comandante. Los médicos piensan que será cuestión de meses, aunque así llevamos varios años. No sabemos muy bien cuál será nuestro destino. Usted que es licenciado, ¿qué opina?

—Yo lo único que opino es que pase lo que pase y ocurra lo que ocurra, el Floridita seguirá en pie por muchos años.

—¡Sí, señor, espero que se cumpla! ¿Le sirvo lo de siempre?

—¡Por favor! Estoy deseando volver a tomar uno de esos daiquiris.

Richard se sentó en una banqueta en la barra, junto a la escultura en bronce de Hemingway. Sacó su Moleskine y comenzó a dibujar. Sin saber por qué, los trazos que se insinuaban en la libreta tenían forma de pirámide. Dejó volar su imaginación y siguió dibujando. Finalmente, la silueta de la pirámide del Sol de Teotihuacán surgió majestuosa sobre el papel. Richard la miró y sonrió. En su cabeza se acumulaban las miles de emociones vividas durante los últimos días.

De pronto, levantó la vista del papel y observó la estatua de Hemingway. Le pareció que el escritor le había guiñado un ojo. Se bebió de un trago el daiquiri que le acababan de servir y pidió otro, respiró profundamente y murmuró...

—¿Por qué no? —Y sonrió.

Automáticamente, escribió bajo el dibujo un título en mayúsculas:

LOS VIGILANTES DE LOS DÍAS

Y a partir de ese momento su mano no pudo dejar de escribir...

El sumo sacerdote levantó al aire las manos empapadas de sangre aún caliente que goteaba a lo largo de sus brazos. Las miles de per-

sonas que se congregaban bajo la pirámide gritaban enfervorecidas, sin importarles que junto al monumento se acumularan los cadáveres decapitados y sin corazón de muchos de sus hermanos. Cada sacrificio provocaba en el gentío un estado de excitación que rayaba en la locura.

¿FIN?

PIRÁMIDE DEL Sol!!!

LOS VIGILANTES DE LOS DÍAS...

El sumo sacerdote levantó al aire las manos empapadas de sangre aún caliente que goteaba a lo largo de sus brazos. Las miles de personas que se congregaban bajo la pirámide gritaban enfervorecidas, sin

Agradecimientos

A Paula y a Roberto, dos trocitos de mi corazón; solamente veros crecer hace que me sienta bien y vuestra sonrisa ilumina todo mi ser. Estoy deseando que cumpláis unos cuantos años más para que podáis leer esta historia «no apta para menores».

A Sonia, mi mujer y mi compañera para el resto de mi vida. Gracias por cuidarme tan bien, hacerme sentir importante y por los minutos que te robo frente al ordenador.

A Fernando Marañón, que me ha aportado su gran hacer literario y un montón de calorías después de las decenas de comidas compartidas en restaurantes mexicanos en los que buscábamos inspiración y margaritas. Y a mi hermano Pablo, que ha devorado con intensidad cada página de esta aventura. Su emoción hizo que siguiera hasta el final con confianza.

A la Oficina de Turismo de México y a Aeroméxico, por todas las facilidades que me han proporcionado en tierras mexicanas, y en especial a Margarita Amione y a todo su equipo, con el que comparto el amor por esa tierra que tan bien me ha acogido.

A Eric Frattini, por ser mi hermano y presentarme a un grupo tan maravilloso de gente como Silvia, Javier Algarra, Gemma, Antonio, Sofía, Félix, Manolo, Rosa, Luis, Iria, Javier Alonso, Raquel, Rafa y Valentina, con los que tan buenos momentos he compartido.

A Pedro Tomé Martín, investigador del Instituto de Lengua, Literatura y Antropología del CSIC y uno de los mayores expertos en cultura maya de nuestro país. Gracias por tu colaboración.

A los amigos de la Guardia Civil y, en concreto, al coronel Guijarro y al capitán José A. Cano, del Servicio de Criminalística, Departamento de Biología y Laboratorio de ADN, y a los jefes que lo han hecho posible, como el general hermano Félix Hernando y el general Antonio Barragán.

A Marc y Rul o, lo que es lo mismo, a Marcos y Raúl, el cámara y el ayudante con los que llegué hasta las puertas de la iglesia de la Santa Muerte en mi primer viaje al D.F.

A Raúl Rodríguez, apasionado de México, gracias por los buenos contactos que me aportaste. A Javier Mérida y a todo su clan, por aquella noche en el Tenampa, entre mariachis y tequila... ¡tendremos que repetirla! Y a Nacho Reglero y a Fernando Esteves, con quienes también compartí experiencia mexicana.

A Jon Sistiaga, porque gracias a tus reportajes hemos conocido la auténtica realidad mexicana, y gracias también por dejarme utilizar tu nombre. Y a Kike Sarasola, a quien he convertido en «malo muy malo» cuando en la vida real es un trozo de pan.

A Miryam Galaz y a Belén Bermejo, mis editoras, gracias por la confianza y por escuchar todas mis sugerencias. A Ana Rosa Semprún, la responsable de toda esta locura, ¡gracias por tu confianza! Y a los compañeros de Espasa como David y Sergio, que tan bien me cuidan.

A los que me han dado su apoyo incondicional y sufrían las evoluciones de la novela, como Paco Pérez Caballero, Teo Rodríguez, Roberto Cuadrado, Juan Luis, el abuelo Pinar, Iñaki de la Torre, Ainhoa Goñi, mi hermano Albertini, Ramoncín o Juan Núñez, el marine, que sirvió de inspiración para que esta novela finalizara en La Habana.

A mis mecenas, esos que consiguen que mantenga mi amor por la gastronomía, como mi hermano Paco Patón, que siempre tiene reservada para mí una sonrisa, o el alocado Trifi, o el siempre cordial Manolo Míguez, o el inquieto Madrigal, o Bruno Oteiza, con quien pude compartir mesa y mantel en su maravilloso restaurante del D.F., Biko.

A los oyentes, colaboradores y equipo de *Ser curiosos* y de *Hoy por hoy Madrid,* como Juan Pozuelo y el irreverente Pancho Varona. Gracias por ser cómplices de esta auténtica locura. Y, en especial, a Fernando Berlín, mi compañero y hermano durante todos estos años radiofónicos, a Pablo Batlle, su ilustrísima, o a Margit, con t, Martín, mi esclava.

A mis hermanos de la Encomienda Templaria y Hospitalaria de Teruel, con los que tan buenos momentos he compartido y compartiré.

A los doctores Cabrera y Forteza, las manos mágicas, a los que debo mi buena salud.

A mi familia y hermanos, a mi familia política, a Luchi y a mi cuñado Miguel, y, en definitiva, a todos aquellos que, como Mariano Revilla, alguna vez apostaron a que dentro de mí existía un periodista.

Si deseas compartir tus impresiones con el autor o aportar cualquier sugerencia, puedes hacerlo en:

www.albertogranados.com